MARY SHELLEY

Née à Londres en 1797, Mary Wollstonecraft Godwin vit seule avec son père, le philosophe libertaire William Goldwin, sa mère étant morte en couches. Elle fait la connaissance du poète Percy Bysshe Shelley et devient sa maîtresse, avant qu'il ne l'entraîne en 1814 dans un long périple romantique à travers l'Europe. Shelley l'épouse en 1816 après la mort de sa première femme. Dotée d'une grande intelligence, elle apprend le grec, le latin, le français et l'italien, et est tenue en grande estime par les amis de son mari, par Lord Byron en particulier. C'est de conversations avec ce dernier et de la lecture de romans allemands que naît son premier livre, *Frankenstein ou le Prométhée moderne,* en 1818. Après la mort de Shelley, en 1822, et tout en s'attachant à faire éditer les écrits de son mari, Mary Shelley publie *Le dernier homme* (1826), roman d'anticipation qui décrit de manière frappante la destruction de la race humaine, *Perkin Warbeck* (1830) et *Falkwer* (1837). Mary Shelley, sans avoir jamais cessé d'écrire, meurt en 1851.

D0838453

FRANKENSTEIN

ou

LE MODERNE PROMÉTHÉE

MARY SHELLEY

FRANKENSTEIN

ou
LE MODERNE PROMÉTHÉE

Traduction par
Eugène ROCARTEL
et
Georges CUVELIER

Préface et commentaires de
Claude AZIZA

Titre original :
Frankenstein or The Modern Prometheus

Le papier de cet ouvrage est composé de fibres naturelles, renouvelables, recyclables et fabriquées à partir de bois provenant de forêts plantées et cultivées durablement pour la fabrication du papier.

PRÉFACE

« ... Suprêmement effrayant serait l'effet
de toute tentative humaine pour imiter
le stupéfiant mécanisme du Créateur de
l'Univers. »

Mary Shelley, *Préface* de 1831.

On ne compte plus les créatures de fiction qui ont
tué leur créateur, Sherlock Holmes pour Conan Doyle,
Tarzan pour Edgar Rice Burroughs. Plus encore lorsque la création a pris pour cadre un support propice
à l'anonymat, le feuilleton pour cette Porteuse de pain
ou ces Deux Orphelines qui firent couler tant de larmes,
la bande dessinée pour Superman, le cinéma pour Zorro
ou pour King Kong. Presque tous — sans doute y a-t-il
un lien de cause à effet — sont devenus des créatures
mythiques grâce à un ultime coup de pouce de l'écran.

Parfois un heureux croisement entre la création
littéraire et le folklore donne au personnage de papier
plus que la survie imaginaire, la vie crue et saignante.
Dracula doit moins les délicieux frissons qu'il provoque à Bram Stoker qu'aux forêts transylvaniennes [1].
La momie ou le loup-garou, cas limites, se sont imposés, sans créateur littéraire patenté, par la conjugaison
d'un refoulé archaïque — les forces de la mort — et
d'un environnement fœtal — les salles obscures du ciné-
matographe.

Frankenstein, pourtant, fait figure d'exception : il

---

1. Voir, chez le même éditeur, notre édition de *Dracula*, n° 4669.

possède quelques singularités qui ne laissent pas d'étonner. Voilà un roman du début du XIXe siècle (1818), encombré d'un fatras romantique, à la limite parfois de la lisibilité, pourtant universellement connu. Sinon lu. Ce roman, écrit par une adolescente, exceptionnellement enfiévrée, est le déversoir des innombrables lectures, des sentiments passionnés, des idées agitées d'une romancière en herbe. Naïvement maladroite. Continuons. Loin d'être le résultat d'une géniale inspiration, c'est une œuvre de commande, née d'un de ces concours littéraires qu'affectionnaient les cercles romantiques à laquelle s'est ajouté le piment de quelques cauchemars. Agrémenté de considérations oiseuses et bavardes sur la nature des choses et celle « du principe de vie ». Continuons toujours. *Frankenstein*, roman paru — rappelons-le — anonymement, est pourvu d'un sous-titre que les couvertures des éditions omettent systématiquement : *Frankenstein or The Modern Prometheus, Frankenstein ou le moderne Prométhée*. On sait pourtant qu'aux siècles passés le sous-titre joue un rôle important. Il permet d'éclairer le lecteur sur les intentions de l'auteur, de préciser sa pensée, d'expliciter les auspices sous lesquels on se place. Souvent, lorsque le titre est un nom ou un prénom, le sous-titre est là pour en développer le sens. *Justine OU les Malheurs de la vertu*, écrit — avec ironie — Sade. Mais c'est surtout dans le domaine du roman noir ou gothique, contemporain de Mary Shelley, que le OU a du sens. Citons les plus célèbres : *L'Italien OU le Confessionnal des pénitents noirs* (Ann Radcliffe, 1797, l'année où naît Mary), *Melmoth OU l'Homme errant* (Maturin, 1820). Le mélodrame se met aussi de la partie : *Victor OU l'Enfant de la forêt, Coelina OU l'Enfant du mystère* (Ducray-Duminil, 1796 et 1798). On pourrait multiplier les exemples. Par son sous-titre, le roman de Mary Shelley se relie au courant qui le précède et qui voit le jour un demi-siècle auparavant avec *Le Château d'Otrante* d'Horace Walpole (1764). Mais il arrive au croisement de cette période finissante, du jeune roman historique à la Walter Scott (dont le *Waverley* date de 1814 et *Ivanhoé*, son chef-d'œuvre, de 1820, encadrant tous deux *Frankenstein*) et du romantisme débutant.

Mais notre étonnement est loin d'être fini. Ce roman, connu par son seul titre tronqué, est très vite porté à la scène où l'on prit l'habitude, à la satisfaction de Mary Shelley, de laisser un blanc face au nom de l'acteur qui avait le rôle du monstre. Commentaire de la romancière : « Cette absence de nom pour nommer ce qui ne peut être nommé est plutôt bonne. » Le cinéma s'en souviendra qui, dans l'adaptation de 1931, ne mettra pas le nom de Boris Karloff dans la distribution. Ainsi donc, pour le public qui lit le roman et qui se presse aux nombreuses adaptations théâtrales, la chose est claire : il y a le créateur et la créature, Victor Frankenstein et le monstre sans nom. Il faudra attendre le siècle suivant et le cinéma pour que, à partir du film de James Whale, tourné en 1931, en plein âge d'or du fantastique hollywoodien, peu à peu, un glissement se fasse dans l'esprit du public et que le monstre soit nommé par le nom de son créateur : Frankenstein. Dès 1935 et le deuxième film de Whale, *La Fiancée de Frankenstein (The Bride of Frankenstein)* les choses sont claires : Frankenstein, c'est le monstre.

À voir les choses d'un peu plus près, cela n'est pas si étonnant que cela. Après tout un père donne son nom à son fils et le monstre, fils des œuvres de Victor Frankenstein, peut se nommer légitimement Frankenstein. Par ailleurs, sur un plan plus métaphorique, le véritable monstre, c'est Frankenstein, ce qui justifie le transfert nominal. Ce qu'il y a de plus surprenant, c'est que le monstre, devenu Frankenstein, prive d'identité son créateur, le réduit à n'être que le créateur. Bien entendu, le nom de Mary Shelley est complètement ignoré du grand public et la romancière a connu, elle aussi, le phénomène classique que nous citions ci-dessus. Ainsi donc, par une savoureuse mise en abyme, le créateur (la romancière) a été tué par sa créature (le roman) mais, à l'intérieur du roman lui-même, le personnage du créateur (Frankenstein) a été absorbé par celui de la créature (le monstre).

On ne s'arrêtera pas là. La caractéristique du monstre de Frankenstein/Mary Shelley est d'être innommable certes mais aussi indescriptible, c'est-à-dire de défier la description. Il n'est, en effet, que contrastes : des membres bien proportionnés, des cheveux noirs brillants, des dents d'une blancheur de nacre, certes, mais une peau jaune qui dissimule mal les muscles et les artères (c'est presque un « écorché »), des yeux délavés d'un blanc sale, des lèvres noires. Le cinéma, lui, n'a pas suivi les indications de la romancière. Il confia, en 1931, à Jack Pierce le soin de maquiller Boris Karloff. Cinq heures de supplice le matin (de quatre à neuf heures), deux heures de supplice le soir pour le démaquillage, et deux plaies qui mirent longtemps à se cicatriser au cou, à l'endroit des boulons indiquant l'origine électrique du fluide vital du monstre. L'horreur dans toute sa brutalité qui mit à mal les nerfs des premiers spectateurs : certains s'évanouirent. L'innommable eut donc, par la magie du cinéma, non seulement un nom mais encore, au-delà de l'indescriptible, un visage. Qui allait désormais s'imposer dans l'imaginaire comme celui de la créature de Mary Shelley, au point même que les tentatives de revenir à l'original furent la plupart du temps des échecs.

Résumons-nous : un roman historiquement daté, fruit d'une débutante, pétri de conventions littéraires, connu par un titre incomplet et dont les personnages, non contents d'effacer leur créatrice, se sont confondus dans l'esprit du public qui les voit désormais sous les traits d'un acteur des années 1930. Est-ce tout ? On craint bien que non ! Une des seules nouveautés apparentes du roman de Mary Shelley est le refus d'un lieu oppressant — et artificiel — celui du manoir gothique, de ses souterrains, de ses spectres et de ses bruits de chaînes. Ici, au contraire, le livre s'ouvre sur l'espace : la Suisse, verdoyante, paisible, riante ; le pôle, immense, majestueux, immaculé. Tout est calme dans les bois ornés d'oiseaux et de fleurs, loin de la sombre atmosphère du roman noir. Pourtant, on est contraint d'y revenir, avec un crochet par l'expressionnisme allemand, dans le film de Whale. L'atmosphère intemporelle, faite de modernisme et d'archaïsme, de ce pays d'Europe centrale à l'allure vaguement germanique, les poursuites aux flambeaux dans les profondeurs de la nuit, le feu omniprésent, s'ils peuvent rappeler quelque rituel contemporain du film, sont étrangers aux vastes étendues du roman.

Enfin, ultime élément mais qui n'est pas le moindre : la créature de Mary Shelley se caractérise par ses longs monologues, par sa soif de connaissances, par une éducation qui doit plus à l'enthousiasme de la romancière qu'aux possibilités naturelles d'un bébé (car c'est ainsi que doit être vu le monstre). En revanche, *l'autre*, celle d'Hollywood, se nourrit d'onomatopées, de grognements, de borborygmes. Même phénomène que pour le Tarzan de Burroughs, grand seigneur cultivé, et celui des studios, sauvage quasi analphabète. Comme si le cinéma, se méfiant du texte, confiait à l'image le soin de frapper les imaginations, refusant aux mots celui de toucher l'intellect.

Voilà. « Tout est dit et tout reste à dire. » On a vu ce que résume le roman de Mary Shelley, une époque bouillonnante — les premiers pas du roman, un vécu intense —, les premiers émois d'une jeune fille, un jeu littéraire — des écrivains célèbres s'amusent. On pourrait, bien sûr, développer ces points, comme on le fait généralement. Il faudrait alors, peut-être, insister moins sur le contexte littéraire que sur le politique. Mary Shelley, fille de deux écrivains connus pour leurs idées libertaires, a grandi à l'ombre de la Révolution française. Par ailleurs, son enfance a été marquée par la mort d'une mère dès sa naissance (et la culpabilité qu'elle a pu en ressentir), son admiration pour un père très vite remarié et son amour passionné pour un poète, célèbre lui aussi, Percy Shelley. Adolescente intrépide, bravant les préjugés de l'époque, elle forme, tant bien

que mal, un couple avec Shelley. Qui devient trio avec
Byron, quatuor avec Claire, sa demi-sœur, la maîtresse
du poète. Curieuse société que les bonnes gens de
Genève montrent du doigt. Ajoutons les drames : trois
enfants morts en bas âge (schéma inversé de la naissance de Mary), Shelley noyé, Byron succombant à Missolonghi. Que de morts, après tant d'errances à travers
l'Europe, l'anathème jeté par un père adoré, un veu-
vage difficile, la nécessité d'élever un enfant et de
gagner sa vie comme écrivain. Elles sont rares les
femmes de ce siècle à tenter leur chance ainsi...

Tant de troubles, tant de tumultes de l'âme peuvent
certes rendre compte de bien des aspects d'un roman
mais sont loin de les épuiser. On pourrait alors se pencher non plus sur ce que *résume* le roman mais sur ce
qu'il *annonce*. On y a vu souvent le passage du fantastique à la science-fiction, faisant remarquer — non sans
raison — que, pour la première fois, ou presque, la
science — et non plus les forces des ténèbres — est le
moteur de l'action. C'est même la lumière, qu'on la
nomme galvanoplastie ou électricité n'a guère d'importance, qui remplace désormais, en attendant l'atome,
les élixirs et les filtres, les envoûtements et les pactes
avec le diable. S'il y a encore du Faust chez Frankenstein, il y a déjà du Dr Jekyll et du Dr Moreau. Certes.
Mais méfions-nous de la tendance propre à toute nouvelle littérature de chercher à tout prix une légitima-
tion, qui dans l'épopée de Gilgamesh, qui chez Lucien
de Samosate, qui chez Cyrano de Bergerac. *Frankenstein*, n'est pas un roman de science-fiction : il en
comporte quelques éléments, essentiellement le recours
à une science, encore nécessairement balbutiante.

Si l'on revenait plutôt au sous-titre : *Le Moderne
Prométhée*. On n'a pas, semble-t-il, prêté assez attention à l'équivoque de cet énoncé. La référence est évidente qui renvoie à un mythe, celui de Prométhée. Mais
quel Prométhée ? Dans une version primitive, rappor-
tée par le poète grec Hésiode, Prométhée, fils du Titan
Iapet, révolté contre les dieux, a été puni pour avoir

réservé aux hommes la meilleure part des sacrifices au détriment des dieux. Ceux-ci, furieux, décident de priver les humains du feu mais Prométhée, l'ayant dérobé aux immortels, le ramène sur Terre. Pour le punir, il est enchaîné sur un rocher du Caucase et condamné à avoir le foie quotidiennement dévoré par un aigle. Le thème, porté au théâtre par Eschyle, dans *Le Prométhée enchaîné*, nous montre en Prométhée une victime de la tyrannie divine qui accepte stoïquement son destin. On ne s'étonnera pas de voir chez les Pères de l'Église l'assimilation du Caucase au Golgotha et en Prométhée une préfiguration du Christ. C'est une telle interprétation qu'on retrouve à l'époque de Mary Shelley chez des écrivains chrétiens comme Joseph de Maistre ou Ballanche. Pour Edgar Quinet l'histoire de Prométhée, « figure de l'humanité religieuse », occupe une place de choix entre Job et... Faust. Le thème varie au gré des circonstances politiques. Il n'est pas indifférent de constater que Byron assimile Prométhée à Napoléon cloué sur son rocher à Sainte-Hélène, que Hugo renvoie aux proscrits et Michelet, plus largement, à la liberté contre l'arbitraire. C'est en chantre de l'humanisme athée que le voit Percy Shelley, dans son *Prométhée délivré*.

Mais il est un autre aspect de Prométhée que soulignent les contemporains de Mary Shelley, celui qui transforme la nature par son travail ingénieux et productif qui permet à la science de triompher des faux prophètes. Le jeune Marx ira même jusqu'à voir dans le Titan « le premier martyr du calendrier philosophique »...

Mais, sans toutefois renoncer à ces aspects du mythe, Mary Shelley fait allusion à un autre Prométhée qui n'apparaît que dans des légendes plus tardives, chez Ovide, puis chez Lucien. Dans *Les Métamorphoses* le poète latin raconte que « le fils de Japet, ayant mêlé la terre aux eaux d'un fleuve, l'a modelée à l'image des dieux maîtres de l'univers ». Ainsi de ce limon est né l'homme, et la terre, « naguère grossière et informe, revêtit par cette métamorphose des figures d'hommes jusqu'alors inconnues ». Par ce trait, Prométhée s'apparente à Pygmalion. L'idée se retrouve de façon diverse dans le *Prométhée* de Goethe ou celui de Schlegel.

Ainsi donc, s'emparant d'un thème prégnant chez ses proches (le *Prométhée* de Byron date de 1816 et celui de Shelley de 1820) et qu'avait magnifié, en 1800, Beethoven, la romancière, sans négliger l'aspect inventif du titan (le savant Frankenstein), son souci de venir en aide à l'humanité libérée du joug divin (la création artificielle) et le châtiment de son audace (les malheurs de Frankenstein), la romancière donc insiste sur un aspect moins connu et moins présent, celui du démiurge. Frankenstein, moderne Prométhée, *moderne* et non *nouveau* puisqu'il a recours aux ressources de la science, a défié l'ordre naturel des choses ; péchant par excès de ce que les Grecs nommaient l'*hubris*, l'orgueil, il doit être châtié, dans ses affections et dans son être.

Mais là où réside la radicale nouveauté du roman, c'est l'accent mis, pour la première fois, moins sur le créateur que sur la créature. Car on parle beaucoup de Prométhée, peu des hommes ; beaucoup des démiurges, peu des créatures qu'ils engendrent ; beaucoup des savants, fous ou non, peu des êtres qu'ils mettent au monde. Les animaux du Dᵣ Moreau ne sont que des sous-hommes et Mr. Hyde n'est que le reflet innommable du Dᵣ Jekyll. Bien au contraire, la créature de Frankenstein n'a de monstrueux que l'apparence — et encore. Il est naturellement bon, comme dirait Jean-Jacques Rousseau, avide de connaître, d'aimer, de vivre. Tout comme, *mutatis mutandis*, le monstre du cinéma (au moins celui de Whale). Créature blessée, solitaire, inachevée, l'être innommé — mais non pas innommable au bout du compte — n'est que la poignante image de cette créature que la Sphinge voyait d'abord à quatre pattes, puis à deux, enfin à trois, tout au long d'un bref temps chichement compté.

Bien sûr — et la Sphinge nous y amène — il y a Œdipe. Frankenstein, celle qu'il aime et la créature :

Mary Shelley, William Godwin, le père tant aimé et Percy Shelley. Bien sûr, on pourrait voir, dans un roman où la mort et la naissance sont si étroitement mêlées, un fantasme originel, peut-être celui de la scène primitive (voir, au chapitre V, la naissance du monstre ou, au chapitre XIX, la fabrication puis la mise en pièces de la fiancée du monstre). Bien sûr, il y a la Révolution française en tant que monstre métaphorique (n'oublions pas que l'action du roman se situe entre 1792 et 1799, c'est-à-dire pendant la période révolutionnaire).

Bref, il y aurait comme un surplus de sens dans *Frankenstein* qui interpellerait — comme disent les analystes — différentes catégories de lecteurs. On peut penser cependant — horrible soupçon ! — que ce trop, resté à l'état romanesque, voire théâtral, n'aurait guère franchi les limites d'un public cultivé sans la brutale mise en images de ce sens. Certes, le retour au roman de Mary Shelley s'impose mais moins comme une découverte que comme une confirmation, à savoir que les images que tout un chacun, quel que soit son âge, a vues sur l'écran (le grand, puis le petit) n'effacent pas les mots mais les expriment à leur façon. Éternelle réécriture d'un mythe qui n'est, au fond, que celui des origines de la vie, l'éternel combat du jour et de la nuit.

FRANKENSTEIN

ou

LE MODERNE PROMÉTHÉE

PRÉFACE

Le docteur Darwin et quelques physiologistes allemands ont considéré comme possible le sujet de cette fiction.

Le lecteur ne supposera pas que j'accorde la moindre croyance aux produits de l'imagination ; néanmoins, en basant sur eux une œuvre de fantaisie, je n'ai pas eu en vue de décrire uniquement une série de terreurs surnaturelles. L'événement qui fait le sujet de cette histoire ne relève pas uniquement des contes de fantômes ou de magie. Il se recommande par la nouveauté des situations qui s'y développent et, si impossible qu'il soit physiquement, il permet à l'imagination de décrire des passions humaines plus étendues et plus impérieuses que ne le comportent ordinairement les récits d'événements réels.

Je me suis ainsi efforcée de préserver la vérité des principes élémentaires de la nature humaine, tout en inventant de nouvelles combinaisons. L'Iliade, la poésie tragique grecque, Shakespeare, dans La Tempête et Le Songe d'une nuit d'été, et plus spécialement Milton dans Le Paradis perdu — se conforment à cette règle ; et le plus humble romancier, soit qu'il cherche à distraire ses lecteurs ou à s'amuser lui-même, peut sans prétention appliquer à la prose une licence, ou plutôt une règle, dont l'adoption procure, par la combinaison des sentiments humains, les plus grands chefs-d'œuvre de la poésie.

Une conversation accidentelle suggéra les circonstances de mon roman. J'ai entrepris celui-ci en partie en matière d'amusement et en partie pour exercer des ressources non éprouvées de mon esprit. D'autres motifs vinrent ensuite se mêler à ceux-ci.

Je ne suis nullement indifférente à la manière dont

le lecteur sera affecté par les tendances morales de mon récit. Cependant, je me suis en premier lieu attachée à limiter les effets énervants des romans actuels, exhibition pleine d'amabilité des affections familiales, et l'excellence de la vertu universelle. Les opinions qui découlent tout naturellement du caractère et de la situation des héros ne doivent pas être prises comme étant mes propres convictions, pas plus d'ailleurs qu'il ne pourrait être tiré des pages suivantes un préjudice quelconque à aucune doctrine philosophique.

Le sujet présente de l'intérêt pour l'auteur du fait que l'action débute et se déroule dans une région magnifique et dans une société que celui-ci n'a jamais cessé de regretter.

Je passai l'été de 1816 dans les environs de Genève.

La saison était froide et pluvieuse. Le soir, nous nous serrions autour du feu de bois et, pour passer le temps, nous nous amusions avec les histoires allemandes de revenants qui pouvaient tomber entre nos mains. Ces contes nous donnèrent l'idée d'en faire à notre tour. Deux autres amis (un récit de la plume de l'un d'eux serait plus acceptable pour le public que tout ce que je peux espérer produire) et moi, nous décidâmes d'écrire chacun une histoire ayant pour base une circonstance surnaturelle.

Le temps redevint tout à coup serein et mes deux amis me quittèrent pour une excursion dans les Alpes. Ils perdirent dans les paysages magnifiques tout souvenir de leurs visions fantasmagoriques. Le récit suivant est le seul qui fut complètement terminé.

Marlow, septembre 1817.

À William Godwin,
auteur de
Justice Politique, Caleb Willlams, etc.,
ces volumes
sont respectueusement dédiés
par l'auteur.

LETTRE I

À MRS SAVILLE, ANGLETERRE

St-Pétersbourg, 11 déc. 17..

Vous vous réjouirez d'apprendre que nul désastre n'a accompagné le commencement d'une expédition que vous envisagiez avec appréhension. Je suis arrivé ici hier, et ma première tâche est de rassurer ma chère sœur sur mon excellent état de santé et de lui exprimer ma confiance croissante dans le succès de mon entreprise.

Je suis déjà fort au nord de Londres, et en marchant dans les rues de St Pétersbourg, je sens la froide bise du nord cingler mes joues, bander mes nerfs et me combler de délices. Comprenez-vous cette sensation ? Cette bise, qui a voyagé dans les régions vers lesquelles je me dirige, me procure un avant-goût de ces climats glacés. Inspirés par ce vent chargé de promesses, mes rêves deviennent plus fervents et plus ardents. Je m'efforce en vain de me persuader que le pôle est la région de la glace et de la désolation ; il se présente à mon imagination comme un lieu de beauté et de délice. Là, Marguerite, le soleil est toujours visible, son large disque fixé à l'horizon diffuse une splendeur perpétuelle. Là, — (si vous le voulez, ma sœur, je me fierai aux explorateurs qui m'y précédèrent) — la neige et la glace sont bannies, et, naviguant sur une mer calme, nous pouvons voguer vers une terre surpassant en merveilles et en beautés toutes les régions découvertes jusqu'ici sur le globe. Ses produits et ses caractéristiques sont sans pareil, tout comme les phénomènes célestes qui se manifestent dans ces solitudes inconnues. Que ne peut-on espérer, dans ce pays de l'éternelle lumière ? Peut-être, y découvrirais-je le pouvoir merveilleux qui attire l'aiguille aimantée ; peut-être ferais-je par milliers des observations célestes, qui me rendront célèbre à jamais ? Chose qui me semble cependant peu probable.

Je satisferai mon ardente curiosité en contemplant une partie inexplorée du monde, et je pourrai fouler une terre où jamais pied humain ne s'est posé.

Voici ce qui m'attire et c'est suffisant pour vaincre en moi toutes craintes de danger ou de mort et m'inciter à commencer ce laborieux voyage avec la joie d'un enfant qui s'en va dans une barquette avec des camarades de jeux afin de faire des découvertes le long de la rivière de son pays natal. Mais, supposant toutes ces conjectures fausses, vous ne pouvez contester l'inestimable bénéfice que j'aurais conféré à tout le genre humain jusqu'à la dernière génération en découvrant un passage près du pôle et menant à ces contrées, alors qu'il faut à présent tant de mois pour les atteindre ; ou en découvrant le secret du magnétisme qui, si la chose est possible, peut seulement être décelé grâce à une entreprise comme la mienne.

Ces réflexions ont calmé l'agitation avec laquelle j'avais commencé ma lettre, et je sens mon cœur s'enflammer d'un enthousiasme qui m'élève jusqu'aux cieux ; rien ne contribue plus à tranquilliser la pensée qu'un but bien déterminé, un point sur lequel l'âme peut fixer ses yeux. Cette expédition a été le rêve favori de mes premières années. J'ai lu avec ardeur les récits des différents voyages qui ont été entrepris en vue de la prospection de l'océan Pacifique Nord à travers les mers qui entourent le Pôle. Vous vous souvenez peut-être que l'histoire de ces explorations composait toute la bibliothèque de notre oncle Thomas.

Mon éducation avait été négligée et pourtant j'adorais la lecture. Je passais mes jours et mes nuits dans l'étude de ces ouvrages. Aussi, je ressentis un regret que rien ne put calmer lorsque mon père mourant interdit formellement à mon oncle de me permettre de m'embarquer comme matelot.

Ces rêves s'effacèrent lorsque, pour la première fois, je me mis à parcourir ces poètes dont les effusions ravirent mon âme, et l'élevèrent jusqu'aux cieux. Moi aussi, je devins poète, et, pendant une année, vécus dans un Paradis de ma propre création. Je m'imaginai que moi aussi j'aurais pu obtenir une place dans le temple, où les noms de Homère et de Shakespeare sont sanctifiés. Vous avez connu mon insuccès et la peine que me causèrent mes désillusions. Mais juste à ce moment j'héritai de la fortune de mon cousin et mes pensées retournèrent vers mes premières impulsions.

Six ans ont passé depuis la présente expédition. Je peux, maintenant encore, me souvenir de l'heure qui me vit arrêter cette grande entreprise. Je commençai par accoutumer mon corps à la dure vie du marin. J'accompagnai les pêcheurs de baleines dans plusieurs expéditions en mer du Nord. J'endurai volontairement le froid, la faim, la soif et l'insomnie. Souvent, je travaillai durant le jour plus durement que le commun des matelots, et pourtant mes nuits étaient consacrées à l'étude des mathématiques, de la médecine, et d'autres branches des sciences physiques, dont la connaissance pour un explorateur marin présente de grands avantages. Deux fois je louai effectivement mes services comme second sur un baleinier du Groenland et m'acquittai de ma tâche à l'admiration de tous. Je dois avouer que je ressentis une grande fierté quand mon capitaine m'offrit, tant il estimait mon travail, la seconde place sur son navire, et me supplia de ne pas le quitter.

Et maintenant, chère Marguerite, ne puis-je pas accompagner quelques grands projets ? Ma vie aurait pu s'écouler dans le luxe et le confort, mais je préfère la gloire à toutes les séductions que la richesse a placées sur mon chemin. Ah ! faites qu'une voix encourageante me réponde par l'affirmative ! Ma décision et ma résolution sont fermes ; mais mes espoirs vacillent et mon courage est souvent abattu. Je suis sur le point d'effectuer un long et pénible voyage ; les difficultés qui surgiront exigeront toute ma fermeté. Je devrai non seulement relever le courage des autres, mais quelquefois soutenir le mien lorsque je verrai se produire des défaillances.

C'est la période la plus favorable pour voyager en Russie. Les traîneaux volent rapidement sur la neige, le mouvement en est plaisant et selon moi plus doux que celui d'un fiacre anglais. Le foid n'est pas excessif si vous êtes couvert de fourrures, habillement que j'ai déjà adopté ; car il y a une grande différence entre arpenter le pont et rester assis immobile durant des heures, quand aucun exercice ne peut empêcher votre sang de geler littéralement dans vos veines. Je n'ai pas l'envie de perdre la vie sur le trajet de la malle-poste entre St-Pétersbourg et Archangel.

Je partirai pour cette dernière ville dans quinze jours ou trois semaines. Mon intention est d'y louer un navire, ce qui peut aisément être fait en payant l'assurance pour le propriétaire, et enrôler parmi les chasseurs de baleine le nombre de marins nécessaire.

Je n'ai pas l'intention de partir avant le mois de juin ; mais quand reviendrai-je ?... Oh ! ma chère sœur, quand pourrai-je répondre à cette question ? Si je réussis, plusieurs mois ou même peut-être des années se passeront avant notre rencontre. Si j'échoue vous me reverrez bientôt... ou jamais.

Adieu, ma chère et excellente Marguerite. Que le ciel vous prodigue ses bénédictions et me protège. Puis-je vous témoigner ma gratitude pour votre amour et votre bonté !

Votre frère affectionné.

R. WALTON.

LETTRE II

À MRS SAVILLE, ANGLETERRE

Archangel, 28 mars 17..

Comme le temps s'écoule lentement ici, environné comme je le suis de glace et de neige ! Pourtant j'ai terminé la seconde étape de mon entreprise. J'ai loué un navire et je m'occupe de recruter l'équipage, les matelots que j'ai déjà enrôlés me semblent être des hommes sur qui je puis compter et possèdent certainement un courage indomptable.

Mais je souffre d'un besoin que je n'ai pas encore pu satisfaire ; et l'absence de cet objet me touche maintenant comme le mal le plus sévère. Je n'ai pas d'ami, Marguerite ; lorsque l'enthousiasme du succès m'exalte, il n'y a personne pour participer à ma joie ; si les désillusions m'accablent, personne ne s'efforce de relever mon courage défaillant. Je confierai mes pensées au papier, c'est vrai, mais quel pauvre moyen pour communiquer ses sentiments ! Je désire la compagnie d'un homme qui pourrait sympathiser avec moi et dont la tendresse répondrait à la mienne.

Vous devez me trouver romantique, ma chère sœur, mais je sens avec amertume ce besoin d'affection, je n'ai pas auprès de moi un ami aimable et courageux, intelligent et cultivé, dont les goûts seraient semblables aux miens, et qui approuverait ou amenderait mes plans. Comme un pareil ami pourrait corriger les défauts de votre pauvre frère ! Je me montre aussi ardent dans l'exécution qu'impatient devant les difficultés. Mais mon plus grand désavantage consiste dans le fait de m'être éduqué moi-même, car durant les

quatorze premières années de ma vie j'ai couru en
liberté dans le pré communal, et n'ai lu rien d'autre
que les livres de voyage de notre oncle Thomas. À cet
âge, j'ai appris à connaître les poètes célèbres de notre
pays ; mais, alors qu'il fut trop tard pour tirer avantage de cette conviction, je me rendis compte de la
nécessité d'acquérir d'autres langues que celle de mon
pays natal. Maintenant j'ai vingt-huit ans, et suis, en
réalité, plus illettré que beaucoup d'écoliers de quinze.
Il est vrai que j'ai réfléchi davantage, et que mes rêves
furent plus étendus et plus riches que les leurs, mais,
comme les chefs-d'œuvre de la peinture, il importe de
les conserver, et j'ai grandement besoin d'un ami qui
aurait assez de bon sens pour ne pas me mépriser
comme étant trop romanesque, et assez d'affection
pour s'efforcer d'équilibrer mon âme.

Mais ce sont là des plaintes inutiles. Je ne trouverai
assurément aucun ami, ni sur l'immense océan, ni
même ici à Archangel, parmi les marchands et les
marins. Pourtant certains sentiments, dépourvus de
toute bassesse propre à la nature humaine, éclosent
même dans les cœurs rudes. Mon lieutenant, par exemple, est un homme au courage merveilleux et qui possède un esprit d'initiative étonnant. Il est follement épris
de gloire ; ou, pour m'exprimer avec plus d'exactitude,
d'avancement dans sa profession ; c'est un Anglais, et
malgré ses préjugés nationaux et professionnels, adou-
cis par la civilisation, il garde certains des plus nobles
privilèges de l'homme. J'ai fait sa connaissance à bord
d'un baleinier et, le trouvant sans emploi dans cette
ville, je l'ai facilement décidé à m'assister dans mon
entreprise.

Le maître d'équipage est un homme au caractère
excellent ; sa gentillesse tout comme la douceur de sa
discipline sont remarquables à bord. Ajoutez à cela son
intégrité bien connue et son courage indomptable, vous
saurez alors pourquoi j'ai beaucoup tenu à l'engager.
Une jeunesse passée dans la solitude, vos soins si délicieusement féminins durant mes meilleures années, ont

affiné si profondément mon caractère que je ne peux surmonter un intense dégoût vis-à-vis de la brutalité exercée habituellement à bord d'un navire. Je n'ai jamais cru qu'elle fût nécessaire ; et quand j'entends louer un marin à la fois pour sa bonté de cœur et pour le respect et l'obéissance que lui témoigne son équipage, je me trouve particulièrement heureux si je peux m'assurer ses services. La première fois que j'entendis parler de lui, ce fut d'une manière romanesque, par une dame qui lui était redevable du bonheur de sa vie. Voici, brièvement, son histoire. Il y a un certain nombre d'années, mon homme devint amoureux d'une jeune Russe possédant une fortune modeste. Ayant amassé lui-même une somme considérable par ses prises, il obtint sans peine le consentement du père de la jeune fille. Il ne vit sa fiancée qu'une fois avant le mariage. Au cours de cette entrevue, celle-ci, le visage baigné de larmes, se jeta à ses pieds, le supplia de l'épargner et lui confessa en même temps qu'elle en aimait un autre, mais que, ce garçon étant pauvre, son père ne voudrait jamais consentir à leur union. Mon généreux ami rassura la pauvre éplorée, et s'étant informé du nom de son prétendant, abandonna instantanément son projet de mariage. Avec son argent, il venait d'acheter une ferme où il se proposait de passer le restant de sa vie ; il en légua la propriété à son rival, ainsi que le reste de son épargne et enfin demanda lui-même au père de la jeune fille de consentir au mariage de celle-ci avec l'homme qu'elle aimait. Mais le vieillard s'obstina dans son refus, il s'estimait lié d'honneur à l'égard de son ami. Celui-ci, voyant ce père inexorable, quitta le pays, décidé à n'y plus revenir sans qu'il n'eût appris que son ancienne fiancée ne serait mariée suivant son cœur. « Quel noble garçon ! » vous exclamez-vous. Vous avez raison, et pourtant il est totalement dépourvu d'instruction et est aussi silencieux qu'un Turc ; cette ignorance insouciante, qui rend sa conduite plus admirable, enlève l'intérêt et la sympathie que l'on éprouverait autrement.

Ne supposez pas, parce que je me plains ou parce que je cherche dans le travail une consolation que je n'y trouverai peut-être jamais, ne supposez pas que je sois un indécis.

Mes résolutions sont aussi inébranlables que celles du Destin ; et pour partir, j'attends uniquement que le ciel et la mer permettent mon embarquement. L'hiver a été terrible ; mais le printemps s'annonce doux et on le considère comme remarquablement précoce ; peut-être prendrai-je la mer plus tôt que je ne l'espérais. Je ne ferai rien de téméraire. Vous me connaissez suffisamment pour vous fier à ma prudence et à ma réflexion, d'autant plus que le salut des autres est confié à mes soins.

Je ne puis vous décrire mes sensations devant la perspective toute proche de mon départ. Il m'est impossible de vous donner une idée de la fébrilité mi-agréable et mi-craintive dans laquelle je fais mes derniers préparatifs. Je vais voguer vers des régions inexplorées, vers la terre des brumes et de la neige, mais je ne tuerai pas les albatros, ne craignez donc pas pour ma vie, et je ne vous reviendrai pas aussi usé et désespéré que le « Vieux Marinier ». Vous souriez à mon allusion, mais je vais vous dévoiler un secret. J'ai souvent attribué mon attachement et mon enthousiasme pour les dangereux mystères de l'Océan, à cette œuvre du plus imaginatif des poètes modernes. Il y a une force qui agite mon âme et je ne peux la comprendre. Dans la vie courante, je suis actif, laborieux, persévérant et travailleur, mais en outre, il y a en moi un amour du merveilleux, une croyance au fantastique, qui intervient dans tous mes projets et qui me précipite hors des chemins battus, jusqu'à la mer sauvage et les régions inconnues que je vais bientôt explorer.

Mais pour en revenir à des considérations plus chères, vous reverrai-je après avoir traversé des mers immenses et en être revenu par le cap le plus au sud de l'Afrique ou de l'Amérique ? Je n'ose espérer pareil succès, et cependant je ne peux souffrir d'envisager l'autre face du tableau. Continuez, pour le présent, à m'écrire à chaque occasion. Vos lettres peuvent me parvenir dans des moments où elles me seront fort nécessaires pour relever mon courage. Je vous aime très tendrement et si jamais il se faisait que vous n'entendiez plus parler de moi, gardez le souvenir de votre frère affectueux.

Robert WALTON.

LETTRE III

À MRS SAVILLE, ANGLETERRE

7 juillet 17..

Ma chère sœur. — Je vous écris quelques lignes en hâte pour vous dire que je suis en excellente santé et que mon voyage s'accomplit normalement. Cette lettre atteindra l'Angleterre par un bateau marchand qui y retourne actuellement par Archangel, en cela plus heureux que moi, qui peut-être pendant des années ne pourrai revoir ma terre natale. Je suis pourtant gai, mes hommes sont hardis et apparemment fermes dans leurs projets. Les masses de glace flottante qui passent continuellement près de nous, indicatrices des dangers de la région vers laquelle nous progressons, ne semblent point les effrayer. Nous avons déjà atteint une latitude, très élevée mais nous sommes en plein été, et sans être aussi chauds qu'en Angleterre, les vents du Sud, qui nous poussent rapidement vers ces rivages que je désire si ardemment atteindre, nous apportent une chaleur réconfortante que je n'aurais pas osé espérer.

Il ne s'est encore rien produit qui mérite une mention spéciale dans ma lettre. Un ou deux coups de vent violents et une voie d'eau sont des incidents que des marins expérimentés ne pensent guère à enregistrer ; et je serais fort heureux si rien de pire ne nous arrivait durant notre voyage.

Adieu, ma chère Marguerite. Soyez assurée que pour moi aussi bien que pour vous, je n'irai pas témérairement à la rencontre du danger. Je serai calme, persévérant et prudent.

Mais le succès couronnera mon entreprise. Pourquoi

pas ? Nous avons déjà parcouru avec sûreté un long
chemin sur ces mers vierges de tout sillage. Les astres
eux-mêmes sont témoins et garants de mon triomphe.
Pourquoi ne continuerais-je pas à vaincre cet élément
indompté mais pourtant obéissant ? Pourrait-il arrêter le cœur résolu et la volonté affermie de l'homme ?
Mon cœur se gonfle et s'épanche, involontairement.
Mais je dois terminer. Que le ciel bénisse ma sœur
bien-aimée !

R. W.

LETTRE IV

À MRS SAVILLE, ANGLETERRE

5 août 17..

Il vient de se produire un accident si étrange que je ne puis m'empêcher de le consigner, bien que vous alliez très probablement me voir avant que ces papiers ne soient en votre possession.

Lundi dernier (31 juillet), nous fûmes presque prisonniers de la glace, celle-ci encerclait le navire de tous côtés, lui laissant à peine la surface où il flottait. Notre situation était quelque peu dangereuse, d'autant plus qu'un brouillard assez épais nous environnait. Nous décidâmes d'attendre, espérant quelque changement de l'atmosphère et du temps. Vers deux heures, la brume se leva et nous pûmes contempler, s'étendant dans toutes les directions, de vastes et irrégulières plaines de glace qui semblaient être sans fin. Certains de mes camarades s'inquiétèrent et moi-même, tout en ne perdant pas mon calme, je n'étais pas sans crainte, quand un spectacle étrange attira soudain notre attention et nous fit oublier notre situation. Nous aperçûmes passant à un demi-mille de nous vers le nord une carrosserie basse, fixée sur un traîneau tiré par des chiens. Un être qui avait l'aspect d'un homme, mais apparemment de stature gigantesque, était assis dans le véhicule et guidait les chiens. Nous observâmes avec nos longues-vues la rapide progression du voyageur, jusqu'à ce qu'il disparût parmi les inégalités de la glace.

Cette apparition suscita notre étonnement. Nous étions, nous semblait-il, à plusieurs centaines de milles de toute terre ; mais cette apparition paraissait prouver qu'il n'en était pas ainsi en réalité et que nous n'étions pas si éloignés des terres que nous le supposions. Encerclés comme nous l'étions par la glace, il nous était impossible de suivre la trace du traîneau que nous avions observé avec la plus grande attention.

Environ deux heures après cet événement, nous entendîmes la mer mugir ; avant la nuit la glace se brisait et notre navire était libéré. Cependant nous attendîmes jusqu'au lendemain matin par crainte de heurter dans l'obscurité ces grandes masses détachées qui flottaient depuis la dislocation de la glace. Je profitai de cet arrêt pour me reposer quelques heures.

Le matin, dès qu'il fit jour, je montai sur le pont et y trouvai tous les marins, groupés d'un seul côté du vaisseau, causant apparemment avec quelqu'un qui était à l'extérieur. C'était en fait, un traîneau, semblable à celui que nous avions vu la veille, qui avait été porté vers nous dans la nuit sur un grand fragment de glace. Un seul des chiens vivait encore ; mais à l'intérieur du véhicule il y avait un être humain, que les marins tentaient de persuader de monter à bord. Ce n'était pas comme l'autre voyageur nous avait paru l'être, un sauvage habitant de quelque île inconnue, mais bien un Européen. Quand j'apparus sur le pont, le maître d'équipage annonça : « Voici notre capitaine, il ne vous laissera pas périr en mer. »

En m'apercevant, l'homme m'adressa la parole en anglais, avec cependant un fort accent étranger : « Avant que je ne monte à votre bord, dit-il, voulez-vous avoir la bonté de m'informer de votre destination ? »

Vous pouvez concevoir mon étonnement en entendant poser pareille question par un homme en danger de mort, et pour qui j'aurais cru que mon navire serait une ressource qu'il ne voudrait pas échanger pour le plus précieux des trésors que la terre pouvait lui offrir. Cependant, je répliquai que nous faisions un voyage de découvertes vers le pôle Nord.

Cette réponse parut le satisfaire et il consentit à

monter à bord. Grand Dieu ! Marguerite, si vous aviez
vu l'homme qui capitulait ainsi pour sa sécurité, votre
surprise aurait été extrême. Ses membres étaient presque gelés et son corps terriblement émacié par la fatigue et la souffrance. Je n'avais jamais vu un homme
en si pitoyable état. Nous entreprîmes de le transpor-
ter dans une cabine, mais dès qu'il quitta le grand air,
il s'évanouit. Nous le ramenâmes donc sur le pont, nous
le ranimâmes en le frottant avec de l'alcool et lui fîmes
absorber une petite quantité de celui-ci. Dès qu'il montra quelques signes de vie, nous l'enveloppâmes dans
des couvertures et nous le plaçâmes près de la cheminée de la cuisine.

Il revint lentement à lui et mangea un peu de bouil-
lon, ce qui le revigora merveilleusement.

Deux jours se passèrent de cette manière avant qu'il
ne fût capable de parler ; et plus d'une fois je craignis
que ses souffrances ne lui eussent fait perdre la raison.
Quand il eut recouvré quelque force, je le fis transpor-
ter dans ma propre cabine, et m'occupai de lui autant
que les devoirs de mes fonctions me le permettaient.
Je n'ai jamais vu une créature plus intéressante, ses
yeux ont généralement une expression d'égarement et
même de démence, mais lorsqu'on lui témoigne quelque gentillesse ou qu'on lui rend quelque petit service,
son visage s'illumine d'une lueur de bonté et de douceur que je n'ai jamais vue ailleurs. Mais il est généralement mélancolique et désespéré. Parfois il grince des
dents, comme si le poids des malheurs qui l'oppresse,
lui était insupportable.

Lorsque mon hôte fut un peu rétabli, j'eus beaucoup
de peine à le tenir à l'écart de mes hommes qui désiraient lui poser mille questions. Je ne voulais pas qu'il
fût tourmenté par leur futile curiosité, la guérison de
son corps et de son esprit dépendant d'un total repos.
Une fois cependant le lieutenant lui demanda pourquoi
il s'était aventuré si loin sur la glace dans un si étrange
véhicule.

Sa figure exprima instantanément la plus profonde

tristesse et il répondit : « Pour chercher quelqu'un qui me fuyait. »

« Et l'homme que vous poursuiviez voyageait de la même façon que vous ? »

« Oui. »

« Alors, je pense l'avoir vu. La veille du jour où nous vous avons recueilli, nous avons vu quelques chiens tirant sur la glace un traîneau où se trouvait un homme. »

Ceci éveilla l'attention de l'inconnu, et il posa une multitude de questions concernant la route, que le démon, ainsi le nomma-t-il, suivait. Aussitôt après, quand il fut seul avec moi, il me dit :

« J'ai, sans nul doute, excité votre curiosité, aussi bien que celle de ces braves gens, mais vous êtes trop discret pour m'interroger. »

« Certainement ; je serais véritablement très impertinent et inhumain si je vous troublais par mes questions. »

« Et cependant vous m'avez sauvé d'une situation étrange et périlleuse ; vous m'avez ramené à la vie avec bienveillance. »

Bientôt il me questionna pour savoir, si, à mon avis, la rupture de la glace aurait détruit l'autre traîneau. Je répondis que je ne pouvais le renseigner avec certitude ; la glace ne s'était brisée qu'aux environs de minuit et le voyageur pouvait alors être arrivé dans un endroit sûr. Mais tout cela n'était que conjectures.

À partir de cette époque, un nouveau souffle de vie anima le corps affaibli de l'étranger. Il manifesta le plus grand désir d'être sur le pont, afin d'y guetter le traîneau qui nous était déjà apparu auparavant ; mais je pus le persuader de rester dans la cabine ; il était trop faible pour supporter le froid glacial de cette atmosphère. Je lui promis que quelqu'un veillerait à sa place, et l'avertirait, si quelque objet nouveau se présentait.

Tel est le journal que j'ai tenu jusqu'aujourd'hui de cet étrange événement. Mon bizarre passager a peu à peu recouvré la santé, mais garde le silence, et paraît mal à l'aise quand quelqu'un d'autre que moi entre dans sa cabine. Cependant ses manières sont si conciliantes et si douces que tous les marins s'intéressent à son sort, bien qu'ils aient peu de rapports avec lui. Quant à moi je commence à l'aimer à l'égal d'un frère ; et son chagrin profond et constant m'emplit de sympathie et de pitié. Il a dû, dans ses jours heureux, être une noble créature, puisque dans son malheur, il se montre si attirant et si aimable.

Dans une de mes lettres, je vous disais, ma chère Marguerite, que je ne trouverais pas d'amis sur l'immense océan, et voici que je viens de rencontrer un homme à qui j'aurais été heureux de donner le doux nom de frère avant que le malheur n'eût dérangé ses esprits.

Je continuerai à bâtons rompus ce journal concernant l'étranger si toutefois j'ai quelques nouveaux incidents à noter.

13 août 17..

Mon affection pour mon hôte augmente de jour en jour. Il excite à la fois mon admiration et ma pitié à un degré étonnant. Comment pourrait-on voir une si noble créature rongée par la misère, sans ressentir le plus poignant chagrin ? Il est si doux, et cependant si imposant ; son esprit est si cultivé ; quand il parle, ses paroles sont choisies avec l'art le plus délicat et elles coulent avec une aisance et une éloquence incomparables.

Maintenant, il a recouvré presque totalement ses forces et il est continuellement sur le pont à guetter apparemment le traîneau qui précédait le sien. Cependant, bien que malheureux, il n'est pas complètement absorbé par sa propre misère au point de ne pas s'intéresser profondément au sort de son prochain. Nous parlons souvent de mes projets que je lui ai dévoilés en toute franchise. Il a écouté avec grande attention mes arguments en faveur de mon éventuel succès, et approuvait chaque menu détail des mesures que j'avais prises pour assurer celui-ci. La sympathie qu'il me témoigna m'a tout naturellement amené à employer le langage du cœur afin de lui exprimer la brûlante ardeur de mon âme ; et je lui dis, avec tout l'enthousiasme qui m'animait, que je sacrifierais joyeusement ma fortune, ma vie, mes espoirs au succès de mon entreprise. La vie ou la mort d'un homme ne serait qu'un prix dérisoire en regard des connaissances que je recherchais et de la domination que j'acquerrais et transmettrais, sur les éléments hostiles à notre race. À mesure que je parlais une profonde tristesse s'étendait sur le visage de mon interlocuteur. Je m'aperçus qu'il cherchait à surmonter son émotion ; il plaça ses mains devant ses yeux mais ma voix trembla et s'éteignit, lorsque je vis des larmes ruisseler entre ses doigts et qu'un gémissement s'échappa de sa poitrine. Je m'arrêtai. Il finit par me dire d'une voix cassée : « Malheureux ! Partagez-vous donc ma folie ? Avez-vous bu, vous aussi, cette drogue empoisonnée ? Écoutez-moi, laissez moi vous révéler mon histoire et vous briserez la coupe que vous portez à vos lèvres ! »

Ces mots, vous pouvez l'imaginer, excitèrent fortement ma curiosité ; mais l'étranger avait eu une telle commotion que plusieurs heures de repos lui furent nécessaires pour reprendre son calme.

Après avoir vaincu la violence de ses sentiments, il parut se mépriser pour s'être montré l'esclave de ses passions et repoussant la sombre tyrannie du désespoir, il m'entraîna de nouveau dans une conversation sur ma vie. Il me questionna sur ma jeunesse. L'histoire fut contée rapidement mais elle éveilla en moi de nombreuses réflexions. Je fis part à mon hôte de mon désir de trouver un ami, de ma soif d'une sympathie intime avec une âme semblable à la sienne et exprimai ma conviction qu'un homme ne pouvait se vanter de beaucoup de bonheur, s'il ne jouissait pas de cette bénédiction.

« Je vous approuve, répliqua l'étranger, nous sommes des êtres incomplets non achevés, si quelqu'un de plus sage, de plus cher que nous-mêmes (de pareils amis devraient exister) ne nous aide à perfectionner notre nature débile et défectueuse. Autrefois, j'avais un ami, la plus noble des créatures humaines, je suis donc qualifié pour juger de l'amitié. Vous êtes jeune et le monde est devant vous, vous n'avez donc aucune raison de désespérer. Mais moi, moi j'ai tout perdu et je ne peux recommencer ma vie. »

En prononçant ces paroles, son visage exprima une détresse profonde et calme qui m'émut jusqu'au tréfonds du cœur. Mais il se tut et se retira immédiatement dans sa cabine.

Mais, chose curieuse, cet inconnu a beau vivre en désespéré, personne n'est aussi sensible que lui aux beautés de la nature. Le ciel étoilé, la mer et chaque paysage de ses régions merveilleuses, semblent encore élever son âme au-dessus de la terre. Un homme tel que lui a une double existence ; il peut souffrir misérablement et être accablé par les désillusions, quand il s'est recueilli, il devient semblable à un esprit céleste entouré d'une auréole que ne peuvent entamer ni le chagrin, ni la folie.

Souriez-vous devant mon enthousiasme pour cet être admirable ? Vous ne le feriez pas si vous le voyiez. Vous avez été éduquée et raffinée par les livres et la solitude ; vous êtes, par conséquent, quelquefois fastidieuse, mais cela vous rend plus apte à apprécier les mérites extraordinaires de cet homme merveilleux. Je me suis efforcé plus d'une fois de découvrir la qualité qui lui permet de s'élever si immensément au-dessus de tous ceux que j'ai connus. Je crois que ce doit être l'intuition dans le discernement, un jugement rapide mais infaillible, une intelligence qui recherche le pourquoi de toutes choses, enfin la clarté et la précision de la pensée ; ajoutez encore à tout ceci une facilité d'expression et une voix dont les intonations variées sont une musique qui enchante l'âme.

19 août 17..

Hier l'étranger m'a dit : « Vous pouvez aisément comprendre, capitaine Walton, que j'ai supporté de grands et d'incomparables malheurs. J'avais décidé autrefois que leur souvenir mourrait avec moi, mais vous avez vaincu ma volonté et j'ai changé ma détermination. Comme je le fis autrefois, vous cherchez la science et la sagesse. J'espère ardemment que la réalisation de vos désirs ne sera pas un serpent qui vous mordra comme il m'a mordu. Je ne sais pas si le récit de mes malheurs vous sera utile ; cependant, quand je pense que vous poursuivez le même but et que vous vous exposez à ces mêmes dangers qui m'ont rendu tel que je suis, je m'imagine que vous pouvez retirer une morale opportune de mon histoire ; morale qui pourra vous diriger si vous réussissez dans votre entreprise et vous consoler dans le cas d'un échec. Préparez-vous donc à entendre des choses que l'on nomme habituellement des merveilles. Si nous ne nous trouvions pas entourés d'un décor féerique, je craindrais de rencontrer l'incrédulité, peut-être même le ridicule ; mais beaucoup de choses vous apparaîtront possibles dans ces régions sauvages et mystérieuses alors qu'elles provoqueraient le rire de ceux qui ignorent la diversité des puissances de la nature. Je ne doute pas non plus que mon récit n'exprime par lui-même toute la vérité des événements qui le composent. »

Vous pouvez facilement imaginer la joie que me causèrent ces paroles ; mais je ne pouvais endurer que cet homme renouvelât sa douleur par le récit de ses malheurs. J'avais néanmoins la plus grande impatience d'entendre la narration promise, en partie par curiosité, et en partie avec le vif désir d'améliorer son sort, si la chose était en mon pouvoir. Je lui exprimai ces sentiments dans ma réponse.

« Je vous remercie de votre sympathie, répondit-il, mais elle est inutile, mon destin est presque accompli. Je n'attends plus qu'un seul événement et puis je pourrai reposer en paix. Je comprends votre sentiment, continua-t-il, voyant que je désirais l'interrompre, mais vous vous trompez, mon ami (si je puis me permettre de vous appeler ainsi), rien ne peut changer ma destinée : écoutez mon histoire et vous comprendrez combien mon sort est irrévocable. »

Il me dit alors qu'il commencerait son récit le lendemain dès que j'aurais le temps de l'écouter. Cette promesse lui valut mes plus vifs remerciements. Je résolus de profiter de mes moments de liberté pour rédiger chaque soir, dans les termes les plus exacts que possible, ce qu'il m'aurait raconté dans la journée. Si le temps me faisait défaut je prendrais tout au moins des notes. Ce manuscrit vous procurera sans nul doute le plus grand plaisir, mais moi, qui ai connu cet homme, et qui ai entendu le récit couler de ses propres lèvres, quel intérêt et quelle sympathie n'y trouverai-je pas en le relisant par la suite ! Même maintenant, en commençant ma tâche, sa voix expressive résonne à mes oreilles, ses yeux lumineux se posent sur moi avec toute leur douceur mélancolique, je vois sa main amaigrie qui se soulève lorsqu'il s'anime tandis que les traits de son visage reflètent l'éclat de son âme. Étrange et déchirante doit être son histoire, effrayant aussi l'orage qui fit de ce beau navire une épave.

CHAPITRE PREMIER

Je suis né à Genève et ma famille est l'une des plus distinguées de cette république. Mes ancêtres étaient depuis de nombreuses années conseillers et syndics, et mon père avait occupé plusieurs fonctions publiques avec honneur et gloire. Tous ceux qui le connaissaient le respectaient, pour son intégrité et son inlassable dévouement au bien public. Il fut, dans sa jeunesse, perpétuellement occupé par les affaires du pays ; diverses circonstances l'empêchèrent de se marier tôt et ce ne fut que sur le déclin de sa vie qu'il devint mari et père de famille.

Comme les circonstances de son mariage illustrent son caractère, je ne puis me retenir de les relater. Un de ses plus intimes amis était un riche commerçant, que des opérations malheureuses firent tomber dans la pauvreté. Cet homme, dont le nom était Beaufort, était d'humeur fière et de caractère inflexible ; il ne put supporter de vivre pauvre et oublié dans cette contrée où on l'avait connu autrefois riche et puissant.

Ayant payé ses dettes, de la manière la plus honorable, il se retira avec sa fille, à Lucerne, où ils vécurent tous deux inconnus et misérables. Mon père portait à Beaufort une amitié véritable et fut profondément peiné de cette retraite opérée dans des circonstances aussi pénibles. Il déplora amèrement le faux orgueil qui avait inspiré à son ami une conduite si peu digne de l'affection qui les unissait. Sans retard, il partit à sa recherche, avec l'espoir de le persuader de tenter à nouveau sa chance grâce à son crédit et à son aide.

Beaufort avait pris toutes les mesures nécessaires

pour se cacher, et dix mois se passèrent avant que mon père ne découvrît sa résidence. Débordant de joie, il se rendit en toute hâte à Lucerne. Mais à son arrivée, seuls la misère et le désespoir l'accueillirent. Beaufort n'avait sauvé de son naufrage qu'une très petite somme d'argent. Elle était suffisante pour subvenir à son entretien pendant quelques mois, durant cette période il espérait se procurer une place importante dans une maison de commerce. Dans l'intervalle, il resta donc inactif ; mais son chagrin devint plus profond et plus amer, car le pauvre homme avait trop de loisirs pour réfléchir sur son sort misérable. M. Beaufort eut tellement peu de réaction qu'au bout de trois mois, il dut garder le lit, incapable du moindre effort.

Sa fille le soigna avec la plus grande tendresse, mais vit avec désespoir leurs petites ressources diminuer rapidement. Heureusement, Caroline Beaufort possédait une volonté peu commune, et son courage grandit avec l'adversité. Elle trouva un travail simple ; elle tressa de la paille, et par différents moyens s'ingénia à gagner une nourriture à peine suffisante pour vivre.

Plusieurs mois s'écoulèrent de la sorte. L'état de son père empira. La pauvre fille passait presque tout son temps à le soigner ; ses ressources diminuaient et au bout de dix mois Beaufort mourut dans ses bras, la laissant orpheline et sans ressources. Ce dernier coup l'abattit ; et elle était agenouillée, pleurant amèrement, quand mon père entra dans la pièce. Il apparut à la pauvre fille comme un ange protecteur et elle se confia à ses soins. Après l'enterrement de son ami, il la conduisit à Genève et la plaça sous la protection d'un parent. Deux ans plus tard, Caroline devenait sa femme.

Une grande différence d'âge séparait mes parents mais les liens d'affection et de dévouement qui les unissaient, n'en furent que plus étroits. Mon père avait un tel sens de la justice et de l'honnêteté qu'il lui était impossible d'aimer quelqu'un qu'il ne pouvait estimer.

Peut-être, autrefois, avait-il souffert de la trahison d'une femme aimée et attribuait-il naturellement une valeur plus grande à la vertu éprouvée. Il y avait, dans son attachement pour ma mère, une nuance de gratitude et d'adoration, totalement différente d'une passion servile, car il vénérait la vertu de sa femme et désirait lui faire oublier, par ce moyen, toutes les peines qu'elle avait endurées. Il y avait une grâce inexprimable dans sa manière d'être envers elle, tout était fait pour accomplir ses désirs et ses préférences. Il s'efforça de la protéger, comme un jardinier protège une plante exotique contre tout vent violent, et l'entoura de tout ce qui pouvait émouvoir agréablement son esprit doux et bon. Sa santé et même sa tranquillité d'esprit avaient été ébranlées par les épreuves qu'elle avait traversées. Durant les deux années qui s'étaient écoulées avant leur mariage, mon père avait graduellement abandonné toutes ses fonctions publiques. Immédiatement après leur union, mes parents se rendirent sous le ciel délicieux de l'Italie. Le changement de paysage et l'intérêt que suscita ce voyage à travers ce pays de merveilles, raffermirent la santé attaiblie de ma mère.

Après l'Italie, ils visitèrent l'Allemagne et la France. Moi-même, leur premier enfant, je naquis à Naples et, nouveau-né, je les accompagnai dans leurs randonnées. Durant plusieurs années je fus leur seul enfant. Bien que fort attachés l'un à l'autre, ils semblaient tirer d'une véritable mine d'amour l'affection inépuisable qu'ils me dispensaient. Mes premiers souvenirs sont ceux des tendres caresses de ma mère et du doux sourire de mon père. J'étais leur jouet et leur idole et quelquefois plus encore : leur enfant, l'innocente et faible créature que le ciel leur avait donnée pour l'élever dans le bien, et dont le bonheur ou le malheur futur serait le résultat de leurs efforts, selon qu'ils s'acquitteraient bien ou mal de leurs devoirs envers moi.

Avec la conscience profonde de ce qu'ils devaient à l'être auquel ils avaient donné la vie, et avec la tendresse diligente qui les animait tous deux, on peut s'imaginer que chaque heure de ma vie d'enfant constituait une leçon de patience, de charité, ou de contrôle de moi-même, qui semblait me guider ainsi qu'un fil de soie, vers un bonheur sans mélange.

Pendant longtemps je fus l'unique objet de leurs soins. Ma mère désirait beaucoup avoir une fille, mais je restais leur seul enfant. Vers ma cinquième année, lors d'une excursion au-delà de la frontière italienne, nous passâmes une semaine au bord du lac de Côme. Mes parents entraient souvent dans les maisons de pauvres gens. C'était pour ma mère plus qu'un devoir ; c'était une nécessité, une passion.

À son tour, elle voulait être l'ange consolateur des affligés. La pauvre femme se souvenait de ses misères d'autrefois. Au cours d'une des promenades que faisaient mes parents, une pauvre cabane au fond d'une vallée attira leur attention par son apparence délabrée ; de nombreux enfants vêtus de haillons jouaient à l'entour de la misérable demeure et prouvaient le dénuement sous sa forme la plus terrible. Un jour que mon père s'était rendu à Milan, ma mère et moi nous visitâmes ce logis. Elle y trouva un paysan et sa femme, vivant de leur dur labeur, courbés par les soucis et l'excès du travail, en train de distribuer une maigre pitance à cinq enfants affamés. Parmi ceux-ci, un surtout attira notre attention. C'était une petite fille qui semblait être d'une autre race. Les quatre autres étaient des petits vagabonds robustes aux yeux foncés ; la petite était mince et très blonde, ses cheveux, de l'or le plus brillant, semblaient, en dépit de la pauvreté de ses vêtements, poser une couronne sur sa tête. Son front était pur et grand, ses yeux bleus sans nuages, et ses lèvres et les traits de son visage exprimaient une sensibilité et une douceur telles que nul ne pouvait la contempler sans voir en elle un être distinct, un être envoyé par le ciel, et portant sur son visage une empreinte céleste.

La paysanne, s'apercevant que ma mère émerveillée regardait avec admiration cette jolie fillette, lui conta immédiatement son histoire. Ce n'était pas son enfant, mais la fille d'un noble Milanais. La mère, une Allemande, mourut en lui donnant le jour. L'enfant avait été placée en nourrice chez ces braves gens dont la situation était alors meilleure. Ils étaient mariés depuis peu de temps, et leur premier bébé venait de naître. Le père de la fillette était un de ces Italiens nourris dans le souvenir de la gloire antique de l'Italie — un de ces *Schiavi ognor frementi*[1], qui s'efforçaient d'obtenir la liberté de leur pays. Il fut victime de sa faiblesse.

Était-il mort, ou languissait-il encore dans les cachots autrichiens ? Nul ne le savait. Ses biens avaient été confisqués, son enfant devint une orpheline et une mendiante. Elle continuait à vivre avec ses parents nourriciers, et fleurissait dans leur modeste logis, plus jolie qu'une rose, parmi les ronces aux feuilles sombres.

Quand mon père revint de Milan, il trouva, jouant avec moi, dans le vestibule de notre villa, une enfant plus belle que les peintres chérubins — une créature qui semblait répandre l'éclat de ses regards et dont la tournure et les mouvements étaient plus légers que ceux du chamois sur les pentes des montagnes. Cette présence fut vite expliquée. Avec son autorisation, ma mère persuada les paysans qui la gardaient de lui céder la charge de l'enfant. Ils aimaient la douce orpheline, sa présence leur avait semblé une bénédiction, mais il aurait été injuste de la laisser dans la pauvreté et le besoin, quand la Providence lui offrait une protection si puissante. Ils consultèrent le prêtre de leur village et le résultat fut qu'Élizabeth Lavenza devint un nouvel habitant de la maison de mes parents et pour moi plus qu'une sœur, la belle et adorée compagne de tous mes travaux et de tous mes plaisirs.

Tout le monde aimait Élizabeth. Cet attachement passionné, cette vénération que tous lui portaient, attachement et vénération que je partageais d'ailleurs, devinrent vite mon orgueil et mon ravissement. L'après-midi précédant son arrivée à la maison, ma mère m'avait dit tout en jouant : « J'ai un joli cadeau pour

---

1. En italien dans le texte *(N.d.T.)*.

mon Victor ; demain il l'aura. » Et quand, le lendemain, elle me présenta Élizabeth comme le présent
qu'elle m'avait promis, j'interprétai littéralement ses
paroles, avec un sérieux tout enfantin, et regardai
Élizabeth comme mienne, pour la protéger, l'aimer et
la chérir. Toutes les louanges qu'on lui prodiguait, je
les recevais comme si elles m'étaient destinées. Nous
nous donnions familièrement l'un à l'autre le nom de
cousin. Aucun mot, aucune expression ne peut décrire
l'amitié qu'elle me portait, elle qui était plus que ma
sœur, puisque jusqu'à sa mort elle devait être uniquement mienne.

CHAPITRE II

Nous fûmes élevés ensemble, il y avait à peine une année de différence entre nous. Il est presque inutile de dire que notre affection ne connaissait ni froid, ni désaccord, ni disputes. L'harmonie était l'âme de notre camaraderie. La diversité et le contraste qui subsistaient dans nos caractères nous attachaient davantage l'un à l'autre. Élizabeth était d'humeur calme et concentrée. Quant à moi, d'un tempérament plus passionné, j'étais capable d'une application plus intense et avais plus de dispositions pour les sciences. Elle aimait surtout les créations éthérées des poètes et admirait les paysages majestueux et merveilleux qui entouraient notre maison de Suisse, — les formes sublimes des montagnes, le changement des saisons, la tempête et le calme, le silence de l'hiver et la turbulence de nos étés alpestres. Elle y trouvait d'amples sujets d'émerveillement et de plaisir. Tandis que ma compagne contemplait, sérieuse et satisfaite, les magnifiques apparences des choses, je prenais plaisir à en rechercher les causes. Le monde était pour moi un secret que je désirais percer. La curiosité, la recherche enthousiaste des lois cachées de la nature me causaient une joie touchant au ravissement ; ce sont là les premières sensations dont je puis me souvenir.

À la naissance d'un deuxième fils, mon cadet de sept ans, mes parents abandonnèrent entièrement leur vie de voyages, et se fixèrent dans leur pays natal. Nous possédions une maison à Genève et une campagne [1]

1. En français dans le texte *(N.d.T.)*.

à Bellerive, sur la rive est du lac à un peu plus d'une lieue de la ville. Nous fîmes de cette dernière propriété notre principale demeure et la vie de mes parents se passait en grande partie dans cette retraite. Mon naturel me portait à fuir la foule et à m'attacher passionnément à quelques personnes. En général j'étais indifférent vis-à-vis de mes camarades d'école ; mais les liens de l'amitié la plus forte m'unirent avec l'un d'entre eux, Henry Clerval, le fils d'un commerçant de Genève. C'était un garçon d'un talent exceptionnel et d'une imagination débordante. Il recherchait les risques, les privations et même le danger. Il avait lu de nombreux livres de chevalerie et d'aventures. Il composait des chants héroïques et écrivit même plusieurs contes fantastiques et des récits d'aventures chevaleresques. Il essayait de nous faire jouer des pièces et de nous faire participer à des mascarades, dont le caractère était tiré des héros de Ronceveaux, de la Table Ronde, du Roi Arthur et des légions de chevaliers qui répandirent leur sang pour délivrer le Saint-Sépulcre des mains des infidèles.

Nul être humain n'aurait pu passer une enfance plus heureuse que la mienne. Mes parents étaient bons et indulgents au plus haut point. Nous sentions que ce n'étaient pas des tyrans qui réglaient notre vie selon leurs caprices, mais les agents et les créateurs de toutes les joies qui étaient nôtres. Lorsque je me mêlais à d'autres familles, je discernais distinctement combien mon sort était heureux, et la gratitude contribua au développement de mon amour filial.

J'étais quelquefois violent et avais des passions fougueuses, mais mon instinct ne les dirigeait pas vers des jeux enfantins ; je brûlais d'un ardent désir d'apprendre. Je ne m'attelais pas à toutes choses, sans discernement, et je confesse que ni la structure des langues, ni les lois des nations, ni la politique des différents États n'avaient quelque attraction pour moi. C'étaient les secrets du ciel et de la terre que je brûlais de connaître et que je fusse préoccupé de la substance extérieure des choses ou que ce fût l'esprit de la nature ou l'âme mystérieuse de l'homme qui m'intéressât, mes recherches étaient toujours dirigées vers la métaphysique, ou dans le sens le plus élevé du mot, vers les secrets physiques du monde.

Quant à Clerval, il s'occupait des relations morales des choses. Les scènes tumultueuses de la vie, les vertus des héros et les actions des hommes constituaient le sujet de ses études. Son espoir et son rêve étaient de devenir un de ces vaillants et aventureux bienfaiteurs de notre race dont l'histoire conserve le nom. L'âme sainte d'Élizabeth brillait comme la lampe d'un sanctuaire dans notre foyer paisible. Nous possédions toute son affection. Son sourire, sa voix exquise, le doux éclat de ses yeux célestes étaient toujours présents pour nous bénir ou nous inspirer. Elle était comme l'esprit vivant de l'amour qui adoucit et qui attire. L'étude m'aurait peut-être rendu maussade et l'ardeur de ma nature m'aurait peut-être porté vers la brutalité, si Élizabeth n'avait été là pour me faire refléter sa propre douceur. Et Clerval (l'ombre du mal pouvait-elle se trouver dans le noble esprit de Clerval ?), peut-être n'aurait-il pas été si parfaitement humain, si réfléchi dans sa générosité, si plein de bonté et de tendresse malgré sa passion pour les exploits aventureux, si ma cousine ne lui avait révélé le charme réel de la bienfaisance et fait de cette vertu la fin et le but de son ambition la plus élevée ?

Je ressens un plaisir exquis à m'étendre sur mes souvenirs de jeunesse avant que le malheur n'ait souillé mon esprit et changé ses visions brillantes et universelles en des réflexions étroites, égoïstes et sombres. Et puis en traçant le tableau de mes premières années, je rappelle ces événements, qui me conduiront, par étapes insensibles, au récit de mes misères. Lorsque je veux m'expliquer la naissance de cette passion, qui ensuite régla ma destinée, je la vois semblable à une rivière de montagne ; ses sources sont humbles et presque oubliées, mais elle se gonfle au fur et à mesure que son cours se prolonge et elle devient le torrent qui, dans sa fougue, a balayé tous mes espoirs et toutes mes joies.

L'histoire naturelle est le génie qui a dirigé ma vie et je désire exposer dans ma narration les facteurs qui décidèrent de ma prédilection en faveur de cette science. J'avais treize ans lorsque nous allâmes en excursion aux bains de Thonon. Le temps inclément nous obligea à rester confinés toute une journée dans l'auberge. Dans cette maison j'eus le malheur de trouver un volume des œuvres de Cornelius Agrippa. Je l'ouvris avec indifférence ; la théorie qu'il tentait de démontrer, et les faits merveilleux qu'il relatait changèrent bientôt ce sentiment en enthousiasme. Une lumière nouvelle sembla illuminer mon cerveau, et bondissant de joie, je communiquai la découverte à mon père. Celui-ci regarda négligemment le titre de mon livre et dit : « Ah ! Cornelius Agrippa ! Mon cher Victor, ne gaspillez pas votre temps à lire cela ; ce n'est qu'une bagatelle insignifiante. »

Si, au lieu de cette remarque hâtive, mon père avait pris la peine de m'expliquer que les principes d'Agrippa étaient entièrement tombés en désuétude et qu'on avait inventé un système bien plus sérieux, plus logique et plus ordonné ; si mon père m'avait expliqué que les théories de cet alchimiste n'étaient qu'un fatras de chimères ; sous l'autorité de pareils arguments, j'aurais sans nul doute rejeté le livre et contenté mon imagination ardente, en retournant avec le plus grand enthousiasme à mes premières études. Il est même possible que le cours de mes idées n'aurait jamais reçu la fatale impulsion qui me conduisit à la ruine. Mais le coup d'œil rapide que mon père avait jeté au volume n'était guère le moyen de me convaincre qu'il en connaissait le contenu. Aussi continuais-je ma lecture avec la plus grande avidité.

Quand je revins à la maison, mon premier soin fut de me procurer toutes les œuvres de cet auteur, et ensuite celles de Paracelse et d'Albert le Grand. Je lus et j'étudiai avec ferveur les extravagantes fantaisies de ces auteurs ; je crus, dans ma candeur, qu'en dehors de moi peu de personnes connaissaient ces trésors. Je vous l'ai dit, j'étais possédé du désir intense de pénétrer les secrets de la nature.

En dépit du travail acharné et des découvertes merveilleuses des savants modernes, je sortais toujours de mes études mécontent et insatisfait. On dit que Sir Isaac Newton se comparait à un enfant ramassant des coquillages le long de l'immense océan inexploré de la vérité. Ses successeurs, dans chacune des branches de la physique, parurent même, à mes yeux d'enfant, des novices ne sachant comment accomplir l'immense tâche qui leur était dévolue.

Le paysan illettré contemple les éléments qui l'entourent, il en connaît les usages pratiques : le philosophe le plus savant n'en sait guère davantage. Il a partiellement dévoilé le visage de la Nature, mais les traits immortels de celle-ci demeurent encore un secret et un mystère. Le savant peut disséquer, analyser et donner des noms ; mais sans même parler d'une cause finale, les causes secondaires et tertiaires lui sont totalement inconnues. J'avais contemplé les fortifications et les obstacles qui semblaient interdire aux êtres humains l'entrée de la citadelle de la Nature ; téméraire et ignorant, j'avais perdu patience.

Mais voici des livres et des hommes qui avaient pénétré plus avant et qui en connaissaient davantage. J'acceptai leurs hypothèses comme des certitudes et je devins leur disciple.

Il peut paraître étrange que pareille littérature parût au XVIIIᵉ siècle ; mais tandis que je suivais l'enseignement régulier des écoles de Genève, j'étais un autodidacte en ce qui concernait mes recherches favorites. Mon père ignorait tout des sciences physiques et c'est avec un aveuglement d'enfant, auquel s'ajoutait la soif du savoir, qu'on me laissa me débattre au milieu des difficultés. Sous la direction de mes nouveaux précepteurs, j'entrepris avec la plus grande diligence la recherche de la pierre philosophale et de l'élixir de vie.

Ce fut cette dernière recherche qui retint toute mon attention. La richesse était un but inférieur, mais quelle gloire ne m'apporterait pas ma découverte, si je pouvais bannir le mal du corps humain et rendre l'homme invulnérable à tout, sauf à la mort violente !

Ce ne furent pas mes seules visions. Mes auteurs favoris me promettaient l'évocation des esprits et des démons et je cherchais par tous les moyens la réalisation de cette promesse. Si mes incantations échouaient toujours, j'en attribuais la faute plus à ma propre inexpérience et à mes erreurs qu'au manque de science ou d'honnêteté de mes maîtres. Et ainsi, pendant longtemps, absorbé dans l'étude des systèmes condamnés, je mêlais, comme un profane, mille théories contradictoires et me débattais désespérément dans un bourbier de connaissances multiples, sans autre guide que mon imagination ardente et un raisonnement enfantin jusqu'à ce qu'un accident changeât à nouveau le cours de mes idées.

J'avais près de quinze ans et nous habitions toujours notre maison de campagne à Bellerive. Un jour, nous fûmes témoins d'un orage extrêmement violent et terrible. Il venait des montagnes du Jura. La foudre éclatait avec force et fracas de plusieurs côtés à la fois. Intéressé par ce phénomène, j'observais les progrès de l'orage avec une grande curiosité. Alors que je me tenais sur le seuil de la porte, je vis tout à coup un tourbillon de feu sortir d'un vieux chêne qui se dressait à une vingtaine de yards de notre habitation. À peine la lumière violente se fut-elle évanouie que nous pûmes constater que le vieil arbre avait disparu et qu'à sa place, il ne restait plus qu'un tronc calciné. Lorsque le lendemain, nous nous approchâmes de celui-ci, nous trouvâmes le chêne détruit d'une façon bizarre. Il n'était pas brisé en éclats mais se trouvait entièrement réduit en minces rubans de bois. Je n'avais jamais vu de destruction aussi totale. Avant cela, je ne connaissais pas grand-chose des lois les plus élémentaires de l'électricité. Un grand physicien se trouvait par hasard auprès de nous. Excité par cette catastrophe, il se mit à nous exposer une théorie qu'il avait établie sur l'électricité et le galvanisme. Ce fut pour moi une révélation et un émerveillement.

Tout ce qu'il disait rejetait définitivement dans l'ombre Cornelius Agrippa, Albert le Grand et Paracelse, les maîtres de mon imagination, mais, par une certaine fatalité, la ruine de leurs théories m'incita à délaisser la poursuite de mes recherches habituelles.

Il me semblait que c'en était fini des découvertes : tout ce qui avait si longtemps absorbé mon attention devenait soudainement méprisable. Par un de ces caprices de l'esprit si fréquents dans notre première jeunesse, j'abandonnai mes anciens travaux, considérai l'histoire naturelle et tout ce qui en découlait comme des conceptions fausses et erronées, et montrai le plus grand dédain pour une soi-disant science qui ne pourrait même jamais franchir le seuil de la science vraie. Dans cette disposition d'esprit, je m'adonnai aux mathématiques, et à l'étude de ses branches accessoires. Elles me paraissaient construites sur des bases sérieuses et méritaient à ce point de vue ma considération.

Telle est l'étrangeté de la structure de nos âmes, et la fragilité des liens qui nous attachent à la prospérité ou à la ruine ! Quand je regarde en arrière, il me semble que ce changement presque miraculeux de mes inclinations et de ma volonté était l'ultime suggestion de l'ange gardien de ma vie, le dernier effort fait par l'instinct de conservation pour prévenir l'orage, qui était déjà suspendu au-dessus de ma tête et prêt à m'engloutir totalement. Sa victoire se manifesta par une tranquillité et une joie profondes dès que j'abandonnai mes anciennes études, qui m'avaient ces derniers temps causé tant de tourments. C'est ainsi que j'appris à associer l'idée du mal à mes recherches et celle du bonheur à l'abandon de mes travaux.

Ce fut un puissant effort de l'esprit du bien ; mais il resta sans effet. La destinée était trop puissante, et ses lois immuables avaient décrété ma ruine entière et terrible.

CHAPITRE III

Quand j'eus atteint l'âge de dix-sept ans, mes parents décidèrent que je deviendrais étudiant de l'Université d'Ingolstadt. J'avais jusqu'ici fréquenté les écoles de Genève ; mais mon père pensait qu'il était nécessaire, pour compléter mon éducation, de me familiariser avec d'autres coutumes que celles de mon pays natal. Mon départ fut donc fixé à une date proche, mais avant que ce jour n'arrivât, le premier malheur de ma vie se produisit, présage de ma future misère.

Élizabeth avait attrapé la fièvre scarlatine ; sa maladie était grave, et la pauvre jeune fille courait les plus grands dangers. On s'efforça de persuader ma mère de s'abstenir de soigner ma cousine. Au début la brave femme céda à nos instances, mais quand on lui dit que la vie de sa préférée était menacée, elle ne put vaincre plus longtemps son anxiété. Elle soigna la malade. Ses soins attentifs triomphèrent de la malignité de la fièvre : Élizabeth fut sauvée. Mais les conséquences de cette imprudence furent fatales à celle qui s'était dévouée. Le troisième jour ma mère fut atteinte à son tour, sa fièvre fut accompagnée des symptômes les plus alarmants, et les diagnostics des médecins nous firent présager le pire. Le courage et la bonté de cette femme, la meilleure de toutes, ne la quittèrent pas à son lit de mort. Elle joignit les mains d'Élizabeth aux miennes et dit : « Mes enfants, mon plus ferme espoir de bonheur résidait dans votre future union. Cette espérance sera maintenant la consolation de votre père. Élizabeth, mon amour, vous devrez me remplacer auprès de mes jeunes enfants. Hélas ! je regrette de vous être enlevée.

Heureuse et aimée comme je l'étais, n'est-il pas dur de vous quitter tous ? Mais ce ne sont pas là des pensées dignes de moi. Je vais m'efforcer de me résigner joyeusement à ma destinée, et je caresse l'espoir de vous rencontrer dans un autre monde. »

Elle expira paisiblement et son visage exprimait l'affection jusque dans la mort. Je n'ai pas besoin de vous décrire les sentiments de ceux dont les liens les plus chers étaient brisés par ce malheur irréparable ; la douleur s'empara de nos âmes et le désespoir se refléta sur nos visages. Nos esprits mirent bien longtemps à se faire à l'idée de ne plus voir chaque jour celle dont l'existence paraissait être une partie de la nôtre.

Avec peine, nous nous persuadâmes que ses yeux brillants d'amour s'étaient fermés pour toujours et que sa voix, en même temps si familière et si chère à nos oreilles, s'était tue à jamais.

Tels furent les sentiments des premiers jours, mais quand le temps prouva la réalité du malheur, alors commença l'amertume de la douleur. Pourtant, qui n'a pas été privé d'une chère présence par cette rude main de la mort ? Pourquoi décrirais-je une peine que tous ont ressentie, ou devront ressentir ? Le temps arriva enfin où le chagrin fut plutôt une faiblesse qu'une réalité et le sourire qui erre sur les lèvres, bien qu'on le considérât comme un sacrilège, ne fut plus banni. Ma mère était morte, mais il nous restait encore des devoirs à accomplir. Nous devions continuer notre vie et apprendre à nous estimer heureux, tant que l'un d'entre nous resterait vivant et n'aurait pas été fauché par la main destructrice de la mort.

Mon départ pour Ingolstadt, retardé par ces événements, fut à nouveau décidé. J'obtins de mon père un répit de quelques semaines : il m'apparaissait sacrilège de quitter aussi vite le calme de cette maison endeuillée et de me précipiter dans la mêlée de la vie. La souffrance était chose nouvelle pour moi, mais je n'en étais pas moins troublé. Il m'était pénible de quitter ceux qui me restaient, et par-dessus tout, je désirais voir ma douce Élizabeth un peu consolée.

Elle dissimulait vraiment son chagrin, et s'efforçait de nous réconforter. Elle regardait la vie avec fermeté et assumait ses devoirs avec courage et avec zèle. Elle se dévoua pour ceux qu'on lui avait appris à nommer oncle et cousins. Jamais elle ne fut plus charmante qu'à cette époque et les sourires qu'elle répandait sur nous rappelaient l'éclat du soleil. Elle oublia ainsi sa propre peine dans ses efforts pour nous faire oublier la nôtre.

Le jour de mon départ arriva enfin. Clerval passa la dernière soirée avec nous. Il s'était efforcé de persuader son père de lui permettre de m'accompagner et de devenir mon camarade d'étude ; mais ce fut en pure perte. M. Clerval était un commerçant à l'esprit étroit, et ne voyait que paresse et ruine dans les aspirations et l'ambition de son fils. Henri ressentait profondément le malheur d'être privé d'une éducation libérale. Il n'en disait rien ; mais quand il parlait, je lisais dans le feu et l'animation de son regard la ferme résolution de ne pas se laisser enchaîner aux détails mesquins du commerce.

Nous veillâmes tard. Nous ne pouvions nous arracher l'un à l'autre, ni nous décider à nous dire adieu. Nous nous séparâmes enfin, et nous nous retirâmes sous le prétexte de chercher un peu de repos, chacun imaginant tromper l'autre, mais lorsque à l'aube, je descendis vers la voiture qui devait m'emmener, les miens étaient tous là, mon père pour me bénir, Clerval pour me presser une fois de plus dans ses bras, mon Élizabeth pour me supplier encore de lui écrire souvent, et pour dispenser les derniers soins d'une femme à son compagnon de jeu et à son ami.

Je me jetai dans la voiture qui devait m'emmener et m'abandonnai aux réflexions les plus mélancoliques. Moi qui avais toujours été entouré par d'aimables compagnons, cherchant sans cesse à me faire plaisir, j'étais maintenant seul. Dans l'université où je me rendais, je devrais former moi-même mes amis et être mon propre protecteur. Ma vie avait été jusqu'à présent remarquablement isolée, familiale, et cela m'avait donné une invincible répugnance pour de nouvelles relations. J'aimais mes frères, Élizabeth et Clerval ; ceux-ci étaient de « vieux visages familiers » ; mais je me savais totalement incapable de supporter la compagnie des étrangers. Telles étaient mes réflexions au commencement de mon voyage ; mais par la suite mon courage et mes espoirs grandirent. Je désirai ardemment acquérir du savoir. Quand j'étais à la maison, j'avais souvent pensé qu'il était pénible de passer sa jeunesse enfermé dans le même endroit et j'avais souhaité avec ardeur entrer dans le monde, et prendre rang parmi les autres êtres humains. Maintenant, mes désirs étaient satisfaits et il aurait été vraiment fou de désespérer.

J'eus suffisamment de loisirs pour faire toutes ces réflexions, ainsi que beaucoup d'autres, durant mon long et fatigant voyage vers Ingolstadt. Enfin, mes yeux aperçurent le grand clocher blanc de la ville. Je descendis, et je me fis conduire à mon appartement afin d'employer la soirée comme je l'entendrais.

Le lendemain matin, je présentai mes lettres d'introduction et rendis visite à la plupart des principaux professeurs. Le hasard, ou plutôt la mauvaise influence, l'Ange de Destruction qui affirma sa toute-puissance sur moi dès que je m'éloignai à regret de ma famille, me fit aller d'abord chez M. Krempe, le professeur de physique. C'était un homme rude, mais profondément versé dans les secrets de la science. Il me posa plusieurs questions sur mes connaissances dans les différentes branches relatives à la physique. Je répondis négligemment et d'un ton méprisant citai les noms de mes alchimistes, ainsi que les principaux auteurs que j'avais étudiés. Le professeur tressaillit et me dit : « Avez-vous réellement passé votre temps à étudier de semblables nullités ? »

Je répondis par l'affirmative. « Chaque minute, continua M. Krempe avec chaleur, chaque instant que vous avez consacré à ces livres, est totalement et entièrement perdu. Vous avez chargé votre mémoire de systèmes condamnés et de noms inutiles. Bon Dieu ! dans quel désert avez-vous vécu ? Personne n'a donc eu la bonté de vous informer que ces fantaisies, dont vous vous êtes pénétré à un tel degré, étaient vieilles d'un millier d'années et aussi moisies qu'anciennes ? Je ne m'attendais guère à trouver, dans un siècle aussi éclairé que scientifique, un disciple d'Albert le Grand et de Paracelse. Mon cher monsieur, vous devez entièrement recommencer vos études. »

Ce disant, il s'écarta de moi, et me dressa une liste de plusieurs livres de physique qu'il désirait me voir acquérir ; puis il me congédia, après m'avoir annoncé qu'au début de la semaine prochaine il avait l'intention de commencer une série de conférences sur la physique et ses relations avec les autres sciences. Il ajouta que, un jour sur deux, lorsque lui-même ne parlerait pas, M. Waldman, un de ses collègues, nous ferait un cours de chimie.

Je retournai chez moi, nullement déçu, car il y avait longtemps que je considérais comme sans valeur ces auteurs que le professeur méprisait, mais je n'étais pas du tout décidé à reprendre ces études. M. Krempe était un petit bonhomme trapu, doué d'une voix bourrue et d'un visage repoussant ; le maître ne m'engageait donc pas à partager ses recherches. On sait les conclusions auxquelles j'étais parvenu dans mes premières années. Enfant, je ne me contentais pas des résultats promis par les professeurs modernes des sciences naturelles. Avec une confusion d'idées seulement explicable par mon extrême jeunesse et l'absence de guide en cette matière, j'avais suivi le pas de la science le long de la route du temps, et négligé les découvertes des chercheurs actuels pour les rêves d'alchimistes oubliés. Je méprisais les usages de la physique moderne ; elle était très différente de celle où les maîtres cherchaient l'immortalité et le pouvoir ; certaines vues, quoique inutiles, avaient une certaine majesté, mais maintenant le spectacle était différent. L'ambition du chercheur semblait se limiter à dissiper ces visions sur lesquelles reposait principalement mon intérêt pour cette science. On me demandait d'échanger des chimères d'une majesté infinie pour des réalités de petite valeur.

Telles furent mes réflexions durant les deux ou trois premières journées de mon séjour à Ingolstadt ; j'occupai principalement ces premiers jours à me familiariser avec les maîtres et à faire connaissance avec les principaux résidents de l'endroit. Mais au début de la semaine suivante, je me souvins des renseignements que M. Krempe m'avait donnés sur ses conférences. Et quoique je ne tinsse nullement à entendre ce petit homme vain discourir du haut de sa chaire, je me rappelai ce qu'il m'avait dit de M. Waldman, que je n'avais d'ailleurs pas encore vu.

En partie par curiosité, et en partie par désœuvrement, je me rendis à la salle des conférences, où M. Waldman entra peu après. Ce professeur ressemblait peu à son collègue. Il était âgé d'environ cinquante ans et paraissait un homme extrêmement bienveillant ; des cheveux grisonnants lui couvraient les tempes, mais ils étaient presque noirs sur le dessus de la tête. Il était petit mais se tenait remarquablement droit ; sa voix était la plus douce que j'eusse jamais entendue. Il commença son cours par une récapitulation de la chimie et des perfectionnements apportés par les savants qui s'étaient adonnés à l'étude de cette science ; il prononça avec ferveur les noms des inventeurs les plus distingués et ensuite, donna un rapide aperçu de l'état actuel de la science et expliqua plusieurs vocables élémentaires. Après avoir fait quelques expériences préparatoires, il termina par un panégyrique de la chimie moderne, dont je n'oublierai jamais les termes :

« Les anciens maîtres de cette science, dit-il, promettaient des choses impossibles et ne réalisaient rien. Les maîtres modernes promettent très peu ; ils savent que les métaux ne peuvent se transmuter, et que l'élixir de vie est une chimère. Mais ces philosophes, dont les mains semblent seulement faites pour fouiller dans la saleté, et les yeux pour se pencher sur le microscope ou le creuset, ont, malgré tout, accompli des miracles. Ils pénètrent dans les recoins de la nature, nous exposent sa façon de travailler et nous dévoilent ses mystères. Ils montent jusqu'aux cieux et ont découvert la circulation du sang et la nature de l'air que nous respirons. Ils ont acquis des pouvoirs nouveaux et presque illimités, peuvent commander au tonnerre, imiter le tremblement de terre, et même se jouer du monde invisible et de ses ombres. »

Telles furent les paroles du professeur, — ou plutôt laissez-moi dire : telles furent les paroles que le Destin prononça pour mon malheur. Tandis que ce savant parlait, je sentais mon âme aux prises avec un ennemi impalpable ; une par une les différentes touches qui formaient le mécanisme de mon être furent frappées : corde après corde, toutes résonnèrent les unes après les autres, et bientôt mon esprit ne fut plus rempli que d'une seule pensée, d'une seule conception, d'un seul but. « Voici ce qui a été fait, s'exclamait l'âme de Frankenstein, mais moi, j'accomplirai plus, bien plus : suivant les pas déjà tracés, je créerai une nouvelle route, j'explorerai les pouvoirs inconnus, et révélerai au monde les mystères les plus profonds de la création. »

Cette nuit-là, je ne fermai pas les yeux. Mes nerfs étaient surexcités et de nombreuses idées s'agitaient confusément dans mon esprit. J'avais bien l'impression que l'ordre finirait par sortir de ce chaos mais je n'arrivais pas à le produire. Cependant, après l'aube, le soleil me surprit. Lorsque je me réveillai, mes pensées de la nuit ne furent plus qu'un rêve. Seule subsistait ma résolution de reprendre mes études anciennes et de me vouer à une science pour laquelle je croyais posséder des aptitudes spéciales. Le même jour, je rendis visite au professeur Waldman. Ses manières dans le privé étaient plus amènes et plus attrayantes encore qu'en public. La dignité qu'il affichait au cours de ses conférences faisait place dans sa maison à la plus grande affabilité et à la plus grande bonté. Je lui fis un rapide exposé de mes anciennes recherches et me servis à peu près des mêmes termes que j'avais utilisés lors de mon entretien avec son collègue.

M. Waldman écouta mon récit avec attention, sourit aux noms de Cornelius Agrippa et de Paracelse, mais ne montra pas le mépris de M. Krempe. Il me dit « que c'était au zèle infatigable de ces hommes que les savants modernes devaient la plupart des fondements de leur savoir. Ils nous avaient laissé une tâche plus aisée : donner des noms nouveaux et coordonner des faits qu'ils avaient pour une grande part mis en lumière. Les travaux de ces hommes de génie, bien que visant des buts faux, apportèrent en fin de compte des avantages substantiels à l'humanité ».

J'écoutai attentivement cet exposé fait sans la moindre présomption, la plus légère affectation. Je lui déclarai alors que sa conférence avait dissipé mes préjugés contre la chimie moderne. Je m'exprimai en termes mesurés, avec la modestie et la déférence dues par un jeune homme à son maître. Mon expérience de la vie me rendait timide, et je ne laissai rien paraître de l'enthousiasme qui stimulait ma volonté de revenir au travail. Enfin, je requis son avis au sujet des livres que je devais me procurer.

« Je suis heureux, dit M. Waldman, d'avoir fait un disciple ; et si votre application égale votre talent, je ne doute aucunement de votre succès. La chimie est la branche des sciences naturelles où l'on a accompli les plus grands progrès. C'est pour cette raison que je l'étudie particulièrement, sans, pour cela, négliger les autres branches de la science. Un homme serait un très mauvais chimiste s'il s'occupait uniquement de ce département des connaissances humaines. Si vous désirez devenir réellement un homme de science, et non tout bonnement un empirique borné, je vous conseille d'étudier toutes les branches des sciences naturelles, y compris les mathématiques. »

Mon professeur me conduisit ensuite dans son laboratoire, et m'expliqua l'usage des différents instruments ; il me donna la nomenclature de ceux que je devais me procurer, et me promit même de me permettre d'utiliser les siens dès que je serais assez avancé dans cette science pour ne pas fausser leur mécanisme délicat. Il me fit connaître également les livres que j'aurais à étudier et là-dessus je me retirai.

Ainsi se termina pour moi ce jour mémorable qui décida de mon futur destin.

CHAPITRE IV

À dater de ce jour, les sciences naturelles, et en particulier la chimie, dans le sens le plus étroit du terme, devinrent presque mon unique occupation. Je lisais avec ardeur les ouvrages, si pleins de génie et de savoir, que les chercheurs modernes avaient écrits sur ce sujet. Je suivis les conférences, et fis la connaissance des savants professeurs de l'Université. Je découvris même que M. Krempe était un homme de grand bon sens et de haute valeur intellectuelle ; malheureusement, il gâtait ces qualités par sa physionomie et ses manières rébarbatives ; mais il n'en était pas moins précieux pour cela. M. Waldman se révéla un ami véritable. Sa douceur ne se teinta jamais de dogmatisme, et ses conseils étaient donnés avec franchise et bonne humeur, ce qui excluait toute idée de pédantisme. De mille façons, il aplanit pour moi le chemin du savoir, et rendit claires et faciles à mon intelligence les recherches les plus abstraites. Mon application, au début hésitante et incertaine, gagna en force au fur et à mesure que je progressais, et devint bientôt si ardente et si enthousiaste que souvent les étoiles s'effaçaient dans la lueur du matin, alors que je travaillais encore dans mon laboratoire.

Avec une application semblable, on conçoit aisément que j'avançais rapidement. Mon ardeur faisait vraiment l'étonnement des étudiants et mes progrès celui de mes maîtres. Le professeur Krempe me demandait souvent avec un sourire malicieux des nouvelles de Cornelius Agrippa, tandis que M. Waldman exprimait son contentement sincère de me voir si appliqué. Deux ans s'écoulèrent de la sorte. Absorbé corps et âme par mon travail, je n'avais pas le temps de retourner à Genève. Seuls ceux qui les ont éprouvées, peuvent concevoir les séductions de la science. Il y a des études où il n'y a plus rien à apprendre, où vos prédécesseurs ont tout découvert, mais dans les sciences naturelles, vous avez toujours la chance de découvrir du nouveau. Une intelligence moyenne qui poursuit avec acharnement une étude, arrive infailliblement à faire de grands progrès ; et moi, qui visais sans désemparer le même but et m'absorbais tout entier dans cette tâche, j'avançais si rapidement qu'au bout de deux ans, je réussis à apporter des améliorations à plusieurs instruments de chimie, ce qui me valut l'estime et la considération de l'université. Ayant épuisé, tant au point de vue pratique que théorique, tout le savoir que pouvaient me procurer les professeurs d'Ingolstadt, je considérai qu'un plus long séjour en cette université ne me servirait à rien. Je pensais alors retourner auprès de mes parents, dans ma ville natale, lorsque se produisit un incident qui prolongea mon séjour.

Un des phénomènes qui avaient particulièrement retenu mon attention était la structure du corps humain, et de tous les animaux doués de vie. Je me demandais souvent d'où provenait le principe de vie. C'était une question audacieuse : elle avait toujours été considérée comme un mystère. Pourtant, que de secrets ne pénétrerions-nous pas, si la lâcheté ou la négligence n'entravaient pas nos recherches ? Je réfléchis longuement à ces circonstances et décidai de m'appliquer plus particulièrement à la partie des sciences naturelles qui se rapporte à la physiologie. Si je n'avais pas été soutenu par un enthousiasme extraordinaire, mon initiation aurait été ennuyeuse et presque intolérable. Pour examiner les causes de la vie, il faut tout d'abord connaître celles de la mort. J'étudiai l'anatomie : mais ce n'était pas suffisant ; je devais observer aussi la décomposition et la corruption naturelles du corps humain. Mon père avait pris les plus grandes précautions pour qu'au cours de mon éducation, l'on n'im-

pressionnât point mon esprit par des horreurs surnaturelles. Je ne me souviens pas d'avoir jamais tremblé
pour un conte fantastique ou d'avoir craint l'apparition d'un esprit. Les ténèbres n'avaient pas d'effet sur
mon imagination et un cimetière était seulement pour
moi le réceptacle des corps privés de vie qui, après avoir
été le siège de la beauté et de la force, étaient devenus
la proie des vers. Voici que j'étais amené à examiner
la cause et les étapes de cette corruption, et forcé de
passer mes jours et mes nuits dans les caveaux et les
charniers. Mon attention se fixait sur tous les objets
les plus insupportables pour la délicatesse des sentiments humains. Je voyais la forme magnifique de
l'homme s'enlaidir et se corrompre. J'observais l'action
destructrice de la mort ronger et détruire la fraîcheur
des joues vivantes. Je voyais la vermine hériter de ce
qui constituait les merveilles du cerveau. Je m'arrêtais,
examinais et analysais tous les infimes détails du passage de la cause à l'effet. J'observais les phases du passage de la vie à la mort et de la mort à la vie, jusqu'au
moment où parmi ces ténèbres une lumière soudaine
brilla devant mes yeux... une lumière tellement écla-
tante, tellement prodigieuse et pourtant d'une simplicité telle que si je fus ébloui par l'immensité de la perspective qu'elle me démasqua, je fus surpris que parmi
tant d'hommes de génie qui avaient dirigé leur attention et effectué leurs travaux dans le même sens, j'étais
le premier à qui devait être réservé l'honneur de découvrir un secret si prodigieux.

Souvenez-vous-en, je ne vous raconte pas les visions
d'un fou. Aussi vrai que le soleil brille dans les cieux,
ce que je vous affirme est l'expression de la vérité. Un
miracle aurait pu se produire mais les étapes de ma
découverte furent distinctes et probantes. Après des
jours et des nuits de labeurs et de fatigues, je réussis
à trouver la cause de la génération et de la vie. Je devins
même capable d'animer la matière inerte. L'étonnement
que me causa ma découverte céda bientôt la place à la
joie et à l'enthousiasme. Après un travail aussi pénible,

la réalisation de mes désirs les plus chers constituait la récompense la plus flatteuse. Mais cette découverte était si importante et si capitale que toutes mes peines furent oubliées et je ne vis plus que le résultat. Ce que les plus grands savants avaient étudié, cherché et désiré depuis la création du monde, je l'avais maintenant trouvé. Ne croyez pas qu'une scène magique se soit soudain révélée à mes yeux : la certitude que j'avais acquise était plutôt de nature à diriger mes efforts vers l'objet de mes recherches et ne constituait pas une fin par elle-même. J'étais semblable à l'Arabe qui, enterré avec les morts, retrouvait, grâce à une faible lueur d'apparence insignifiante, un passage le menant vers la vie.

Je vois, mon ami, à votre impatience, à l'émerveillement et à l'espoir qu'expriment vos yeux, que vous espérez être informé du secret qui me fut révélé ; cela ne peut être. Écoutez patiemment mon histoire jusqu'à la fin et vous comprendrez facilement la raison de ma réserve actuelle. Je ne veux pas vous entraîner, imprudent et ardent comme je l'étais moi-même, vers votre destruction et votre misère infaillibles. Apprenez, sinon par mes conseils, du moins par mon exemple, comme il est dangereux d'acquérir la science, et combien est plus heureux l'homme qui tient sa ville natale pour le centre de l'univers. Oui, malheur à celui qui aspire à devenir plus grand que sa nature !

Lorsque je me vis en possession d'un pouvoir si prodigieux, j'hésitai longtemps sur la manière de l'employer. Rien ne m'empêchait d'animer la matière, je savais préparer un corps pour recevoir la vie ; réaliser l'entrelacement délicat de fibres, de muscles et de veines n'avait plus de secrets pour moi ; mais l'exécution de cette œuvre présentait des difficultés énormes.

Je ne savais pas d'abord si je tenterais de créer un être semblable à moi-même ou un organisme plus simple. Mon premier succès avait d'abord tellement exalté mon imagination que je ne doutais nullement de mon pouvoir de donner la vie à un être aussi merveilleux que l'homme. Les matériaux dont je disposais alors m'apparaissaient insuffisants pour une entreprise aussi ardue et aussi délicate ; mais je croyais fermement au succès complet. Je me préparai à rencontrer de nombreux revers, mes opérations pourraient échouer sans cesse et mon œuvre être imparfaite. Cependant, les progrès quotidiens de la science et de la mécanique me firent espérer que mes essais actuels seraient la base de mes triomphes futurs. Je ne pouvais trouver dans la grandeur et la complexité de mon plan une preuve de son impossibilité. Ce fut dans de pareils sentiments que j'entrepris la création d'un être humain.

La petitesse minutieuse des différentes parties du corps de l'homme constituait un grave inconvénient à la rapidité de mon travail ; c'est pourquoi je résolus, à l'encontre de ma première intention, de faire un être de stature gigantesque ; il aurait environ huit pieds de haut et sa largeur serait en proportion de sa taille. Après avoir pris cette détermination et passé plusieurs mois à rassembler mes matériaux, je me mis à l'œuvre.

Personne ne peut concevoir la variété des sentiments qui, tel un ouragan, me poussaient en avant ; j'étais exalté par l'enthousiasme de mon premier succès. La vie et la mort m'apparaissaient comme des obstacles que je réduirais, en premier lieu, pour déverser un torrent de lumière sur notre sombre univers. Une espèce nouvelle me bénirait comme son créateur ; de nombreuses créatures heureuses et bonnes me devraient la vie. Nul père ne pourrait mériter la gratitude de son enfant aussi complètement que je mériterais la leur. Poursuivant ces réflexions, j'estimais que si je pouvais animer la matière inerte, je pourrais avec le temps (cependant, alors, je trouvais cela impossible) renouveler la vie lorsque la mort avait apparemment livré le corps à la corruption.

Ces pensées soutenaient mon courage, tandis que je poursuivais mon entreprise avec une ardeur infatigable. Mes études avaient pâli mes joues, et le manque d'exercice avait amaigri mon corps. Quelquefois, au bord même de la certitude, j'échouais. Cependant, je me cramponnais toujours à l'espoir que le jour suivant, les heures suivantes verraient la réalisation de mon plan. Le secret que j'étais seul à posséder était le stimulant de mon labeur et la lune contemplait mon travail nocturne, tandis que, obstinément, malgré mon impatience, je scrutais les replis les plus cachés de la nature. Qui concevra les horreurs de mon labeur secret, lorsqu'à tâtons, je profanais l'humidité des tombes, ou torturais l'animal vivant pour animer l'argile inerte ? Ce souvenir fait maintenant trembler mes membres et troubler mon regard. Mais une impulsion irrésistible et presque frénétique me poussait en avant. Toute mon âme, toutes mes sensations ne semblaient plus exister que pour cette seule recherche. Ce n'était sans doute qu'une ivresse passagère et dès que ce sentiment bizarre cessait d'opérer, je reprenais mes anciennes habitudes. Je ramassais les os dans les charniers, et mes doigts profanes violaient les prodigieux mystères du corps humain. C'était dans une chambre ou plutôt une cellule solitaire, tout en haut de la maison, et séparée des autres appartements par une galerie et un escalier, que j'avais installé mon atelier d'immonde création : mes yeux sortaient de leurs orbites en contemplant les détails de mon œuvre. La salle de dissection et l'abattoir me fournissaient la plupart de mes matériaux, et souvent ma nature humaine me forçait à me détourner avec répugnance de mes travaux, au moment même où, poussé par une curiosité perpétuellement accrue, j'allais aboutir.

Les mois de l'été passèrent tandis que, corps et âme, j'étais tout à mon travail. La saison était magnifique ; jamais les champs n'avaient donné de récoltes plus abondantes, et les vignes de plus luxuriantes vendanges ; mais mes yeux étaient insensibles aux charmes de la nature. Les mêmes sentiments qui me faisaient négliger le paysage qui m'entourait me faisaient oublier ma famille que j'avais laissée au loin, et que je n'avais pas vue depuis bien longtemps. Je savais que mon silence les inquiétait et je me souvenais parfaitement des paroles de mon père : « Je sais que tant que vous serez content de vous, vous penserez à nous avec affection et que nous aurons régulièrement de vos nouvelles. Vous devrez me pardonner si je regarde une interruption dans votre correspondance comme une preuve que vous négligez également vos autres devoirs. »

Je savais donc bien quelles seraient les réactions de mon père ; mais je ne pouvais arracher mes pensées de mon labeur écœurant. Celui-ci avait une emprise irrésistible sur mon imagination. Je désirais ajourner tout ce qui avait trait à mes sentiments d'affection jusqu'au moment où l'œuvre qui m'absorbait tout entier serait terminée.

J'estimais alors que mon père serait injuste s'il attribuait ma négligence au vice, ou à un manquement quelconque de ma part ; mais je suis maintenant convaincu qu'il avait raison de penser que je n'étais pas tout à fait exempt de blâme. Un être humain en cours de perfection doit toujours garder un esprit calme et paisible, et ne jamais permettre à la passion ou à un désir passager de troubler sa tranquillité. Je ne pense pas que la poursuite du savoir soit une exception à cette règle. Si l'étude à laquelle vous vous appliquez tend à diminuer vos affections et à détruire votre goût pour les plaisirs simples, c'est que cette étude est certainement blâmable, c'est-à-dire impropre à l'esprit humain. Si cette règle était toujours observée, si tous les hommes renonçaient à toute tâche susceptible de contrarier la tranquillité de leurs affections familiales, la Grèce n'aurait pas été asservie, César aurait épargné sa patrie, l'Amérique aurait été découverte plus graduellement, et les empires du Pérou et du Mexique n'auraient pas été détruits.

Mais je m'oublie à faire de la morale, au moment le plus intéressant de mon histoire et vos regards me rappellent à mon sujet.

Mon père ne me faisait aucun reproche dans ses lettres, et mon silence l'incitait seulement à s'enquérir plus particulièrement encore que précédemment de mes

occupations. L'hiver, le printemps et l'été s'écoulèrent ;
mais je ne prêtais attention ni aux fleurs ni à l'épanouis-
sement des feuillages — spectacles qui auparavant me
rendaient si parfaitement heureux — tant j'étais
absorbé par mes recherches. Les feuilles de cette année
s'étaient flétries avant que mon œuvre n'approchât de
sa fin mais, maintenant, chaque jour me démontrait que
ma réussite était de plus en plus certaine. Cependant
mon enthousiasme était réprimé par mon anxiété, car
je me sentais plutôt semblable à un esclave condamné
à travailler dans les mines ou à quelque autre emploi
insalubre, qu'à un artiste occupé à son œuvre préférée. Chaque nuit, une fièvre lente m'oppressait, et je
devenais nerveux à un degré douloureux. La chute
d'une feuille me faisait sursauter, et j'évitais mes semblables comme si j'avais été coupable d'un crime. Quelquefois je m'alarmais en voyant l'épave que j'étais
devenu ; seule, la volonté d'atteindre mon but me soutenait ; mes travaux finiraient bientôt. Je croyais que
l'exercice et les distractions chasseraient ce commencement de maladie, et je me promettais de m'octroyer
un repos complet dès que ma création serait achevée.

CHAPITRE V

Ce fut par une lugubre nuit de novembre que je vis enfin mon œuvre terminée. Avec une anxiété mêlée de terreur, je rassemblai autour de moi les instruments qui devaient me permettre d'infuser l'étincelle de vie dans cette chose inerte gisant à mes pieds. Une heure du matin venait de sonner et la pluie frappait lugubrement contre les vitres. Ma bougie presque entièrement consumée jetait une lueur vacillante, lorsque tout à coup, je vis s'ouvrir l'œil jaune et vitreux de cet être. Sa poitrine se soulever et il commença à respirer péniblement. Brusquement un mouvement convulsif agita ses membres.

Comment trouverais-je des mots suffisants pour vous décrire l'émotion qui me saisit ? Comment pourrais-je vous donner une idée à peu près exacte du misérable que j'avais entrepris de former avec tant de peines et de soins ? Ses membres étaient proportionnés et j'avais choisi ses traits pour leur beauté. — Beauté ! — Grand Dieu ! Sa peau jaune tendue à l'excès couvrait à peine le tissu des muscles et des artères. Ses cheveux d'un noir lustré étaient abondants et ses dents d'une blancheur de nacre. Mais ces merveilles ne servaient qu'à rendre plus horrible le reste de son corps. Ses yeux noyés d'eau semblaient presque de la même couleur que le blanc terne de ses orbites. Son visage était ridé et ses lèvres droites et minces.

Les accidents variés de la vie ne sont pas sujets aux changements des sentiments humains. J'avais travaillé dur pendant presque deux ans dans le seul but d'infuser la vie à un corps inanimé. Pour cela, j'avais sacrifié

mon repos et ma santé ! Ce moment, je l'avais espéré,
attendu avec une ardeur immodérée, mais maintenant
que j'avais terminé, la beauté de mon rêve s'évanouis-
sait, et l'horreur et le dégoût remplissaient mon cœur.
Incapable de supporter la vue de l'être que j'avais créé,
je me précipitai hors de la pièce, et longtemps je marchai de long en large dans ma chambre à coucher, sans
pouvoir goûter le sommeil. Enfin, la lassitude eut raison de mon trouble, et je me jetai tout habillé sur mon
lit, tentant de trouver quelques moments d'oubli. Mais
ce fut en vain ! Je dormis, sans doute, mais mon sommeil fut troublé par les rêves les plus extravagants. Je
croyais voir Élizabeth, dans la fleur de sa santé, se promener dans les rues d'Ingolstadt. Joyeux et surpris, je
l'embrassais, mais à peine avais-je posé mon premier
baiser sur ses lèvres qu'elle devenait livide comme la
mort ; ses traits paraissaient changés, et je croyais tenir
dans mes bras le corps de ma mère morte ; un linceul
l'enveloppait, et je voyais les vers de la tombe se glisser
dans les replis du suaire. Je tressaillis et m'éveillai plein
d'horreur ; une sueur glacée couvrait mon front ; mes
dents claquaient ; tous mes membres étaient convul-
sés. À ce moment, la lumière incertaine et jaunâtre de
la lune se glissa à travers la fenêtre fermée. J'aperçus
alors le malheureux, le misérable monstre que j'avais
créé. Il soulevait le rideau du lit, et ses yeux, s'il est
permis de les appeler ainsi, étaient fixés sur moi. Ses
mâchoires s'ouvraient et il marmottait des sons inarticulés, tandis qu'une grimace tordait ses joues. Peut-
être parla-t-il, mais je ne l'entendis pas ; une de ses
mains était tendue et semblait vouloir me retenir, mais
je m'échappai, descendis en courant l'escalier. Je cherchai refuge dans la cour de la maison que j'habitais.
J'y restai durant toute la nuit, marchant de long en
large dans l'agitation la plus grande, écoutant attentivement, guettant et craignant chaque son comme s'il
avait été l'annonce de l'approche du démon auquel
j'avais si misérablement donné la vie.

Oh ! aucun mortel ne pourrait supporter la vue de ce visage horrible. Une momie douée à nouveau de mouvement ne pourrait être aussi hideuse que ce misérable. Je l'avais contemplé avant qu'il ne fût achevé, il était laid alors, mais quand ses muscles et ses articulations furent capables de se mouvoir, il devint une horreur que Dante même n'aurait pas pu concevoir.

Je passai une nuit épouvantable. Quelquefois, mon cœur battait si rapidement et si fortement que je sentais la palpitation de chaque artère ; à d'autres moments, je m'écroulais presque sur le sol, tant ma langueur était grande et ma faiblesse extrême. Mêlée à cette horreur, je ressentais l'amertume de la déception. Les rêves qui m'avaient tenu lieu de nourriture et de repos s'étaient maintenant métamorphosés pour moi en un enfer. Le changement avait été si rapide ! La désillusion si complète !

Enfin, l'aube, lugubre et pluvieuse, se leva et découvrit à mes yeux douloureux à cause de l'insomnie le clocher blanc de l'église d'Ingolstadt. Son horloge marquait six heures.

Le portier ouvrait les grilles de la cour qui, cette nuit, avait été mon asile, et je sortis dans les rues. Je les parcourus à pas rapides, comme si je tentais de fuir le misérable, dont je craignais la rencontre à chaque coin de rue. Je n'osais me risquer à regagner mon appartement, mais j'éprouvais un besoin irrésistible de marcher, bien que trempé par la pluie qui tombait d'un ciel sombre et triste.

J'errai longtemps par les rues solitaires, m'efforçant, par une fatigue physique, de soulager le fardeau qui pesait sur mes esprits. Je traversai la ville, sans me rendre compte des lieux où je me trouvais ou de ceux vers lesquels je me dirigeais. Mon cœur palpitait, malade de peur, et je me pressais toujours à pas irréguliers, n'osant regarder autour de moi :

Semblable à celui qui, sur une route solitaire,
Marche dans la crainte et l'épouvante,
Et qui s'étant retourné une fois, marche toujours,
Mais ne tourne plus la tête,
Parce qu'il sait qu'un démon malfaisant
Marche, menaçant, derrière lui [1].

Continuant ainsi, j'arrivai enfin en face de l'auberge où diverses diligences et voitures s'arrêtaient habituellement. Je fis une halte, je ne sais pourquoi, et je restai, quelques minutes, les yeux fixés sur une voiture de poste qui débouchait, à l'extrémité de la rue. Comme elle approchait de moi, je remarquai que c'était la diligence de Suisse. Elle s'arrêta juste à l'endroit où je me tenais et, la porte s'étant ouverte, j'aperçus Henri Clerval qui, à ma vue, sauta aussitôt en bas de la voiture. « Mon cher Frankenstein, s'exclama-t-il, que je suis heureux de vous voir ! Quelle chance que vous soyez là au moment même de mon arrivée ! »

Rien ne pouvait égaler ma joie de revoir Clerval. Sa présence me rappelait mon père, Élizabeth, et toutes ces scènes familiales si chères à mon souvenir. J'étreignis sa main, et un moment j'oubliai mes horreurs et mes malheurs. Je ressentis soudain, pour la première fois depuis plusieurs mois, une joie et un calme sereins. J'accueillis donc mon ami de la manière la plus cordiale et nous nous dirigeâmes vers mon collège. Clerval continua à parler pendant un certain temps de nos amis communs, et de sa propre bonne fortune d'avoir eu la possibilité de venir à Ingolstadt. « Vous pouvez aisément comprendre, dit-il, combien grande fut la difficulté de persuader mon père que toute la science nécessaire n'était pas incluse dans le noble art de la comptabilité, et vous vous doutez aussi que ce brave homme est resté incrédule jusqu'à la fin, car sa réponse invariable à mes inlassables supplications fut la même que celle du maître d'école hollandais dans *Le Vicaire de*

1. Coleridge, *The Ancient Mariner*.

Wakefield : "J'avais dix mille florins par an sans grec ;
je mange de bon cœur sans grec." Mais son affection
pour moi l'emporta enfin sur son aversion pour la
science, et il me permit d'entreprendre une exploration
au pays du savoir. »

« J'ai la plus grande joie de vous voir, mais dites-
moi, comment avez-vous laissé mon père, mes frères
et Élizabeth ? »

« Très bien et très heureux, un peu inquiets seulement de la rareté de vos nouvelles. À propos, j'ai mis-
sion de vous faire un peu de morale de leur part. Mais,
mon cher Frankenstein, continua-t-il, s'arrêtant court
et me regardant en face, je n'avais pas remarqué tout
d'abord combien vous paraissez malade, vous êtes si
pâle et si maigre ; vous semblez avoir veillé plusieurs
nuits de suite ! »

« Vous avez deviné juste ; j'ai été ces derniers jours
si profondément absorbé par mes occupations, que je
ne me suis pas accordé un repos suffisant, comme vous
le voyez ; mais j'espère, j'espère sincèrement que tout
ce travail est maintenant fini, et que je suis enfin libre. »

Je tremblais excessivement et ne pouvais supporter
de réfléchir, ni encore moins d'entendre une allusion
aux événements de la nuit précédente. Je marchais d'un
pas rapide et bientôt nous arrivâmes à mon collège. Je
songeai alors, et cette idée me fit frissonner, que la créature que j'avais laissée dans mon appartement pouvait
encore s'y trouver, vivante et errante. Je redoutais
d'apercevoir ce monstre, mais je craignais encore plus
qu'Henri ne le vît.

Le priant donc de m'attendre quelques minutes au
bas des escaliers, je m'élançai vers ma chambre. Ma
main était déjà sur la poignée de la porte avant que
j'eusse pu rassembler mes idées. Je m'arrêtai alors, une
sueur froide m'envahit ; j'ouvris la porte d'une forte
poussée, comme les enfants ont coutume de le faire,
lorsqu'ils croient trouver un spectre qui les attend de
l'autre côté ; mais rien ne m'apparut. J'entrai, tout
tremblant, l'appartement était vide, et ma chambre à

coucher était, elle aussi, libérée du hideux personnage.
J'avais peine à croire qu'une si bonne fortune avait pu
m'échoir. Mais quand je fus assuré que mon ennemi
s'était vraiment enfui, je joignis mes mains de joie et
je me précipitai pour retrouver Clerval.

Nous montâmes dans ma chambre, et aussitôt le
domestique apporta le déjeuner. Je fus incapable de
me contenir. Ce n'était pas seulement la joie qui me
possédait ; ma chair frémissait d'un excès de sensibilité, et mon cœur battait rapidement. Il m'était impossible de rester un seul instant à la même place ; je bondissais par-dessus les chaises, battais des mains et riais
bruyamment. Clerval, tout d'abord, attribua à la joie
de son arrivée ce débordement de gaieté mais, après
m'avoir observé plus attentivement, il vit dans mes yeux
un égarement auquel il n'était pas accoutumé et mon
rire bruyant et étrange l'étonna et l'effraya.

« Mon cher Victor, cria-t-il, qu'avez-vous ? Mon
Dieu ! Ne riez pas de cette manière. Vous êtes malade !
Quelle est la cause de tout ceci ? »

« Ne me questionnez pas, m'écriai-je, mettant mes
mains devant mes yeux, car je pensais voir le spectre
effroyable se glisser dans la pièce. Lui peut vous le dire.
Oh ! Sauvez-moi ! Sauvez-moi ! » Je m'imaginais que
le monstre me saisissait ; je me débattis furieusement
et le délire s'empara de moi.

Pauvre Clerval ! Quels durent être ses sentiments ?
Une rencontre qu'il avait attendue avec tant de joie,
tournait si brusquement au drame. Mais je ne fus pas
témoin de son chagrin ; j'étais inanimé, et ne recouvrai mes sens qu'après un long moment.

Ce fut le commencement d'une crise nerveuse qui me
tint alité pendant plusieurs mois. Durant tout ce temps,
Henri seul me soigna. J'appris par la suite que, connaissant l'âge avancé de mon père, son incapacité à
effectuer un si long voyage, et combien ma maladie
rendrait Élizabeth malheureuse, il leur épargna ce chagrin, en leur cachant la gravité de mon état. Il savait
que nul ne pourrait me soigner, avec plus de bonté et

d'attention que lui ; et, profondément convaincu de me guérir, il ne doutait pas qu'au lieu de causer quelque mal, il agissait envers eux de la meilleure façon possible.

Mon état était réellement très grave, et sans les soins continuels et le dévouement infini de mon ami, je n'aurais jamais recouvré la santé. J'avais sans cesse devant les yeux la forme du monstre à qui j'avais donné la vie, et je délirais sans cesse à son sujet. Mes paroles surprirent sans doute Henri : il crut d'abord qu'elles provenaient des inconstances d'une imagination déréglée ; mais l'obstination avec laquelle je revenais continuellement au même sujet le persuada que ma fièvre devait avoir pour cause un événement terrible et extraordinaire.

Lentement, très lentement, après de fréquentes rechutes qui alarmèrent et affligèrent mon ami, ma robuste constitution eut raison de mon mal. Je me souviens que lorsque je fus à nouveau en état d'observer les objets extérieurs avec quelque plaisir, je m'aperçus que les feuilles tombées avaient disparu et que les bourgeons avaient poussé sur les arbres qui ombrageaient ma fenêtre. Ce fut un printemps divin. La douceur de la saison contribua grandement à ma convalescence. Je sentis aussi la joie et l'affection renaître en mon cœur ; ma tristesse disparut et en peu de temps je redevins aussi joyeux qu'avant ma fatale passion.

« Cher Clerval, m'exclamai-je, quelle bonté vous m'avez témoignée ! Au lieu de consacrer cet hiver à vos études, comme vous vous le proposiez sans doute, vous l'avez passé dans ma chambre de malade. Comment pourrai-je jamais vous dédommager ? Je ressens les plus grands remords pour la déception que je vous ai causée, mais vous me pardonnerez. »

« Vous me dédommagerez entièrement, si vous ne vous agitez point, et si vous vous remettez aussi vite que vous le pourrez et, puisque vous paraissez en si bonne disposition, ne puis-je vous entretenir d'un certain sujet ? »

Je tremblai... Ce sujet ! Quel pouvait-il être ? Pouvait-il faire allusion à un être auquel je n'osais même pas penser ?

« Calmez-vous, dit Clerval, qui observait ma pâleur, je ne veux pas vous importuner par des questions indiscrètes... Mais votre père et votre cousine seraient très heureux s'ils receviaient une lettre écrite de votre propre main. Ils ne sont pas au courant de la gravité de votre maladie et s'inquiètent de votre long silence. »

« Est-ce tout, mon cher Henri ? Comment pouviez-vous supposer que mes premières pensées ne voleraient pas vers ces êtres si chers à mon cœur et qui méritent tout mon amour ? »

« Si telles sont vos dispositions, mon ami, vous serez peut-être heureux de prendre connaissance d'une lettre arrivée ici, pour vous, depuis quelques jours ; je crois qu'elle est de votre cousine. »

CHAPITRE VI

Clerval me mit alors entre les mains la lettre suivante. Elle était de mon Élizabeth.

« Mon cher cousin,

« Vous avez été malade, très malade, et même les lettres continuelles de votre cher Henri n'arrivent pas à me rassurer sur votre état. On vous interdit d'écrire, de tenir une plume ; cependant, un mot, un seul mot de vous, cher Victor, est nécessaire pour calmer nos inquiétudes. Pendant longtemps j'ai pensé que chaque courrier apporterait celui-ci, et mes instances ont réussi à empêcher mon oncle d'entreprendre le voyage à Ingolstadt.

« Je lui ai représenté les fatigues et peut-être les dangers d'un si long trajet ; cependant, j'ai regretté bien souvent de ne pouvoir l'accomplir moi-même ! Je me figure que la tâche de veiller à votre lit de malade est dévolue à quelque vieille infirmière mercenaire qui ne pourra ni deviner vos désirs, ni les satisfaire avec le soin et l'affection de votre pauvre cousine. Cependant, cela est maintenant fini : Clerval nous écrit que vous allez mieux. J'espère que, de votre propre main, vous nous confirmerez bientôt cette nouvelle.

« Guérissez vite et revenez-nous. Vous trouverez un foyer heureux et joyeux, et des amis qui vous aiment tendrement. La santé de votre père est excellente, il ne demande simplement qu'à vous voir et à être assuré que vous vous portez bien, et plus un nuage n'assombrira son doux visage. Combien vous serez heureux de constater les progrès de notre Ernest ! Il a maintenant seize ans, et déborde d'activité et d'esprit. Il désire être un vrai Suisse et entrer dans une armée étrangère ; mais nous ne pouvons nous séparer de lui, du moins pas avant que son frère aîné ne nous revienne. L'idée d'une carrière militaire, dans un pays éloigné, ne plaît guère à mon oncle, mais Ernest possède votre pouvoir de persuasion, il considère l'étude comme une chaîne odieuse ; sa vie se passe au grand air, il gravit les montagnes ou rame sur le lac. Je crains qu'il ne devienne oisif, à moins que nous n'admettions son point de vue, et lui permettions d'embrasser la carrière qu'il a choisie.

« Peu de changements depuis votre départ, sauf le fait que nos chers enfants ont grandi. Le lac bleu, les montagnes couvertes de neige, tout cela ne change jamais ; et je pense que notre foyer paisible et nos cœurs heureux sont soumis aux mêmes lois immuables. Mes occupations insignifiantes prennent tout mon temps et me distraient ; je suis récompensée de mes efforts en ne voyant autour de moi que des visages heureux. Depuis que vous nous avez quittés un changement est survenu dans notre petite maison. Vous souvenez-vous de quelle manière Justine Moritz est entrée dans notre famille ? Probablement non. Je vais vous raconter son histoire en quelques mots. Madame Moritz, sa mère, était veuve avec quatre enfants, dont Justine était la troisième. Cette fille avait toujours été la préférée de son père ; mais par une étrange perversité, sa mère ne pouvait la supporter. Après la mort de M. Moritz, elle la traita fort mal. Ma tante s'en aperçut et, quand Justine eut douze ans, elle persuada la mère de la petite de la laisser vivre dans notre maison. Les institutions républicaines de notre pays ont permis des mœurs plus simples et plus douces que celles des grandes monarchies qui nous entourent. Les différences entre les diverses classes sociales sont moins marquées ; et les couches populaires, n'étant ni aussi pauvres ni aussi méprisées, ont une façon de vivre plus raffinée et plus morale. Un domestique à Genève n'est pas

comparable à un domestique en France ou en Angleterre. Justine, ainsi reçue dans notre famille, apprit les
devoirs d'une servante, une condition qui dans notre
pays n'entraîne ni l'ignorance, ni le sacrifice de la
dignité de l'être humain.

« Justine, vous pouvez vous en souvenir, était votre
préférée ; et je me rappelle qu'une fois vous fîtes remarquer que lorsque vous étiez de mauvaise humeur, un
seul de ses regards pouvait dissiper cette humeur, pour
la même raison que donne l'Arioste au sujet de la
beauté d'Angélica : elle paraît posséder un cœur franc
et heureux. Ma tante conçut un si grand attachement
pour elle qu'elle se décida à lui donner une éducation
supérieure à son rang. Ce bienfait fut pleinement
récompensé. Justine était la fille la plus reconnaissante
du monde : je ne dis pas qu'elle se répandait en protestations, je n'en ai jamais entendu passer sur ses
lèvres, mais ses regards prouvaient à quel point elle ado-
rait sa protectrice. Quoique de nature gaie, et parfois
même déraisonnable, elle prêtait la plus grande attention à chaque geste de ma tante. Elle la prenait pour
le modèle de toutes les vertus, et s'efforçait d'en imiter les expressions et les manières, si bien que, maintenant encore, elle me la rappelle souvent.

« Quand ma chère tante mourut, nous étions trop
absorbés par notre chagrin pour nous occuper de la
pauvre Justine, qui lui avait prodigué ses soins avec
la plus anxieuse affection. La pauvre fille tomba gravement malade ; mais d'autres épreuves lui étaient
réservées.

« Les uns après les autres, ses frères et sœurs moururent, et sa mère, à l'exception de la fille qu'elle avait
négligée, se trouva sans enfants. La conscience de cette
femme se troubla, elle en vint à penser que la mort de
ses préférés était le châtiment du ciel. Elle était catholique romaine et je crois que son confesseur confirma
sa façon de voir. Aussi, quelques mois après votre départ
pour Ingolstadt, cette femme repentante rappela Justine chez elle. Pauvre fille ! Elle pleurait en quittant

notre maison. Elle avait beaucoup changé depuis la mort de ma tante. Le chagrin avait donné à ses manières une douceur et un charme qui s'étaient substitués à sa vivacité et à son entrain. Résider dans la maison de sa mère n'était pas de nature à raviver sa gaieté. La pauvre femme fut inconstante dans son repentir. Quelquefois elle suppliait Justine de lui pardonner sa méchanceté, mais le plus souvent elle l'accusait d'avoir causé la mort de ses frères et sœurs. Ce perpétuel chagrin, qui au début accrut l'irritabilité de Mme Moritz, affaiblit enfin sa santé, et désormais, pour toujours, elle repose en paix. Elle mourut aux approches du froid, au début du dernier hiver. Justine revint chez nous, et je vous assure que je l'aime tendrement. Elle est intelligente, bonne, extrêmement jolie, et comme je le disais tout à l'heure, son maintien et ses expressions me rappellent continuellement ma chère tante.

« Je dois vous dire quelques mots, mon cher cousin, de notre cher petit William, je voudrais que vous puissiez le voir ; il est très grand pour son âge, il a des yeux bleus, doux et rieurs, des cils sombres et des cheveux bouclés. Quand il sourit, deux petites fossettes apparaissent sur ses joues, roses de santé. Il a déjà eu une ou deux petites amies, mais Louisa Biron est sa préférée, c'est une jolie fillette de cinq ans.

« Cher Victor, j'espère que vous serez indulgent pour ce petit bavardage sur le bon peuple de Genève. La jolie Miss Mansfield a déjà reçu des visites de félicitations à l'occasion de son prochain mariage avec un jeune Anglais, John Melbourne. Manon, sa sœur, si laide cependant, a épousé l'automne dernier, M. Duvillard, le riche banquier. Votre camarade de classe favori, Louis Manoir, a subi plusieurs revers depuis le départ de Clerval. Mais il a déjà repris courage et on rapporte qu'il est sur le point de se marier avec une jolie Française, Mme Tavernier. C'est une veuve bien plus âgée que lui, mais elle est très admirée et tous l'accueillent favorablement.

« J'ai commencé ma lettre dans des dispositions

courageuses, cher cousin, mais en la terminant, je sens l'anxiété me reprendre. Écrivez-moi, cher Victor, une ligne, un mot qui sera une bénédiction pour nous. Remerciez vivement Henri pour sa bonté, son affection et ses nombreuses lettres : nous lui sommes sincèrement reconnaissants. Adieu, mon cousin ; prenez bien soin de vous, et je vous en supplie, écrivez !

« Élizabeth Lavenza. »

Genève, 18 mars 17..

« Chère Élizabeth ! m'exclamai-je après avoir lu sa lettre. Je vais écrire immédiatement et vous soulager de l'anxiété que je vous ai causée. » J'écrivis, mais cet effort me fatigua beaucoup ; cependant ma convalescence était commencée, et suivait régulièrement son cours. Une quinzaine de jours plus tard, je pouvais quitter ma chambre.

Un de mes premiers soins après ma guérison fut de présenter Clerval à plusieurs professeurs de l'Université. Après la blessure qu'avait subie mon esprit c'était un devoir pénible que j'entreprenais là.

Depuis la nuit fatale marquant la fin de mes travaux et le commencement de mes malheurs, j'avais conçu une violente antipathie pour le nom même de l'Histoire Naturelle. D'ailleurs, quand j'eus retrouvé la santé, la vue d'un instrument de chimie renouvelait toute mon angoisse et mes troubles nerveux. Henri s'en aperçut et fit enlever tous mes appareils. Il me fit changer aussi d'appartement, car il avait remarqué la violente aversion que je témoignais pour la pièce qui avait été précédemment mon laboratoire. Mais ces précautions perdirent leur efficacité lors des visites que nous fîmes aux professeurs. M. Waldman me tortura quand il fit l'éloge, avec bonté et chaleur, du progrès étonnant que j'avais fait dans les sciences. Il aperçut vite que ce sujet m'était pénible, mais ne pouvant en deviner la cause réelle, il attribua ma gêne à la modestie. De mes progrès, il passa à la science elle-même, dans le désir évident de m'encourager à sortir de ma réserve. Que pouvais-je faire ? Il voulait me plaire et me tourmentait. Je sentais qu'il plaçait devant moi soigneusement, un par un, ces instruments qui serviraient à me faire mourir lentement et cruellement. Ses paroles me suppliciaient, et pourtant je n'osais montrer ce que je ressentais. Clerval, dont les yeux et les sentiments discernaient toujours rapidement les sensations des autres, déclara ne porter aucun intérêt à ce sujet, alléguant, comme excuse, sa totale ignorance, et la conversation prit un tour plus général. Je remerciai mon ami du fond du cœur, mais je ne dis mot. Je vis bien qu'il était surpris, mais il ne tenta jamais de découvrir mon secret ; et, bien que l'aimant avec un mélange d'affection et de respect sans bornes, je ne pus jamais me décider à lui confier la cause de mes tourments tant je craignais que le récit détaillé de ces terribles événements ne me causât une souffrance encore plus profonde.

M. Krempe ne fut pas si docile ; et dans mon état de sensibilité quasi insupportable, ce panégyrique débité d'une voix bourrue et catégorique me fit plus de mal que l'approbation bienveillante de M. Waldman.

« Qu'il soit damné ! cria-t-il. Monsieur Clerval, je vous assure qu'il nous a tous dépassés. Ouvrez de grands yeux si vous voulez, mais c'est pourtant ainsi. Un grand homme, qui, il y a quelques années, croyait encore en Cornelius Agrippa, aussi fermement qu'en l'Évangile, s'est aujourd'hui placé lui-même à la tête de l'université. Si on ne l'arrête pas, il nous intimidera tous. »

« Ah, ah ! continua-t-il, en observant sur mon visage l'expression de ma souffrance, M. Frankenstein est modeste. C'est une excellente qualité pour un jeune homme. Les jeunes gens devraient se défier d'eux-mêmes ; je vous assure, monsieur Clerval, que je le faisais moi-même, quand j'étais jeune, mais cela disparaît très rapidement. »

M. Krempe commença alors son propre éloge, si bien que fort heureusement, la conversation fut détournée d'un sujet qui me contrariait tant.

Clerval n'avait jamais partagé mon goût pour l'histoire naturelle et ses recherches littéraires différaient totalement de celles qui m'absorbaient. Il vint à l'université dans le dessein de compléter ses connaissances des langues orientales, et de se préparer ainsi à l'existence qu'il s'était choisie. Résolu à poursuivre une carrière glorieuse, il tournait ses yeux vers l'Orient, où son esprit aventureux trouverait à s'exercer. Le persan, l'arabe et le sanscrit requirent tout son temps et toute son attention, et je me décidai facilement à suivre les mêmes études. J'avais toujours eu l'oisiveté en horreur et maintenant que je désirais fuir mes pensées et que je haïssais mes premières études, ce me fut un grand soulagement que de devenir le condisciple de mon ami. J'acquis non seulement des connaissances nouvelles mais trouvai aussi une consolation dans les écrits des orientalistes. Je n'entrepris pas, comme Clerval, une étude critique de leurs dialectes, car je ne désirais y chercher qu'une distraction passagère. Je lisais seulement les écrivains orientaux pour comprendre le sens de leurs œuvres et cela me dédommageait amplement de ma peine. Leur mélancolie est apaisante, et leur joie vous élève à un degré que je n'ai jamais éprouvé en étudiant les auteurs des autres pays. Quand vous lisez leurs écrits, la vie semble être faite uniquement de soleil, de jardins de roses, des sourires et des froncements de sourcils d'une belle ennemie, sans oublier le feu qui consume votre cœur. Quelle différence avec la poésie virile et héroïque de la Grèce et de Rome !

L'été s'écoula dans ces occupations, et mon retour à Genève fut fixé pour la fin de l'automne ; mais plusieurs incidents le différèrent. L'hiver et la neige firent leur apparition, les routes furent jugées impraticables, et mon voyage fut retardé jusqu'au prochain printemps. Ce retard me causa beaucoup d'amertume, car j'étais impatient de revoir ma ville natale et mes parents bien-aimés. Mon retour n'avait été différé que par ma répugnance à laisser Clerval dans un pays étranger, avant qu'il n'ait fait connaissance avec quelques-uns de ses habitants. L'hiver, cependant, se passa joyeusement et, quoique le printemps fût extraordinairement tardif, la beauté de son arrivée compensa son retard.

Le mois de mai était déjà commencé, et j'attendais tous les jours une lettre qui fixerait la date de mon départ, quand Henri me proposa une excursion dans les environs d'Ingolstadt, afin que je puisse dire adieu à la contrée que j'avais si longtemps habitée. J'acceptai avec plaisir cette proposition : j'aimais l'exercice et Clerval avait toujours été mon compagnon préféré dans les randonnées que nous avions faites dans mon pays natal.

Nous passâmes quinze jours à déambuler ainsi ; la santé et le courage m'étaient revenus depuis longtemps. L'air sain que je respirais, les incidents naturels de notre voyage et la conversation de mon ami me fortifièrent encore. Les études m'avaient privé de la compagnie de mes semblables, et m'avaient rendu insociable ; mais Clerval fit renaître les meilleurs sentiments de mon cœur ; il m'apprit à nouveau l'amour de la nature et des joyeux visages d'enfants. Excellent ami ! Comme vous m'aimiez sincèrement ! Avec quel courage n'avez-vous pas entrepris d'élever mon âme au niveau de la vôtre ! Des recherches égoïstes avaient rétréci et mutilé mon esprit, jusqu'au jour où votre douceur et votre affection me réchauffèrent le cœur et élargirent mes sentiments ; je redevins la créature heureuse qui quelques années auparavant était aimée de tous et qui n'avait ni chagrins ni soucis. Lorsque j'étais heureux, la nature avait le pouvoir de me dispenser les plus délicieuses sensations. Un ciel serein et une prairie verdoyante me remplissaient d'extase. La saison, cette année, était vraiment divine ; les fleurs du printemps s'épanouissaient dans les haies tandis que celles de l'été étaient déjà près d'éclore. Je n'étais plus tourmenté par ces pensées qui, durant l'année précédente, malgré tous mes efforts, m'avaient opprimé.

Henri se réjouissait de ma gaieté et partageait sincèrement mes sentiments. Il s'efforçait de me distraire en exprimant les sensations que son âme ressentait !

Les ressources de son esprit en cette occasion furent vraiment étonnantes, sa conversation était pleine d'imagination et, très souvent, imitant les écrivains persans ou arabes, il inventait de merveilleux contes de fantaisie et de passion. À d'autres moments il récitait mes poèmes préférés, ou m'entraînait dans des discussions qu'il entretenait avec une grande ingéniosité.

Nous rentrâmes au collège un dimanche après-midi. Les paysans dansaient, et tous ceux que nous rencontrions paraissaient gais et heureux. Ma propre ardeur était grande, et je bondissais sous l'emprise d'une joie et d'une gaieté débordantes.

CHAPITRE VII

À mon retour je trouvai la lettre suivante, écrite par mon père :

« Mon cher Victor, vous avez probablement attendu avec impatience la lettre fixant la date de votre retour parmi nous ; je pensais tout d'abord ne vous écrire que quelques lignes, mentionnant uniquement le jour où nous vous attendions. Mais ce serait là une simplicité cruelle et je n'ose le faire. Quel serait votre douloureux étonnement, mon enfant, alors que vous attendez un accueil heureux et joyeux, de trouver au contraire les pleurs et la tristesse ? Comment, Victor, pourrais-je vous faire part de notre malheur ? L'absence ne peut vous avoir rendu insensible à nos joies et à nos chagrins, et comment infliger cette douleur à mon fils si longtemps absent ? Je désire vous préparer à la triste nouvelle, mais je sais que c'est impossible ; je vois déjà votre regard parcourir la page, cherchant les mots qui vous apprendront l'horrible nouvelle.

« William est mort ! Cet enfant si doux, dont les sourires réjouissaient et réchauffaient mon cœur, cet ange si gentil et pourtant si gai, Victor, a été assassiné !

« Je n'essaierai pas de vous consoler, mais relaterai simplement les circonstances.

« Jeudi dernier (7 mai), ma nièce, vos deux frères et moi-même, nous allâmes nous promener à Plain-palais. La soirée était chaude et sereine, et nous prolongeâmes notre promenade plus longtemps que de coutume. Il faisait déjà sombre quand nous songeâmes au retour ; c'est à ce moment que nous découvrîmes que William et Ernest, partis en avant, n'étaient pas revenus. Pour les attendre nous nous reposâmes sur un banc. Bientôt Ernest revint et nous demanda si nous avions vu son frère : ils jouaient ensemble. William s'était éloigné pour se cacher, il l'avait cherché en vain et après l'avoir attendu un long moment était revenu seul.

« Ces paroles ne furent pas sans nous alarmer, et nous continuâmes à chercher l'enfant jusqu'à la tombée de la nuit. Élizabeth émit l'hypothèse qu'il avait pu retourner seul à la maison. Il n'y était pas. Nous repartîmes avec des torches ; je ne pouvais trouver du repos, torturé par la pensée que mon petit garçon si doux s'était perdu et se trouvait exposé à l'humidité et à la fraîcheur de la nuit. Élizabeth, elle aussi, souffrait d'une angoisse extrême. Vers cinq heures du matin, je découvris mon enfant bien-aimé, que le soir précédent j'avais vu en bonne et florissante santé, étendu sur l'herbe, livide et sans vie : son cou portait encore l'empreinte des doigts du meurtrier.

« Nous l'emportâmes à la maison, et l'angoisse peinte sur mon visage révéla le drame à Élizabeth. Elle voulut absolument voir le corps. Tout d'abord je tentai de l'en empêcher, mais elle persista et entra dans la pièce, où reposait le petit cadavre. Elle examina avec vivacité le cou de la victime et joignant les mains s'exclama : "Oh Dieu ! J'ai assassiné mon enfant préféré !"

« Elle s'évanouit et ne reprit connaissance qu'à grand-peine. Lorsqu'elle revint à elle, ce fut seulement pour pleurer et soupirer. Elle me dit que le soir même William l'avait priée de lui laisser porter une miniature de grande valeur, représentant votre mère, et qui était en sa possession. Ce bijou avait disparu, et ce fut sans doute la cause du meurtre. Jusqu'à présent nous n'avons trouvé aucune trace de l'assassin, mais nous continuons nos recherches. Hélas ! rien ne me rendra mon William adoré !

« Venez, cher Victor ! Vous seul pouvez consoler

Élizabeth. Elle pleure sans arrêt et s'accuse injustement d'être la cause de la mort du petit. Ses lamentations me fendent le cœur. Nous sommes tous malheureux, mais n'est-ce pas une raison de plus, mon fils, pour revenir nous consoler ?

« Hélas, Victor ! je le dis maintenant, il nous faut remercier Dieu d'avoir rappelé à Lui votre chère mère avant qu'elle ne fût le témoin de la cruelle et misérable mort du plus jeune de ses enfants !

« Venez, Victor ! Non pour nourrir des pensées de vengeance contre l'assassin, mais avec des sentiments de paix et de douceur, qui cicatriseront, au lieu d'envenimer, les blessures de nos esprits. Entrez dans la maison endeuillée, mon ami, mais avec bonté et affection pour ceux qui vous aiment, et sans haine pour vos ennemis. Votre père affectionné et affligé.

« Alphonse Frankenstein. »

Genève, 12 mai 17..

Clerval, qui avait observé mon expression durant la lecture de ma lettre, fut surpris de constater le désespoir qui succéda à la joie que j'avais d'abord exprimée au reçu des nouvelles de mon père. Je jetai la lettre sur la table et me couvris le visage des mains.

« Mon cher Frankenstein, s'exclama Henri, quand il s'aperçut que je pleurais avec amertume, allez-vous donc toujours être malheureux ? Mon cher ami, que se passe-t-il ? »

Je lui fis signe de prendre connaissance de la lettre, tandis que j'arpentais la pièce de long en large, en proie à une agitation extrême. Les larmes jaillirent aussi des yeux de Clerval lorsqu'il lut le récit de mon malheur.

« Je ne peux vous offrir de consolation, mon ami, dit-il, votre désastre est irréparable, qu'avez-vous l'intention de faire ? »

« Partir immédiatement pour Genève ; venez avec moi, commandez les chevaux ! »

Pendant le trajet, Clerval voulut me dire quelques mots de consolation mais ne put qu'exprimer sa sympathie profonde. « Pauvre William, dit-il, cher enfant adoré, il repose maintenant avec sa mère ! Celui qui l'a vu si beau, si intelligent et si joyeux, doit pleurer sa fin prématurée ! Mourir si misérablement sous l'étreinte d'un criminel ! Comment un assassin peut-il détruire une innocence si radieuse ! Pauvre petit gars ! Nous n'avons qu'une seule consolation : tandis que les siens s'affligent et pleurent, lui repose en paix. L'agonie est terminée, ses souffrances ont disparu à jamais. L'herbe couvre son corps délicat. William ne connaît plus la douleur. Il ne peut être plus longtemps un sujet de pitié : nous devons réserver ce sentiment pour ceux qui lui survivent. »

Telles étaient les paroles que prononçait Clerval, tandis que nous nous hâtions le long des rues. Les mots s'imprimèrent dans mon esprit et, plus tard, dans la solitude, je me souvins d'eux. Les chevaux arrivèrent enfin, je grimpai vivement dans le cabriolet, et dis adieu à mon ami.

Mon voyage fut extrêmement déprimant. Tout d'abord je voulais aller vite, car il me tardait d'apporter mes consolations et ma sympathie à ma famille dans l'affliction, mais lorsque je m'approchai de ma ville natale, je ralentis ma course. J'avais peine à supporter la multitude des sentiments qui se heurtaient dans mon esprit. Je revoyais les décors familiers de ma jeunesse que je n'avais plus vus depuis près de six ans. Comme tout s'était transformé ! Un changement désolant avait eu lieu soudain, mais sous l'action de mille petites circonstances d'autres changements s'étaient produits par degrés, et n'en étaient pas moins décisifs. La peur m'accablait, je n'osai plus avancer, craignant mille malheurs inconnus qui me faisaient trembler bien que je ne pusse parvenir à les définir.

Dans ce pénible état d'esprit, je passai deux jours à Lausanne. Je contemplai le lac : ses eaux étaient calmes, ses rives paisibles et les montagnes neigeuses, « ces palais de la nature », n'avaient pas changé. Peu à peu ce spectacle d'un calme divin m'apaisa et je continuai mon voyage vers Genève.

La route suit le contour du lac qui se rétrécit à l'approche de ma ville natale. Je découvris plus distinctement les monts noirs du Jura, et le brillant sommet du Mont-Blanc. Je pleurai comme un enfant. « Chères montagnes ! Mon beau lac ! Comment accueillez-vous votre voyageur ? Vos sommets sont clairs, le ciel et le lac sont bleus et limpides. Est-ce un présage de paix, ou un défi à mon malheur ? »

Je crains, mon ami, de vous ennuyer en m'étendant sur ces circonstances préliminaires ; mais ce furent là des jours de bonheur relatif et je me souviens d'eux avec plaisir. Mon pays, mon pays bien-aimé ! Qui mieux qu'un compatriote peut comprendre la joie qui me pénétra en apercevant ses torrents, ses montagnes et, surtout, son lac enchanteur ?

Cependant, en approchant de la maison, le chagrin et la peur m'accablèrent à nouveau. La nuit tombait autour de moi ; et lorsque je ne pus distinguer qu'avec peine les montagnes sombres, mes pensées devinrent plus lugubres encore. Le paysage m'apparaissait comme un vaste et obscur spectacle funèbre, et je prévoyais inconsciemment que j'étais destiné à devenir l'être humain le plus misérable. Hélas ! mes pressentiments ne me trompaient que sur un point : malgré tous les malheurs que j'imaginais et que je redoutais, je ne concevais pas la centième partie des tourments que j'aurais à endurer.

L'obscurité était complète quand j'arrivai dans les environs de Genève ; les portes de la ville étaient déjà fermées ; et je fus obligé de passer la nuit à Sécheron, village situé à une demi-lieue de la cité. Le ciel était serein. Incapable de me reposer, je résolus de me rendre à l'endroit où mon pauvre William avait été assassiné. Comme je ne pouvais traverser la ville, je fus obligé de franchir le lac en bateau pour arriver à Plainpalais.

Durant ce court voyage, je vis des éclairs former de magnifiques dessins sur le sommet du Mont-Blanc. L'orage semblait approcher rapidement. Sitôt débarqué, j'escaladai une petite colline d'où je pourrais observer ses progrès. Il avançait, le ciel était rempli de nuages et je sentais déjà la pluie tomber lentement à larges gouttes ; sa violence augmenta rapidement.

Je quittai l'endroit où je m'étais reposé et repris ma marche en dépit de l'obscurité, de l'orage qui croissait de minute en minute et du tonnerre qui grondait sinistrement au-dessus de ma tête. Le Salève, le Jura et les Alpes de Savoie en renvoyaient l'écho ; des éclairs flamboyants éblouissaient mes yeux, illuminaient le lac et le rendaient semblable à une vaste nappe de feu, puis, pendant un instant, tout paraissait plongé dans une obscurité totale jusqu'au moment où les yeux se réadaptaient au contraste créé par l'éclair précédent. L'orage, comme cela se produit souvent en Suisse, surgissait en même temps de divers points du ciel. C'était au nord de la ville, au-dessus de la partie du lac qui s'étend entre le promontoire de Bellerive et le village de Copête qu'il atteignait sa plus grande violence. Un autre orage illuminait le Jura de faibles lueurs ; un autre obscurcissait et quelquefois révélait le Môle, mont pointu qui s'élève à l'est du lac.

Tandis que j'observais la tempête, si belle et cependant si terrifiante, j'avançais d'un pas rapide. Cette noble guerre du ciel élevait mon âme. Je joignis les mains et m'exclamai à voix haute : « William, cher ange ! ce sont là tes funérailles, c'est là ton chant funèbre ! » Comme je prononçais ces mots, j'aperçus dans les ténèbres une silhouette qui se dérobait derrière un bouquet d'arbres situé non loin de moi ; je la fixais attentivement ; je ne pouvais me tromper. Un éclair illumina cette apparition et m'en révéla nettement les formes ; cette stature gigantesque et cet aspect trop horrible et trop hideux pour appartenir à l'humanité, m'apprirent à l'instant que c'était le misérable, l'immonde démon à qui j'avais donné la vie. Que faisait-il là ? Pouvait-il être (je frémis à cette idée) l'assassin de mon frère ? À peine cette pensée eut-elle traversé mon esprit que j'acquis la certitude de l'horrible vérité. Mes dents s'entrechoquèrent et je fus forcé de m'appuyer contre un arbre pour ne pas tomber. La silhouette me dépassa rapidement et se perdit dans l'obscurité. Nul être ayant forme humaine n'aurait pu détruire ce bel enfant. Il était le meurtrier ! Je ne pouvais plus en douter. Cette idée était par elle-même la preuve irréfutable du fait. Un moment, je pensai poursuivre le démon, mais c'eût été une folie, car à la lueur d'un autre éclair, je le découvris s'accrochant aux roches abruptes et presque perpendiculaires du Salève, montagne qui limite Plainpalais au sud. Le misérable atteignit bientôt le sommet et disparut.

Je restai immobile. Le tonnerre cessa de gronder ; mais la pluie continua à tomber, et le paysage fut enveloppé d'une obscurité impénétrable. Je me rappelais les événements que j'avais tant cherché à oublier : les diverses phases de mes essais vers la création ; le succès couronnant mes efforts ; le monstre se penchant sur mon chevet, son départ enfin. Deux années s'étaient maintenant écoulées depuis la nuit où il avait reçu la vie. Était-ce là son premier crime ? Hélas ! J'avais lâché dans le monde un misérable dépravé qui se repaissait de pleurs et de sang. Était-ce lui, le meurtrier de mon frère ?

Personne ne peut concevoir l'angoisse qui m'étreignit durant le restant de la nuit, que je passai en plein air dans le froid et la pluie. Mais mon corps était insensible aux effets de la température, mon imagination était trop absorbée par des scènes de crime et de désespoir. L'être que j'avais déchaîné parmi les hommes, ce démon doué de la volonté de détruire et de la puissance de réaliser ses projets horribles, telle la mort qu'il venait de donner, je le considérais comme mon propre vampire, mon propre fantôme sorti de la tombe, et contraint de détruire tous ceux qui m'étaient chers.

Le jour parut et je dirigeai mes pas vers la ville. Les

portes étaient ouvertes, et je me hâtai vers la maison de mon père. Ma première pensée fut de révéler ce que je savais de l'assassin et de le faire poursuivre immédiatement. Mais je m'arrêtai quand je réfléchis au récit que je devais donner. Un être que j'avais formé et doué de vie ! L'avoir rencontré à minuit parmi les précipices d'une montagne inaccessible ! Je me souvins aussi de la fièvre nerveuse qui m'avait saisi au moment de sa création ; elle ferait attribuer au délire mon récit d'ailleurs si peu vraisemblable. Je savais bien que si quelqu'un d'autre m'avait raconté une histoire pareille à celle-là je n'y aurais vu que les divagations d'un insensé.

En outre, l'étrange nature de cet être rendrait vaine toute poursuite, même si j'avais assez de crédit pour persuader les miens d'entreprendre celle-ci. Et puis, à quoi cela servirait-il ? Qui pourrait arrêter une créature capable d'escalader les flancs escarpés du Salève ? Ayant ainsi réfléchi, je résolus de me taire.

Il était près de cinq heures du matin quand je pénétrai dans la maison de mon père. Je dis aux domestiques de ne pas déranger la famille et j'allai dans la bibliothèque afin d'attendre l'heure habituelle du lever.

Six années s'étaient écoulées, écoulées comme un rêve, mais en laissant néanmoins une trace indélébile, et je me retrouvai à cette même place où j'avais embrassé mon père pour la dernière fois avant mon départ pour Ingolstadt. Père bien-aimé et vénéré ! Il me restait encore. Je contemplais le portrait de ma mère pendu au-dessus de la cheminée. C'était un sujet historique, peint suivant le désir de mon père et représentant Caroline Beaufort dans l'agonie du désespoir, pleurant sur le cercueil de son père. Son costume était rustique et ses joues pâles, mais il y avait en elle un air de dignité et une beauté qui ne laissaient guère de place à la pitié. Au-dessous de ce tableau était accrochée une miniature de William et mes larmes coulèrent lorsque je le regardai. J'étais ainsi absorbé dans de lugubres pensées quand Ernest entra : il m'avait entendu arriver et se hâtait de m'accueillir. Mon frère exprima une joie mêlée de tristesse à me revoir : « Sois le bienvenu, mon cher Victor, me dit-il. Ah ! J'aurais voulu que vous soyez revenu il y a trois mois, alors, vous nous auriez tous trouvés joyeux et heureux ! Vous venez maintenant partager une misère que rien ne peut alléger ; cependant, votre présence, je l'espère, ranimera notre père, qui semble s'effondrer sous l'excès de son malheur. Vous persuaderez peut-être la pauvre Élizabeth de cesser de vaines et cruelles accusations. Pauvre William ! Il était notre préféré et notre orgueil ! »

Les larmes coulaient des yeux de mon frère. Un désespoir mortel m'envahit. Auparavant, je n'avais qu'imaginé le malheur de mon foyer désolé ; la réalité me frappait comme un désastre nouveau et non moins terrible. J'essayai de calmer Ernest et lui demandai des renseignements plus précis sur mon père et sur celle que je nommai ma cousine.

« Elle plus que tous les autres, dit Ernest, elle a besoin de consolation ; elle s'accuse d'avoir causé la mort de mon frère, et cela la rend très malheureuse. Mais depuis la découverte du meurtrier... »

« Le meurtrier est découvert ! Grand Dieu ! Comment cela se peut-il ? Qui a pu tenter de le poursuivre ? C'est impossible ! Autant vouloir dépasser le vent, ou retenir les torrents avec un brin de paille ! Je l'ai vu la nuit dernière, il était libre ! »

« Je ne sais ce que vous voulez dire, répliqua mon frère avec surprise ; mais pour nous cette découverte s'ajoute encore à notre misère. Personne ne voulut d'abord le croire, et même maintenant Élizabeth, malgré toute l'évidence, n'est pas convaincue. Qui voudrait réellement croire que Justine Moritz, si aimable et si affectueuse envers nous, aurait pu soudainement devenir capable de commettre un crime aussi affreux et aussi horrible ? »

« Justine Moritz !... Pauvre, pauvre fille !... C'est donc elle qu'on accuse !... Mais c'est injuste !... Tout le monde sait cela !... Ernest, personne n'y croit ? »

« Personne ne le crut d'abord mais la révélation

de plusieurs faits nous imposa presque cette conviction. Dans cette affaire, le comportement de Justine fut si bizarre et si étrange qu'à l'évidence des faits, il ajouta un poids qui, je le crains, laisse peu d'espoir au doute. Mais c'est aujourd'hui qu'on la juge. Vous pourrez vous faire une opinion. »

Et mon frère me rapporta que le matin où l'on découvrit le cadavre du petit William, Justine tomba malade et garda le lit pendant plusieurs jours. Pendant ce temps, un domestique, examinant par hasard les vêtements que la servante portait le soir du crime, découvrit dans une de ses poches le portrait de ma mère. Le domestique fit part de sa découverte à un de ses amis qui, sans dire un mot à personne, se rendit chez le magistrat et fit sa déposition. Justine fut arrêtée. Lorsqu'on l'accusa du crime, la confusion extrême de la pauvre fille confirma les soupçons.

Ce récit étrange ne parvint pas à me convaincre et je répondis énergiquement :

« Vous vous trompez tous. Je connais le meurtrier. Justine, la pauvre, la bonne, l'excellente Justine est innocente. »

À cet instant, mon père entra. Je vis le désespoir profondément gravé sur son visage ; pourtant, il entreprit de m'accueillir joyeusement. Après avoir échangé avec moi de tristes paroles de bienvenue, il aurait certainement parlé d'un autre sujet que de notre malheur, si Ernest ne s'était exclamé :

« Grand Dieu, papa ! Victor dit qu'il connaît l'assassin du pauvre William. »

« Nous aussi, malheureusement, répondit mon père, j'aurais, je crois, préféré l'ignorer toujours plutôt que de découvrir tant de dépravation et d'ingratitude chez quelqu'un que j'estimais si hautement. »

« Mon cher père, vous vous trompez ; Justine est innocente. »

« Si cela est, Dieu interdira qu'elle souffre comme une coupable. Elle doit être jugée aujourd'hui, et j'espère, j'espère sincèrement qu'elle sera acquittée. »

Ce discours me calma. J'étais fermement convaincu que Justine, comme tout autre être humain, était innocente de ce meurtre. Je ne craignais donc nullement que l'on pût produire une preuve matérielle assez pressante pour la condamner. Mon récit ne pouvait être fait publiquement ; son horreur inconcevable serait regardée comme de la folie par le vulgaire. En dehors de moi, qui en fus le créateur, qui pourrait croire, à moins d'en être convaincu par le témoignage de ses sens, à l'existence de ce vivant monument de présomption et de téméraire ignorance que j'avais déchaîné sur le monde ?

Élizabeth nous rejoignit bientôt. Le temps l'avait transformée depuis la dernière fois que je l'avais vue ; il l'avait dotée d'une grâce surpassant la beauté de ses jeunes années. Certes, ma cousine possédait la même candeur et la même vivacité, mais elle alliait ces sentiments à une expression plus riche en sensibilité et en intelligence. Elle m'accueillit avec la plus grande affection : « Votre arrivée, mon cher cousin, me dit-elle, me remplit d'espoir ! Vous trouverez peut-être le moyen de prouver l'innocence de la pauvre Justine. Hélas ! Qui est en sûreté si elle peut être condamnée pour crime ? Je crois en son innocence autant qu'en la mienne. Notre malheur est doublement cruel puisque non seulement nous avons perdu cet enfant que nous chérissions, mais que cette pauvre fille, que j'aime sincèrement, va nous être arrachée par un destin pire encore. Si elle est condamnée, je ne connaîtrai jamais plus la joie. Mais elle ne le sera pas, je suis sûre qu'elle ne le sera pas, et alors je serai à nouveau heureuse, même après la mort misérable de mon petit William. »

« Elle est innocente, Élizabeth, dis-je, et cela sera prouvé ; ne craignez rien, et reprenez courage en pensant à la certitude de son acquittement. »

« Comme vous êtes bon et généreux ! Tous croient en sa culpabilité, et cela me rend fort malheureuse... Je sais que c'est une chose impossible... Voir tous les autres prévenus contre elle d'une façon aussi épouvantable me laissait sans espoir... » Elle se mit à pleurer.

« Chère nièce, dit mon père, séchez vos larmes. Si
Justine est innocente, comme vous le croyez, comptez
sur la justice de nos lois et sur l'activité que je déploie-
rai pour empêcher la plus légère ombre de partialité. »

CHAPITRE VIII

Jusqu'à onze heures, notre matinée s'écoula tristement. Puis ce fut le jugement. Mon père et tous les autres membres de la famille étaient cités comme témoins ; je les accompagnai au tribunal. Durant toute cette misérable comédie judiciaire, je fus soumis à la torture. Il devait être décidé si le résultat de ma curiosité malsaine et de ma science inavouable causerait la mort de deux de mes semblables : le premier, un garçonnet souriant, plein d'innocence et de joie, l'autre, une pauvre fille assassinée d'une façon plus terrible, car non seulement elle mourrait innocente, mais, circonstance aggravante, elle serait déshonorée. Justine était une fille de mérite, et possédait des qualités qui promettaient de rendre sa vie heureuse, et maintenant, ces promesses et ces qualités allaient être écrasées sous une tombe ignominieuse. J'étais cause de tout cela ! J'aurais préféré mille fois m'accuser moi-même du crime que l'on attribuait à Justine, mais j'étais absent lorsqu'il avait été commis, et mon intervention aurait été considérée comme le délire d'un fou, et n'aurait nullement évité les souffrances que la pauvre fille devait endurer par ma faute.

Justine paraissait calme. Elle était habillée de vêtements de deuil et son visage, toujours attirant, avait revêtu une beauté sereine sous l'influence de la solennité de ses sentiments. Cependant elle paraissait confiante en son innocence et ne tremblait pas, sous le regard des milliers de personnes qui l'exécraient.

Toute la bienveillance que sa beauté aurait pu susciter en d'autres circonstances était effacée dans la pensée des spectateurs par l'image du crime monstrueux qu'on lui attribuait.

Elle était calme ; cependant sa tranquillité était évidemment contrainte. On lui avait reproché sa confusion comme une preuve de sa culpabilité, aussi concentrait-elle son esprit dans une apparence de courage. Quand elle entra dans la salle du tribunal, elle la parcourut des yeux et nous découvrit rapidement ; en nous voyant, une larme sembla obscurcir son regard ; mais elle se remit rapidement, et une expression de tristesse affectueuse sembla attester de sa totale innocence.

L'audience s'ouvrit bientôt. Après que l'avocat général eut précisé l'acte d'accusation, plusieurs témoins furent appelés. Des faits étranges, combinés contre elle, pouvaient ébranler quiconque ne possédait pas comme moi la preuve formelle de son innocence. Elle était sortie la nuit pendant laquelle le meurtre fut commis ; vers le matin, une maraîchère l'aperçut dans les parages où l'on trouva peu après le cadavre de l'enfant. La femme lui ayant demandé ce qu'elle faisait là, Justine la regarda d'une façon étrange et lui fit une réponse confuse et inintelligible. La pauvre fille revint à la maison vers les huit heures et lorsqu'on s'inquiéta de l'emploi de sa nuit, elle déclara l'avoir passée à chercher l'enfant. Elle demanda instamment si on avait trouvé quelque chose le concernant et quand on lui montra le corps, elle eut une violente crise de nerfs et pendant plusieurs jours dut garder le lit. On produisit alors la miniature que le domestique avait trouvée dans la poche de la servante et quand Élizabeth, d'une voix à peine distincte, reconnut que c'était celle qu'une heure avant l'assassinat de l'enfant, elle avait passée autour du cou de William, un murmure d'horreur et d'indignation parcourut la salle du tribunal.

On demanda à Justine de s'expliquer. À mesure que la procédure se déroulait, l'assurance de la pauvre fille s'altérait. Son visage exprimait la surprise, l'horreur et le désespoir. Elle s'efforçait de retenir ses larmes, mais lorsqu'on lui demanda de parler, elle rassembla ses forces et dit d'une voix claire mais cependant incertaine :

« Dieu sait que je suis totalement innocente. Mais je ne veux pas arracher un acquittement par mes protestations. J'appuie mon innocence sur une totale et simple exposition des faits qui me sont reprochés et j'espère que la réputation d'honnêteté de mon caractère inclinera mes juges vers une interprétation favorable, si quelques circonstances peuvent provoquer le doute ou la suspicion. »

Elle relata alors qu'avec la permission d'Élizabeth, elle avait passé la soirée du crime dans la maison d'une tante à Chêne, village situé à une lieue environ de Genève. À son retour, vers les neuf heures, elle rencontra un homme, qui lui demanda si elle avait des nouvelles de l'enfant perdu. Le récit fait par l'homme l'alarma, elle passa plusieurs heures à chercher le petit William, tant et si bien que, les portes de Genève étant fermées, elle fut forcée de rester pendant plusieurs heures de la nuit dans une grange. Elle n'avait pas voulu déranger les habitants du cottage qui pourtant la connaissaient bien. Elle passa la plus grande partie de la nuit à veiller. Vers le matin, elle croyait s'être endormie pour quelques minutes, mais des pas troublèrent son repos et elle se réveilla. Il faisait jour, elle quitta son asile pour pouvoir entreprendre de nouvelles recherches. Si elle s'était trouvée près de l'endroit où reposait le corps, c'était sans le savoir ; qu'elle eût été troublée par les questions de la maraîchère, ce n'était pas surprenant, après une nuit d'insomnie, et étant donné que le sort du pauvre William était encore incertain. Concernant la miniature elle ne pouvait donner aucune explication.

« Je sais, continua la malheureuse, que cette seule circonstance est lourde de conséquences pour moi, mais je n'arrive pas à l'expliquer ; et après avoir exprimé mon entière ignorance, je ne puis que conjecturer les causes probables de la présence de ce bijou dans ma poche. Mais ici aussi je vous arrête. Je ne crois pas avoir d'ennemi sur terre, et personne certainement ne peut être mauvais au point de me laisser mourir de gaieté de cœur. Est-ce le meurtrier qui l'a placé là ? Je ne crois pas lui avoir fourni l'occasion de le faire ; et même, si cela était, pourquoi aurait-il volé le bijou pour s'en séparer aussi rapidement ?

« Je recommande ma cause à l'impartialité de mes juges, et pourtant je ne vois aucune raison d'espérer. Je demande que l'on m'accorde la faveur d'interroger quelques témoins sur mon caractère. Si leurs déclarations ne contrebalancent point ma culpabilité présumée, je me résignerai à être condamnée, quoique je sois prête à jurer de mon innocence sur mon salut éternel. »

Plusieurs personnes, qui la connaissaient depuis de longues années, furent appelées à la barre. Elles dirent beaucoup de bien de l'inculpée mais la crainte de l'opinion publique et la haine du crime dont on supposait Justine coupable, les rendaient timorées et les disposaient peu à dire tout ce qu'elles savaient en faveur de l'accusée. Élizabeth se rendit compte que même cette dernière ressource — son excellent caractère et sa conduite irréprochable — allait échapper à la pauvre fille. Aussi, en dépit de son émotion, sollicita-t-elle l'autorisation d'adresser quelques mots à la Cour.

« Je suis, dit-elle, la cousine du malheureux enfant qui a été assassiné, ou plutôt sa sœur, car j'ai été élevée par ses parents et j'ai vécu avec eux depuis la naissance de William et même longtemps avant. On peut donc juger indécent de ma part de prendre une initiative en pareille occasion ; mais quand je vois une femme sur le point de périr par la lâcheté de ses prétendus amis, je désire être autorisée à parler, afin de pouvoir dire ce que je sais de son caractère. Je connais bien l'accusée. J'ai habité dans la même maison qu'elle, une première fois pendant cinq ans et une autre fois pendant près de deux ans. Durant cette période, elle m'apparut comme la plus aimable et la plus douce des créatures humaines.

« Durant la dernière maladie de Mme Frankenstein,

ma tante, elle la soigna avec la plus profonde affection et le plus grand dévouement. Sa sollicitude se porta ensuite vers sa propre mère qui venait de tomber gravement malade. La conduite de cette jeune fille lui valut l'estime et l'admiration de tous ceux qui la connaissaient. Après la mort de sa mère, elle revint vivre dans la maison de mon oncle, où elle fut aimée de toute la famille. Elle était très attachée à l'enfant qui fut assassiné et se comportait envers lui comme la mère la plus aimante. Pour ma propre part, je n'hésite pas à dire qu'en dépit de toutes les évidences, j'espère et je crois qu'elle est innocente. Il n'est pas possible qu'elle ait pu être tentée de commettre cette horrible action. Quant à la miniature en quoi l'on voit la preuve capitale de sa culpabilité, si Justine m'en avait exprimé le désir, je la lui aurais donnée volontiers, tant j'estime et considère cette jeune fille. »

Un murmure d'approbation suivit l'émouvant appel d'Élizabeth, mais c'était là le résultat de son intervention généreuse et non une manifestation en faveur de la pauvre Justine, contre qui le public, indigné, se tourna avec un mouvement de violence en l'accusant de la plus noire ingratitude. La malheureuse pleura pendant le plaidoyer d'Élizabeth, mais ne répondit pas. Mon émotion et mon angoisse furent extrêmes durant la séance du tribunal. Je croyais en l'innocence de Justine, je la savais innocente. Se pouvait-il que le démon qui avait (je n'en doutais pas une minute) assassiné mon frère, eût par une plaisanterie infernale, livré l'innocence à la mort et à l'ignominie ? Je ne pus supporter l'horreur de ma situation.

Quand je m'aperçus, à la voix de la foule et au visage des juges, que ma malheureuse victime était condamnée, je me précipitai, désespéré, hors du tribunal. Les tortures de l'accusée n'égalaient pas les miennes. Justine, elle, était soutenue par l'innocence, mais les griffes du remords me déchiraient le cœur, et ne lâchaient pas leur proie.

Je passai une nuit de souffrances indicibles. Le

matin, je me rendis au Tribunal ; mes lèvres et ma gorge étaient desséchées. Je n'osais pas poser la question fatale ; mais j'étais connu, et le magistrat devina la raison de ma visite. Le scrutin avait eu lieu ; toutes les boules étaient noires. Justine était condamnée.

Je ne peux prétendre décrire ce que je ressentis. J'avais eu auparavant des sensations d'horreur, et j'ai entrepris de les exprimer sous une forme adéquate, mais les mots ne peuvent donner une idée du désespoir infini que j'endurai alors. La personne à qui je m'adressai ajouta que Justine avait déjà confessé sa culpabilité. « Cette preuve, observa-t-il, était peu nécessaire dans un cas aussi probant, mais je suis heureux que nous l'ayons eue, car, en fait, aucun de nos juges n'aime condamner un criminel sur des présomptions extérieures, si décisives soient-elles. »

Cette nouvelle était étrange et inattendue ; qu'est-ce que cela signifiait ? Mes yeux m'avaient-ils induit en erreur ? et étais-je réellement aussi fou que le monde entier l'aurait cru, si j'avais dévoilé l'objet de mes soupçons ? Je me hâtais de retourner à la maison où Élizabeth, immédiatement, me demanda des nouvelles du verdict.

« Cousine, répondis-je, le verdict est celui que vous aviez prévu. Tous les juges du monde préfèrent punir dix innocents plutôt que de laisser échapper un coupable. Mais ici, ce n'est pas le cas ; Justine a fait des aveux. »

Ce fut un coup terrible pour la pauvre Élizabeth, qui croyait fermement à l'innocence de la servante. « Hélas ! dit-elle, comment pourrais-je croire à nouveau en la bonté humaine ? Justine, vous que j'aimais et estimais comme une sœur, comment pourrais-je voir la perfidie dans vos sourires innocents ? La douceur de son regard semblait la rendre incapable de violence ou de ruse, et cependant elle a commis un meurtre. »

Bientôt, nous apprîmes que la pauvre fille avait exprimé le désir de voir ma cousine. Mon père souhaitait qu'Élizabeth ne s'y rendît pas ; mais il la laissait libre d'agir. « Oui, dit Élizabeth, j'irai, bien qu'elle soit coupable ; et vous, Victor, vous m'accompagnerez : je ne peux pas y aller seule. » L'idée de cette visite me torturait mais je ne pouvais refuser.

Nous entrâmes dans la sombre cellule, et aperçûmes Justine assise sur de la paille ; ses mains étaient ligotées, et sa tête reposait sur ses genoux. Elle se leva en nous voyant entrer, et quand nous fûmes seuls avec elle, la pauvre fille se jeta aux pieds d'Élizabeth en pleurant amèrement. Ma cousine pleurait aussi.

« Oh, Justine ! dit-elle, pourquoi m'avez-vous privée de ma dernière consolation ? Je me fiais à votre innocence. J'étais certes très malheureuse, mais je n'étais pas aussi misérable que maintenant. »

« Me tenez-vous aussi pour une criminelle ? Vous joignez-vous à mes ennemis pour m'écraser et me condamner comme une meurtrière ? » Les sanglots étouffaient sa voix.

« Levez-vous, ma pauvre fille, dit Élizabeth, pourquoi vous agenouiller, si vous êtes innocente ? Je ne suis pas du côté de vos ennemis. Je croirai en votre innocence, malgré tous les témoignages. Jusqu'à ce que je vous entende vous accuser vous-même. C'est une fausse rumeur, dites-vous ; soyez assurée, chère Justine, que rien ne pourra ébranler ma confiance en vous, rien, sauf vos propres aveux. »

« J'ai avoué, mais c'était un mensonge. J'ai avoué afin d'obtenir ma grâce ; mais maintenant ce mensonge me pèse plus lourdement sur le cœur que tous mes autres péchés. Le Dieu du Ciel me pardonne ! Depuis ma condamnation, même mon confesseur me poursuit. Il m'a épouvantée, torturée et affolée à un tel point que, par moments, j'en arrive presque à me croire le monstre qu'il me dépeignait. Il me menaça de l'excommunication et de l'enfer, si je continuais à nier. Chère madame, je n'avais personne pour m'assister ; tous me regardaient comme une misérable condamnée à l'ignominie et à la perdition. Que pouvais-je faire ? Dans une heure affreuse, j'ai souscrit à un mensonge, et maintenant seulement je me sens vraiment misérable. »

Elle s'arrêta, pleurant, puis continua : « Je pense avec horreur, ma douce amie, que vous avez cru votre Justine, que vous aimiez, et que votre chère tante estimait, capable d'un crime tel que personne, si ce n'est le démon lui-même, ne pouvait le perpétrer. Cher William ! Cher enfant adoré ! Je le reverrai bientôt au Ciel, où nous serons tous heureux, et cela me console au moment où je vais endurer l'ignominie et la mort. »

« Oh Justine ! Pardonnez-moi d'avoir douté de vous un instant. Pourquoi avez-vous avoué ? Mais ne vous affligez pas, chère fille. Ne craignez rien. Je proclamerai, je prouverai votre innocence, je toucherai, par mes larmes et mes prières, le cœur de pierre de vos ennemis. Vous ne mourrez pas ! Vous, ma camarade de jeu, ma compagne, ma sœur, périr sur l'échafaud ! Non ! Non ! Je ne pourrais survivre à un malheur aussi horrible ! »

Justine secoua douloureusement la tête. « Je ne crains pas de mourir, dit-elle ; cette angoisse est passée. Dieu me soutient dans ma faiblesse et me donne le courage d'endurer le pire. Je laisse un monde de tristesse et d'amertume. Si vous vous souvenez de moi et si vous pensez que j'ai été condamnée injustement, je me résignerai au sort qui m'attend. Que ma résignation vous aide, chère amie, à vous soumettre à la volonté du Ciel ! »

Durant cette conversation, je m'étais retiré dans un coin de la cellule, là où je pouvais cacher l'angoisse horrible qui m'étreignait. Désespoir ! Qui osait parler de cela ? La pauvre victime, qui le lendemain passerait la limite terrifiante de la vie et de la mort, ne ressentait pas comme moi une profonde et amère agonie. Je grinçais et claquais des dents, gémissant du plus profond de mon âme. Justine tressaillit. Quand elle vit qui était là, elle s'approcha de moi et dit : « Cher monsieur, vous êtes bon de venir me visiter, j'espère que vous ne me croyez pas coupable ? »

Je ne pouvais répondre.

« Non, Justine, dit Élizabeth ; il était plus convaincu de votre innocence que moi, car même lorsqu'on lui apprit vos aveux, il n'y crut pas. »

« Je vous remercie vivement. Dans ces derniers moments je ressens la plus sincère gratitude pour ceux qui pensent à moi avec bonté. Comme l'affection des autres est douce pour une malheureuse telle que moi ! Elle efface plus de la moitié de mon malheur ; et je sens que je pourrai mourir en paix, maintenant que vous connaissez mon innocence, vous, ma chère amie, et votre cousin. »

C'est ainsi que la pauvre victime essayait de nous réconforter et de se réconforter elle-même. Elle trouva ainsi la résignation qu'elle attendait. Mais moi, le vrai meurtrier, je sentais, dans mon sein, le ver éternel qui empêche tout espoir et toute consolation. Élizabeth pleurait aussi, et se trouvait malheureuse ; mais sa misère était celle de l'innocence, qui, semblable à un nuage passant devant la lune blonde, la cache pour un instant mais ne peut ternir son éclat. L'angoisse et le désespoir avaient pénétré dans le plus profond de mon cœur ; je portais en moi un enfer, que rien ne pouvait éteindre. Nous restâmes plusieurs heures avec Justine ; et ce fut avec une grande difficulté qu'Élizabeth put s'arracher des bras de son amie. « Je veux mourir avec vous, criait-elle, je ne puis vivre en ce monde de misère. »

Justine prit un air joyeux, alors qu'elle réprimait difficilement ses larmes amères. Elle embrassa Élizabeth et dit, d'une voix que l'émotion assourdissait : « Adieu, douce amie, chère Élizabeth, ma tendre et seule amie. Puisse le Ciel, dans sa bonté, vous bénir et vous préserver ! Puisse ce malheur être le dernier que vous subirez ! Vivez ! Soyez heureuse et apportez le bonheur aux autres ! »

Le lendemain Justine mourut. L'éloquence déchirante d'Élizabeth pour modifier la croyance des juges en la culpabilité de la sainte victime avait échoué. Mes appels passionnés et indignés furent perdus également. Et quand je reçus les froides réponses, et que j'entendis le raisonnement dur et implacable de ces hommes, mon intention d'avouer mourut sur mes lèvres. J'aurais pu me proclamer fou, mais non révoquer la sentence de la malheureuse victime. Elle périt sur l'échafaud comme une criminelle !

Je me détournais des tortures de mon propre cœur pour contempler le chagrin profond et muet de mon Élizabeth. Cela aussi était mon œuvre ! Et la douleur de mon père, et la désolation de cette maison — jadis si souriante — tout était le travail de mes mains trois fois maudites ! Vous pleurez, malheureux ; mais ce ne sont pas vos dernières larmes ! De nouveaux gémissements de mort s'élèveront, et vos lamentations s'entendront à maintes reprises ! Frankenstein, votre fils, votre parent, votre ami le plus aimé, lui qui donnerait jusqu'à l'ultime goutte de son sang pour votre amour — qui n'a ni pensées ni sensations de joie quand elles ne se reflètent pas aussi sur vos chers visages — qui voudrait remplir l'air de ses bénédictions et passer sa vie à vous servir — c'est lui la cause de vos pleurs, c'est lui qui vous fait verser vos larmes. Il serait heureux au-delà de ses espoirs, si le destin inexorable était satisfait, et si la destruction s'arrêtait avant que la paix de la tombe n'ait succédé à vos tristes tourments !

Ainsi parlait mon âme angoissée par les perspectives d'un sombre avenir tandis que, déchiré par le remords, l'horreur et le désespoir, je voyais ceux que j'aimais verser des larmes vaines sur les tombes de William et de Justine, les premières et malheureuses victimes de ma science impie.

CHAPITRE IX

Rien n'est plus douloureux pour l'esprit humain, alors que les sentiments ont été excités par une rapide succession d'événements, que le calme plat de l'inaction qui exclut aussi bien l'espérance que la crainte. Justine était morte ; elle reposait ; et j'étais vivant. Le sang coulait librement dans mes veines, mais le désespoir et le remords oppressaient mon cœur et rien ne pouvait me faire oublier. Le sommeil fuyait mes yeux ; j'errais comme un esprit du mal, car j'avais commis des actes de méchanceté dont l'horreur était indescriptible, et d'autres, beaucoup d'autres (j'en étais persuadé) allaient encore survenir. Cependant, mon cœur débordait de bonté et d'amour pour la vertu. J'étais entré dans la vie avec des intentions bienveillantes, et j'avais désiré, dès que je pourrais les mettre en pratique, me rendre utile à mes semblables. Maintenant tout était dévasté : au lieu d'avoir la conscience sereine qui m'eût permis de regarder le passé avec satisfaction, et d'y accueillir la promesse de nouveaux espoirs, j'étais saisi par le remords et par la sensation de crime qui me précipitaient dans un enfer de tortures et de supplices tels que nul langage ne peut les décrire.

Cet état d'âme ravageait ma santé, qui, sans doute, n'avait jamais été remise entièrement depuis le premier choc qu'elle avait subi. Je fuyais mes semblables ; la joie ou le plaisir m'était une torture ; la solitude était ma seule consolation — la solitude sombre, profonde, semblable à la mort.

Mon père observait avec peine ce changement visible dans mon caractère et dans mes habitudes, et il entreprit par des arguments tirés des sentiments de sa conscience sereine et de sa vie exemplaire, de m'inspirer de l'énergie, et d'éveiller en moi le courage nécessaire pour dissiper le sombre nuage qui m'enveloppait. « Pensez-vous, Victor, disait-il, que je ne souffre pas également ? Personne ne pouvait aimer cet enfant plus que je n'aimais votre frère (alors qu'il parlait les larmes lui venaient aux yeux), mais n'est-ce pas un devoir pour les survivants que de s'abstenir d'augmenter leur malheur par la vue d'une peine immodérée ? C'est aussi un devoir envers soi-même car une tristesse excessive empêche la guérison ou même l'accomplissement du devoir quotidien, sans lequel l'homme ne peut vivre en société. »

Ces conseils, bien qu'excellents, étaient totalement inapplicables à mon cas ; j'aurais été le premier à cacher ma peine, et à consoler mes parents, si à mes sentiments le remords n'avait ajouté son amertume et la terreur ses alarmes. Maintenant, je ne pouvais que répondre à mon père par un regard désespéré, et essayer de me cacher à sa vue.

Vers cette époque, nous nous retirâmes dans notre maison de Bellerive. Ce changement m'était particulièrement favorable. La fermeture régulière des portes à dix heures et l'impossibilité de rester sur le lac après cette heure m'avaient rendu très désagréable notre résidence à l'intérieur des murs de Genève. J'étais maintenant libre. Souvent, alors que le reste de la famille s'était retiré pour la nuit, je prenais le bateau et passais plusieurs heures sur l'eau. Parfois, toutes voiles dehors, je me laissais pousser par le vent ; parfois, après avoir ramé jusqu'au milieu du lac, je laissais la barque poursuivre sa course et m'abandonnais à mes misérables réflexions. J'étais souvent tenté quand tout était en paix autour de moi, et que seul, créature inquiète, j'errais sans repos dans un paysage si merveilleux et si divin — si l'on excepte quelques chauves-souris ou quelques grenouilles, dont le coassement rude et ininterrompu ne s'entendait que lorsque j'approchais du rivage — souvent donc, j'étais tenté de me précipiter dans le lac silencieux, afin que les eaux puissent se refermer à jamais sur moi et sur mes malheurs. Mais j'étais retenu par la pensée de l'héroïque et douloureuse Élizabeth, que j'aimais tendrement et dont l'existence était liée à la mienne. Je pensais aussi à mon père et à mon autre frère. Pouvais-je par ma vile désertion les laisser exposés sans protection à la malice du démon que j'avais déchaîné parmi eux ?

À ces moments je pleurais amèrement et je souhaitais que la paix revînt dans mon âme pour leur apporter la consolation et la joie. Mais cela ne pouvait être. Le remords éteignait tout espoir. J'étais l'auteur de maux irrévocables ; et je vivais dans la crainte journalière de voir le monstre, que j'avais créé, perpétrer quelques nouvelles atrocités. J'avais le sentiment obscur que tout n'était pas fini, et qu'il commettrait encore quelque crime éclatant, lequel, par son énormité, effacerait presque le souvenir du passé. Aussi longtemps que vivrait un être cher, il y avait toujours lieu de craindre un malheur. On ne peut concevoir la haine que je ressentais pour ce démon. Quand je pensais à lui, mes dents grinçaient, mes yeux s'enflammaient et j'éprouvais un ardent désir d'éteindre cette vie que j'avais si follement donnée. Quand je réfléchissais à ses crimes et à sa malice, ma haine et mon désir de vengeance renversaient toutes les barrières de la modération.

J'aurais fait, comme un pèlerinage, l'ascension du pic le plus élevé des Andes, si j'avais pu, une fois là, précipiter ce démon jusqu'au bas des rochers. Je désirais le revoir, afin d'assouvir sur sa tête ma soif de vengeance et châtier ainsi la mort de William et de Justine.

Notre maison était la maison du deuil. La santé de mon père avait été profondément secouée par l'horreur des récents événements. Élizabeth était triste et abattue, elle ne prenait plus aucune joie à ses occupations ordinaires ; tout plaisir lui semblait un sacrilège envers les morts ; les lamentations et les pleurs éternels lui paraissaient être le juste tribut qu'elle devait payer à la destruction et à la mort de l'innocence. Ce n'était plus cette créature heureuse qui, dans sa première jeunesse, errait avec moi sur les rives du lac et parlait avec extase de nos futurs projets. Le premier de ces chagrins qui nous sont envoyés pour nous détacher de la terre, l'avait visitée, et cette influence maudite obscurcissait ses chers sourires.

« Quand je pense, mon cher cousin, disait-elle, à la mort misérable de Justine Moritz, je ne vois plus le monde et ses œuvres comme ils m'apparaissaient auparavant. Jadis, je considérais les récits de vices et d'injustices que je lisais dans les livres ou entendais raconter, comme des contes de l'ancien temps ou comme des méchancetés imaginaires ; au moins étaient-ils lointains, et plus familiers à ma raison qu'à mon imagination ; mais maintenant la souffrance est entrée chez nous et les hommes m'apparaissent comme des monstres, assoiffés du sang de leur prochain. Pourtant, je suis certainement injuste. Tout le monde croyait la pauvre fille coupable, et si elle avait pu commettre le crime pour lequel elle a souffert, certes, elle aurait été la plus dépravée des créatures humaines. Pour la possession de quelques bijoux, assassiner le fils de son bienfaiteur et ami, un enfant qu'elle avait soigné, depuis sa naissance et qu'elle paraissait aimer comme s'il avait été le sien ! Quel crime abominable ! Je ne saurais consentir à la mort d'aucun être humain, mais certainement j'aurais pensé qu'une telle créature était indigne de rester dans la société des hommes. Mais elle était innocente ! Je sais, je sens qu'elle était innocente ! Vous êtes du même avis et cela confirme mon opinion. Hélas ! Victor, quand le mensonge peut ressembler ainsi à la vérité, qui donc peut être sûr d'un bonheur durable ? J'ai l'impression que je marche sur le bord d'un précipice vers lequel des milliers de gens arrivent en foule et entreprennent de me précipiter dans l'abîme. William et Justine ont été assassinés et le meurtrier s'échappe ! Il marche par le monde, libre et peut-être respecté. Mais même si j'étais condamnée à souffrir sur l'échafaud pour les mêmes crimes, je ne voudrais pas changer ma place pour celle de ce misérable. »

J'écoutai ses paroles avec une douleur extrême. J'étais, non de fait, mais en réalité, le vrai meurtrier. Élizabeth lut mon angoisse sur mon visage, elle me prit tendrement la main, et dit : « Mon cher ami, vous devez vous calmer. Ces événements m'ont affectée, Dieu sait combien profondément, mais je ne suis pas encore aussi malheureuse que vous. Il y a, dans vos traits, une expression de désespoir, et quelquefois de vengeance, qui me fait trembler. Cher Victor, bannissez ces sombres passions. Pensez aux amis qui vous entourent et qui concentrent tous leurs espoirs en vous. Avons-nous perdu le pouvoir de vous rendre heureux ? Ah ! tant que nous nous aimons, tant que nous sommes fidèles l'un à l'autre, ici sur cette terre de paix et de beauté, votre pays natal, nous pouvons jouir d'un bonheur paisible. Qui pourrait encore troubler notre paix ? »

Ces quelques mots de celle que j'estimais comme le meilleur don du ciel suffiraient-ils à chasser le démon qui se cachait dans mon cœur ? Pendant qu'elle parlait, mû par ma terreur, je me précipitais vers elle, de peur qu'à ce moment même le monstre ne fût là pour me la dérober.

Ainsi ni la tendresse de l'amitié ni la beauté de la terre ou du ciel ne pouvaient délivrer mon âme du malheur. Les accents de l'amour véritable étaient inefficaces. J'étais environné d'un nuage qu'aucune influence bienfaisante ne pouvait percer. Le cerf blessé qui traîne ses membres défaillants vers quelque fougère inviolée, pour y contempler la flèche qui l'a blessé et pour mourir, aurait pu me servir de symbole.

Parfois je ne pouvais combattre le désespoir obstiné qui m'écrasait, mais parfois le tourbillon des passions de mon âme me poussait à chercher, dans des exercices physiques et dans des changements de paysage, un soulagement à mes sensations intolérables. Ce fut durant un accès de cette sorte que je quittai soudai-

nement ma demeure, et dirigeai mes pas vers les plus
proches vallées des Alpes, afin de chercher dans la
magnificence de ces spectacles éternels l'oubli de moi-
même et de mes chagrins éphémères parce que humains.
J'errais en direction de la vallée de Chamonix. Je l'avais
visitée fréquemment durant mon enfance. Six années
s'étaient écoulées depuis : moi, j'étais une épave, mais
rien n'était changé dans ces paysages sauvages et
immuables.

Je fis à cheval la première partie de mon voyage ;
puis je louai une mule, l'animal qui a le pied le plus
sûr et qui circule le plus aisément sur ces routes gros-
sières.

Le temps était beau. Nous nous trouvions vers la mi-
août, deux mois environ après la mort de Justine, misérable époque d'où dataient tous mes malheurs. Le poids
qui oppressait mon cœur s'allégea tandis que je
m'enfonçai profondément dans les ravins de l'Arve. Les
immenses montagnes et les précipices qui m'environnaient de tous côtés, le bruit de la rivière mugissant à
travers les roches et les cascades qui se précipitaient tout
alentour clamaient la louange d'un être omnipotent ;
et je cessais de craindre, ou de me courber devant un
être moins puissant que Celui qui avait créé et gouver-
nait les éléments, étalés ici sous leur forme la plus
terrifiante. Plus je remontais la vallée, plus celle-ci prenait un caractère prestigieux et éclatant. Les châteaux
en ruine suspendus au bord des précipices, sur des montagnes couvertes de pins ; l'Arve impétueuse, les chalets apparaissant çà et là parmi les arbres formaient un
spectacle d'une singulière beauté. Mais celle-ci était
accrue et rendue sublime par les Alpes puissantes, dont
les dômes et les pyramides brillantes de neiges s'élevant
au-dessus de tout semblaient appartenir à un autre
monde habité par des êtres d'une autre race.

Je dépassai le pont de Pélissier où le ravin, formé
par la rivière, s'ouvrait devant moi, et je commençai
l'ascension de la montagne qui le dominait. Bientôt,
j'entrai dans la vallée de Chamonix. Cette vallée est plus

merveilleuse et plus sublime, mais moins riche en pittoresque que celle de Servox, que je venais de traverser.
Les hautes montagnes neigeuses en étaient les limites
immédiates, mais je ne voyais plus de châteaux en ruine,
ni de champs fertiles. D'immenses glaciers s'appro-
chaient de la route ; j'entendais les roulements de tonnerre des avalanches et je voyais la fumée qui s'élevait
sur leur passage. Le Mont-Blanc, l'unique et magnifique Mont-Blanc, s'élevait parmi les aiguilles [1] voisines
et son dôme prodigieux dominait la vallée.

Une sensation de plaisir depuis longtemps oubliée
m'envahit durant ce voyage. Un tournant de la route,
quelques nouveaux objets soudain aperçus et reconnus
me rappelaient les jours passés, et s'associaient à mes
souvenirs de jeune garçon heureux. Le vent, avec des
accents calmants, murmurait des consolations à mon
oreille, et la Nature, maternelle, me commandait de ne
plus pleurer. Puis, de nouveau, cette influence cessa
d'agir. Je me retrouvai enchaîné à mes chagrins, et je
m'abandonnai à mes réflexions malheureuses. Alors
j'éperonnais ma bête, m'efforçant d'oublier le monde,
mes peines, et, par-dessus tout, moi-même, ou bien,
plus découragé encore, je descendais de ma mule et me
jetais sur l'herbe, écrasé par l'horreur et le désespoir.

Enfin j'arrivai au village de Chamonix. L'épuisement
succéda à l'extrême fatigue que mon corps et mon âme
avaient endurée. Pendant un court instant, je restai à
la fenêtre de ma chambre, contemplai les éclairs pâles
qui jouaient sur le Mont-Blanc, et écoutai les rugissements de l'Arve, qui poursuivait son chemin turbulent
en dessous de moi. Ces bruits calmants agirent comme
une berceuse sur mes sens énervés. Lorsque je posai ma
tête sur l'oreiller, le sommeil s'empara de moi ; je sentis
venir et je bénis ce donneur d'oubli.

---

1. En français dans le texte *(N.d.T.)*.

CHAPITRE X

Je passai la journée suivante à errer dans la vallée. Je m'arrêtai près des sources de l'Aveyron qui sortant d'un glacier descend lentement de la montagne pour barricader la vallée. Devant moi s'élevaient les parois abruptes des hauts sommets ; le mur de glace me dominait ; quelques pins brisés se dressaient aux alentours ; et le silence solennel de cette glorieuse salle de réception de la souveraine Nature était uniquement troublé par les flots tapageurs, la chute de quelques grands fragments de roc, le grondement de tonnerre de l'avalanche ou l'écho dans les montagnes du craquement de la glace accumulée qui, par un travail silencieux ordonné par des lois immuables, éclatait et se déchirait de temps à autre comme un jouet dans ses mains. Ces paysages sublimes et magnifiques m'apportèrent la plus grande consolation dont je pouvais bénéficier. Ils m'élevaient au-dessus de la petitesse des sentiments mesquins ; et s'ils n'effaçaient pas mes chagrins, ils les subjuguaient et me calmaient. Dans une certaine mesure, ils éloignaient de mon âme les pensées qui l'avaient assaillie le mois précédent. Je ne rentrai qu'à la tombée de la nuit, pour dormir ; mon sommeil avait pour aides et serviteurs la foule des paysages majestueux que j'avais contemplés durant la journée. Ils s'assemblaient autour de moi ; la neige inviolée des hauts sommets, l'aiguille étincelante, les pins, le ravin nu et désolé, l'aigle planant dans les nuages, ils étaient tous rassemblés autour de moi et m'ordonnaient d'être en paix.

Où s'étaient-ils enfuis lorsque je m'éveillai le matin suivant ? Le calme de mon âme fuyait avec mon sommeil, et une noire mélancolie assombrissait chacune de mes pensées. La pluie tombait à torrents, et une brume épaisse cachait les sommets des montagnes, à tel point que je ne pouvais même pas apercevoir le visage de ces puissantes cimes. Il voulait encore pénétrer dans leur voile de brume et les chercher dans leur retraite de nuage. Qu'étaient pour moi la pluie et l'orage ? Ma mule fut amenée devant la porte, et je résolus d'entreprendre l'ascension du sommet du Montauvert. Je me souvenais de l'effet que la prodigieuse avance continuelle du glacier avait produit sur moi la première fois que je le vis. Ce spectacle m'avait empli alors d'une extase sublime qui donnait des ailes à mon âme, et m'enlevait de cet univers obscur pour me porter vers la lumière et la joie. Les scènes imposantes et majestueuses de la nature affectaient toujours mon âme et lui faisaient oublier ses soucis. Connaissant parfaitement le sentier, je résolus de partir sans guide ; d'ailleurs la présence d'une autre personne aurait détruit pour moi la majesté solitaire du paysage.

La montée est à pic, mais le sentier en lacet vous permet de surmonter l'escarpement de la montagne. La scène est d'une désolation terrifiante. Dans des milliers d'endroits, on rencontre les traces des avalanches de l'hiver ; des arbres brisés jonchent le sol, certains entièrement détruits, d'autres courbés, sur des rochers qui surplombent les précipices. Le sentier, à mesure que vous avancez, est coupé par des ravins de neige, le long desquels des pierres se précipitent sans cesse ; l'un d'entre eux est particulièrement dangereux, car le son le plus faible, ne serait-ce que celui d'une voix d'homme, suffit à ébranler l'air et amène la mort pour celui qui parle. Les pins sont moins élevés et moins luxuriants, mais plus sombres, et donnent un air de sévérité au paysage. Je contemplai la vallée s'étendant à mes pieds ; une brume profonde s'élevait des rivières qui la traversaient et s'enroulait en couronnes épaisses autour des montagnes qui me faisaient face et dont les sommets étaient cachés dans les nuages uniformes. La pluie tombait du ciel sombre et s'ajoutait à l'impression de mélancolie du spectacle. Hélas ! pourquoi l'homme s'enorgueillit-il d'une sensibilité supérieure à celle de la brute ? Elle le rend simplement plus esclave de ses impressions. Si nos impulsions se bornaient à la faim, à la soif, au désir, nous pourrions être presque libres ; mais maintenant nous sommes affectés par chaque vent qui souffle, et par un mot entendu, on ne sait comment, ou par un spectacle que le hasard peut nous faire découvrir.

Nous dormons ; un rêve peut empoisonner notre
                                         [sommeil.
Nous nous levons ; une pensée errante flétrit le jour.
Nous sentons, concevons, raisonnons, rions ou
                                         [pleurons,
Nous nous rongeons de désespoir ou nous chassons
                                         [nos soucis.
Aucune importance d'ailleurs ; car heureux ou
                                         [malheureux,
Le chemin de la vie est toujours libre,
Pour l'homme, la veille ne peut jamais être semblable
                                         [au lendemain :
Rien ne dure sinon le changement [1] *!*

Il était près de midi lorsque j'atteignis le sommet. Je m'assis pendant un moment sur un rocher qui dominait la mer de glace. Une brume couvrait l'immense plaine désolée ainsi que les montagnes avoisinantes. Bientôt une brise dissipa le nuage et je descendis sur le glacier. La surface est très raboteuse et des aspérités s'élèvent comme les vagues d'une mer agitée, avec des dépressions et des crevasses profondes. La mer de glace est large d'une lieue à peine, mais je mis près de deux heures pour la traverser. La montagne opposée est une roche abrupte et nue. Du côté où je me trouvais alors, j'avais le Montauvert exactement à une lieue devant moi

1. Shelley, *Mutability (N.d.T.)*.

et au-dessus de lui s'élevait, dans sa majesté terrible, le Mont-Blanc. Je m'arrêtai dans un renfoncement du rocher et contemplai ce spectacle merveilleux et prodigieux. La mer, ou plutôt la vaste rivière de glace, serpentait parmi les montagnes qui l'enserraient et dont les sommets le dominaient. Leurs pics glacés et scintillants resplendissaient dans le soleil au-dessus des nuages. Mon cœur, auparavant plein de tristesse, se gonflait maintenant d'un sentiment qui ressemblait à de la joie. Je m'exclamai : « Esprits errants, si vraiment vous errez, et si vous ne vous reposez pas dans vos lits étroits, permettez-moi de goûter cette ombre de bonheur, ou emmenez-moi, comme votre compagnon, loin des joies de la vie. »

J'avais à peine prononcé ces mots que j'aperçus soudain, à une certaine distance, la silhouette d'un homme qui avançait vers moi à une vitesse surhumaine. Il franchissait d'un bond les crevasses de glace, parmi lesquelles je m'étais avancé avec précaution ; sa taille, au fur et à mesure qu'il approchait, me semblait dépasser celle d'un homme. Je ressentis un trouble étrange, un brouillard passa devant mes yeux, et je manquai de m'évanouir ; mais la bise froide de la montagne me rendit rapidement mon sang-froid. Je m'aperçus à l'approche de cette silhouette (spectacle effrayant et abhorré !) que c'était le misérable que j'avais créé. Je tremblai de rage et d'horreur, résolu à attendre sa venue et à engager ensuite avec lui un corps à corps mortel. Il approchait, son visage accusait une angoisse amère, mêlée de dédain et de méchanceté, et sa laideur surnaturelle le rendait presque insupportable à des yeux humains. Mais c'est à peine si je pris garde à ces détails ; la rage et la haine me privèrent tout d'abord de l'usage de la parole, et je ne la retrouvai que pour accabler le monstre sous l'expression de ma haine et de mon mépris.

« Démon, m'exclamai-je, oses-tu m'approcher ? Et ne crains-tu pas ma cruelle vengeance ? Ne crains-tu pas que mon bras ne s'abatte sur ta misérable tête ? Va-t'en, être vil !... ou plutôt, reste, que je te réduise en poussière !... Ah ! si je pouvais, en supprimant ta misérable existence, rappeler à la vie ces victimes que tu as si diaboliquement assassinées ! »

« Je m'attendais à cette réception, dit le démon. Tous les hommes haïssent les malheureux ; à quel point, alors, doivent-ils me haïr, moi qui suis le plus malheureux de tous les êtres vivants ! Et pourtant, toi, mon créateur, tu me détestes et me repousses avec mépris, moi, la créature à laquelle tu es uni par des liens qui ne peuvent être dissous que par la mort de l'un de nous. Tu veux donc me tuer ? Comment oses-tu jouer ainsi avec ta vie ? Fais ton devoir envers moi, et je ferai le mien envers toi et envers le reste de l'humanité. Si tu acceptes mes conditions, je vous laisserai en paix, toi et tous les autres ; mais si tu refuses, prends garde ! Jusqu'à satiété, j'abreuverai la mort du sang de ceux qui te sont chers ! »

« Monstre abhorré ! Démon ! Les tortures de l'enfer sont trop douces pour te punir de tes crimes... Misérable ! tu me reproches ta création, viens donc pour que je puisse éteindre l'étincelle que je t'ai infusée si imprudemment. »

La rage m'aveuglait ; je me jetai sur lui poussé par toutes les passions qui peuvent armer un être contre l'existence d'un autre.

Il m'évita facilement et dit :

« Du calme ! Je te prie de m'entendre, avant de donner libre cours à ta haine contre ma tête maudite. N'ai-je donc pas assez souffert que tu cherches encore à augmenter mon malheur ? La vie, quoiqu'elle ne puisse être pour moi qu'une suite d'angoisses, m'est cependant chère, et je la défendrai. Souviens toi, tu m'as fait plus puissant que toi-même ; ma taille est supérieure à la tienne, mes articulations sont plus souples, mais je ne tenterai pas de m'opposer à toi. Je suis ta créature, et je serai même doux et docile à mon roi et maître naturel si tu t'acquittes aussi de tes devoirs envers moi. Oh, Frankenstein, ne sois pas équitable envers les autres, pour me fouler seul aux pieds, moi, à qui sont dues ta justice et même ta clémence et ton affection ! Souviens-toi que je suis ta créature ; je devrais être ton Adam ; mais je suis plutôt l'ange déchu, que tu rejettes alors qu'il ne t'a fait aucun mal. Partout je vois le bonheur et seul j'en suis irrévocablement exclu. J'étais doux et bon, la misère a fait de moi un démon. Rends-moi le bonheur, et je serai de nouveau vertueux. »

« Va-t'en ! Je ne veux pas t'entendre. Il ne peut y avoir aucune communauté entre toi et moi ; nous sommes ennemis... Va-t'en, ou mesurons notre force dans un combat, où l'un de nous devra disparaître. »

« Comment puis-je donc t'émouvoir ? Aucune supplication ne pourra donc te faire jeter un regard favorable sur ta créature, qui implore ta bonté et ta pitié ? Crois-moi, Frankenstein : j'étais doux, mon âme rayonnait d'amour et d'humanité : mais ne suis-je pas seul, misérablement seul ? Si toi, mon créateur, tu m'abhorres, quel espoir puis-je mettre en tes semblables, qui ne me doivent rien ? Ils me méprisent et me haïssent. Les montagnes désertes et les glaciers désolés sont mon refuge. J'erre ici depuis plusieurs jours ; des cavernes de glace, que je suis seul à ne pas craindre, sont ma demeure, la seule que les hommes ne me refusent pas. Je salue ce ciel glacial, car il m'est plus clément que tes semblables. Si la multitude humaine connaissait mon existence, elle ferait ce que tu fais et s'armerait pour me détruire. Pourquoi alors ne la haïrais-je pas, elle qui m'abhorre ? Je ne ferai aucun traité avec mes ennemis. Je suis malheureux, ils le seront aussi. Cependant, il est dans ton pouvoir de me rendre justice et de délivrer le monde d'une calamité sans précédent. Ne l'oublie pas. Non seulement toi et ta famille, mais des milliers d'autres, vous serez tous victimes de ma vengeance. Puisse la pitié t'émouvoir ! Ne me dédaigne pas ! Écoute mon histoire : quand tu l'auras entendue, abandonne-moi, plains-moi, mais juge-moi selon mon mérite. Mais écoute-moi : les lois humaines permettent aux coupables, si grands et si sanglants soient leurs crimes, de présenter leur défense avant d'être condamnés. Écoute-moi, Frankenstein ! On m'accuse de meurtre, et cependant tu voudrais, avec une conscience tranquille, détruire ta propre créature... Ah, glorifie la justice éternelle de l'homme !... Je ne te demande pas de m'épargner : Écoute-moi, puis, si tu peux et si tu veux, détruis l'œuvre de tes mains ! »

« Pourquoi rappelles-tu à ma mémoire, répliquai-je, des circonstances dont le souvenir me fait frémir ? Oui, je suis l'auteur de ton existence et le créateur de ta vie. Maudit soit le jour, abhorré démon, où tu vis pour la première fois la lumière ! Maudites (quoique je me maudisse ainsi moi-même) soient les mains qui t'ont formé ! Tu m'as rendu malheureux au-delà de toute expression. Tu m'as fait perdre la faculté de juger si je suis juste ou non... Va-t'en ! Délivre-moi de la vue de ta forme détestée. »

« Voilà comment je te délivrerai, ô mon créateur, dit-il, et il plaça ses mains détestées devant mes yeux ; je le repoussai loin de moi avec violence ; je t'épargne ainsi un spectacle que tu hais ! Tu peux encore m'écouter, et m'accorder ta compassion. Au nom des vertus que je possédais jadis, je te demande d'entendre mon histoire. Elle est longue et étrange, et la température de cet endroit n'est pas appropriée à tes sens délicats ; viens dans cette hutte, sur la montagne. Le soleil est déjà haut dans le ciel. Avant qu'il ne descende se cacher derrière ces précipices enneigés et qu'il n'illumine un autre monde, tu auras pu entendre mon histoire, et décider. Il dépend uniquement de toi que je quitte à jamais le voisinage des hommes pour mener une vie innocente, ou que je devienne le fléau de tes semblables, et l'auteur de ta prompte ruine. »

Ayant dit cela, il me guida vers le chemin qui traversait la glace : je le suivis. Mon cœur battait à se rompre et je ne lui répondis pas, mais en marchant, je méditai sur les différents arguments dont il s'était servi et me décidai enfin à écouter son récit. J'étais en partie poussé par la curiosité et la pitié confirmait ma résolution. Je le tenais pour le meurtrier de mon frère et je cherchais ardemment la confirmation ou le démenti de cette croyance. Pour la première fois aussi, je ressentais ce qu'étaient les devoirs d'un créateur envers sa créature, et je comprenais que je devais le rendre heureux avant de me plaindre de sa méchanceté. Ces motifs me poussèrent à accéder à sa demande. Nous traversâmes la glace, et nous escaladâmes le roc opposé. L'air était froid et la pluie recommençait à tomber ; nous entrâmes dans la hutte ; le démon semblait exulter ; quant à moi, mon cœur était lourd et mon courage abattu. Je consentis à écouter le monstre et m'assis auprès du feu que mon odieux compagnon alluma. Et voici le récit qu'il me fit.

CHAPITRE XI

C'est avec une grande difficulté que je me souviens des premiers moments de mon existence. Tous les événements de cette période m'apparaissent confus et indistincts. Je me trouvai en proie à des sensations multiples et étranges. Je vis, touchai, entendis et sentis au même moment. Néanmoins, il me fallut un certain temps pour apprendre à distinguer les opérations de mes divers sens. Peu à peu, je me le rappelle, la force de la lumière fatigua mes nerfs au point que je fus obligé de fermer les yeux. Les ténèbres m'envahirent alors et me causèrent un trouble étrange. À peine avais-je ressenti ce phénomène, que la lumière se répandit de nouveau sur moi ; sans doute avais-je ouvert les yeux. Puis je marchai, je crois que je descendis. Je ne tardai pas à constater une nette amélioration dans la perception des phénomènes extérieurs. Auparavant, des corps sombres et opaques, impénétrables à mon toucher et à ma vue, m'avaient entouré, mais je remarquai alors que je pouvais marcher plus librement et surmonter ou éviter tous les obstacles. La lumière me devint de plus en plus pénible et la chaleur me fatigua au fur et à mesure que ma marche se prolongeait. Je cherchai un endroit pour m'abriter. Ce fut la forêt d'Ingolstadt.

Me reposant de ma fatigue, je me couchai au bord d'un ruisseau, jusqu'à ce que je me sentisse tourmenté par la faim et la soif. Cette sensation me tira de mon état quasi léthargique et je mangeai quelques baies que je trouvai sur les arbres ou ramassai sur le sol. J'étanchai ma soif au ruisseau et m'étendis à nouveau sur le sol. Le sommeil vint alors me surprendre.

Il faisait nuit lorsque je m'éveillai ; j'eus froid, et fus quelque peu effrayé, comme si instinctivement je me sentais abandonné. Avant de quitter ton appartement, éprouvant une sensation de froid, je m'étais couvert de quelques vêtements ; mais ils étaient insuffisants pour me protéger de la rosée de la nuit. J'étais un pauvre malheureux, sans aide ni secours ; je ne connaissais rien et ne pouvais rien ; me sentant entouré de forces hostiles, je m'assis et pleurai.

Bientôt une douce lueur emplit le ciel, et me donna une sensation de plaisir. Je tressaillis, et j'aperçus une forme rayonnante s'élever parmi les arbres[1]. Je la contemplai avec un sentiment émerveillé. Elle se mouvait lentement, mais éclairait mon chemin, et je repartis à la recherche de baies. Il faisait encore froid quand, sous un des arbres, je trouvai un ample manteau, je m'en couvris et m'assis sur le sol. Aucune idée distincte n'occupait mon esprit, tout était confus. Je sentais la lumière et la faim, la soif et l'obscurité ; des sons innombrables résonnaient à mes oreilles et de tous côtés différents parfums m'accueillaient : le seul objet que je pouvais distinguer était la lune brillante, et je fixais mes yeux sur elle avec plaisir.

Plusieurs fois, le jour et la nuit s'écoulèrent et l'orbe des nuits s'était amoindri grandement, lorsque je commençai à distinguer mes sensations les unes des autres. Peu à peu je vis clairement le ruisseau qui me fournissait la boisson, et les arbres qui m'abritaient de leurs feuillages. Je fus heureux lorsque je découvris pour la première fois qu'un son plaisant, qui avait de nombreuses fois charmé mes oreilles, émanait de la gorge de petits animaux ailés, qui souvent avaient intercepté la lumière à mes yeux. Je commençai aussi à observer, avec une plus grande exactitude, les formes qui m'entouraient, et à percevoir les limites de la rayonnante voûte de lumière qui me couvrait comme un dais.

1. La lune.

Je m'efforçais parfois d'imiter le chant agréable des oiseaux, mais j'en fus incapable. Parfois, je désirais exprimer mes sensations à ma propre façon, mais les sons rudes et inarticulés qui passaient sur mes lèvres m'effrayaient, et je retombais dans le silence.

La lune avait disparu de la nuit, puis elle revint, amoindrie, et je me trouvais toujours dans la forêt. Mes sensations, pendant ce temps, étaient devenues plus distinctes et mon esprit s'enrichissait, chaque jour, de nouvelles idées. Mes yeux s'accoutumaient à la lumière, et ils percevaient les objets dans leurs formes réelles ; je distinguai l'insecte de l'herbe, et, peu à peu, une herbe d'une autre. Je constatai que le moineau n'émettait que des notes saccadées, tandis que celles du merle et de la grive étaient séduisantes et attirantes.

Un jour, alors que le froid m'accablait, je trouvai un feu qui avait été laissé là par quelques vagabonds, et sa chaleur m'enveloppa de délices. Dans ma joie j'enfonçai ma main dans les braises brûlantes, mais je la retirai précipitamment avec un cri de douleur. Comme il était étrange, pensais-je, que la même cause pût produire des effets aussi opposés ! J'examinai les matériaux du feu, et, à ma grande joie, je constatai qu'ils étaient composés de bois. Je ramassai rapidement quelques branches ; mais elles étaient humides et elles ne voulurent pas brûler. J'en fus peiné et je m'assis, observant le comportement du feu. Le bois humide que j'avais placé près du foyer sécha, et enfin s'enflamma de lui-même. Je réfléchis à cela et en touchant les différentes branches, j'en découvris la cause, et m'occupai à ramasser une grande quantité de bois pour pouvoir le sécher et en avoir une provision. Quand la nuit vint, m'apportant le sommeil, je ressentis la plus grande crainte de voir mon feu s'éteindre. Je le couvris soigneusement de bois sec et de feuilles, et je plaçai par-dessus des branches humides ; puis, étendant mon manteau, je me couchai sur le sol et sombrai dans le sommeil.

Il faisait jour lorsque je m'éveillai, et mon premier

soin fut de visiter le feu. Je le découvris, et une douce brise amena rapidement une flamme. Observant cela, j'imaginai une sorte d'écran composé de branches qui ranimait les braises alors qu'elles étaient près de s'éteindre. Quand la nuit revint, je constatai, avec plaisir, que le feu donnait aussi bien de la lumière que de la chaleur et que la découverte de cet élément me servirait pour améliorer ma nourriture. J'avais remarqué que les aliments abandonnés par les voyageurs avaient été cuits et qu'ils étaient plus savoureux que les baies que je ramassais sur les arbres. J'essayai donc de préparer ma nourriture de la même manière en la plaçant sur des braises ardentes. Je constatai que si les baies étaient gâtées par cette opération, par contre les noix et les racines étaient bien meilleures.

Cependant la nourriture se raréfiait ; et souvent je passais un jour entier à chercher en vain quelques glands pour calmer les douleurs de la faim. Je résolus en conséquence de quitter l'endroit où je m'étais réfugié et d'en trouver un autre où mes rares besoins pourraient être aisément satisfaits. Dans mon émigration, je regrettai excessivement la perte de ce feu que j'avais obtenu accidentellement et que je ne savais pas produire. Je passai plusieurs heures à étudier sérieusement cette difficulté ; mais je dus renoncer à la vaincre. M'enveloppant de mon manteau, je me dirigeai à travers bois vers le soleil couchant. Je passai trois jours à errer ainsi, et enfin je découvris la plaine. La neige était tombée en abondance la nuit précédente et les champs étaient d'une blancheur uniforme ; leur aspect était désolant et mes pieds étaient glacés par la substance froide et humide qui couvrait le sol.

Il était environ sept heures du matin, et je sentais un besoin intense de trouver de la nourriture et un abri ; j'aperçus enfin sur une élévation de terrain une petite hutte, qui sans doute avait été construite pour la commodité de quelque berger. C'était là pour moi un nouveau spectacle ; et j'examinai sa structure avec une grande curiosité. Trouvant la porte ouverte, j'entrai.

Un vieillard était assis près d'un feu sur lequel il préparait son repas. Il se retourna en entendant du bruit et, m'apercevant, il poussa un grand cri, quitta la hutte et partit en courant à travers champs avec une vitesse que sa débilité n'aurait pas laissé soupçonner. Son apparence, différente de tout ce que j'avais vu jusqu'alors, et sa fuite me surprirent quelque peu. Mais je fus enchanté par l'aspect de la hutte : la neige et la pluie ne pouvaient pénétrer ici, le sol était sec, et elle représentait pour moi une retraite aussi exquise et aussi divine que le Pandemonium [1] aux démons de l'enfer après leurs souffrances dans le lac de feu. Je dévorai avidement le restant du repas de ce berger ; il consistait en pain, fromage, lait et vin ; cependant, je n'aimai guère cette dernière boisson. Puis, vaincu par la fatigue, je m'étendis sur la paille et m'endormis.

Il était midi lorsque je m'éveillai ; attiré par la chaleur du soleil qui brillait avec éclat sur la blancheur du sol, je résolus de continuer mon voyage et, ramassant le reste des provisions du paysan dans une besace que je trouvai, j'avançai à travers champs pendant plusieurs heures, jusqu'à ce qu'au coucher du soleil, j'arrivasse à un village. Comme il m'apparut miraculeux ! Les huttes, les chalets plus élégants et les maisons imposantes éveillaient tour à tour mon admiration. Les légumes dans les jardins, le lait et le fromage que je voyais exposés aux fenêtres de certains chalets excitaient mon appétit. J'entrai dans un des plus beaux de ceux-ci ; mais à peine avais-je mis le pied à l'intérieur que les enfants crièrent et qu'une femme s'évanouit. Tout le village fut en émoi ; des paysans fuyaient, d'autres m'attaquaient, jusqu'à ce que, meurtri gravement par les pierres et les autres projectiles, je me sauvasse dans la plaine, et, plein de crainte, me réfugiasse dans une hutte, tout à fait nue, et ayant un aspect bien misérable après les palais que j'avais aperçus dans le village.

1. Capitale imaginaire de l'Enfer *(N.d.T.)*.

Ce hangar, cependant, était contigu à un élégant et agréable chalet ; mais après l'expérience, acquise si chèrement, je n'osai y entrer. Mon refuge était en bois, mais il était si bas que je pouvais à grand-peine y rester assis sans baisser la tête. La terre nue servait de plancher, mais elle était sèche. Le vent entrait bien par les fentes innombrables de la cloison mais je trouvai que c'était un abri agréable contre la neige et la pluie.

C'est donc là que je me réfugiai, et je m'étendis, heureux d'avoir trouvé un asile, si misérable fût-il, contre l'inclémence de la saison, et encore plus contre la barbarie de l'homme.

Dès que le matin arriva, je me glissai hors de mon abri, afin d'examiner le chalet adjacent, et de me rendre compte si je pouvais rester dans le logement que j'avais trouvé. Il était situé derrière la maison, et entouré des côtés non murés par une porcherie et une mare d'eau limpide. Il présentait une seule ouverture, c'est par là que je m'étais glissé à l'intérieur ; avec des pierres et du bois, je bouchai toutes les fentes par lesquelles on aurait pu m'apercevoir. La lumière dont je jouissais me venait par la porcherie, et elle m'était suffisante.

Ayant ainsi arrangé mon logement, et recouvert le sol de paille propre, je me cachai ; car je voyais au loin la silhouette d'un homme et je me souvenais trop bien du traitement subi la nuit précédente, pour me mettre à sa merci. Je m'étais cependant procuré auparavant ma subsistance pour la journée, en dérobant un gros pain et une tasse dans laquelle je pourrais boire plus facilement que dans ma main, l'eau pure qui coulait devant ma retraite. Le sol était un peu surélevé, ce qui le gardait parfaitement sec, et grâce au voisinage de la cheminée du chalet la température était tolérable.

Étant ainsi pourvu, je résolus de résider dans cette hutte, jusqu'au moment où surviendrait un événement qui changerait ma destinée. C'était vraiment un paradis en comparaison de la forêt glaciale où j'avais résidé autrefois. Je mangeai mon repas avec plaisir et j'allais enlever une planche pour me procurer un peu d'eau, lorsque j'entendis un pas. Regardant par une petite fissure, j'aperçus une jeune créature, qui, un seau sur la tête, passait devant ma hutte. C'était une jeune fille à l'allure délicate, et bien différente des servantes que j'avais vues dans les cottages et les fermes. Elle était pauvrement habillée et portait une grossière jupe bleue et un corsage de toile ; ses cheveux blonds étaient tressés, mais sans aucun ornement ; elle avait un air doux et cependant triste. Je la perdis de vue, mais après un quart d'heure environ elle revint, portant son seau, qui maintenant était en partie rempli de lait. Comme elle passait devant moi, apparemment gênée par son fardeau, un jeune homme, dont le visage exprimait un profond découragement, vint à sa rencontre. Prononçant quelques mots d'un air mélancolique, il lui prit le seau et le porta lui-même dans le chalet. Elle le suivit et ils disparurent. Bientôt je revis le jeune homme qui, quelques outils à la main, traversait le champ derrière le cottage ; quant à la jeune fille, elle était tantôt occupée dans la maison et tantôt dans la cour.

En examinant ma demeure, je constatai qu'une des fenêtres du chalet en avait autrefois occupé un pan de mur, mais que les vitres avaient été remplacées par des planches. Dans l'une de celles-ci je trouvai une petite fente presque imperceptible, mais qui permettait au regard de passer. Collant l'œil à cet interstice, j'aperçus une petite pièce qui était propre, blanchie à la chaux, mais presque sans meubles. Dans un coin, près d'un maigre feu, un vieillard était assis, sa tête reposant entre ses mains dans une attitude désespérée. La jeune fille s'occupait à mettre de l'ordre, mais bientôt elle sortit quelque chose d'un tiroir, et s'assit près du vieillard, qui prit un instrument et commença à jouer et à produire des sons plus doux que la voix de la grive et du rossignol. C'était un spectacle charmant, même pour moi, pauvre malheureux qui auparavant n'avais jamais contemplé la beauté ! Les cheveux argentés et le visage bienveillant du vieux fermier éveillèrent mon respect, tandis que les douces manières de la jeune fille suscitèrent mon amour. Cet homme jouait un air doux et plein de tristesse, qui, je m'en aperçus, tirait des larmes des yeux de son aimable compagne. Le vieillard n'y prêta attention qu'au moment où elle sanglota ; il prononça alors quelques mots, et la belle créature, laissant son travail, s'agenouilla à ses pieds. Il la releva et lui sourit avec tant de tendresse et d'affection que je ressentis des sentiments d'une nature particulière et accablante. C'était un mélange de peine et de plaisir, comme jamais auparavant je n'en avais éprouvé, soit lorsque j'avais faim, froid ou chaud, soit lorsque je mangeais. Je me retirai alors de la fenêtre, incapable de supporter ces émotions.

Bientôt après, le jeune homme revint, portant une charge de bois sur son épaule. La jeune fille alla à sa rencontre jusqu'à la porte, l'aida à décharger son fardeau, en prit quelques morceaux, rentra dans le chalet et les mit sur le feu ; puis les deux jeunes gens s'éloignèrent dans un coin de la pièce où il lui montra un grand pain et un morceau de fromage. Elle parut contente et alla arracher quelques racines et quelques légumes au jardin ; elle les mit dans l'eau, puis sur le feu. Après quoi elle continua son travail, tandis que le jeune homme, parti au jardin, s'employait activement à bêcher et à enlever des racines. Après avoir travaillé ainsi durant une heure environ, la jeune fille le rejoignit et ils rentrèrent ensemble dans le chalet.

Pendant ce temps, le vieillard était resté pensif, mais à leur entrée, il prit un air plus joyeux et ils s'assirent pour manger. Le repas fut rapidement avalé. La jeune fille remit de l'ordre dans le chalet ; le vieillard appuyé au bras du jeune homme se promena quelques minutes au soleil, devant la maison. Rien ne pouvait excéder en beauté le contraste entre ces deux êtres excellents. L'un était vieux, avait des cheveux d'argent, mais son visage rayonnait de bienveillance et d'amour ; le plus jeune était mince et gracieux et ses traits étaient fins ; pourtant ses yeux et son attitude exprimaient au plus haut degré la tristesse et le désespoir. Le vieillard rentra au cottage, et le jeune homme, chargé d'outils différents de ceux qu'il avait employés le matin, se mit en marche à travers champs.

La nuit tomba rapidement, mais, à mon extrême surprise, je constatai que les habitants du chalet avaient le moyen de prolonger la lumière en se servant de bougies, et je fus heureux de voir que le coucher du soleil ne mettait pas fin au plaisir que j'éprouvais à observer mes voisins. Le soir, la jeune fille et son compagnon s'employèrent à différentes occupations que je ne compris pas, le vieillard reprit l'instrument dont les sons divins m'avaient enchanté dans la matinée. Dès qu'il eut fini, le jeune homme commença, non pas à jouer, mais à émettre des sons monotones et sans ressemblance, ni avec l'harmonie de l'instrument du vieillard, ni avec le chant des oiseaux. J'appris par la suite qu'il lisait à haute voix, mais à cette époque, je ne connaissais rien de la science des mots et des lettres.

La famille, après s'être ainsi occupée pendant un court moment, éteignit la lumière et se retira, j'imagine, pour se reposer.

CHAPITRE XII

J'étais couché sur ma paille, mais je ne pouvais dormir. Je pensais aux événements de ce jour. Les manières douces de ces gens m'impressionnaient par-dessus tout, j'aurais voulu me joindre à eux, mais ne l'osais point. Je me souvenais trop bien du traitement que, la nuit précédente, des villageois barbares m'avaient fait subir et je résolus de me tenir, du moins pour l'instant, bien tranquille dans mon abri. J'observerais les habitants du cottage et tâcherais de découvrir les motifs qui influençaient leurs actions.

Les habitants du chalet se levèrent le lendemain matin avant le soleil. La jeune fille arrangea le cottage et prépara les aliments ; le jeune homme partit après le premier repas.

Cette journée s'écoula d'une façon aussi régulière que la précédente. Le jeune homme fut constamment occupé à l'extérieur, et la jeune fille à divers travaux d'intérieur. Le vieillard qui, je m'en rendis bientôt compte, était aveugle, passait ses heures de loisir à faire de la musique ou à méditer. Rien ne saurait dépasser l'amour et le respect que les jeunes gens portaient à leur vénérable compagnon. Ils lui rendaient avec douceur tous les petits services que commandent l'affection et le devoir ; quant au vieillard, il récompensait ses enfants par des sourires pleins de bienveillance.

Ils n'étaient pas heureux. Le jeune homme et sa compagne s'écartaient souvent et paraissaient pleurer. Je ne voyais aucune cause à leur malheur, mais j'en étais profondément affecté. Si des créatures aussi aimables étaient malheureuses, il était moins étrange que

moi, être imparfait et solitaire, je fusse malheureux.
Mais pourquoi ces êtres si doux étaient-ils éprouvés ?
Ils possédaient une maison ravissante (du moins elle
apparaissait telle à mes yeux) et jouissaient d'énormé-
ment de confort ; ils avaient du feu pour se chauffer
lorsqu'ils avaient froid, et des mets délicieux pour manger lorsqu'ils avaient faim ; ils portaient de bons habits
et, bonheur plus grand encore, ils vivaient en une communauté intime et réconfortante, échangeant chaque
jour des regards d'affection et de tendresse. Que signi-
fiaient leurs larmes ? Exprimaient-elles réellement de
la peine ? Au début j'étais incapable de répondre à ces
questions, mais une attention soutenue et le temps finirent par m'expliquer maints faits énigmatiques à première vue.

Un temps considérable s'écoula avant que je ne
découvrisse une des causes du chagrin de cette aimable famille : c'était la pauvreté. Ces braves gens souf-
fraient de ce mal à un degré très affligeant. Leur nourriture provenait uniquement des légumes de leur jardin, et du lait de leur unique vache, bête fort maigre
qui en donnait très peu durant l'hiver, où ses maîtres
avaient de grandes difficultés à la nourrir. Je crois qu'ils
devaient souvent souffrir de la faim d'une façon
intense, surtout les deux jeunes gens ; ils placèrent plusieurs fois des aliments devant le vieillard, alors qu'ils
ne se réservaient rien pour eux-mêmes.

Ce trait de bonté m'émut profondément. J'avais pris
l'habitude, pendant la nuit, de voler une partie de leurs
provisions pour ma consommation personnelle, mais
quand je constatai qu'en faisant cela, je nuisais aux
habitants du chalet, je m'en abstins et je me contentai
de baies, de noix et de racines que je trouvais dans un
bois voisin.

Je découvris aussi un moyen de les assister dans leur
labeur. J'avais remarqué que le jeune homme passait
chaque jour une grande partie de son temps à ramasser du bois pour le feu familial ; aussi, pendant la nuit,
je prenais souvent ses outils, dont j'avais découvert

rapidement l'usage, et je ramenai à la maison assez de combustible pour plusieurs jours.

Je me souviens que la première fois que je fis cela, la jeune femme, en ouvrant la porte, le matin, parut grandement étonnée de voir un énorme tas de bois à l'extérieur. Elle prononça quelques mots à haute voix, le jeune homme la rejoignit et exprima aussi sa surprise. J'observai, avec plaisir, que ce jour-là, il n'alla pas à la forêt, mais employa son temps à réparer le chalet et à cultiver le jardin.

Peu à peu, je fis une découverte d'une plus grande importance encore. Je remarquai que ces gens possédaient le moyen de se communiquer leurs impressions et leurs sentiments par des sons articulés. Je m'aperçus que les mots qu'ils employaient produisaient parfois le plaisir ou la peine, le sourire ou la tristesse, dans l'âme ou sur le visage de leurs auditeurs. C'était là sans doute une science divine, et je désirais ardemment la connaître. Mais tous mes efforts dans ce but furent inutiles. Leur prononciation était rapide et les mots qu'ils utilisaient ne semblaient pas avoir de liens apparents avec les objets visibles. J'étais incapable de découvrir le fil qui pourrait m'aider à éclaircir le mystère de leurs allusions. Pourtant, par une grande application, et après être resté dans mon hangar durant plusieurs révolutions de la lune, je découvris les noms qu'ils donnaient dans leurs entretiens à certains de leurs objets les plus familiers. J'appris et j'appliquai les mots, *feu, lait, pain* et *bois.* J'appris aussi les noms des habitants eux-mêmes. Le jeune homme et sa compagne en avaient chacun plusieurs, mais le vieillard n'en avait qu'un, qui était *père.* La jeune fille s'appelait *sœur* ou *Agathe* et le jeune homme *Félix, frère* ou *fils.* Je ne pourrais décrire la joie que j'éprouvai quand je distinguai l'idée appropriée à chacun de ces sons, et quand je pus prononcer ces mots. Je reconnus plusieurs autres mots, sans avoir pourtant la possibilité de les comprendre ou de les appliquer, tels *bon, très cher, malheureux.*

L'hiver s'écoula de cette façon. La douceur de leurs manières et la beauté de leur personne me les rendirent très chers, ces paysans. Quand ils étaient malheureux, je me sentais déprimé ; quand ils étaient heureux, je participais à leur joie. En dehors d'eux, je voyais peu de gens, et si quelqu'un d'autre, par hasard, entrait dans le chalet, ses façons rudes et sa démarche lourde ne me faisaient qu'apprécier la supériorité de mes amis. Le vieillard, je pouvais m'en rendre compte, s'efforçait souvent d'encourager ses enfants (comme je l'entendis quelquefois les appeler) et tentait de chasser leur tristesse. Il parlait alors d'une voix joyeuse, avec une expression de bonté qui me causait du plaisir. Agathe l'écoutait avec respect, les yeux parfois remplis de larmes qu'elle essayait d'essuyer sans qu'il s'en aperçût ; mais je constatai généralement que son visage et sa voix étaient plus gais après avoir écouté les exhortations de son père. Il n'en allait pas de même avec Félix. Ce garçon était toujours le plus triste de la famille, et malgré mon inexpérience, il me paraissait avoir souffert plus profondément que sa famille. Mais si son visage était plus douloureux, sa voix était plus joyeuse que celle de sa sœur, surtout lorsqu'il s'adressait au vieillard.

Je pourrais citer des exemples innombrables, qui illustreraient le caractère de ces braves gens. Au milieu de la pauvreté et de la gêne, Félix apportait avec plaisir à sa sœur la première fleur blanche qui perçait sous les neiges. Très tôt le matin, avant qu'Agathe ne fût levée, il balayait la neige qui obstruait le chemin de l'étable, tirait l'eau du puits, et apportait le bois de l'appentis, où, à son perpétuel étonnement, il trouvait toujours sa provision complétée par une main invisible. Dans la journée, je crois qu'il travaillait parfois chez un fermier du voisinage ; il partait tôt et, bien que ne rapportant pas de bois, ne revenait pas avant le dîner. À d'autres moments il s'occupait du jardin, mais, comme il y avait peu d'ouvrage pendant la saison froide, il faisait la lecture au vieillard et à sa sœur.

Cette action m'avait tout d'abord extrêmement intrigué ; mais, peu à peu, je découvris qu'il prononçait en lisant un grand nombre de mots, les mêmes qu'il prononçait en parlant. Je supposai donc qu'il trouvait sur le papier des signes, représentant des mots qu'il comprenait, et je désirais ardemment les comprendre aussi ; mais comment était-ce possible alors que je ne saisissais même pas les sons que représentaient ces signes ? Je fis cependant des progrès sensibles dans cette science, mais pas suffisamment pour suivre une conversation quelconque, bien qu'appliquant tout mon esprit à le faire car, je m'en apercevais aisément, si grand que fût mon désir de révéler ma présence aux habitants du chalet, je ne devais rien tenter avant de connaître à fond leur langue. Ce savoir me permettrait peut-être de leur faire oublier ma laideur, car depuis que je vivais dans le voisinage de l'homme, je savais que j'étais laid et difforme.

J'avais admiré les corps parfaits de mes amis du chalet, leur grâce, leur beauté et leur teint délicat : mais quelle ne fut pas mon horreur lorsque je me mirai dans une eau claire ! Tout d'abord, je me rejetai en arrière, incapable de croire que c'était vraiment moi que le miroir réfléchissait ; et quand je fus pleinement convaincu que j'étais réellement ce monstre, je ressentis le découragement le plus profond et l'humiliation la plus amère. Hélas ! Je ne connaissais cependant pas encore les effets fatals de cette misérable difformité.

À mesure que le soleil devenait plus chaud, et que la lumière du jour se prolongeait, la neige disparaissait et je vis les arbres nus et la terre noire. À partir de ce moment, Félix fut plus occupé et les signes désolants d'une famine menaçante disparurent. Leurs aliments, comme je le constatai plus tard, étaient grossiers mais sains et ces gens s'en procuraient une quantité suffisante. Plusieurs nouvelles sortes de plantes poussèrent dans leur jardin, et ces signes de confort se multiplièrent chaque jour à mesure que la saison avançait.

Quand il ne pleuvait pas, le vieillard, s'appuyant sur son fils, se promenait chaque jour à l'heure du midi (je constatai qu'ils parlaient de la pluie quand le ciel déversait ses eaux). Ce phénomène se produisait fréquemment, mais un grand vent séchait rapidement la terre, et la saison devint plus agréable.

Mon existence dans mon hangar s'écoulait d'une manière uniforme. Le matin, j'épiais les mouvements des habitants du chalet et lorsqu'ils s'étaient rendus à leurs occupations diverses, je m'endormais ; le reste de la journée s'écoulait dans l'observation de mes amis. Quand ils s'étaient retirés pour se reposer, et quand il y avait de la lune ou que la nuit était claire, j'allais dans les bois, où je ramassais ma propre nourriture et le combustible pour le chalet. À mon retour (aussi longtemps que cela fut nécessaire), je balayais la neige du chemin, et j'accomplissais ces petits travaux que j'avais vu faire par Félix. Je constatai ensuite que ces labeurs, exécutés par une main invisible, les étonnaient grandement et, une fois ou deux, je les entendis, en ces occasions, prononcer les mots *esprit bienfaisant, merveilleux* ; mais je ne comprenais pas alors la signification de ces termes.

Mes pensées devenaient maintenant plus vives, et je souhaitais comprendre les sentiments de ces créatures charmantes ; j'étais curieux de savoir pourquoi Félix paraissait si malheureux et Agathe si triste. Je pensais (insensé que j'étais) qu'il pourrait être en mon pouvoir de rendre le bonheur à ces gens méritants. Lorsque je dormais, ou m'absentais, l'image du père, vénérable aveugle, de la douce Agathe, et de l'excellent Félix, se présentaient à mon esprit. Je les considérais comme des êtres supérieurs, qui seraient les arbitres de ma destinée future. Je calculais mille façons de me présenter à eux et la manière dont ils m'accueilleraient. J'imaginais leur répulsion jusqu'au moment où mes manières douces et mes paroles conciliantes gagneraient d'abord leur faveur, et ensuite leur amitié.

Ces pensées me réjouissaient et m'incitaient à m'appliquer avec une ardeur nouvelle à l'étude de leur langue. Mes organes étaient sans doute rudes, mais souples et, quoique ma voix soit très différente de la musique si douce de leurs intonations, je prononçais pourtant avec assez de facilité les mots que je comprenais. C'était la fable de l'âne et du petit chien ; pourtant, l'âne paisible dont les intentions étaient affectueuses, méritait sûrement, malgré ses manières bourrues, un meilleur traitement que les coups et l'exécration.

Les averses rafraîchissantes et la chaleur réconfortante du printemps changèrent grandement l'aspect de la terre. Les hommes, qui avant ce changement semblaient s'être cachés dans des cavernes, se dispersèrent et s'employèrent aux différents arts de la culture. Les oiseaux lancèrent des notes plus joyeuses et les feuilles commencèrent à bourgeonner sur les arbres. Heureuse, heureuse terre ! habitation digne des dieux, qui, si peu de temps auparavant, était glaciale, humide et malsaine. Devant l'aspect enchanteur de la nature mon courage s'accrut, le passé s'effaça de ma mémoire, le présent était calme et l'avenir se présentait sous les auspices les plus brillants.

CHAPITRE XIII

Je me hâte maintenant d'arriver à la partie la plus émouvante de mon histoire. Je relaterai les événements qui suscitèrent mes sentiments, et qui, de ce que j'étais, ont fait ce que je suis.

Le printemps avança rapidement ; le temps devint merveilleux et le ciel sans nuage. Je fus surpris de voir la terre auparavant déserte et triste, se parer maintenant des fleurs les plus belles et de la verdure la plus fraîche. Mille parfums délicieux embaumèrent mon odorat et mille spectacles merveilleux charmèrent mes yeux alors que mes amis du chalet se reposaient de leur labeur ; le vieillard jouait de la guitare et les enfants l'écoutaient — j'observai que le visage de Félix était mélancolique au-delà de toute expression ; il soupirait fréquemment. Son père arrêta de jouer, et j'imaginai à ses manières qu'il s'inquiétait de la cause du chagrin de son fils. Félix répondit d'un accent joyeux et le vieillard recommençait à jouer lorsque quelqu'un frappa à la porte.

C'était une amazone, accompagnée d'un paysan qui lui servait de guide. La dame était vêtue d'un costume sombre et portait un épais voile noir. Agathe posa une question, l'étrangère répondit seulement en prononçant, d'une voix douce, le nom de Félix. Son timbre de voix était musical, mais différent de celui de tous mes amis. Entendant prononcer son nom, Félix se présenta en hâte à la dame. Celle-ci, à la vue du jeune homme, rejeta son voile, et j'aperçus un visage d'une beauté extraordinaire et revêtu d'une expression angélique. Ses cheveux brillants étaient d'un noir de corbeau et curieusement tressés, ses yeux étaient sombres et doux, quoique animés, ses traits étaient de proportion régulière, et son teint admirable, chaque joue teintée d'un rose délicat.

Félix parut ravi de la voir, toute trace de chagrin disparut de son visage, et il exprima instantanément une joie extasiée dont je l'aurais à peine cru capable ; ses yeux étincelèrent, ses joues rougirent de plaisir, et à ce moment, je pensai qu'il était aussi beau que l'étrangère. Celle-ci paraissait éprouver des sentiments différents ; essuyant quelques larmes qui coulaient de ses yeux charmants, elle tendit sa main au jeune homme ; il la baisa avec ravissement, et appela cette dame, si je l'ai bien compris, sa douce Arabe. Elle ne parut pas saisir le sens de ce mot, mais sourit. Il aida l'amazone à descendre de cheval, congédia son guide et la conduisit dans le chalet. Une conversation s'engagea entre lui et son père ; la jeune étrangère s'agenouilla aux pieds du vieillard, et voulut lui baiser la main, mais il la releva et l'embrassa avec affection.

Je me rendis bientôt compte d'une chose étrange. L'étrangère prononçait des sons articulés, et paraissait avoir une langue à elle, mais elle ne comprenait pas plus mes amis que ceux-ci ne la comprenaient. Ils firent plusieurs signes que je ne m'expliquai pas, mais je vis que cette présence répandait la joie dans le cottage et dissipait le chagrin comme le soleil dissipe les brouillards du matin. Félix semblait particulièrement heureux, et c'est avec des sourires de ravissement qu'il accueillait son Arabe. Agathe, toujours si bonne et si douce, embrassa les mains de la charmante étrangère et indiquant son frère du doigt, fit des signes qui me parurent vouloir expliquer qu'il avait été plein de tristesse jusqu'à l'arrivée de la belle dame. Quelques heures s'écoulèrent ainsi ; les visages exprimaient une joie dont je ne devinais pas la cause. Bientôt, je constatai, par le fréquent retour du même son (l'étrangère le répétait après mes amis) qu'elle s'efforçait d'apprendre leur langue ; l'idée me vint aussitôt que je pourrais me servir de cet enseignement pour la même fin. L'étrangère, par cette première leçon, apprit environ vingt mots, je connaissais déjà la plupart d'entre eux, mais tirai profit de l'enseignement des autres.

Quand la nuit vint, Agathe et l'étrangère se retirèrent les premières. Lorsqu'ils se séparèrent, Félix baisa la main de cette dernière et dit : « Bonne nuit, douce Safie. » Il veilla bien plus longtemps que de coutume et parla avec son père. La fréquente répétition de *Safie* me fit penser que leur charmante hôtesse était le sujet de la conversation. Je désirai ardemment les comprendre, et j'employai toutes mes facultés dans ce but ; mais je constatai que cela était impossible.

Le lendemain matin, Félix partit à son travail, et lorsque les occupations habituelles d'Agathe furent terminées, l'Arabe s'assit aux pieds du vieillard, prit sa guitare, et joua certains airs d'une beauté si ravissante qu'ils me tirèrent des larmes de tristesse et de joie. Elle chanta, et sa voix chaude, riche et mélodieuse, coulait, s'enflait et s'éteignait comme celle d'un rossignol des forêts.

Quand elle eut fini, elle tendit la guitare à Agathe qui, tout d'abord, la refusa. Enfin, la jeune paysanne joua un air simple, sa voix l'accompagna d'accents mélodieux, mais différents du ton merveilleux de l'étrangère. Le vieillard sembla transporté de joie, et dit quelques mots, qu'Agathe entreprit d'expliquer à Safie. Je crus comprendre qu'il désirait exprimer le ravissement que lui causait la musique de l'étrangère.

Les jours, dorénavant, s'écoulèrent aussi paisiblement que par le passé, avec la seule différence que la joie avait remplacé la tristesse sur le visage de mes amis. Safie était toujours gaie et heureuse. Elle et moi, nous fîmes de rapides progrès dans l'étude de la langue, si bien qu'en deux mois je commençais à comprendre la plupart des mots prononcés par mes protecteurs.

Entre-temps, la terre noire se couvrit d'herbes et les talus verts se parsemèrent de fleurs innombrables, douces à l'odorat et à la vue, étoiles aux rayons pâles parmi les bois au clair de lune ; le soleil devint plus chaud, les nuits claires et embaumées. Mes randonnées nocturnes me plurent davantage mais elles étaient considérablement raccourcies par le coucher tardif et le lever matinal du soleil ; je ne m'aventurai jamais à l'extérieur durant la journée, craignant d'être l'objet du même traitement que celui subi autrefois dans le premier village où j'étais entré.

Mes jours se passaient dans une étude assidue ; je tenais à devenir le plus vite possible maître de cette langue ; et je peux me glorifier d'avoir fait des progrès plus rapides que la jeune Arabe ; celle-ci comprenait très peu de chose, et ne parlait que par fragments de phrases, tandis que je comprenais et pouvais reproduire la plupart des mots que mes amis employaient.

Tout en perfectionnant mon langage, j'appris aussi la science des lettres, puisqu'on l'enseignait à l'étrangère, et cela me causa une impression d'émerveillement et de joie.

Le livre avec lequel Félix instruisait Safie était *La Reine des Empires* de Volnay. Je n'en aurais jamais compris le sens si Félix, en lisant, n'avait donné de minutieuses explications. Il avait choisi cet ouvrage parce que le style déclamatoire imitait celui des auteurs orientaux. Grâce à cette œuvre, j'acquis la connaissance générale de l'histoire et une vue d'ensemble de la plupart des empires existant actuellement dans le monde ; il me fournit un éclaircissement sur les mœurs, les gouvernements et les religions des différentes nations de la terre. J'entendis parler des Asiatiques nonchalants, du génie prodigieux et de l'activité intellectuelle des Grecs, des guerres et des vertus héroïques des premiers Romains — de leur décadence par la suite et du déclin de leur empire —, de la Chevalerie, du christianisme et des rois. J'entendis parler de la découverte de l'Amérique, et pleurai avec Safie sur la destinée misérable de ses premiers habitants.

Ces narrations merveilleuses m'inspirèrent des sentiments étranges. L'homme était-il, vraiment, à la fois si puissant, si vertueux et magnifique et pourtant si vicieux et si bas ? Il m'apparaissait, à certains moments, comme une simple extension du principe du mal, et à d'autres, comme l'essence même du beau, du noble et du divers. Être un homme grand et vertueux est le plus grand honneur qui peut échoir à un être sensible ; être vil et vicieux, comme beaucoup de personnages illustres l'ont été, était la plus basse des dégradations, une condition plus abjecte que celle de la taupe aveugle ou du ver inoffensif. Pendant longtemps je ne pus concevoir comment un homme pouvait assassiner son semblable, ou même pourquoi il y avait des lois et des gouvernements, mais quand j'entendis citer des exemples de vice et de carnage, mon étonnement cessa, et je me détournai avec dégoût et répugnance.

Chaque conversation de mes amis du chalet m'apprenait maintenant de nouvelles merveilles. Tandis que les renseignements que Félix donnait à l'Arabe éclaircissaient à mes yeux le problème des classes sociales ; pour la première fois j'entendis parler de la division de la propriété, de l'immense richesse de certains et de la misère innombrable des autres. J'appris alors à connaître la signification de mots tels que rang, origine, sang noble.

Ces paroles m'amenèrent à réfléchir sur moi-même. Je compris que le bien le plus estimé par vos semblables était une origine haute et pure unie à la richesse. Un homme pouvait être respecté avec un seul de ces avantages, mais, sans l'un ou l'autre d'entre eux, il était considéré, sauf pour de rares exceptions, comme un vagabond et un esclave, condamné à sacrifier ses forces au profit de quelques élus ! Et qu'est-ce que j'étais ? J'ignorais absolument tout de ma création et de mon créateur ; mais je savais que je ne possédais ni argent, ni ami, ni titre de propriété. J'étais, en outre, doué d'un visage hideux, difforme et repoussant, je n'étais même pas de la même nature que les hommes. J'étais plus agile qu'eux et pouvais subsister avec une nourriture plus grossière, je supportais les extrêmes de la chaleur et du froid avec moins de dommage pour mon corps, et enfin ma taille excédait la leur. Lorsque je regardais autour de moi, je ne voyais personne qui me ressemblait et même n'entendais pas parler d'êtres de mon espèce. Alors, étais-je un monstre, une flétrissure que tous les hommes fuyaient et désavouaient ?

Je ne puis vous décrire l'angoisse que m'infligeaient ces réflexions. J'essayais de la dissiper, mais mon chagrin augmentait avec mon savoir. Oh ! que ne suis-je toujours resté dans ma forêt natale, je n'aurais ressenti aucune sensation au-delà de la faim, de la soif et de la chaleur !

Oh ! qu'elle est étrange la nature de la connaissance ! Comme le lichen sur le rocher elle s'accroche à l'esprit, dès qu'elle l'a saisi. Je souhaitais parfois me dépouiller de toute pensée et de tous sentiments, mais j'appris qu'il n'y avait qu'un moyen de vaincre la sensation de la douleur, c'était la mort — un état que je craignais sans le comprendre. J'admirais la vertu et les bons sentiments, j'aimais les manières douces et les qualités aimables de mes amis du chalet ; mais j'étais exclu de toute relation avec eux, sauf celles que j'avais obtenues par ruse, sans être vu ni connu, et qui augmentaient, plus qu'elles ne le satisfaisaient, le désir qui me tenaillait de devenir un de leurs semblables. Les douces paroles d'Agathe, et les sourires brillants de la charmante Arabe, n'étaient pas pour moi. Les exhortations indulgentes du vieillard et la conversation animée du bien-aimé Félix ne m'étaient pas destinées elles non plus. Misérable, malheureux dédaigné !

D'autres leçons s'imprimèrent plus profondément en moi. J'entendais parler de la différence des sexes, de la naissance et de la croissance des enfants, de la joie du père devant les sourires du bébé, et des traits d'esprit charmants de l'enfant plus âgé, des soins dévoués et de l'amour d'une mère pour son enfant, du frère, de la sœur, et de tous les différents liens de parenté qui peuvent unir un être à un autre.

Mais où étaient mes parents et ma famille ? Un père

n'avait pas veillé sur les jours de mon enfance, une mère ne m'avait pas comblé de ses sourires ni de ses caresses ; ou s'ils l'avaient fait, tout mon passé était maintenant une tache sombre, un vide ténébreux dans lequel je ne distinguais rien. Depuis mes plus lointains souvenirs je me voyais de même grandeur et de mêmes proportions. Je n'avais jamais vu un être me ressemblant, ou prétendant avoir quelque rapport avec moi. Qu'étais-je donc ? Cette question revenait sans cesse ; des soupirs seuls y répondaient.

Je vous expliquerai bientôt à quoi tendaient ces sentiments. Mais laissez-moi maintenant retourner aux habitants du chalet, dont l'histoire excitait en moi des sentiments variés d'indignation, de joie, et d'émerveillement ; et toutes ces réactions me faisaient aimer et respecter davantage mes protecteurs (c'est ainsi que, me leurrant mi-consciemment, mi-douloureusement, j'aimais les appeler).

CHAPITRE XIV

Un certain temps s'écoula avant que je ne sache l'histoire de mes amis. Ce récit ne pouvait manquer d'impressionner profondément mon esprit, car il éclaircissait de nombreuses circonstances qui intéressaient et émerveillaient un être aussi inexpérimenté que moi.

Le nom du vieillard était de Lacey. Il descendait d'une noble famille de France, où il avait vécu pendant de nombreuses années, riche, respecté par ses supérieurs et aimé de ses égaux. Son fils fut élevé dans l'amour de son pays et Agathe avait rang parmi les dames de la plus haute distinction. Quelques mois avant mon arrivée, M. de Lacey vivait dans une grande et luxueuse ville nommée Paris ; il était entouré d'amis, et possédait toutes les joies que pouvaient offrir la vertu, la beauté, l'intelligence, le goût et une fortune considérable.

Le père de Safie avait été la cause de leur ruine. C'était un marchand turc qui habitait Paris depuis plusieurs années, quand, pour une raison que je ne pus apprendre, il devint suspect aux yeux du gouvernement. Il fut arrêté et jeté en prison le jour même où Safie arrivait de Constantinople afin de le rejoindre. Il fut jugé et condamné à mort. Cette sentence était d'une injustice par trop flagrante et tout Paris en fut indigné. L'on se disait que la religion et la fortune de ce malheureux, plutôt que le crime dont on l'accusait, étaient les causes de sa condamnation.

Félix assista par hasard au procès. Il ne put maîtriser son horreur et son indignation à l'énoncé de la sentence inique. Il fit, à ce moment, le vœu solennel de délivrer cet homme et s'occupa activement afin de réussir cette entreprise. Après plusieurs tentatives infructueuses pour s'introduire dans la prison, il constata qu'une fenêtre munie d'une forte grille éclairait le cachot du malheureux Mahométan. Le prisonnier enchaîné, désespéré, attendait l'exécution de la sentence. Une nuit, Félix réussit à atteindre la grille et fit connaître ses intentions au pauvre Turc. Celui-ci, stupéfait et joyeux, s'efforça d'exciter le zèle de son sauveteur en lui promettant des récompenses et de l'argent. Félix rejeta ses offres avec mépris. Pourtant, lorsqu'il vit la charmante Safie, qui avait l'autorisation de rendre visite à son père, lui exprimer par gestes sa vive reconnaissance, le jeune homme ne put s'empêcher de penser que le captif possédait un trésor capable de le récompenser de ses peines et de ses risques.

Le Turc s'aperçut rapidement de l'impression que sa fille avait faite sur le cœur de Félix, et s'efforça d'intéresser davantage le jeune homme à son sort en lui promettant la main de Safie, dès qu'il aurait été conduit dans un endroit sûr. Félix était trop délicat pour accepter cette offre ; pourtant, malgré lui, il considéra cet événement comme la condition de son bonheur.

Durant les jours suivants, tandis que le jeune homme veillait aux derniers préparatifs de l'évasion, des lettres de la charmante Mahométane vinrent encore enflammer son zèle. Grâce à l'aide d'un vieux domestique du marchand qui comprenait le français, la jeune fille avait trouvé le moyen d'exprimer ses sentiments dans la langue de son amoureux. Dans les termes les plus chaleureux, elle le remerciait des services qu'il se proposait de rendre à son père et, en même temps, elle déplorait gentiment son propre destin.

J'ai les copies de cette correspondance, ayant trouvé, pendant que je séjournais dans mon arbre, le moyen de me procurer le nécessaire pour écrire ; et les lettres étaient souvent dans les mains de Félix ou d'Agathe. Avant mon départ, je vous les donnerai, elles vous prouveront la véracité de mon récit, mais à présent, comme le soleil est déjà bien bas, je n'ai que le temps de vous répéter l'essentiel de leur contenu.

La jeune fille relatait que sa mère était une Arabe chrétienne, capturée par les Turcs qui l'avaient réduite à l'esclavage ; distinguée pour sa grande beauté, elle avait gagné le cœur du marchand qui l'épousa. La jeune fille parlait en termes fervents et enthousiastes de sa mère, qui, élevée dans la liberté, méprisait l'esclavage auquel elle était actuellement réduite. Elle enseigna à sa fille les principes de sa religion, et lui apprit à développer son intelligence et à écrire avec un esprit indépendant, éducation que l'Islam interdit sévèrement aux femmes. Hélas ! Cette dame mourut encore jeune ; mais ses leçons s'imprimèrent d'une façon indélébile dans la pensée de Safie, qui, de toutes ses forces, refusait de retourner en Asie et d'être enfermée à l'intérieur d'un harem, où elle pouvait simplement tuer le temps par des amusements enfantins, indignes des aspirations de son âme, accoutumée maintenant aux grandes idées et à un zèle admirable pour la vertu. Le projet d'épouser un chrétien, et de rester dans un pays où les femmes avaient la possibilité de tenir un rang dans la société l'enchantait.

Le jour de l'exécution du Turc fut fixé, mais il s'évada la veille, et avant l'aube se trouvait déjà à plusieurs lieues de Paris. Félix s'était procuré des passeports aux noms de de Lacey, de sa sœur et de lui-même. Il avait précédemment communiqué son plan à son père, qui en favorisa l'exécution. Le brave homme, sous prétexte d'un voyage, quitta sa maison et se cacha avec sa fille, dans un quartier retiré de Paris.

Félix conduisit les fugitifs jusqu'à Lyon, et traversant le Mont-Cenis les amena jusqu'à Livourne, où le marchand décida d'attendre une occasion favorable pour se mettre en sûreté dans une ville turque quelconque.

Safie résolut de ne pas quitter son père jusqu'au moment où celui-ci s'embarquerait. Quant au Turc, il renouvela sa promesse d'unir sa fille à son libérateur.

Dans l'attente de cet événement, Félix resta avec eux, et, durant ce temps, jouit de la société de la jeune Arabe ; celle-ci lui portait l'affection la plus simple et la plus tendre. Ils conversaient entre eux par l'intermédiaire d'un interprète, et souvent tout simplement par leurs regards. Et Safie chantait à Félix les airs divers et langoureux de son pays natal.

Le Turc regardait cette intimité d'un œil favorable, et encourageait les espoirs des jeunes amoureux, alors que, dans son cœur, il élaborait d'autres projets. L'idée d'unir sa fille à un chrétien lui répugnait, mais il craignait le ressentiment de Félix et ne montrait guère d'empressement, car il savait qu'il dépendait encore de son sauveur ; celui-ci pourrait encore le livrer à l'État italien où ils résidaient. Il méditait mille plans pour prolonger la trahison jusqu'au moment où le jeune homme ne lui serait plus nécessaire. Alors, il emmènerait secrètement sa fille avec lui en Turquie. Ses machinations furent facilitées par les nouvelles qui arrivèrent de Paris.

Le gouvernement français fort irrité de l'évasion de sa victime n'épargna nulle peine pour trouver son complice et le punir. Le complot de Félix fut rapidement découvert, et de Lacey et Agathe furent jetés en prison. La nouvelle en parvint à Félix, et l'éveilla de son rêve de bonheur. Son père, vieux et aveugle, et sa douce sœur étaient enfermés dans un ignoble cachot, tandis que lui jouissait en liberté de la société de celle qu'il aimait. Cette idée le torturait. Il s'arrangea rapidement avec le Turc ; si ce dernier trouvait l'occasion favorable de s'échapper avant le retour de Félix, Safie resterait à Livourne en pension dans un couvent. Quittant alors la charmante Arabe, le jeune homme se hâta de rejoindre Paris, pour se venger lui-même des lois. Il espérait faire libérer de Lacey et Agathe.

Son projet échoua. Tous trois restèrent emprisonnés cinq mois avant d'être jugés ; le verdict les priva de leur fortune et les condamna à l'exil perpétuel.

Ils trouvèrent un misérable asile en Allemagne, dans le chalet où je les découvris. Félix apprit bientôt que le Turc perfide, pour lequel lui et sa famille avaient enduré tant d'épreuves, découvrant que son sauveur se trouvait ainsi réduit à la pauvreté et à la ruine, avait trahi leur bonté et sans honneur avait quitté l'Italie avec sa fille. Bien plus, il avait insulté Félix en lui envoyant une petite somme d'argent, pour l'aider, disait-il, à se refaire une position.

Tels étaient les événements qui rongeaient le cœur du jeune homme, et qui le rendaient, quand je le vis pour la première fois, le plus misérable des trois. Il avait le courage de supporter la pauvreté et aussi longtemps que cette détresse fut la rançon de sa vertu, il s'en fit gloire, mais l'ingratitude du Turc, et la perte de sa bien-aimée Safie, étaient des malheurs plus cruels et plus irréparables. L'arrivée de la jeune Arabe infusa une vie nouvelle dans son âme.

À Livourne, quand parvint la nouvelle que Félix avait perdu sa fortune et son rang, le marchand ordonna à sa fille d'oublier son fiancé et de se préparer à retourner dans son pays natal. Le cœur généreux de Safie se révolta devant une pareille iniquité. Elle tenta de protester mais son père irrité lui renouvela son ordre tyrannique.

Quelques jours après, le Turc entra dans l'appartement de sa fille, et lui dit hâtivement que de bonnes raisons lui donnaient à croire que son séjour à Livourne était connu de la police et qu'il allait être livré au gouvernement français : aussi avait-il loué un bateau pour le conduire à Constantinople, et il quitterait la ville dans quelques heures. Le marchand avait l'intention de laisser sa fille aux soins d'un domestique de confiance. Elle le suivrait peu après, avec la plus grande partie de sa fortune, qui n'était pas encore arrivée à Livourne.

Lorsqu'elle fut seule, Safie réfléchit au meilleur parti à prendre en cette occurrence. Elle abhorrait vivre en Turquie ; sa religion et ses sentiments le lui interdisaient également. Grâce à quelques papiers laissés par son père, elle apprit l'exil de son fiancé et le nom de la retraite de celui-ci. La jeune Turque hésita un certain temps, mais enfin se décida à agir. Prenant avec elle quelques bijoux qui lui appartenaient en propre et une somme d'argent, elle quitta l'Italie avec une servante qui, née à Livourne, connaissait cependant le turc, et elle partit pour l'Allemagne.

Elle était arrivée saine et sauve dans une ville située à une vingtaine de lieues du chalet habité par de Lacey lorsque sa servante tomba dangereusement malade, Safie la soigna avec l'affection la plus dévouée ; mais la pauvre fille mourut, et la jeune Arabe, ne connaissant ni la langue ni les coutumes de ce pays, demeura seule.

Heureusement, elle tomba en de bonnes mains. Avant de mourir, l'Italienne avait fait part à leur hôtesse du nom de l'endroit où elles devaient se rendre et après la mort de la dévouée servante, cette femme au cœur excellent fit le nécessaire pour que Safie arrivât saine et sauve au chalet de son fiancé.

CHAPITRE XV

Telle était l'histoire de mes amis bien-aimés. Cela me causa une profonde impression. J'appris, par les faits qu'elle illustrait, à estimer leurs vertus et à détester les vices de l'humanité.

Jusqu'à présent j'avais considéré le crime comme un mal lointain ; la bienveillance et la générosité étaient toujours sous mes yeux et suscitaient en moi le désir de devenir un acteur sur cette scène agitée où naissaient et se manifestaient tant de qualités admirables. Mais, en donnant un aperçu du progrès de mon intelligence, je ne dois pas omettre une circonstance qui se produisit au commencement du mois d'août de la même année.

Une nuit, pendant mes visites habituelles à la forêt voisine, où je ramassais ma nourriture et le combustible pour le feu de mes protecteurs, je trouvai sur le sol une valise de cuir, contenant plusieurs pièces de vêtements et quelques livres. Je me hâtai de m'emparer de cette trouvaille, et retournai dans mon abri. Fort heureusement les livres étaient écrits dans la langue dont j'avais acquis les éléments au chalet ; ils consistaient dans *Le Paradis perdu*, un volume des *Vies* de Plutarque et *Les Souffrances de Werther*. La possession de ces trésors me causa une joie extrême ; j'étudiai continuellement et exerçai mon esprit, tandis que mes amis s'employaient à leurs occupations habituelles.

Je peux à peine vous décrire les effets de ces livres. Ils provoquaient en moi une infinité d'images et de sensations nouvelles qui parfois m'élevaient jusqu'à l'extase, mais plus fréquemment me faisaient sombrer dans la dépression la plus profonde. Dans *Les Souf-*

frances de Werther, outre l'intérêt de cette histoire simple et touchante, de nombreuses opinions sont débattues ; elles jetèrent tant de lumière sur des sujets qui jusqu'à présent avaient été obscurs pour moi, que j'y trouvai une source inépuisable de spéculation et d'étonnement. Les mœurs douces et familières ainsi que les nobles sentiments décrits en ce livre s'harmonisaient bien avec mon expérience acquise parmi mes protecteurs et avec les besoins toujours vivants de mon cœur. Je trouvai que Werther était l'être le plus divin que j'avais jamais contemplé ou imaginé ; son caractère n'était nullement prétentieux, mais plein de profondeur. Les discussions sur la mort et le suicide étaient propres à me remplir d'étonnement. Je ne prétendais pas trancher la question ; j'inclinais pourtant vers les opinions du héros, dont je pleurais la disparition, sans précisément la comprendre.

Je faisais du reste de nombreuses applications de ma lecture à mes propres sentiments et à ma situation. Je me trouvais semblable — et pourtant à un certain point fort étranger — aux héros de mes livres, à ces amis dont j'écoutais la conversation... Je sympathisais avec eux, et je les comprenais partiellement, mais mon esprit n'était pas développé ; je ne dépendais de personne, et n'avais de relations avec personne. La route de mon départ était ouverte ! Qui au monde cependant pleurerait ma mort ? Ma personne était hideuse et ma stature gigantesque. Qu'est-ce que cela signifiait ? Qui étais-je ? Qu'étais-je ? D'où provenais-je ? Quelle était ma destinée ? Ces questions m'occupaient continuellement mais j'étais incapable de les résoudre.

Le volume des *Vies* de Plutarque que je possédais contenait l'histoire des premiers fondateurs des Anciennes Républiques. Ce livre me produisit un effet fort différent des *Souffrances de Werther*. Les imaginations de Werther m'enseignèrent le découragement et la mélancolie, mais Plutarque me donna des pensées élevées ; il m'éleva au-dessus de la sphère misérable de mes réflexions personnelles pour me faire admirer et aimer les héros de l'Antiquité. Plusieurs de mes lectures dépassaient ma compréhension et mon expérience. Je ne connaissais que très confusément les royaumes, les immenses étendues de pays, les rivières puissantes et les océans infinis. J'ignorais totalement les villes et les grands rassemblements d'hommes. Le chalet de mes protecteurs avait été la seule école où j'avais étudié la nature humaine ; mais ce livre m'ouvrait des horizons nouveaux et plus grands. J'appris qu'il existait des hommes s'occupant des affaires publiques, qui gouvernaient ou massacraient leurs semblables. Je sentais s'élever en moi la plus grande ardeur pour la vertu, et l'horreur du vice, dans la mesure où je comprenais la signification de ces termes, car je les appliquais seulement au plaisir et à la peine. Poussé par ces sentiments, j'en arrivai tout naturellement à admirer les législateurs pacifiques, Numa, Solon et Lycurgue, de préférence à Romulus et à Thésée. La vie patriarcale de mes protecteurs fit que ces impressions s'imprégnèrent solidement dans mon esprit ; peut-être que si ma première révélation de l'humanité avait été un jeune soldat, avide de gloire et de massacres, j'aurais été imbu de sensations différentes.

Mais *Le Paradis perdu* me causa des émotions différentes et plus profondes. Je le lus, — de même que j'avais lu les autres volumes qui étaient tombés entre mes mains — comme une histoire vraie. Il m'inspira tous les sentiments d'émerveillement et de crainte que le tableau d'un Dieu omnipotent en guerre avec ses créatures était capable d'inspirer. Je comparais souvent les différentes situations de celles-ci avec la mienne. Comme Adam, je n'étais apparemment uni par aucun lien à un autre individu, mais à tout autre point de vue son état était fort différent du mien.

Créature parfaite, heureuse et prospère, protégée par les soins spéciaux de son Créateur, il était sorti des mains de Dieu ; il lui était permis de s'entretenir avec des êtres d'une nature supérieure et de s'instruire ; auprès d'eux j'étais malheureux, seul et sans secours.

Maintes fois je considérai Satan comme l'emblème s'adaptant le mieux à ma condition car souvent, comme lui, quand je voyais le bonheur de mes protecteurs, je sentais la morsure amère de l'envie.

Une autre circonstance augmenta et confirma ces sentiments. Peu de temps après mon arrivée dans l'abri, je découvris quelques papiers dans les poches des vêtements que j'avais pris dans votre laboratoire. Tout d'abord je les négligeai ; mais maintenant que je pouvais déchiffrer les caractères de leur écriture, je commençai à les étudier avec soin. C'était votre journal des quatre mois qui précédèrent ma création. Vous y décriviez minutieusement chaque étape de votre œuvre. J'y trouvai également le récit de votre vie quotidienne. Vous vous souvenez sans doute de ces notes. Les voici ! Tout ce qui se rapportait à mon origine maudite y était relaté ; tous les détails des événements horribles d'alors y sont mis en relief ; la description la plus minutieuse de mon odieuse et repoussante personne y est donnée dans un langage qui reproduit votre propre horreur et rend la mienne indélébile. À cette lecture le dégoût s'abattit sur moi. Maudit soit le jour où je reçus la vie ! m'exclamai-je dans mon désespoir. Créateur maudit ! Pourquoi avez-vous formé un monstre si hideux que vous-même, vous vous détournez de lui avec dégoût ? Dieu, dans sa pitié, a fait l'homme beau et séduisant, d'après sa propre image ; mais ma forme est une caricature immonde de la vôtre, plus horrible même à cause de sa ressemblance. Satan avait ses compagnons, les démons, qui l'admiraient et l'encourageaient ; mais moi, je suis solitaire et abhorré.

Telles étaient les réflexions de mes heures de désespoir et de solitude, mais quand je contemplais les vertus des habitants du chalet, leur caractère aimable et bienveillant, je me persuadais que lorsqu'ils se rendraient compte de mon admiration pour leurs vertus, ils auraient de la pitié pour moi et négligeraient la difformité de ma personne, si monstrueuse qu'elle fût. Pourraient-ils fermer leur porte à celui qui sollicitait leur compassion et leur amitié ? Je résolus enfin de ne pas désespérer, mais de me préparer de toute manière à un entretien avec ceux qui décideraient de mon destin. Je différai cette tentative pendant quelques mois encore, car l'importance que j'attachais à son succès m'inspirait la crainte d'échouer. En outre, je constatai que mon intelligence augmentait beaucoup par l'expérience de chaque jour et je n'étais pas disposé à commencer cette entreprise avant que quelques autres mois n'eussent ajouté à ma sagacité.

Entre-temps plusieurs changements avaient eu lieu au chalet. La présence de Safie apportait le bonheur à ses amis ; et je ne fus pas sans observer qu'une plus grande abondance y régnait. Félix et Agathe passaient plus de temps à leurs distractions et à la conversation. Des domestiques les aidaient dans leurs travaux.

Ils ne paraissaient pas riches, mais étaient contents de leur sort et heureux ; leurs sentiments étaient sereins et paisibles, tandis que les miens devenaient chaque jour plus tumultueux. J'avais augmenté mes connaissances mais j'avais découvert plus clairement que je n'étais qu'un misérable honni de tous.

Il est vrai que je caressais l'espoir d'être aimé, mais ce rêve se dissipait bien vite quand j'apercevais mes traits se reflétant dans l'eau, ou mon ombre se profilant dans le clair de lune ; même cette pâle image et cette silhouette éphémère me rendaient honteux de moi-même.

J'entrepris d'étouffer ces craintes, et de me fortifier pour l'épreuve que j'étais résolu à subir dans quelques mois ; parfois, sans les soumettre au contrôle de la raison, je laissais mes pensées errer dans les jardins du Paradis ; j'osais imaginer que des créatures aimables et charmantes partageaient mes sentiments et illuminaient mes ténèbres. Pauvre insensé, je voyais des sourires consolateurs naître sur leurs visages angéliques. Mais tout ceci n'était qu'un rêve, nulle Ève n'apaisait mes chagrins, ne partageait mes pensées ; j'étais seul. Je me souvins des supplications d'Adam à son créateur.

Mais où était le mien ? Il m'avait abandonné et dans l'amertume de mon cœur, je le maudissais.

L'automne se passa ainsi. Je vis, avec surprise et avec peine, les feuilles se flétrir et tomber, et la nature revêtir son aspect nu et glacé du jour où pour la première fois j'avais aperçu les bois et la lune merveilleuse. Pourtant, je ne faisais pas attention aux rigueurs de la température car ma conformation me faisait mieux supporter le froid que le chaud. Mais ma plus grande joie consistait dans le spectacle des fleurs, le chant des oiseaux, la vue de toutes les joyeuses couleurs de l'été. Quand tout cela disparut, je concentrai mon attention sur les habitants du chalet. Leur bonheur n'était pas affecté par l'absence de l'été. Ils s'aimaient et sympathisaient entre eux. Chacun trouvait son bonheur dans celui de son voisin et n'attachait aucune importance aux contingences extérieures. Plus je voyais mes amis, plus grand devenait mon désir de leur demander protection et de réclamer leur bonté ; mon cœur aspirait vivement à me faire connaître et aimer de ces charmantes créatures : voir leurs doux regards se poser sur moi avec affection était mon ambition la plus élevée. Je n'osais penser qu'ils se détourneraient de moi avec dédain et horreur. Le pauvre qui s'arrêtait à leur porte n'était jamais chassé. Je demandais, il est vrai, de plus grands trésors qu'un peu de nourriture ou de repos : j'aspirais à leur tendresse et à leur sympathie et je ne me croyais pas totalement indigne de tout cela.

L'hiver avançait, et une révolution entière des saisons s'était produite depuis que je m'étais éveillé à la vie. Mon attention, durant ce temps, se porta uniquement à étudier la meilleure façon de pénétrer dans le chalet de mes protecteurs. J'élaborai plusieurs projets et, finalement, je m'arrêtai à celui-ci : entrer dans la demeure lorsque le vieil aveugle serait seul. J'avais assez de sagacité pour découvrir que l'aspect hideux et surnaturel de ma personne était le principal objet d'horreur pour ceux qui m'avaient autrefois entrevu. Ma voix, quoique rude, n'avait rien de terrible en elle-même ; je pensais donc que si, en l'absence de ses enfants, je pouvais gagner la bonne volonté et la médiation du vieux de Lacey, je pourrais, par ce moyen, être toléré par mes jeunes protecteurs.

Un jour, alors que le soleil brillait sur les feuilles d'or jonchant le sol, et répandait la joie, tout en refusant la chaleur, Safie, Agathe et Félix partirent pour une promenade dans les environs. Le vieillard, sur sa demande, resta seul au chalet. Quand ses enfants furent partis, il prit sa guitare et joua plusieurs airs tristes mais doux, plus doux et plus tristes que tous ceux qu'il n'avait jamais joués auparavant. Tout d'abord, son visage s'illumina de plaisir, mais, à mesure qu'il continuait, il devint pensif et triste ; enfin, laissant de côté son instrument, il s'absorba dans ses réflexions.

Mon cœur battait à se rompre ; l'heure, le moment de l'épreuve qui déciderait de la réalisation de mes espoirs était venu. Les domestiques s'étaient rendus à une foire voisine. Tout était silencieux à l'intérieur et autour du chalet. L'occasion était excellente. Pourtant, lorsque je fus sur le point d'exécuter mon plan, mes membres se dérobèrent sous moi et je m'écroulai sur le sol. Je me relevai et, rassemblant tout le courage que je possédais, j'enlevai les planches que j'avais placées devant mon abri pour cacher ma retraite. L'air frais me ranima, et avec un regain de courage, je m'approchai de la porte du chalet.

Je frappai.

« Qui est là ? dit le vieillard. Entrez. »

J'entrai.

« Excusez mon intrusion, dis-je. Je suis un voyageur ayant besoin d'un peu de repos ; vous m'obligeriez grandement si vous me permettiez de rester quelques minutes devant votre feu. »

« Entrez, dit de Lacey. J'essayerai de vous venir en aide ; mais, malheureusement, mes enfants sont sortis et, comme je suis aveugle, je crains qu'il ne me soit difficile de vous procurer de la nourriture. »

« Ne vous dérangez pas, mon cher hôte, j'ai des

aliments ; c'est uniquement la chaleur et le repos qui me sont nécessaires. »

Je m'assis et un silence suivit. Je savais que chaque minute était précieuse pour moi, pourtant je ne savais de quelle manière commencer l'entretien, mais le vieillard me dit :

« À votre langage, étranger, je suppose que vous êtes mon compatriote ; êtes-vous français ? »

« Non, mais j'ai été élevé par une famille française et je ne comprends que cette langue. Je m'en vais maintenant demander la protection de quelques amis que j'aime sincèrement et qui, je l'espère, me témoigneront un peu d'affection. »

« Sont-ils allemands ? »

« Non, ils sont français. Mais changeons de sujet. Je suis une infortunée créature abandonnée et j'ai beau regarder autour de moi, je n'ai aucune relation, aucun ami sur cette terre. Les braves gens chez qui je vais ne m'ont jamais vu et ne connaissent rien de moi. Je suis envahi de craintes, car si j'échoue là, je serai à jamais banni du monde. »

« Ne désespérez pas. Être sans ami est sans doute très malheureux, mais le cœur des hommes, quand l'intérêt personnel ne le déprave pas, est plein d'amour et de charité. Ayez donc confiance en vos espoirs et si ces amis sont bons et aimables, ne désespérez pas. »

« Ils sont bons, ce sont les plus excellentes créatures du monde, mais, malheureusement, ils ont un préjugé contre moi. J'ai de bonnes intentions, ma vie a été, jusqu'à présent, innocente et même, à un certain point, bienveillante, mais une prévention fatale obscurcit leurs yeux, et au lieu de voir en moi un ami sensible et bon, ils n'aperçoivent qu'un monstre détestable. »

« Ceci est en effet malheureux, mais si vous êtes réellement sans reproche, ne pouvez-vous pas les détromper ? »

« Je suis près d'entreprendre cette tâche, et c'est pour cela que je me sens étreint d'une angoisse indicible.

« J'aime tendrement ces amis ; inconnu d'eux, pendant plusieurs mois je leur ai rendu des services, mais ils croient que je leur veux du mal, et c'est cette prévention que je veux vaincre. »

« Où résident ces amis ? »

« Près d'ici. »

Le vieillard s'arrêta, puis continua : « Si vous voulez me confier, sans réserve, les détails de votre histoire, je pourrais peut-être vous aider à les détromper. Je suis aveugle, et ne puis juger de votre visage, mais il y a quelque chose dans vos paroles qui me persuade de votre sincérité. Je suis pauvre, et exilé, mais ce sera pour moi un plaisir véritable que de rendre un service quelconque à une créature humaine. »

« Homme excellent ! Je vous remercie, et j'accepte votre offre généreuse. Votre bonté me rend le courage et la vie, et je crois qu'avec votre aide, je ne serai pas rejeté de la société et de la sympathie de vos semblables. »

« Dieu l'interdirait, même si vous étiez réellement criminel ! Car cela pourrait seulement vous pousser au désespoir, et non vous inciter à la vertu. Moi également, je suis malheureux ; moi et ma famille avons été condamnés, quoique innocents : jugez donc si je comprends vos malheurs. »

« Comment puis-je vous remercier, mon meilleur et mon unique bienfaiteur ? De vos lèvres, je viens d'entendre pour la première fois la voix de la bonté s'adresser directement à moi. Je vous serai à jamais reconnaissant et la bonté que vous me témoignez en ce moment, me fait envisager avec confiance la rencontre de ces amis. »

« Puis-je connaître le nom et la résidence de ceux-ci ? »

Je me tus. Je pensais qu'il était temps de prendre la décision qui me priverait ou me donnerait le bonheur pour toujours. Je m'efforçai vainement de trouver la fermeté nécessaire pour lui répondre, mais je tombai sur une chaise, et sanglotai bruyamment. À ce moment j'entendis les pas de mes jeunes protecteurs. Je n'avais plus un moment à perdre, aussi saisissant la main du vieillard, je criai :

« Maintenant il est temps ! Sauvez-moi ! Protégez-moi ! Vous et votre famille êtes les amis que je cherche. Ne m'abandonnez pas dans cette heure d'épreuve ! »

« Grand Dieu ! s'exclama le vieillard, qui êtes-vous ? »

À ce moment la porte du chalet s'ouvrit, et Félix, Safie et Agathe entrèrent. Qui peut décrire leur horreur et leur consternation en m'apercevant ? Agathe s'évanouit, Safie, incapable de porter secours à son amie, se précipita hors de la maison. Félix s'élança vers moi, et avec une force surnaturelle m'arracha des genoux de son père. Dans un transport de fureur, il me jeta sur le sol et me frappa violemment avec un bâton. J'aurais pu lui arracher membre après membre comme le lion déchire l'antilope, mais mon courage s'effondra comme sous l'effet d'une forte fièvre et je me contins. Je le vis sur le point de renouveler son geste. Alors, accablé de peine et d'angoisse, je m'enfuis du chalet et au milieu du tumulte général je regagnai, inaperçu, mon hangar.

CHAPITRE XVI

Créateur maudit ! Pourquoi vivais-je ? Pourquoi en cet instant n'éteignis-je pas l'étincelle de vie que vous m'aviez donnée avec si peu de réflexion ? Je ne sais. Le désespoir s'était pourtant emparé de moi, la rage et la vengeance m'animaient. J'aurais détruit de gaieté de cœur le chalet et ses habitants, et me serais rassasié de leurs cris d'épouvante et de leur misère.

Quand la nuit tomba, je quittai ma retraite et errai dans le bois. N'étant plus retenu, maintenant, par la crainte d'être découvert, je donnai libre cours à mon angoisse en poussant des hurlements terribles. J'étais semblable à une bête sauvage qui vient de rompre ses chaînes. Je détruisis les objets qui m'arrêtaient, et traversai la forêt avec la vitesse d'un cerf. Oh ! que cette nuit fut misérable ! Les étoiles froides brillaient, ironiques, et les arbres dépouillés étendaient leurs branches au-dessus de moi. De temps à autre la douce voix d'un oiseau s'élevait dans le silence universel. Moi excepté, le monde se reposait ou se réjouissait. Comme le plus maudit des démons, je portais en moi un enfer. Constatant que nul ne sympathisait avec moi, je voulais arracher les arbres, répandre la ruine et la destruction autour de moi, et ensuite m'asseoir et jouir du mal accompli.

Mais c'était là un excès de sensation que je ne pouvais supporter ; l'exercice physique me fatigua et je m'effondrai sur l'herbe humide, accablé par le sentiment de mon désespoir. Parmi les myriades d'hommes qui existaient, personne n'aurait pitié de moi ou ne m'assisterait. Devais-je donc ressentir de la bonté à l'égard de mes ennemis ? Non ! À partir de ce moment je déclarai une guerre éternelle à l'espèce humaine et surtout à celui qui m'avait formé pour me jeter dans cette misère insupportable.

Le soleil se leva. J'entendis la voix des hommes et je vis qu'il m'était impossible de retourner à ma retraite.

Je me cachai donc dans des broussailles épaisses, résolu à passer les heures suivantes à réfléchir sur ma situation.

Le soleil agréable et l'air pur du jour me rendirent jusqu'à un certain point ma tranquillité. Réfléchissant à ce qui s'était passé au chalet, je ne pus m'empêcher de croire que je m'étais trop hâté de conclure. J'avais certainement agi imprudemment. Il était apparent que ma conversation avait intéressé le père en ma faveur, et c'était une faute que d'avoir exposé ma personne à l'horreur de ses enfants. J'aurais dû me familiariser avec le vieux de Lacey, et, peu à peu, me montrer au reste de sa famille, lorsqu'ils auraient été préparés à mon arrivée. Mais je ne croyais pas mes erreurs irréparables, et, après de longues réflexions, je résolus de retourner au chalet et de tenter de gagner le vieillard à ma cause.

Ces pensées me calmèrent, et dans l'après-midi, je tombai dans un sommeil profond ; mais j'étais trop ému et trop fiévreux pour être visité par des rêves paisibles. La scène horrible de la veille se présentait toujours à mes yeux ; les femmes s'enfuyaient et Félix, dans sa fureur, m'arrachait des genoux de son père. Je m'éveillai épuisé, et constatant qu'il faisait déjà nuit, je me glissai hors de ma cachette, et me mis à la recherche d'aliments.

Quand ma faim fut apaisée, je dirigeai mes pas vers le sentier bien connu qui conduisait au chalet. Tout y était en paix. Je me glissais dans mon abri. Je restais silencieux, attendant le moment habituel du réveil de la famille. Cette heure passa, le soleil montait haut dans le ciel, mais les habitants du chalet n'apparaissaient pas.

Je tremblai violemment, appréhendant quelque épouvantable malheur. L'intérieur de la maison était sombre, et je n'entendais aucun mouvement ; je ne puis vous décrire l'angoisse de cette attente.

Bientôt, deux paysans passèrent ; s'arrêtant devant le chalet, ils se mirent à parler, accompagnant leurs paroles de gestes violents ; mais je ne comprenais pas ce qu'ils disaient, car ils parlaient la langue du pays, qui était toute différente de celle de mes protecteurs. Peu après cependant Félix s'approcha avec un autre homme. J'en fus surpris car je savais qu'il n'avait pas quitté le chalet ce matin, et j'attendis anxieusement pour découvrir, par ses paroles, l'explication de ces circonstances extraordinaires.

« Avez-vous réfléchi, lui dit son compagnon, que vous serez obligé de payer trois mois de loyer et de perdre les produits de votre jardin ? Je ne désire pas prendre un avantage injuste sur vous, et je vous prie de réfléchir quelques jours avant de vous arrêter à une décision. »

« C'est totalement inutile, répliqua Félix, nous ne pourrons plus jamais habiter dans votre chalet. La vie de mon père y est en très grand danger, par suite des circonstances épouvantables que je vous ai relatées. Ma femme et ma sœur ne vaincront jamais leur horreur. Je vous prie de ne plus me parler de ce sujet. Prenez possession de votre demeure, et laissez-moi m'enfuir de cet endroit. »

Tout en disant cela, Félix tremblait violemment. Lui et son compagnon entrèrent dans le chalet, où ils restèrent quelques minutes et enfin repartirent. Jamais plus je n'ai revu quelqu'un de la famille des de Lacey.

Tapi dans ma hutte, je passai le reste de la journée dans un état de désespoir total et de découragement complet. Mes nerfs étaient épuisés.

Mes protecteurs étaient partis et avaient brisé le seul lien qui me reliait au monde. Pour la première fois, des sentiments de vengeance et de haine emplirent mon cœur et je ne pouvais lutter pour les contrôler ; je me laissai emporter par le courant, j'inclinai mon esprit

vers le mal et la mort. Quand je songeais à mes amis,
à la voix indulgente de de Lacey, aux yeux doux
d'Agathe, et à la beauté exquise de la jeune Arabe, ces
pensées de vengeance se dissipaient et une crise de
larmes m'apaisait quelque peu. Mais quand je réfléchissais que ces gens m'avaient repoussé avec mépris
et abandonné sans pitié, ma colère revenait avec violence et, incapable de faire du mal à un être humain,
je tournais ma fureur vers des objets inanimés. Comme
la nuit avançait, je plaçai autour du chalet divers com-
bustibles ; et, après avoir détruit tout vestige de culture
dans le jardin, j'attendis pour commencer mes opérations.

Tandis que la nuit s'écoulait, un vent furieux se leva
des bois, et dispersa rapidement les nuages qui traînaient dans le ciel. L'ouragan courut avec rapidité, semblable à une puissante avalanche, produisant dans mes
esprits un vent de folie, qui renversait toutes les barrières de la raison et de la réflexion. J'allumai une
branche d'arbre sèche, et je dansai autour du chalet
sacrifié, mes yeux encore fixés sur l'ouest de l'horizon,
dont la lune frangeait presque le bord. Une partie de
son orbite fut enfin cachée, je brandis ma torche ;
l'astre s'enfonça, et avec un cri perçant, je mis le feu
à la paille, à la bruyère et aux bûches que j'avais ras-
semblées. Le vent aviva les flammes qui rapidement
enveloppèrent le chalet, s'y collèrent et le léchèrent de
leurs langues fourchues et destructrices.

Dès que je fus convaincu que nulle assistance ne
pourrait sauver une quelconque partie de l'habitation,
je quittai la scène et je cherchai refuge dans les bois.

Et maintenant, avec le monde contre moi, où allais-
je diriger mes pas ? Je résolus de fuir loin du théâtre
de mes malheurs ; mais pour moi, entouré de haine et
de mépris, tous les pays devaient être également horribles. La pensée de votre existence me traversa enfin
l'esprit. J'avais appris dans vos papiers que vous étiez
mon père, mon créateur, et qui pourrait me porter plus
de bienveillance que celui qui m'avait donné la vie ?

Parmi les leçons que Félix avait données à Safie, la géographie n'avait pas été omise. J'avais ainsi appris la situation respective des différents pays de la terre. Vous aviez mentionné Genève comme le nom de votre ville natale, et c'est vers cet endroit que je résolus de porter mes pas.

Mais comment me diriger ? Je savais que je devais voyager dans la direction du sud-ouest pour atteindre ma destination, mais le soleil était mon seul guide. Je ne connaissais pas les noms des villes que je devais traverser et ne pouvais me renseigner comme un simple être humain ; cependant, je ne perdis point courage. De vous seul j'espérais du secours, et pourtant je ne ressentais pour vous que de la haine. Créateur indifférent et sans cœur ! Vous m'aviez doué de perception et de passions, et puis vous m'aviez rejeté comme un objet de mépris et d'horreur pour l'humanité. À vous seul, je pouvais réclamer quelque pitié et quelque secours, et j'étais déterminé à chercher auprès de vous cette justice que j'avais vainement tenté de trouver auprès des autres individus à forme humaine.

Mon voyage fut long et les souffrances que j'endurai immenses. L'automne était déjà bien avancé lorsque je quittai la région où j'avais si longtemps résidé. Je ne voyageais que la nuit, craignant de rencontrer le visage d'un être humain. La nature se dépouillait de ses beautés, et le soleil perdait sa chaleur — la pluie et la neige ne cessaient de tomber — les rivières étaient gelées — la surface de la terre était dure, glacée et désolée et je ne trouvais aucun abri. Oh, terre ! Combien de fois n'ai-je pas couvert de malédictions la cause de mon existence ! La douceur de ma nature avait fui, et mes bons sentiments se transformaient en fiel et en amertume. Plus je m'approchais de votre habitation, plus je sentais l'esprit de vengeance s'enflammer dans mon cœur. La neige tombait, et les eaux se glaçaient, mais je ne me reposais pas. Quelques indications accidentelles, ici et là, me guidaient et je possédais une carte du pays, mais souvent j'errais loin de mon chemin.

L'angoisse ne me laissait aucun répit mais nul incident ne surgissait qui pouvait servir d'aliment à ma rage et à ma misère. Cependant, lorsque j'arrivai aux frontières de la Suisse, un événement se produisit : le soleil avait retrouvé sa chaleur, et la terre était redevenue verte — mais ce phénomène ne changea en rien l'amertume et l'horreur de mes sentiments.

Je me reposais généralement durant le jour, et ne voyageais uniquement que si la nuit me protégeait de la vue des hommes. Un matin, pourtant, constatant que mon chemin s'étendait au cœur d'une forêt profonde, je me risquai à continuer ma route après le lever du soleil ; le jour, un des premiers du printemps, me rendait joyeux par le charme de son brillant soleil et de son air embaumé. Je ressentais la douceur et le plaisir revivre en moi, alors que je les croyais morts depuis longtemps. Assez surpris par la nouveauté de ces sensations, je me laissais conduire par elles et, oubliant ma solitude et ma difformité, j'osais être heureux. De douces larmes mouillèrent mes joues, et je levais même les yeux avec gratitude vers le soleil béni qui me dispensait cette joie.

Je continuai d'errer parmi les sentiers de la forêt, jusqu'à ce que j'arrivasse à sa lisière, formée par une rivière profonde et rapide, dans laquelle de nombreux arbres plongeaient leurs branches, que le printemps couvrait maintenant de bourgeons. Je m'arrêtai là, ne sachant exactement quel chemin choisir, quand j'entendis des bruits de voix qui m'incitèrent à me cacher dans l'ombre d'un cyprès. Je m'étais à peine dissimulé qu'une jeune fille apparut, elle courait vers ma cachette et riait, comme si, par jeu, elle fuyait quelqu'un. Elle continua sa course le long des rives abruptes de la rivière, quand soudain son pied glissa, et elle tomba dans le courant rapide. Je me précipitai hors de mon refuge et avec une peine extrême réussis à la tirer de l'eau. J'amenai la pauvrette sur la berge. Elle était inanimée et j'entrepris par tous les moyens en mon pouvoir de la rappeler à la vie. Tout à coup, je fus interrompu par l'approche d'un paysan, c'était probablement la personne que la jeune fille fuyait par jeu. À ma vue, il s'élança vers moi, m'arracha la jeune fille et disparut dans la partie la plus profonde de la forêt. Je le suivis sans hésitation, sachant à peine pourquoi ; mais lorsque l'homme vit que j'approchais, épaulant son fusil, il me mit en joue et tira. Je m'écroulai sur le sol. Mon agresseur redoubla de vitesse et s'échappa dans la forêt.

C'était ainsi qu'on me remerciait de ma bienveillance ! J'avais sauvé un être humain de la destruction, et pour récompense, je me tordais maintenant sous la misérable douleur de la ma blessure. Les sentiments de bonté et de douceur auxquels je m'étais abandonné auparavant firent place à une rage démoniaque et à des grincements de dents. Irrité par la douleur, je vouai une vengeance et une haine éternelles à toute l'humanité. Mais la douleur provoquée par ma blessure me vainquit, mon pouls s'arrêta et je m'évanouis.

Pendant quelques semaines, je passai une vie misérable dans les bois, m'efforçant de guérir ma blessure. La balle m'était entrée dans l'épaule, et je ne savais pas si elle y était restée ou si elle était ressortie ; en tout cas, je n'avais aucun moyen de l'extraire. Mes souffrances s'augmentaient encore par la conscience accablante de l'injustice et de l'ingratitude des hommes. Chaque jour mes vœux appelaient la vengeance, une vengeance profonde et mortelle, la seule qui pourrait compenser l'outrage et l'angoisse que j'endurais.

Après quelques semaines, ma plaie se cicatrisa, et je pus continuer mon voyage. Le soleil brillant ou les douces brises du printemps n'adoucissaient pas mes tourments. Toute joie était un mensonge, qui insultait à ma désolation, et me faisait sentir plus amèrement que je n'étais fait ni pour le bonheur ni pour le plaisir.

Cependant, mes fatigues ne durèrent plus longtemps et deux mois plus tard, je me trouvais dans les environs de Genève.

J'arrivai à la tombée du soir et me réfugiai dans un

abri situé dans les champs qui entourent la ville. J'y réfléchis à la manière dont je m'adresserais à vous. J'étais trop accablé de fatigue et de faim, je me sentais trop malheureux, pour jouir de la douce brise du soir, ou du spectacle du soleil couchant derrière les montagnes énormes du Jura.

À ce moment, un léger sommeil m'enleva à mes réflexions douloureuses, mais j'en fus tiré par l'arrivée d'un bel enfant, qui s'engouffra en courant dans le refuge que j'avais choisi. En le regardant, l'idée me vint tout à coup que cette jeune créature devait être sans préjugés et avait trop peu vécu pour avoir l'horreur de la difformité. Si donc je parvenais à m'en emparer et à en faire mon compagnon et ami, je ne serais plus si abandonné sur cette terre.

Mû par cette impulsion, je saisis le jeune garçon au passage et le tirai vers moi. Dès qu'il m'aperçut, il plaça ses mains devant ses yeux et poussa un cri perçant. Avec violence, je lui arrachai les mains du visage et lui dis : « Enfant, pourquoi fais-tu cela ? Je n'ai pas l'intention de te faire du mal. Écoute-moi. »

Il se débattait violemment. « Laissez-moi partir, cria-t-il ; monstre ! Vilain misérable ! Vous voulez me manger et me déchirer en morceaux !... Vous êtes un ogre !... Laissez-moi partir ou je le dirai à mon papa. »

« Petit garçon, tu ne reverras jamais plus ton père car tu vas venir avec moi. »

« Monstre hideux ! Laissez-moi partir !... Mon père est un syndic, c'est M. Frankenstein ! Il vous punira !... Vous n'oserez pas me garder. »

« Frankenstein ! Tu appartiens donc à la famille de mon ennemi, de l'homme dont j'ai juré de tirer une vengeance éternelle ; tu seras ma première victime ! »

L'enfant se débattait encore, et m'accablait d'injures qui me désespéraient — je serrai sa gorge pour le faire taire et, en un moment, il fut étendu mort à mes pieds.

Je contemplai ma victime, et mon cœur se gonflait d'une excitation et d'un triomphe infernaux : battant des mains, je m'exclamai : « Moi aussi, je peux créer

la désolation ; mon ennemi n'est pas invulnérable, cette
mort le remplira de désespoir, et mille autres misères
le tourmenteront et le feront mourir ! »

Comme je fixai l'enfant des yeux, je vis quelque
chose briller sur sa poitrine. Je m'en emparai ; c'était
le portrait d'une femme belle et charmante. En dépit
de ma méchanceté et de ma colère, ce portrait me
calmait et m'attirait. Pendant un court moment, je
contemplais avec joie ses yeux sombres, frangés de
longs cils ; mais bientôt ma rage revint. Je me souvins
que j'étais privé à jamais des joies qu'une telle créature pouvait dispenser et celle dont je contemplais le
visage aurait, si elle m'avait vu, changé cet air de divine
bienveillance en une expression de dégoût et d'horreur.

Pouvez-vous vous étonner que de telles pensées
m'aient transporté de rage ? Je ne comprends pas qu'à
ce moment, au lieu de traduire mes sentiments en exclamations de douleur, je ne me sois pas précipité parmi
les hommes pour y périr en essayant de les détruire.

Abattu par ces sentiments, je quittai l'endroit où
j'avais commis le meurtre, et je cherchai une cachette
plus sûre. J'entrai dans une grange qui m'avait paru
vide. Une femme dormait sur la paille ; elle était jeune.
Certes, elle n'était pas aussi belle que celle dont je possédais le portrait, néanmoins, elle était d'un aspect
agréable et son teint avait la fraîcheur charmante d'un
être jeune et sain. Je pensais que c'était là une de ces
créatures dont les sourires apportaient la joie à tous
sauf à moi. Je me penchai alors au-dessus d'elle et je
murmurai :

« Éveille-toi, toute belle, celui qui t'aime est près de
toi, celui qui voudrait donner sa vie pour obtenir un
regard d'affection de tes yeux ; ma bien-aimée, éveille-
toi ! »

La belle endormie fit un mouvement, un frisson de
terreur me parcourut. Allait-elle donc s'éveiller, me
voir, me maudire et me dénoncer comme le meurtrier ?
Il n'y avait pas de doute, elle le ferait si elle ouvrait
les yeux et si elle m'apercevait. Cette pensée me rendit

fou. Le démon frémit en moi. Ce n'est pas moi qui souffrirais, mais elle : le meurtre que je venais de commettre, parce que je suis à jamais privé de tout ce qu'elle pourrait me donner, c'est elle qui l'expiera. Elle était la cause de mon crime, que le châtiment s'abatte donc sur elle ! Grâce aux leçons de Félix sur les lois sanguinaires de l'homme, je savais alors comment causer le mal. Je me penchai sur elle, et plaçai le portrait dans un des plis de sa robe. Elle remua de nouveau et je m'enfuis.

Pendant quelques jours, je hantai l'endroit où ces événements s'étaient produits ; parfois désirant vous voir, parfois résolu à quitter à jamais ce monde et ses misères. Enfin j'errai vers ces montagnes, et jusqu'à maintenant, consumé par une passion brûlante que vous seul pouvez satisfaire, j'ai exploré leurs recoins les plus perdus. Nous ne sous séparerons pas avant que vous ne m'ayez promis de satisfaire à ma demande. Je suis seul et misérable : l'homme ne veut pas de ma société ; mais une femme, aussi laide et aussi horrible que moi, ne se refuserait pas à moi. Ma compagne doit être de la même espèce, posséder les mêmes défauts. Voilà cet être que vous devez créer !

CHAPITRE XVII

La créature cessa de parler et me regarda fixement dans l'attente d'une réponse. Mais je me sentais troublé, indécis et incapable de rassembler suffisamment mes idées pour comprendre toute la portée de sa proposition. Il continua :

« Vous devez créer pour moi une femme avec qui je pourrai vivre et échanger ces sentiments affectueux nécessaires à tout être vivant. Vous seul possédez la puissance voulue pour le faire. Je vous le demande comme un droit que vous ne pouvez refuser de m'accorder. »

La dernière partie de son récit ranima en moi la colère qui s'était dissipée pendant qu'il me racontait sa vie paisible parmi les habitants du chalet. Mais devant son exigence, je ne pus contenir ma rage intérieure.

« Je refuse, répondis-je, et aucune torture ne parviendra à m'arracher mon consentement. Vous pouvez me rendre le plus misérable des hommes, mais vous ne me ferez jamais rougir de moi-même. Quoi ! Créer un autre être semblable à vous, dont la haine unie à la vôtre désolerait le monde ! Allez-vous-en ! Vous avez ma réponse. Vous pouvez me torturer, je ne consentirai jamais. »

« Vous faites erreur, répondit le démon ; je ne vous menace pas, je me contente de discuter avec vous. Si je suis malfaisant, c'est que je suis malheureux. Ne suis-je pas repoussé et haï du genre humain tout entier ? Vous, mon créateur, vous désirez m'anéantir et triompher ensuite. Souvenez-vous-en et dites-moi alors si je dois avoir pitié des gens qui n'ont pas pitié de moi. Si vous me précipitiez dans une crevasse de ce glacier et détruisiez ce corps que vos mains ont créé, vous n'appelleriez pas cela un meurtre. Dois-je respecter l'homme qui me méprise ? Qu'il vive avec moi sur un pied d'amitié : au lieu de lui nuire, je le servirai s'il le veut, avec des larmes de gratitude. Mais ce n'est pas possible ! Les sens humains se dressent comme un obstacle insurmontable à notre alliance. Je ne me soumettrai cependant pas comme un esclave misérable. Je me vengerai des injustices dont j'ai été l'objet. Si je ne peux inspirer l'amour, je m'imposerai par la terreur, et c'est surtout à vous, mon principal ennemi, que je voue une haine implacable. Prenez garde ! Je travaillerai à votre destruction et ne m'arrêterai que lorsque j'aurai porté la désolation dans votre cœur. Vous maudirez alors l'heure où vous êtes né. »

Il prononça ces paroles sous l'emprise d'une rage démoniaque et son visage se contracta en une grimace si horrible que le regard humain ne pouvait la supporter sans être pris de dégoût et de terreur ; mais il se calma rapidement et continua :

« J'avais l'intention de vous parler le langage de la raison. La passion que j'exprime me nuit grandement, car vous n'arrivez pas à croire que vous êtes la cause de cet excès. Si quelqu'un éprouvait pour moi quelques sentiments bienveillants, je les lui rendrais au centuple. Pour l'amour d'une seule créature, je ferais la paix avec le genre humain tout entier. Mais je me laisse aller à des rêves de bonheur qui ne se réaliseront jamais. Ce que je vous demande est raisonnable et modéré. Créez pour moi une créature d'un autre sexe aussi hideuse que moi-même. Le cadeau est bien modeste mais c'est tout ce que je peux recevoir et je m'en contenterai. Il est vrai que nous serons des monstres séparés du monde entier, mais à cause de cet ostracisme, nous n'en serons que plus attachés l'un à l'autre. Nous ne connaîtrons pas le bonheur, mais notre vie sera du moins innocente et nous n'aurons pas à supporter la misère que je traîne maintenant. Oh ! mon créateur, accordez-moi un peu de joie ! Donnez-moi l'occasion de vous exprimer ma reconnaissance ! Permettez-moi de voir que j'excite la sympathie d'un être vivant. Ne me refusez pas cette grâce ! »

J'étais ému. Je frissonnai en pensant aux conséquences possibles de mon consentement mais je me rendais compte que sa requête n'était pas sans fondement. Son récit et les sentiments qu'il exprimait prouvaient qu'il était une créature sensible. Moi, son créateur, ne devais-je pas lui assurer tout le bonheur qu'il était en mon pouvoir de donner ? Il se rendit compte du combat qui se livrait en moi et continua :

« Si vous consentez, ni vous ni aucun autre être humain ne nous reverrez jamais plus. J'irai m'installer dans les vastes déserts de l'Amérique du Sud. Ma nourriture n'est pas celle de l'homme. Je ne tue ni l'agneau ni le chevreuil pour apaiser ma faim car des glands et des baies suffisent à me nourrir. Ma compagne sera d'une nature semblable à la mienne et se contentera de la même chère. Nous ferons notre lit de feuilles mortes. Le soleil brillera pour nous comme pour les autres hommes et fera croître nos aliments. Le tableau que je vous présente est paisible et humain. Vous devez reconnaître que seuls un abus de pouvoir et une cruauté malicieuse peuvent vous amener à me refuser ce bonheur. Si peu pitoyable que vous ayez été jusqu'à présent à mon égard, je vois luire maintenant de la compassion dans vos yeux. Permettez-moi de profiter de ce moment favorable ; je vous en conjure, promettez-moi de créer cette compagne que je désire si ardemment ! »

« Vous vous proposez, répondis-je, de fuir les habitations des hommes et de vous réfugier dans ces déserts où les bêtes sauvages seront vos seuls compagnons. Alors que vous aspirez à l'amitié et à la sympathie des hommes, comment pourrez-vous persévérer en cet exil ? Vous reviendrez, vous quémanderez à nouveau leur affection et vous rencontrerez leurs haines, vos passions mauvaises renaîtront et vous aurez alors une compagne pour vous aider dans votre besogne néfaste. Cela ne sera pas. Cessez vos discussions, je ne puis consentir à votre demande. »

« Comme vos sentiments sont inconstants ! Il y a un moment, mes plaintes vous émouvaient. Pourquoi vous êtes-vous raidi devant elles ? Je vous le jure, par la terre que j'habite et par vous qui m'avez tiré du néant, je quitterai le voisinage des hommes avec la compagne que vous me donnerez et j'irai m'installer dans le désert le plus sauvage que je pourrai trouver. Mes passions mauvaises auront disparu puisque j'aurai rencontré la sympathie ! Ma vie s'écoulera tranquille et à mon heure dernière, je ne maudirai pas mon créateur. »

Ses paroles m'impressionnèrent étrangement. J'avais pitié de lui et parfois je me sentais poussé par le désir de le consoler. Mais lorsque je le regardais et que je voyais cette masse affreuse qui se mouvait et parlait, mon cœur se soulevait de dégoût et mes sentiments se transformaient en horreur et en haine. Je m'efforçai de réprimer ces sensations. J'estimais que si je ne pouvais éprouver de la sympathie pour lui, je n'avais pas le droit de le priver de la moindre parcelle de bonheur qu'il était en mon pouvoir de lui accorder.

« Vous jurez, dis-je, d'être inoffensif, mais ma méfiance actuelle n'est-elle pas justifiée par l'esprit du mal dont vous avez déjà fait preuve par trop souvent ? Vos belles déclarations ne sont-elles qu'une ruse pour accroître votre triomphe en augmentant votre puissance ? »

« Comment cela ? Je ne permets pas qu'on se moque de moi et j'exige une réponse. Si je n'ai ni affection ni sympathie, la haine et le vice seront forcément mon apanage. L'amour d'un autre être ôterait tout prétexte à mes crimes et je deviendrais une créature dont l'existence serait ignorée de tous. Mes vices sont le résultat d'une solitude forcée que j'abhorre, mes vertus naîtront nécessairement de la vie que je mènerai en communion avec un égal. J'éprouverai les réactions d'un être sensible et serai rattaché à la chaîne des êtres et des événements dont je suis maintenant exclu. »

Je réfléchis longuement à ce qu'il venait de me dire et aux divers arguments dont il s'était servi. Je me souvins des vertus qu'il paraissait posséder au début de son existence et du coup mortel porté à ses bons sentiments par la répulsion et le dédain manifestés par les hommes. Je n'oubliai dans mes calculs ni sa force ni ses menaces. Une créature capable de vivre dans les cavernes des glaciers et de se réfugier aux bords des précipices inaccessibles, pour échapper aux poursuites de ses ennemis, était un être possédant une puissance contre laquelle il serait vain de lutter. Après avoir longtemps réfléchi en silence, je conclus que la justice due à lui comme à mes semblables exigeait d'accorder satisfaction à sa requête. Aussi, me tournant vers lui, je déclarai :

« Je consens à vous accorder ce que vous demandez à condition que vous me juriez formellement de quitter pour toujours l'Europe et tout voisinage des hommes dès le moment où je vous donnerai une femme qui vous accompagnera dans votre exil. »

« Je vous jure, s'écria-t-il, par le soleil, par le ciel bleu et par le feu de l'amour qui embrase mon cœur, que si vous exaucez ma prière, vous ne me reverrez jamais tant que ces choses existeront. Rentrez chez vous et mettez-vous à l'œuvre. Je suivrai la marche de vos travaux dans une angoisse inexprimable et soyez sans crainte, lorsque vous serez prêt, j'apparaîtrai. »

Sur ce, il me quitta soudain, craignant peut-être de me voir changer d'idée. Je le vis descendre la montagne avec une vitesse plus grande que le vol de l'aigle et il disparut rapidement dans les ondulations de la mer de glace.

Son récit était si long qu'il avait duré un jour entier et lorsque le monstre partit, le soleil était au bas de l'horizon. Je savais qu'il fallait me hâter de descendre dans la vallée si je ne voulais pas être surpris par la nuit, mais mon cœur était bien lourd et mes pas bien lents. Les émotions causées par les événements du jour me rendaient plus pénible la descente des sentiers sinueux de la montagne et j'avais grand-peine à poser fermement le pied. La nuit était déjà fort avancée lorsque j'arrivai au refuge situé à mi-route, et je fis halte auprès de la source. De temps à autre, au cours d'une éclaircie dans le ciel nuageux, les étoiles brillaient. Des pins sombres se dressaient devant moi et, çà et là, un arbre brisé gisait sur le sol. Le spectacle était d'une solennité merveilleuse et faisait naître en moi des pensées étranges. Je pleurai amèrement, et, le cœur étreint d'une angoisse sans pareille, je joignis les mains et m'écriai : « Étoiles, nuages et vents, vous qui m'accablez de vos sarcasmes, si vraiment vous ressentez quelque pitié pour moi, détruisez en moi tout sentiment et tout souvenir, réduisez-moi à néant, sinon partez, disparaissez et abandonnez-moi au milieu des ténèbres. »

C'étaient de stupides et misérables pensées, mais les mots me manquent pour vous décrire l'accablement que me causaient ces étoiles éternellement scintillantes, et l'impression que je ressentais à écouter les rafales du vent qui me consumait comme un siroco morne et affreux.

L'aube s'était levée avant que je ne fusse parvenu à Chamonix. Je ne pris aucun repos mais retournai immédiatement à Genève. Même dans le fond de mon cœur, je ne parvenais pas à comprendre mes sentiments. Ils m'écrasaient comme le poids d'une montagne et leur excès étouffait mon angoisse. Je rentrai chez moi et pénétrant dans ma maison, je me présentai à ma famille. Mon air égaré et mes yeux hagards alarmèrent les miens mais je ne répondis à aucune question et parlai à peine. J'avais l'impression d'être mis au ban de l'humanité et d'avoir perdu tout droit à la sympathie de mes semblables. J'avais l'impression que désormais je n'avais plus le droit de jouir de la compagnie des miens. Et pourtant, même alors, je les aimais jusqu'à l'adoration, et pour les sauver, je décidai de me consacrer à la tâche la plus détestable. La perspective de cette besogne faisait passer devant moi, comme un rêve, les événements de la veille et cette pensée seule avait pour moi la réalité de la vie.

CHAPITRE XVIII

Depuis mon retour à Genève, les jours avaient succédé aux jours et les semaines aux semaines, et je n'avais pu recouvrer le courage nécessaire pour reprendre mon œuvre. Je craignais la vengeance du démon déçu et, pourtant, je me trouvais impuissant à dominer la répugnance que j'éprouvais devant la tâche imposée. Je m'étais rendu compte qu'il m'était impossible de composer un être femelle sans consacrer plusieurs mois à des études approfondies et à des recherches laborieuses. J'avais entendu parler des découvertes d'un savant anglais dont la connaissance était indispensable au succès de mon entreprise et je songeais souvent à demander à mon père la permission de me rendre en Angleterre. Mais je profitais de la moindre occasion pour retarder ce voyage et j'hésitais à faire le premier pas dans une entreprise dont la nécessité commençait à m'apparaître moins absolue. De plus, une transformation s'était opérée en moi ; ma santé qui jusqu'alors avait été chancelante, s'était considérablement améliorée et lorsque le souvenir de ma promesse malencontreuse ne l'abattait pas, mon courage croissait également. Mon père constatait ce changement avec plaisir et s'efforçait d'extirper complètement les restes de mon humeur noire, qui de temps à autre, par crises, reparaissait, et dont les ténèbres épaisses empêchaient le retour du soleil. Je cherchai alors refuge dans la solitude la plus complète. Seul, dans une petite barque, sur le lac, je passais des jours entiers à observer les nuages et le cœur étreint de tristesse, dans le silence le plus complet, j'écoutais le murmure des flots. Mais la fraîcheur de l'air et l'éclat du soleil parvenaient toujours à calmer un peu mon énervement et rentré à la maison, je répondais à l'accueil des miens par un sourire plus spontané et un entrain plus cordial.

Au retour d'une de ces promenades, mon père m'appela afin de m'entretenir en particulier et me dit :

« C'est un plaisir pour moi, mon cher fils, de constater que vous avez repris vos anciennes distractions et que vous semblez redevenir vous-même. Et pourtant, vos souffrances n'ont pas disparu et vous fuyez notre société. Pendant longtemps, j'ai échafaudé diverses hypothèses pour deviner la cause de votre attitude, mais hier, une idée m'a frappé et si elle est exacte, je vous prie de le reconnaître. Garder le silence sur un sujet pareil serait non seulement inutile, mais nous causerait à tous une souffrance triple. »

Ces paroles provoquèrent en moi un tremblement violent, mais mon père poursuivit :

« Je vous avoue, mon fils, que j'ai toujours considéré votre mariage avec Élizabeth comme la base de notre bonheur familial et le soutien de ma vieillesse. Vous vous aimez depuis votre plus tendre enfance, vous avez fait vos études ensemble, vos caractères et vos goûts paraissaient vous destiner l'un à l'autre. L'expérience humaine est si aveugle que les circonstances, qui à mes yeux semblaient devoir favoriser mon plan, l'ont peut-être ruiné. Il est possible que vous regardiez Élizabeth uniquement comme une sœur et que vous ne désiriez nullement en faire votre femme. Bien plus, vous avez peut-être rencontré une autre jeune fille que vous aimez et, vous considérant comme engagé vis-à-vis d'Élizabeth, vous luttez contre votre amour, et là se trouve la cause des tourments qui vous accablent. »

« Mon cher père, rassurez-vous. J'aime ma cousine d'un amour sincère et profond. Jamais, aucune femme ne suscita, comme Élizabeth, mon admiration et mon amour le plus ardent. Mes espoirs et mes projets d'avenir sont entièrement fondés dans l'attente de cette union. »

« Cette nouvelle, mon cher Victor, me cause une joie que je n'ai plus éprouvée depuis longtemps. S'il en est ainsi, nous sommes assurés du bonheur malgré l'ombre jetée sur nous par les récents événements. Mais je tiens à dissiper cette ombre qui s'est emparée de votre esprit. Dites-moi si vous voyez un obstacle à la célébration immédiate de votre mariage. Nous avons été malheureux et les événements récents ont troublé la tranquillité quotidienne nécessaire à mon âge. Vous êtes jeune, c'est vrai, mais avec votre grosse fortune, un mariage, à votre âge, ne saurait nuire à vos projets, ni vous empêcher de vous créer une situation honorable et utile. N'allez pas supposer maintenant que je veuille vous imposer votre bonheur ou qu'un retard de votre part puisse me causer une inquiétude sérieuse. Interprétez mes paroles sans arrière-pensée et répondez-moi, je vous en prie, avec confiance et sincérité. »

J'écoutai mon père en silence et demeurai pendant un temps assez long incapable de lui répondre. Une foule de pensées assaillit mon esprit et je m'efforçai d'arriver à une conclusion. Hélas, l'idée d'une union immédiate avec mon Élizabeth me paraissait horrible et accablante. Je m'étais lié par une promesse solennelle que je n'avais pas encore exécutée et que je n'osais rompre. Si je le faisais, quelles calamités innombrables n'allaient pas me menacer ainsi que ma famille ? Aurais-je la force de participer à une fête alors que je portais sur la nuque un poids aussi lourd qui me courbait vers la terre ? Il me fallait tenir mon serment, il fallait que le monstre disparût avec sa femelle avant que je ne puisse m'abandonner aux joies d'une union dont j'attendais la paix.

Je ne l'oubliais pas, mais il m'était nécessaire soit de me rendre en Angleterre soit d'échanger une longue correspondance avec les savants de ce pays dont les connaissances et les découvertes étaient indispensables à la bonne fin de mon entreprise. Cette dernière manière de me procurer des renseignements était longue et peu pratique. De plus, j'éprouvai une répugnance insurmontable à entreprendre cette besogne affreuse dans la maison paternelle où j'entretenais des rapports affectueux avec ceux qui m'étaient chers. Je le savais, mille incidents terribles pouvaient survenir, dont le moindre révélerait à mes parents une histoire qui les ferait frissonner d'horreur. Je n'ignorais pas qu'il m'arriverait souvent de perdre tout contrôle de moi-même, je ne pourrais pas toujours dissimuler les sentiments atroces que j'éprouverais au cours de mon labeur inhumain. Il était indispensable de me séparer des miens pendant la durée de mon affreux travail. Une fois à l'œuvre, j'aurais rapidement terminé et, rentré dans ma famille, je pourrais enfin jouir de la paix et du bonheur. Ma promesse exécutée, le monstre disparaîtrait à tout jamais. Ou bien (c'est du moins ce que mon imagination troublée me laissait espérer) un accident surviendrait, détruirait le monstre et mettrait fin pour toujours à mon esclavage.

Ces sentiments dictèrent ma réponse. J'exprimai le désir de voir l'Angleterre, mais dissimulant le motif véritable de ma requête, je m'arrangeai pour éviter tout soupçon et mes pressantes instances persuadèrent mon père de céder à ma demande. Après une aussi longue période d'une mélancolie accablante dont l'intensité et les effets pouvaient laisser croire à la folie, ce brave homme fut heureux de constater que je pouvais trouver quelque plaisir à l'idée du voyage et il exprima l'espoir qu'un changement de milieu et des distractions nombreuses me restitueraient, avant mon retour, mon intégrité mentale.

La durée de mon absence fut laissée à mon libre choix. Mon père supposait qu'il s'écoulerait quelques mois ou une année tout au plus avant mon retour. Sa bonté lui avait suggéré comme précaution de me procurer un compagnon. Sans m'avertir de rien, d'accord avec Élizabeth, il s'était arrangé pour que Clerval me rejoignît à Strasbourg. La solitude nécessaire à la poursuite de mon travail était ainsi rendue impossible ; pourtant, au début de mon voyage, la présence de mon

ami ne pouvait en rien me gêner et je me réjouis sincèrement de me voir ainsi épargnées de longues heures
de réflexion solitaire et troublante. De plus, Henri pourrait empêcher mon ennemi de s'approcher. Si je m'étais
trouvé seul, celui-ci m'eût peut-être, de temps à autre,
imposé sa présence détestée pour me rappeler ma tâche
et en contrôler l'accomplissement.

Je me rendais donc en Angleterre et on avait décidé
que mon mariage avec Élizabeth aurait lieu dès mon
retour. L'âge avancé de mon père lui rendait pénible
tout ajournement. Quant à moi, je ne me promettais
qu'une récompense à mes travaux exécrés, je n'espérais qu'une seule consolation à mes tortures indicibles,
c'était la perspective du jour où, affranchi de mon misérable esclavage, je pourrais réclamer Élizabeth et
oublier le passé dans mon union avec elle.

Je fis donc mes préparatifs de voyage. Une seule
pensée me hantait et m'emplissait de crainte et d'inquiétude. Pendant mon absence, j'allais laisser les miens
dans l'ignorance de l'existence de leur ennemi et, au
cas où mon absence l'irriterait, ils se trouveraient sans
protection contre ses attaques. Mais le monstre m'avait
promis de me suivre dans tous mes déplacements, il
m'accompagnait donc en Angleterre. Cette perspective
était certes horrible, mais je me consolais à l'idée qu'elle
impliquait la sécurité de ma famille. Le contraire aurait
été pour moi une angoisse insupportable. Pendant tout
le temps où je devais rester l'esclave de ma créature,
je me laissais guider par l'impulsion du moment ;
j'avais l'impression que le monstre me suivrait et libé-
rerait ma famille du danger de ses machinations.

À la fin de septembre, je quittai une fois de plus mon
pays natal. J'avais moi-même décidé mon voyage,
Élizabeth n'y fit pas d'objection, mais elle se sentait
envahie par l'inquiétude de me savoir exposé, loin
d'elle, à des accès de désespoir et de chagrin. Grâce à
ses soins, j'avais en Clerval un compagnon — et pourtant mille incidents minimes qui provoquent chez une
femme une attention diligente demeurent inaperçus

pour un homme. Ma fiancée brûlait du désir de me faire hâter mon retour mais, au moment des adieux, mille émotions diverses l'assaillirent et elle pleura en silence.

Je me précipitai dans la voiture qui devait m'emmener, sachant à peine où je partais et ne me rendant pas compte de ce qui se passait autour de moi. Je songeai uniquement — et cette pensée me causa une souffrance atroce — à donner l'ordre de joindre mes instruments de laboratoire à mes bagages. L'esprit préoccupé par des images terrifiantes, je traversai des paysages merveilleux et des scènes grandioses, mais mon regard était absent et incapable d'observer. Une seule pensée remplissait mon cerveau : le but de mon voyage et l'œuvre à laquelle je devais me consacrer pendant mon absence.

Plusieurs jours se passèrent ainsi dans la tristesse et l'immobilité, je parcourus de nombreuses lieues et je parvins à Strasbourg où j'attendis pendant deux jours l'arrivée de mon ami Clerval. Il fut exact au rendez-vous. Hélas ! quel contraste entre nous ! Chaque spectacle nouveau excitait son attention. S'il s'enthousiasmait à la vue du soleil couchant, l'aurore le transportait de joie. Il me montrait les couleurs changeantes du paysage et les différents aspects du ciel. « Ça, c'est la vie ! s'écriait-il ; maintenant, je goûte le bonheur de vivre ! Mais toi, mon cher Frankenstein, pourquoi es-tu triste ? Quelle est donc la cause de ta souffrance ? » Il est vrai que des pensées sombres m'assaillaient et que je ne voyais ni la descente de l'étoile du soir ni l'aurore dorée se refléter dans le Rhin. Et vous, mon cher Walton, vous trouveriez plus de plaisir à lire le journal de Clerval, qui contemplait le paysage avec les yeux d'un homme sensible et enthousiaste, qu'à écouter mes réflexions. Je n'étais qu'un pauvre être malheureux et pitoyable, obsédé par une malédiction qui lui interdisait toute joie.

Nous avions décidé de descendre le Rhin en bateau, de Strasbourg à Rotterdam, où nous nous embarquerions pour Londres. Durant ce voyage, nous longeâmes plus d'une île plantée de saules et nous aperçûmes maintes villes magnifiques. Nous nous arrêtâmes un jour à Mannheim, et cinq jours après notre départ, nous arrivâmes à Mayence. En aval de cette ville, le cours du Rhin devient beaucoup plus pittoresque. Le fleuve précipite sa course et se glisse entre des collines plus élevées mais escarpées et dont le contour est magnifique. Debout au bord des précipices, entourés de forêts épaisses, hauts et inaccessibles se dressaient maints châteaux en ruine. Ce pays offre, en effet, une nombreuse variété de paysages. Vous apercevez des rochers abrupts et des châteaux en ruine qui dominent des précipices effrayants au pied desquels le vieux fleuve roule ses eaux sombres quand tout à coup, vous contournez un promontoire et des vignobles prospères : des rives aux pentes verdoyantes, une rivière sinueuse et des villes populeuses s'offrent à vos yeux.

Nous étions au temps des vendanges et tout en glissant au fil de l'eau, nous entendions les chants des villageois. Malgré ma dépression profonde et mes inquiétudes cruelles, je me sentais agréablement ému. Étendu au fond du bateau, je contemplais le ciel bleu sans nuage et paraissais goûter une paix inconnue depuis longtemps. Si telles étaient mes sensations, qui pourrait décrire celles d'Henri ? Il se croyait transporté au royaume des fées et s'enivrait d'un bonheur rarement éprouvé par l'homme. « J'ai vu, disait-il, les plus beaux paysages de mon pays natal — j'ai vu les lacs de Lucerne et d'Uri où les montagnes neigeuses tombent presque à pic dans les eaux et projettent une ombre noire et impénétrable qui donnerait au paysage un aspect lugubre et ténébreux si des îles verdoyantes n'attiraient l'œil par l'éclat de leur couleur, j'ai vu ce lac agité par une tempête lorsque le vent en faisait surgir des tourbillons d'eau et vous donnait l'idée de ce que doit être un cyclone sur l'immense océan, j'ai vu les vagues se lancer avec furie contre le pied des montagnes, à l'endroit où le prêtre et sa maîtresse périrent victimes de l'avalanche et où, dit-on, leurs voix se mêlent aux rafales du vent nocturne, j'ai vu les monts du Valois et du Pays de Vaud ; mais cette région, Victor, me paraît encore plus belle que toutes ces merveilles. Certes, les montagnes suisses sont plus majestueuses et plus étranges mais les bords de ce fleuve divin ont un charme sans pareil et nulle part, je ne l'ai retrouvé. Regardez ce château surplombant ce précipice et cet autre, dans l'île, presque caché par le feuillage de ces arbres admirables, et ce groupe de paysans revenant de leurs vignes et ce village blotti sur le flanc de la montagne ! Ah ! certes l'esprit qui habite et protège ces lieux possède une âme plus proche de l'homme que celui qui entasse les glaciers ou qui se réfugie dans les anfractuosités inaccessibles des pics de notre pays natal. »

Clerval ! cher ami ! même aujourd'hui, j'éprouve une grande joie à rapporter vos paroles et à m'étendre sur l'éloge qui vous est si justement dû. Vous étiez imprégné de « la poésie même de la nature ». Votre imagination libre et enthousiaste avait comme frein la sensibilité de votre cœur. Votre âme débordait d'affection ardente. Votre amitié possédait cette nature dévouée et merveilleuse que les esprits mondains nous enseignent à ne chercher que dans le rêve... Mais les sympathies humaines ne pouvaient suffire à satisfaire l'âme ardente de Clerval. Les paysages pittoresques, les spectacles de la nature que d'autres considèrent uniquement avec admiration, il les aimait avec enthousiasme :

... « *Le bruit de la cataracte*
le hantait comme une passion, le rocher géant,
la montagne, la forêt profonde et mystérieuse,
leurs couleurs et leurs formes le pénétraient
d'un besoin, d'une émotion et d'un amour
auxquels il n'était pas nécessaire d'ajouter un
                    [charme plus lointain,
produit de la réflexion, nulle raison d'être
qui ne fût donnée par les yeux... »

(Wordsworth, *Tintern Abbey*.)

Où est-il donc maintenant ? Cet être exquis et aimable est-il perdu à jamais ? Cet esprit aux idées si riches, cette imagination débordante et magnifique qui constituait un monde dont l'existence dépendait de celle de son créateur, cet esprit et cette imagination ont-ils donc péri ? N'existent-ils plus aujourd'hui que dans mon souvenir ? Non, ce n'est pas possible. Ta forme si divinement modelée, si rayonnante de beauté, s'est corrompue mais ton âme visite et console encore ton ami malheureux.

Cher Walton, pardonnez-moi cette explosion de chagrin. Ces pauvres mots ne sont qu'un bien faible hommage à la valeur incomparable d'Henri mais ils apaisent mon cœur qui déborde de souffrance à son souvenir. Je veux continuer mon récit.

Cologne dépassée, nous descendîmes jusqu'aux plaines de Hollande et nous résolûmes de continuer notre voyage en chaise de poste, le vent nous étant contraire et le courant du fleuve trop lent pour nous entraîner.

Notre route perdit alors l'intérêt que lui donnaient les paysages pittoresques, mais au bout de quelques jours, nous arrivâmes à Rotterdam où nous nous embarquâmes pour l'Angleterre. Ce fut par un matin clair, par un des derniers jours de septembre que je vis pour la première fois les falaises blanches de la Grande-Bretagne. Les rives de la Tamise nous offrirent un nouveau spectacle ; elles étaient unies mais fertiles et presque toutes les villes nous rappelaient un événement historique. Nous vîmes Tilbury Fort, illustre par le souvenir de l'Armada espagnole, Gravesend, Woolwich et Greenwich, dont j'avais entendu parler même dans mon pays natal.

Enfin, nous aperçûmes les innombrables clochers de Londres et, les dominant tous, les flèches de Saint-Paul et la Tour, célèbre dans l'Histoire d'Angleterre.

CHAPITRE XIX

Nous décidâmes de nous reposer à Londres et, d'un commun accord, nous décidâmes de séjourner plusieurs mois dans cette cité merveilleuse et unique. Clerval désirait entrer en relation avec les hommes de génie et de talent de cette époque. Quant à moi, ce n'était qu'un projet accessoire. Je voulais avant tout me procurer les renseignements nécessaires à l'exécution de ma promesse. Je me servis sans retard des lettres d'introduction dont je m'étais muni et qui s'adressaient aux physiciens les plus distingués.

Si ce voyage avait eu lieu à l'époque où j'étais un étudiant heureux, il m'aurait procuré un plaisir inexprimable. Mais un coup mortel m'avait été porté. Je visitais ces savants uniquement pour tirer profit des renseignements qu'ils pourraient me donner sur un sujet qui me tenait à cœur d'une façon aussi terrible. Toute société me pesait. Seul, je pouvais occuper mon esprit par le spectacle des cieux et de la terre ; la voix d'Henri me calmait également et je réussissais à me donner l'illusion d'une paix éphémère. La vue de ces visages affairés, insignifiants et joyeux ramenait le désespoir dans mon cœur. J'avais conscience qu'un obstacle insurmontable existait, taché du sang de William et de Justine, et le souvenir des événements évoqués par leurs noms causait à mon âme une souffrance indicible.

Par contre, en Clerval, je revoyais l'image de mon moi d'autrefois. C'était un garçon curieux, avide d'expérience et de savoir. Les nouvelles coutumes qu'il observait étaient pour lui une source inépuisable de documentations et de distractions. Lui aussi avait depuis longtemps un objectif en vue. Il désirait visiter l'Inde, croyant que sa connaissance des diverses langues de ce pays et l'étude qu'il avait faite de sa civilisation lui permettraient de contribuer grandement à développer la colonisation et le commerce européens. Ce n'était qu'en Angleterre qu'il pourrait poursuivre l'exécution de son plan. Jamais, on ne le voyait inoccupé. La seule ombre à son bonheur provenait de mon chagrin et de mon abattement. Je m'efforçais de les dissimuler le plus possible pour ne pas l'empêcher de jouir des plaisirs naturels à un homme libre de soucis ou de souvenirs amers, au moment où il pénètre sur une scène nouvelle. Prétextant un engagement ultérieur, je refusais souvent de l'accompagner et préférais rester seul. De plus, je commençais à réunir les matériaux nécessaires à ma nouvelle création et, à chaque instant, je subissais une torture semblable à la chute continuelle d'une goutte d'eau sur ma tête. Chaque pensée que je consacrais à mon travail me causait une angoisse extrême, chaque parole relative à ce sujet faisait trembler mes lèvres et battre mon cœur.

Nous avions déjà passé quelques mois à Londres lorsque nous reçûmes une lettre d'un Écossais qui, autrefois, avait été notre hôte à Genève. Il parlait des beautés de son pays et nous demandait si elles ne nous inciteraient pas à poursuivre notre voyage jusqu'à Perth où il résidait. Clerval désirait beaucoup accepter cette invitation ; quant à moi, j'avais beau détester toute société, je désirais revoir les montagnes et les torrents, œuvres merveilleuses dont la Nature se sert pour embellir ses endroits de prédilection.

Nous étions arrivés en Angleterre au commencement d'octobre et, à cette époque, nous nous trouvions en février. Nous décidâmes d'effectuer notre voyage dans le Nord à la fin du mois suivant. Nous ne voulions pas, au cours de cette expédition, suivre la grand-route d'Édimbourg mais bien visiter Windsor, Matlock, les lacs de Cumberla, pour terminer notre excursion vers la fin de juillet. J'emballai mes instruments de laboratoire ainsi que le matériel que j'avais rassemblé, et décidai d'achever mes travaux dans quelque coin obscur des montagnes du nord de l'Écosse.

Le 27 mars, nous quittâmes Londres et nous nous fixâmes quelques jours à Windsor, parcourant en tous sens sa forêt magnifique. Pour nous, montagnards, c'était là un spectacle nouveau : la majesté des chênes, l'abondance du gibier, les troupeaux de cerfs majestueux étaient pour nous des choses inconnues.

De là, nous nous rendîmes à Oxford. Dès notre entrée dans cette cité, le souvenir des événements qui s'y étaient déroulés plus d'un siècle et demi auparavant nous revint à la mémoire. C'était là que Jacques Ier avait rassemblé son armée. Alors que toute la nation l'avait abandonné pour suivre l'étendard du parlement et de la liberté, la vieille cité était restée fidèle à son souverain. Le souvenir de ce roi malheureux, de ses compagnons — l'admirable Falkland, l'insolent Goring —, de la reine et de son fils, donnaient un intérêt particulier à toutes les parties de la ville où l'on pouvait supposer qu'ils avaient séjourné. L'esprit des temps révolus y avait trouvé un abri et nous prenions plaisir à en suivre les traces. Si notre imagination défaillante n'avait pu nous procurer ces sensations, l'aspect de la ville elle-même était suffisamment remarquable pour éveiller notre intérêt. Les collèges sont antiques et pittoresques, les rues presque somptueuses, et la délicieuse Isis qui aux abords de la ville trace ses méandres, au milieu des prairies d'un vert exquis, s'étend en une nappe tranquille où se reflète un ensemble majestueux de tours, de flèches et de coupoles entourées d'arbres séculaires.

Cette vue me causait un plaisir extrême, et pourtant ma joie était empoisonnée par le souvenir du passé et la crainte de l'avenir. J'étais fait pour jouir d'un bonheur paisible. Durant ma jeunesse, jamais mon esprit n'avait connu le mécontentement et si d'aventure l'ennui me surprenait, pour intéresser mon cœur et ranimer mon courage, il me suffisait de contempler les beautés de la nature ou d'étudier ce qu'il y a d'excel-

lent et de sublime dans les œuvres humaines. Mais
j'étais un arbre frappé par la foudre : le coup avait
pénétré jusqu'au fond de mon âme. J'eus conscience
alors que je survivrais pour donner, jusqu'à ma mort,
le misérable spectacle d'une épave humaine, objet de
pitié pour les autres et de répulsion pour moi-même.

Notre séjour à Oxford dura longtemps. Nous fîmes
de longues randonnées dans les environs et nous nous
efforçâmes de retrouver chaque endroit témoin d'un
événement quelconque de cette époque, la plus passion-
nante de l'histoire d'Angleterre. Nos petites explorations se prolongeaient souvent par suite des choses intéressantes qui se présentaient d'elles-mêmes. Nous nous
rendîmes en pèlerinage à la tombe de l'illustre Hampden [1] et sur les lieux où tomba ce patriote. Pendant un
instant, mon âme s'éleva au-dessus de ses peurs avilis-
santes et misérables pour s'offrir aux idées de liberté
et de sacrifice que nous enseigne la vue de ces monu-
ments commémoratifs. Pendant un instant, j'osai
secouer mes chaînes et jeter autour de moi le regard
d'un être libre et fier, mais le fer était entré trop profondément dans ma chair et je retombai tremblant et
désespéré dans mon misérable esclavage.

Ce fut avec regret que nous quittâmes Oxford et que
nous nous rendîmes à Matlock, notre nouvelle étape.
La campagne qui entoure ce village ressemble beaucoup
à la Suisse, mais elle lui est inférieure. Les collines verdoyantes ne possèdent pas cette blanche couronne des
Alpes, toujours présente sur les montagnes couvertes
de pins de mon pays natal. Nous visitâmes la grotte
merveilleuse et les petits musées d'histoire naturelle où
les curiosités sont disposées de la même manière qu'à
Servoz ou qu'à Chamonix. Ce dernier nom me fit

---

1. Hampden : patriote anglais, né à Londres (1594-1643), cousin
de Cromwell. Son refus de payer la taxe des vaisseaux sous Charles Ier et son procès eurent un grand retentissement. Au début de la
guerre civile, il leva un régiment à ses frais et fut tué au combat de
Thames *(N.d.T.)*.

trembler lorsque Henri le prononça et je me hâtai de quitter Matlock qui avait donné lieu à cette terrible association d'idées.

De Derby, nous dirigeant toujours vers le nord, nous passâmes deux mois dans le Cumberland et le Westmoreland. J'aurais pu me croire dans les montagnes de la Suisse. Les traînées de neige qui s'attardaient encore sur le flanc nord des montagnes, les lacs et la chute des torrents étaient des choses familières à mes yeux. Là encore, nous fîmes quelques connaissances qui réussirent presque à me donner l'illusion du bonheur. La joie de Clerval était naturellement bien plus grande que la mienne, son esprit s'enivrait dans la société des hommes de talent et il trouvait en lui des capacités et des ressources qu'il n'aurait jamais soupçonnées dans la fréquentation des inférieurs. « Je passerais facilement ma vie ici, me disait-il. Au milieu de ces montagnes, c'est à peine si je regretterais la Suisse et le Rhin. »

Mais il se rendit rapidement compte que si la vie du voyageur renferme beaucoup de plaisirs, elle exige néanmoins beaucoup d'efforts. Lorsque le voyageur commence à s'abandonner au charme du repos, il se voit obligé de quitter ce qui lui procure une joie paisible, pour un objet qui absorbe à nouveau son attention et qu'il abandonnera lui aussi pour une autre nouveauté.

Nous avions à peine exploré les divers lacs du Cumberland et du Westmoreland et nous commencions à nous attacher à certains habitants, qu'arriva la date fixée pour le rendez-vous avec notre ami écossais, et nous dûmes poursuivre notre route. Pour ma part, je n'en étais pas fâché. Il y avait longtemps que je négligeais ma promesse et craignais les effets de la déception du démon. Il pouvait être resté en Suisse et se venger sur mes parents. Cette idée m'obsédait et me torturait à chacun des instants où j'aurais pu goûter un peu de calme et de repos. J'attendais le courrier avec une impatience fiévreuse. Le moindre retard me rendait malheureux et me causait mille tourments. Lorsque la lettre arriva et que je reconnus l'écriture d'Élizabeth et de mon père, j'eus à peine le courage de la lire et d'apprendre mon sort. Parfois, je croyais que le démon me poursuivait et qu'il chercherait à abréger mon retard en assassinant mon compagnon. Lorsque ces pensées s'emparaient de moi, je ne quittais plus Henri un seul instant mais le suivais partout comme son ombre pour le protéger contre la rage supposée de son meurtrier. On aurait dit que j'avais commis quelque crime odieux dont le remords me hantait. J'étais innocent mais j'avais attiré sur ma tête une malédiction horrible, aussi mortelle que celle du crime.

L'œil languissant et l'esprit absent, je visitai Édimbourg. Pourtant, cette ville avait de quoi intéresser le plus malheureux des hommes. Clerval ne l'aimait pas autant qu'Oxford, il préférait le charme antique de cette dernière cité. Mais la beauté et la régularité de la ville neuve d'Édimbourg, son château pittoresque et ses environs, les plus délicieux du monde, la retraite d'Arthur, le puits de Saint-Bernard et les collines de Pentland le dédommagèrent du changement et le remplirent de joie et d'admiration. Quant à moi, j'étais impatient d'arriver au terme du voyage.

Nous quittâmes Édimbourg au bout d'une semaine et, passant par Coupar, Saint-Andrews et le long des rives de la Tay, nous arrivâmes enfin à Perth où notre ami nous attendait. Je n'étais guère d'humeur à me réjouir ou à m'entretenir avec des étrangers, pas plus d'ailleurs qu'à partager leurs sentiments ou leurs projets avec l'amabilité que l'on attend d'un invité. Aussi, je déclarai tout simplement à Clerval que je désirais visiter l'Écosse seul : « Amusez-vous tout seul, lui dis-je, et cet endroit sera notre lieu de rendez-vous. Je serai peut-être absent un mois ou deux mais ne vous tracassez pas au sujet de mes déplacements. Laissez-moi pendant un court laps de temps goûter les joies apaisantes de la solitude. Lorsque je reviendrai, j'espère avoir le cœur plus léger et plus en harmonie avec votre caractère. »

Henri voulut me dissuader de ce projet, mais voyant

mon obstination, il mit fin à son opposition et me demanda simplement de lui écrire souvent : « Je préférerais vous accompagner dans vos excursions solitaires plutôt que de me trouver dans la société de ces Écossais que je ne connais pas. Hâtez-vous donc de revenir, mon cher ami, pour que je me sente un peu au pays, chose impossible durant votre absence. »

Après avoir quitté mon ami, je résolus de me rendre dans un endroit écarté de l'Écosse et de terminer mon œuvre dans la solitude. Je ne doutais plus que le monstre m'eût suivi et que dès que je l'aurais achevée, il se présenterait à moi pour recevoir sa compagne.

Dans cette prévision, je traversai les montagnes du nord de l'Écosse et, pour y accomplir ma tâche, j'élus domicile dans une des Orcades les plus éloignées. Cette île n'était qu'un rocher dont les vagues battaient sans cesse les flancs abrupts. La terre y était stérile, quelques vaches pouvaient à peine y trouver leur nourriture. La population se composait de cinq habitants dont les membres maigres et décharnés prouvaient la misérable vie. Lorsque ces pauvres gens voulaient goûter la saveur des légumes, du pain et même de l'eau douce, il leur fallait se rendre sur l'île principale d'où cinq milles environ les séparaient.

Dans tout l'îlot, on ne rencontrait que trois chaumières misérables dont l'une, lors de mon arrivée, était inoccupée. Je la louai. Elle se composait de deux pièces qui étalaient les horreurs de la plus lamentable misère. Le chaume s'était effondré, le plâtre des murs était tombé et la porte n'était même plus attachée aux gonds. Je fis procéder aux réparations nécessaires ; j'achetai un peu de mobilier et m'installai. Mon arrivée eût sans doute excité la surprise générale si la misère et la pauvreté la plus abjecte n'avaient émoussé les sens de ces pauvres gens. Je vécus ainsi à l'abri des regards et des indiscrétions. Ce fut à peine si je reçus des remerciements pour les aumônes en nourriture et en vêtements que je distribuai, tellement l'excès de souffrance fait disparaître jusqu'aux émotions les plus simples des hommes.

Dans cette retraite, je consacrais les matinées au travail, mais le soir, lorsque le temps le permettait, je me promenais sur les galets de la plage pour écouter le bruit des vagues qui mugissaient et s'élançaient à l'assaut de l'île. C'était un spectacle monotone et pourtant toujours nouveau. Je songeais à la Suisse. Comme elle ressemblait peu à ce paysage désolé et effrayant ! Ses collines sont couvertes de vignes et ses nombreux chalets se dispersent dans les plaines. Ses lacs charmants reflètent l'azur du ciel, et lorsque le vent les trouble, leur tumulte, comparé aux rugissements de l'océan gigantesque, ressemble au jeu d'un enfant turbulent.

Dès mon arrivée, je répartis ainsi mes occupations, mais au fur et à mesure que j'avançais dans mon travail, celui-ci me semblait de jour en jour plus horrible et plus fastidieux. Il m'arrivait parfois pendant plusieurs jours de suite de ne pouvoir mettre le pied dans mon laboratoire ; par contre, durant certaines périodes, je travaillais, jour et nuit, d'arrache-pied, à parfaire mon œuvre. Au cours de ma première expérience, une sorte d'enthousiasme frénétique m'empêchait de me rendre compte de l'horreur de ma tâche ; mon esprit était entièrement absorbé par l'accomplissement de la besogne et mes yeux se fermaient à l'horreur des divers stades de l'exécution. Mais maintenant que j'opérais avec un sang-froid absolu, le cœur me manquait souvent et je devais interrompre mon travail.

Occupé à la plus détestable des besognes, plongé dans une solitude où rien ne pouvait distraire mon attention un seul instant, je perdis mon équilibre nerveux et devins agité, inquiet et irritable. Je craignais à tout moment de me trouver face à face avec mon bourreau. Je restais parfois les yeux fixés au sol, n'osant les lever de crainte d'apercevoir l'objet de mes terreurs. Je finissais par ne plus oser m'éloigner des regards de mes semblables de peur que profitant de ma solitude, le monstre ne vienne réclamer sa compagne.

Néanmoins, je poursuivais ma tâche et celle-ci se trouvait considérablement avancée. Tremblant d'un espoir que je n'osais mettre en doute en dépit des pressentiments terribles qui étreignaient mon cœur, j'envisageais déjà l'achèvement de mon œuvre.

CHAPITRE XX

Un soir, je me trouvais dans mon laboratoire, le soleil avait disparu à l'horizon et la lune se levait sur la mer. Il ne me restait plus assez de lumière pour travailler. Je demeurais oisif et me demandais si j'allais interrompre mon travail pendant la nuit ou si, par un labeur intensif, j'allais en hâter l'achèvement. Au cours de cette pause, une série de réflexions m'amenèrent à envisager les résultats de mon œuvre actuelle. Il y avait trois ans, je me trouvais engagé dans la même besogne et j'avais créé un démon dont la barbarie sans pareille avait désolé mon cœur et bourrelé ma conscience de remords. Et voilà que maintenant j'étais sur le point de créer un autre être dont j'ignorais tout autant le caractère ! Il pouvait devenir mille fois plus mauvais encore que son compagnon et prendre plaisir à tuer et à faire le mal. Mon premier monstre avait juré de quitter le voisinage de l'homme et de se cacher dans le désert, mais sa compagne, à qui j'allais donner la vie, ne m'avait fait aucune promesse. Elle, qui selon toute probabilité serait un animal doué de pensée et de raison, refuserait peut-être d'accepter un pacte conclu avant sa création. Et si mes deux monstres se haïssaient l'un l'autre ? Le premier, qui détestait déjà sa propre difformité, ne concevrait-il pas pour sa laideur une horreur encore plus grande lorsqu'il la verrait sous une forme féminine ? Et la femme que j'allais créer, n'allait-elle pas se détourner du compagnon à qui je la destinais, pour porter ses regards vers la beauté supérieure de l'homme ? Elle délaisserait peut-être mon bourreau et celui-ci se retrouverait seul, exaspéré par la provocation nouvelle de cet abandon d'un être de son espèce.

Et même, s'ils quittaient tous deux l'Europe et allaient habiter les déserts du Nouveau Monde, une des premières conséquences de cet amour dont le démon éprouvait tant le besoin serait la naissance d'enfants. Une race de démons allait se propager sur terre, rendrait peut-être précaire l'existence de l'homme et, en tout cas, ferait régner la terreur. Avais-je le droit, dans mon propre intérêt, d'imposer cette malédiction aux générations à venir ? Auparavant, j'avais été ému par les sophismes de l'être que j'avais créé ; ses menaces diaboliques avaient obscurci mon entendement, mais à ce moment, pour la première fois, le danger de ma promesse se présenta tout à coup à mes yeux. Je tremblai à la pensée que les siècles à venir me maudiraient comme la peste, moi qui par égoïsme n'avais pas hésité à acheter ma propre paix au prix, peut-être, de l'existence du genre humain tout entier.

Tout à coup, je tremblai et crus défaillir, lorsque levant les yeux, j'aperçus au clair de lune le démon m'épiant par la fenêtre. Un ricanement sinistre lui tordit les lèvres au moment où il me regarda. Il croyait que je travaillais à la tâche qu'il m'avait imposée. Oh, oui, il m'avait certainement suivi dans mon voyage ! Il s'était arrêté dans les forêts, blotti dans les grottes ou réfugié dans les bruyères et les landes désertes et, maintenant, il se dressait devant moi pour surveiller ma besogne et réclamer l'exécution de ma promesse.

Lorsque je le regardai, sa figure exprimait la traîtrise et la malice les plus diaboliques. Je compris la folie de lui avoir promis la création d'un second être pareil à lui, et transporté de colère, je mis en pièces le travail que j'avais commencé. Le misérable me vit détruire la créature dont dépendait le bonheur de sa vie. Il disparut, poussant un hurlement de désespoir et de vengeance.

Je quittai la pièce et, fermant la porte, je fis en mon cœur le serment solennel de ne jamais reprendre mes travaux. Puis d'un pas tremblant, je me rendis dans ma propre chambre. J'étais seul, personne ne se trouvait près de moi pour dissiper ma tristesse et me consoler de l'oppression accablante produite par le plus épouvantable des cauchemars.

Quelques heures s'écoulèrent. Je me tenais toujours près de la fenêtre et contemplais la mer. Elle était presque immobile, car le vent était tombé. La nature entière reposait sous le regard de la lune sereine. Quelques barques de pêche tachetaient l'onde argentée et, de temps à autre, une douce brise m'apportait le bruit des voix des pêcheurs se hélant l'un l'autre. Le silence le plus complet m'environnait et pourtant je n'avais guère conscience de sa profondeur. Tout à coup, mes oreilles perçurent un clapotis de rames auprès du rivage et quelqu'un débarqua en face de ma chaumière.

Quelques minutes plus tard, j'entendis grincer ma porte comme si on tentait de l'ouvrir doucement. Un frisson de terreur me parcourut de la tête aux pieds. Je n'avais aucun doute sur l'arrivant. Mon premier mouvement fut d'avertir un paysan qui habitait une chaumière proche de la mienne mais j'éprouvais cette sensation d'impuissance qui vous étreint au cours des cauchemars épouvantables lorsque l'on s'efforce vainement d'échapper à la menace d'un danger. Mes pieds étaient cloués au sol.

Bientôt, j'entendis des pas dans le couloir, la porte s'ouvrit et le misérable tant redouté se dressa devant moi. Fermant la porte, il s'approcha et me dit d'une voix étouffée :

« Vous avez détruit l'œuvre commencée, quelle est donc votre intention ? Oseriez-vous rompre votre engagement ? J'ai enduré la misère et travaillé comme un forçat. En même temps que vous, j'ai quitté la Suisse. Je me suis traîné le long des rives du Rhin ; j'ai traversé ses îles couvertes de saules et franchi le sommet de ses monts. J'ai séjourné pendant de longs mois dans les landes de l'Angleterre et les bruyères de l'Écosse. J'ai supporté des fatigues surhumaines ainsi que le froid et la faim. Oserez-vous maintenant détruire mes espérances ? »

« Allez-vous-en ! Je romps mon engagement. Jamais, je ne créerai d'être semblable à vous, d'une laideur et d'une méchanceté pareilles à la vôtre. »

« Esclave, jadis, j'ai discuté avec vous mais vous vous êtes montré indigne de ma condescendance. Rappelez-vous ma puissance. Vous vous estimez malheureux, mais je peux vous rendre misérable au point que la lumière du jour vous sera odieuse. Vous êtes mon créateur mais je suis votre maître... Obéissez ! »

« L'heure de mon hésitation est passée, et celle de votre puissance est arrivée. Vos menaces ne peuvent m'amener à me faire accomplir un acte de méchanceté, mais elles me confirment dans ma résolution de ne pas créer une complice pour vos crimes. Irais-je donc, de sang-froid, lâcher dans le monde un démon dont la joie consiste à porter la mort et à commettre des méfaits ? Partez ! Ma résolution est prise et vos paroles ne feront qu'exaspérer mon courroux. »

Le monstre lut sur mon visage ma volonté inexorable. Furieux de son impuissance, il grinça des dents et s'exclama :

« Chaque homme trouvera une épouse pour son foyer, chaque bête aura sa femelle, et moi, je suis condamné à vivre seul ! J'avais en moi des sentiments d'affection et on y a répondu par la haine et le mépris... Homme ! Tu peux haïr mais prends garde !... Bientôt, tes heures s'écouleront dans la souffrance et la terreur. Le coup qui te ravira pour toujours le bonheur ne va pas tarder à s'abattre. Crois-tu donc pouvoir être heureux alors que je ramperai, écrasé par l'excès de souffrance ? Tu as le pouvoir de détruire mes autres passions, mais tu ne m'enlèveras pas la vengeance ! La vengeance !... Désormais, elle est plus chère à mon cœur que la lumière ou la nourriture ! Je mourrai peut-être, mais auparavant, toi, mon créateur et mon bourreau, tu maudiras le soleil, témoin de ta misère... Prends garde, parce que sans peur, je suis tout-puissant ! Je t'épierai avec la ruse du serpent pour te piquer du même venin que le sien. Homme, tu te repentiras du mal que tu causes ! »

« Assez, démon ! N'empoisonne pas l'air de tes paroles de haine ! Tu connais ma décision. Je ne suis pas lâche au point de céder devant tes menaces. Disparais, je suis inexorable. »

« Bien, je pars ; mais souviens-toi ! Le soir de ton mariage, tu me retrouveras ! »

Je bondis en avant et m'écriai :

« Lâche !... Avant de signer mon arrêt de mort, assure d'abord ton salut. »

Je voulais le saisir mais il m'échappa et sortit précipitamment de la maison. Quelques instants plus tard, je le vis dans sa barque qui glissait sur l'eau avec la rapidité d'une flèche, et je le perdis bientôt de vue, au milieu des vagues.

Dans la maison, tout redevint silencieux mais longtemps encore ses paroles résonnèrent à mes oreilles. Ma colère me poussait à suivre le destructeur de ma paix : j'aurais voulu le précipiter dans l'océan. L'esprit en proie à de sinistres pressentiments, j'arpentais ma chambre en tous sens et mon imagination évoquait mille scènes qui m'angoissaient et me torturaient. Pourquoi ne l'avais-je pas poursuivi et n'avais-je pas engagé avec lui une lutte à mort ? Mais je l'avais laissé partir et il s'était dirigé vers l'Écosse. Je tremblais en me demandant quelle serait la première victime sacrifiée à sa vengeance insatiable. Je songeai alors à ses paroles : « Tu me trouveras le soir de ton mariage. » C'était donc ce jour-là que s'accomplirait ma destinée. Ce jour-là, je mourrais et il assouvirait ainsi sa haine. Cette perspective ne me causait aucune peur. Et pourtant, lorsque je songeai à mon Élizabeth bien-aimée, lorsque je me représentai ses pleurs et son chagrin en me voyant si cruellement arraché de ses bras, mes yeux se remplirent de larmes, les premières que j'eusse versées depuis des mois. Je recouvrai mon courage et résolus de ne pas tomber sous les coups de mon ennemi sans avoir, au préalable, lutté avec l'énergie du désespoir.

La nuit s'écoula et le soleil se leva sur l'océan. Mon émoi se calma, si l'on peut appeler calme la sensation que l'on éprouve en sentant la rage faire place au désespoir le plus profond. Je quittai ma chaumière, témoin de cette horrible entrevue, et me promenai sur la grève. J'en étais arrivé à souhaiter que la mer se dressât comme un obstacle infranchissable entre moi et mes semblables. J'aurais voulu pouvoir passer ma vie sur ce rocher stérile. C'eût été une vie morne et sans joie mais je n'aurais pas eu à subir le choc soudain d'un malheur. Si je retournais auprès des miens, c'était pour être sacrifié ou pour voir ceux qui m'étaient les plus chers, tomber sous les coups d'un démon que j'avais créé moi-même.

Séparé de tout ce que j'aimais, torturé par cette séparation, je parcourais l'île comme un spectre inquiet. Lorsque midi sonna et que le soleil arriva au zénith, je m'étendis sur l'herbe et un sommeil profond s'empara de moi. J'avais veillé la nuit précédente, mes nerfs étaient à bout et mes yeux enflammés par les insomnies et la souffrance. Ce repos me revigora. Lorsque j'ouvris les yeux j'eus l'impression d'appartenir, à nouveau, à une race d'êtres semblables à moi-même et je me mis à réfléchir aux événements qui venaient de se dérouler. Cependant, les paroles du démon résonnaient toujours comme un glas à mes oreilles. Elles apparaissaient certes comme un cauchemar mais étaient aussi distinctes et aussi accablantes que la réalité.

Le soleil se trouvait déjà au bas de l'horizon et j'étais encore assis sur la grève où je calmais ma faim à l'aide d'un gâteau d'avoine, lorsque je vis une barque de pêche accoster non loin de moi. Un homme m'apportait un paquet. C'étaient des lettres de Genève et une de Clerval. Mon ami me demandait instamment de le rejoindre ; il se plaignait de perdre son temps et m'apprenait que des amis de Londres réclamaient son retour pour conclure les négociations entamées en vue de son voyage aux Indes. Il ne pouvait plus retarder son départ, mais comme son retour à Londres pouvait être suivi, plus vite qu'on ne le supposait, de son grand voyage, il me suppliait de lui accorder le plus possible ma société. Aussi le brave garçon me priait-il de quitter mon île solitaire et de le rejoindre à Perth d'où nous partirions ensemble vers le sud. Cette lettre contribua grandement à me faire reprendre contact avec la vie et je décidai de partir dans les deux jours.

Cependant, avant d'abandonner ma pauvre chaumière, il me restait à accomplir une besogne dont la pensée me remplissait de dégoût. Il me fallait emballer mes instruments de laboratoire, et, pour cela entrer dans la chambre où j'avais travaillé à mon horrible besogne et manier des objets dont la vue me soulevait le cœur. Le lendemain matin, rassemblant tout mon courage, j'ouvris la porte de mon laboratoire. Les restes de la créature à demi formée que j'avais détruite dans ma colère se trouvaient éparpillés sur le sol et j'eus presque le sentiment d'avoir mutilé la chair vivante d'un être humain. Je me recueillis avant de pénétrer plus avant dans la pièce. D'une main tremblante, j'emportai les instruments mais je réfléchis que je ne pouvais point laisser les restes de mon œuvre de crainte d'exciter l'horreur et les soupçons des paysans. Je mis donc ces débris macabres dans un grand panier que je lestai de cailloux et décidai de le jeter, ce soir même, à la mer. Dans l'entre-temps, je m'installai sur la grève et m'occupai à nettoyer et à emballer mes appareils de chimie.

Jamais être humain ne subit de transformation aussi complète que ne fut la mienne depuis la nuit où le monstre m'était apparu. Auparavant, malgré mon désespoir, je considérais que ma promesse devait être remplie, quelles qu'en dussent être les conséquences. Mais aujourd'hui, il me semblait qu'un voile s'était déchiré devant mes yeux et que pour la première fois, je voyais clairement. Je n'eus pas une seule fois l'idée de reprendre mes travaux. Certes, la menace que j'avais entendu proférer me pesait sur le cœur mais je n'allais jamais jusqu'à songer qu'un acte volontaire de ma part pût l'écarter. J'avais décidé une fois pour toutes que la création d'un être semblable au démon serait un acte de l'égoïsme le plus vil et le plus cruel et j'écartai de mon esprit toute pensée pouvant m'amener à une conclusion différente.

La lune se leva entre deux et trois heures du matin. Transportant alors mon panier dans une petite barque, je m'éloignai jusqu'à environ quatre milles du rivage. L'endroit était complètement solitaire. Quelques bateaux de pêche se dirigeaient vers la terre mais je fis voile vers le large. J'avais l'impression de commettre un crime horrible et avec un frisson d'angoisse j'évitai toute rencontre avec mes semblables. À un moment donné, la lune, brillante jusqu'alors, glissa derrière un nuage épais et je profitai de l'ombre qui m'était faite pour jeter mon panier à la mer. Le ciel devint nuageux mais l'air, bien que refroidi par une bise du nord-est, était pur. Il me rafraîchit et me causa une sensation si agréable que je résolus de prolonger ma promenade en mer. Je fixai mon gouvernail dans le sens du courant et m'étendis au fond du bateau. Des nuages cachaient la lune, l'obscurité la plus complète m'entourait et je n'entendais que le bruit de l'embarcation dont l'étrave fendait l'eau. Bercé par ce murmure, je ne tardai pas à tomber dans un profond sommeil.

Je ne sais le temps que dura mon assoupissement, mais lorsque je me réveillai, je constatai que le soleil brillait déjà très haut dans le ciel. Le vent était violent et de fortes vagues menaçaient sans cesse mon frêle esquif. Je m'aperçus que le vent soufflait du nord-est et devait m'avoir entraîné assez loin de mon point d'embarquement. Je m'efforçai de changer de direction mais je me rendis rapidement compte que je risquais de faire chavirer le bateau. Je n'avais plus qu'à me laisser pousser par le vent. J'avoue avoir ressenti un sentiment de terreur. Je n'avais pas de boussole et connaissais si mal cette partie du monde que la position du soleil ne pouvait me servir d'indication. J'aurais pu dériver vers les déserts de l'Atlantique, subir les affres de la faim ou être englouti par les vagues immenses qui mugissaient et s'entrechoquaient autour de moi. Il y avait déjà bien des heures que je m'étais embarqué et je ressentais les tourments d'une soif brûlante, prélude de bien d'autres souffrances. J'observai le ciel couvert d'épais nuages chassés par le vent. L'horizon était d'un noir d'encre. Je considérai alors la mer qui devait être ma tombe. « Démon, m'écriai-je, ta besogne est déjà à moitié faite ! » Je songeai à Élizabeth, à mon père et à Clerval que j'avais laissés derrière moi et sur lesquels le monstre pouvait encore assouvir ses passions les plus sanguinaires et les plus implacables. Cette pensée me plongea dans un cauchemar si épouvantable que, même aujourd'hui, je ne peux y songer sans terreur.

De nombreuses heures se passèrent, mais peu à peu, tandis que le soleil descendait à l'horizon, le vent se changea en une brise légère et les grandes lames disparurent de la mer. La houle cependant demeura forte. Je me sentais malade et avais à peine la force de tenir le gouvernail mais tout à coup, j'aperçus vers le sud la crête d'une haute falaise.

À bout de fatigue, presque épuisé par les tourments de ces longues heures, la certitude soudaine de survivre envahit mon cœur d'une joie profonde et les larmes jaillirent de mes yeux.

Comme nos sentiments sont changeants ! Comme il est étrange cet amour de la vie qui résiste à la plus extrême misère ! Avec une partie de mes habits je fabriquai une autre voile et fis cap vers la terre. On aurait dit un amas de rochers, mais en approchant, j'aperçus des traces de culture. Je vis même des navires près du rivage et me trouvai soudain transporté dans le voisinage de l'homme civilisé. Je suivis longuement les sinuosités de la côte et me guidai sur un clocher que je vis se dresser derrière un petit promontoire. Dans mon état d'extrême faiblesse, je résolus de me diriger directement vers la ville où il me serait plus facile de

me procurer de la nourriture. Heureusement, j'avais
de l'argent sur moi. Doublant le promontoire, j'aperçus une cité coquette et un beau port dans lequel
j'entrai, le cœur bondissant de joie en me voyant miraculeusement sauvé.

Je m'occupai d'amarrer le bateau et je pliai les voiles
lorsque plusieurs personnes s'assemblèrent autour de
moi. Elles parurent très surprises de me voir mais au
lieu de m'offrir leur aide, elles chuchotaient entre
elles avec des gestes qui en toute autre circonstance
m'auraient causé quelque inquiétude. Je remarquai
alors qu'elles parlaient anglais et m'adressant à elles
dans cette langue, je leur dis :

« Mes bons amis, seriez-vous assez aimables pour
m'apprendre le nom de cette ville et me faire savoir où
je suis ? »

« Vous ne tarderez pas à le savoir, répondit un
homme d'une voix rude. Il est probable que l'endroit
ne sera pas à votre convenance mais on ne vous deman-
dera pas votre avis pour vous loger, je vous l'assure. »

Je fus vivement étonné de recevoir une réponse aussi
brutale de la part d'un étranger et les visages hostiles
et courroucés de ses compagnons me déconcertèrent.

« Pourquoi me parlez-vous aussi durement ? répliquai-je. Ce n'est certes pas l'habitude des Anglais de
recevoir les étrangers de façon si peu hospitalière. »

« Je ne sais pas, dit l'homme, quelle peut être l'habitude des Anglais ; mais c'est l'habitude des Irlandais
de haïr les criminels. »

Durant cet étrange dialogue, je voyais la foule gros-
sir rapidement. Les visages exprimaient un mélange de
curiosité et de colère qui me troublait et m'alarmait.
Je demandai le chemin de l'auberge mais personne ne
me répondit. Je marchai alors de l'avant et un murmure s'éleva de la foule qui me suivait et m'accompagnait. Tout à coup un homme de vilaine apparence
s'approcha de moi, me frappa sur l'épaule et me dit :

« Allons, monsieur, suivez-moi. Vous vous expliquerez chez M. Kirvin. »

« Qui est M. Kirvin ? Pourquoi suis-je obligé de m'expliquer ? Ne sommes-nous pas en pays libre ? »

« Certainement, monsieur, libre uniquement pour les honnêtes gens. M. Kirvin est un magistrat et vous vous expliquerez sur la mort d'un gentleman qui a été assassiné la nuit dernière. »

Je sursautai à cette réponse, mais je recouvrai rapidement mon sang-froid. J'étais innocent et je pouvais facilement le prouver. C'est pourquoi je suivis mon guide en silence. Je fus conduit dans une des meilleures maisons de la ville. J'étais prêt à tomber de fatigue et de faim, mais entouré comme je l'étais par une foule hostile, je crus sage de faire appel à tout mon courage par crainte de voir ma faiblesse physique interprétée comme un signe de peur ou l'indice d'une conscience criminelle. Je ne m'attendais certes pas à la calamité qui devait m'accabler quelques instants plus tard, et faire disparaître dans l'horreur et le désespoir toute crainte de déshonneur ou de mort.

Ici, je dois m'arrêter. J'ai besoin de toute mon énergie pour me rappeler, dans la précision de leurs détails, les événements horribles que je vais vous rapporter.

CHAPITRE XXI

On m'introduisit sans plus de retard dans le bureau du magistrat. C'était un vieillard bienveillant aux manières calmes et douces. Il m'examina avec une certaine sévérité ; ensuite, se retournant vers mon escorte, il demanda quels étaient les témoins de cette affaire.

Une douzaine d'hommes environ se présentèrent. Le magistrat en désigna un. Celui-ci déposa que la veille au soir, il pêchait en compagnie de son beau-frère, Daniel Nugent. Vers dix heures du soir, la brise se leva en direction du nord. Les deux hommes jugèrent prudent de regagner le port. La nuit était d'une obscurité opaque, la lune n'était pas encore levée. Ils n'abordèrent pas au port, mais selon leur habitude, accostèrent dans une crique située à environ deux milles plus bas. Portant une partie des engins de pêche, il précédait ses compagnons qui le suivaient à une certaine distance. En avançant le long de la grève, son pied avait heurté quelque chose et il était tombé de tout son long sur le sol. Ses camarades s'étaient avancés pour l'aider ; et à la lueur de leur lanterne, ils s'aperçurent qu'il était tombé sur le corps d'un homme selon toute apparence mort. Au début, ils crurent se trouver en présence du cadavre d'un noyé que les vagues avaient rejeté sur le rivage. Mais un examen plus sérieux leur démontra que les habits du malheureux n'étaient pas mouillés et même que le corps n'était pas encore froid. Ils l'avaient transporté tout de suite dans la chaumière d'une vieille femme et avaient essayé, sans succès, de le ramener à la vie. La victime paraissait être un beau jeune homme d'environ vingt-cinq ans. Le pauvre garçon devait avoir

été étranglé, son corps ne portait aucune marque de violence sauf, sur le cou, des marques noires de doigts.
La première partie de cette déposition ne m'intéressait
nullement, mais lorsqu'on mentionna la marque des
doigts, je me souvins du meurtre de mon frère et je
ressentis un trouble extrême. Je tremblai de tous mes
membres, un brouillard voila mes yeux et je dus m'appuyer sur une chaise pour ne pas tomber. Le magistrat
m'observait d'un regard aigu et naturellement tira de
mon attitude une présomption défavorable.

Le fils confirma simplement le récit du père. Lorsque Daniel fut appelé, il jura catégoriquement qu'avant
la chute de son compagnon, il avait aperçu à peu de
distance du rivage une barque montée par un homme
seul et pour autant qu'il était possible d'en juger à la
lueur de rares étoiles, c'était la barque que je venais
de quitter.

Une femme déposa qu'elle habitait près du rivage et
que se trouvant sur le seuil de sa porte pour attendre
le retour des pêcheurs, elle avait vu un bateau monté
par un homme seul s'éloigner de l'endroit du rivage où
l'on avait, peu après, découvert le cadavre.

La femme chez qui l'on avait apporté le cadavre
confirma le récit des pêcheurs. Le corps n'était pas
froid. On l'avait mis dans un lit et frotté énergiquement. Daniel était parti en ville chercher un médecin
mais toute vie avait disparu.

Le magistrat interrogea plusieurs autres hommes au
sujet de mon arrivée. Ils furent tous d'accord pour
déclarer que, par suite de la violente bise du nord qui
s'était levée durant la nuit, j'avais dû probablement
dériver pendant plusieurs heures et que j'avais été obligé
de revenir à mon point de départ. De plus, ils firent
observer que je paraissais avoir ramené le corps d'un
autre endroit et que ne connaissant probablement pas
la côte, j'avais abordé dans le port, ignorant qu'il était
si proche de l'endroit où j'avais déposé le cadavre.

M. Kirwin, après avoir écouté ces déclarations, me
fit conduire dans la pièce où le corps attendait l'inhu-

mation ; il voulait se rendre compte de l'effet que me produirait ce spectacle. L'idée lui fut probablement suggérée par l'agitation extrême que j'avais manifestée lorsqu'on m'avait décrit la façon dont le meurtre avait eu lieu. Le magistrat et toute une escorte me conduisirent donc à l'auberge. Les étranges coïncidences de cette nuit fatale ne manquèrent pas de m'impressionner, mais sachant que vers l'heure où l'on avait trouvé le corps, j'avais parlé avec plusieurs habitants de mon île, je n'éprouvais aucune inquiétude sur les suites de l'affaire.

J'entrai dans la pièce où reposait le cadavre, et fus conduit jusqu'au cercueil. Comment décrire mes réactions lorsque j'aperçus le corps ? J'en suis encore étranglé d'horreur et ne peux songer à ce moment terrible sans frémir d'angoisse. L'interrogatoire, la présence des magistrats et des témoins, tout disparut comme un rêve lorsque je vis couché devant moi le corps sans vie d'Henri Clerval. Je manquai d'étouffer et, me précipitant sur son corps, je m'écriai : « Mes machinations criminelles t'ont-elles aussi privé de la vie, ô mon très cher Henri ? Je suis déjà cause de la mort de deux personnes ; d'autres victimes attendent encore leur tour, mais toi, Clerval, mon ami, mon bienfaiteur... »

Mes forces ne purent supporter plus longtemps les tourments que j'endurais et en proie à des convulsions violentes, l'on dut m'emporter de la pièce.

Une fièvre violente s'ensuivit. Pendant deux mois, je fus entre la vie et la mort. Je l'appris plus tard, mon délire fut effrayant. Je m'accusais du meurtre de William, de Justine et de Clerval. Tantôt, je suppliais mes infirmiers de m'aider à détruire le démon qui me tourmentait, tantôt, je sentais déjà les doigts du monstre qui me serraient le cou et je poussais des hurlements de désespoir et de terreur. Heureusement, comme je parlais dans ma langue maternelle, M. Kirwin fut seul à me comprendre, mais mes gestes apeurés et mes cris de terreur suffirent à effrayer les autres témoins.

« Ah ! Pourquoi la mort n'a-t-elle pas voulu de moi à ce moment ? Cent fois plus malheureux que toute créature humaine née avant moi, pourquoi n'ai-je pas encore pu disparaître dans l'oubli et le repos ? La mort emporte des milliers d'enfants charmants, qui étaient le seul espoir de leurs parents ; que de fiancés et de jeunes amants, après avoir goûté un seul jour l'ivresse du bonheur et de l'espérance sont le lendemain la proie des vers et connaissent la corruption de la tombe ! Quelle était donc ma constitution pour qu'elle pût résister à tant de choses qui, semblables à la roue des supplices, renouvelaient sans cesse leurs tortures ? »

Mais j'étais condamné à vivre. Deux mois après, comme au sortir d'un rêve, je me retrouvai dans une prison, entouré de geôliers, de porte-clés, de verrous, bref de tout le triste appareil d'un cachot. Je m'en souviens, ce fut au matin que je m'éveillai ainsi avec la conscience de ma situation. J'avais oublié les détails de ce qui s'était passé. Il me semblait simplement qu'une triste calamité m'avait frappé ; mais lorsque je regardai autour de moi et que j'aperçus les fenêtres garnies de barreaux et le décor misérable de la pièce où je me trouvais, tout me revint à la mémoire et je gémis amèrement.

Ce bruit réveilla une vieille femme qui dormait sur une chaise à côté de mon grabat. C'était une infirmière professionnelle, la femme d'un geôlier, et son visage portait l'empreinte de tous les vices propres à cette classe. Ses traits étaient durs et grossiers, comme ceux des gens habitués à voir la souffrance sans y compatir. Son ton de voix exprimait son indifférence totale. Elle me parla en anglais et le son de sa voix me frappa. Il me semblait l'avoir entendue pendant ma fièvre.

« Allez-vous mieux, monsieur ? » me demanda-t-elle.

Dans la même langue, je lui répondis, d'une voix faible :

« Je le crois. Mais si tout cela est vrai, si vraiment je n'ai pas rêvé, je regrette d'être encore en vie et d'éprouver cette souffrance et cette horreur. »

« Pour cela, répondit la vieille femme, si vous voulez parler du gentleman que vous avez tué, je crois bien qu'il aurait mieux valu que vous fussiez mort, car je crois que l'on va se montrer dur envers vous. Mais, ce ne sont pas mes affaires. Je suis ici pour vous soigner et vous guérir. Je remplis mon devoir avec conscience. Tout irait bien si tout le monde en faisait autant. »

Je me détournai avec dégoût d'une femme qui pouvait prononcer des paroles aussi inhumaines envers un homme qui venait d'échapper à la mort et se trouvait encore au bord de l'abîme, mais je me sentais encore faible et incapable de réfléchir. L'ensemble de ma vie me paraissait être un rêve. Parfois, je me demandais si tout cela était bien réel, car rien ne se présentait à mon esprit qui semblât moins réel.

À mesure que les images qui flottaient devant moi gagnaient en netteté, je devenais plus fiévreux. Des ténèbres de plus en plus épaisses m'environnaient. Personne pour me calmer, pas une voix affectueuse pour me murmurer les mots qui consolent, pas une main chère pour me soutenir la tête ! Le médecin venait, m'examinait et me prescrivait des remèdes ; la vieille me les préparait. Le premier montrait une indifférence totale et le visage de la seconde dépeignait clairement sa brutalité. Qui, hormis le bourreau qui touchera sa prime, irait s'intéresser au sort d'un assassin ?

Telles furent mes premières réflexions. Cependant, j'appris par la suite que M. Kirwin m'avait témoigné une extrême bonté. Il avait fait préparer pour moi la meilleure pièce de la prison (et pourtant, elle était bien misérable) et c'était lui qui avait fait venir un docteur et une infirmière. Il est vrai qu'il me rendait rarement visite, car s'il désirait ardemment soulager les souffrances de toute créature humaine, il ne tenait pas à assister aux tourments et aux délires lamentables d'un assassin. Il venait donc de temps à autre voir si l'on ne me négligeait point, mais ses visites étaient brèves et peu fréquentes.

Je me remettais peu à peu, lorsqu'un jour, assis sur une chaise, les yeux à demi ouverts et les joues livides comme celles d'un mort, je vis la porte s'ouvrir et

M. Kirwin entrer. Tout son être respirait la sympathie et la pitié. Il prit place sur une chaise à côté de la mienne et me dit en français :

« Je crains que ce lieu ne vous semble affreux. Puis-je faire quelque chose pour vous rendre la vie plus agréable ? »

« Je vous remercie. Tout ce dont vous me parlez m'indiffère complètement. Je n'ai plus de consolation à recevoir sur cette terre. »

« Je le sais, la sympathie d'un étranger n'a pas grand-chance de soulager un homme accablé par un malheur aussi étrange que le vôtre. Mais j'espère que vous allez bientôt quitter ce triste logis, car il sera facile de produire des témoignages qui vous innocenteront de ce crime. »

« C'est bien mon dernier souci ! Par une suite d'événements étranges, je suis devenu le plus malheureux des hommes. Persécuté et torturé comme je le suis et comme je l'ai été, puis-je regarder la mort comme un malheur ? »

« Certes, rien n'est plus lamentable et plus terrible que les épreuves que vous avez subies dernièrement. Vous avez été jeté par suite d'un accident étonnant sur ce rivage renommé pour son hospitalité, puis arrêté et accusé de meurtre. La première chose que l'on a mise sous vos yeux a été le cadavre de votre ami assassiné d'une manière inexplicable et si l'on peut dire placé par un démon sur votre chemin. »

Malgré l'émoi que me causait le souvenir de mes souffrances, les paroles de M. Kirwin me causèrent une grande surprise. Il paraissait tellement au courant de ma vie. Je suppose que mon visage dut trahir mon étonnement, car le magistrat se hâta d'ajouter :

« Dès que vous êtes tombé malade, on me remit tous les papiers que vous portiez sur vous. Je les examinai pour voir si je ne pouvais transmettre aux vôtres la nouvelle de vos malheurs et de votre maladie. Je trouvai plusieurs lettres et parmi celles-ci, l'une de votre père. J'écrivis directement à Genève. Deux mois se sont écoulés depuis le départ de ma lettre... Mais vous êtes malade, vous tremblez... il faut vous épargner toute émotion. »

« Cet atermoiement est encore mille fois pis que le malheur le plus terrible. Dites-moi tout de suite quel est le meurtre qui vient d'être commis. Quelle mort dois-je pleurer ? »

« Votre famille est en parfaite santé, dit M. Kirwin avec douceur, et un ami est venu vous voir. »

Je ne sais quelle fut la cause de cette bizarre association d'idées mais il me sembla que l'assassin était venu se moquer de ma douleur et me reprocher la mort de Clerval pour m'amener de nouveau à satisfaire son désir infernal. Je cachai mes yeux de mes mains et m'écriai dans mon désespoir :

« Ah ! Faites-le partir !... Je ne veux pas le voir !... Pour l'amour de Dieu, ne lui permettez pas d'entrer ! »

M. Kirwin me regarda d'un air troublé. Il ne put s'empêcher de considérer mon exclamation comme une présomption de crime et me dit d'un air sévère :

« J'aurais pensé, jeune homme, que la présence de votre père aurait été bienvenue et ne vous aurait pas causé une répulsion aussi violente. »

« Mon père ! » m'écriai-je. Tous mes traits et tous mes muscles abandonnèrent aussitôt l'expression de la douleur pour celle de la joie. « Mon père est donc venu ? Comme il est bon ! Comme il est aimable ! Mais où est-il donc ? Qu'attend-il pour entrer ? »

Ce changement d'attitude surprit le magistrat et lui causa une grande joie. Peut-être crut-il que mon exclamation précédente provenait d'un retour momentané du délire ? Il reprit aussitôt son air bienveillant. Il se leva et sortit de la pièce en compagnie de l'infirmière. Un instant plus tard, mon père entra.

Rien, en ce moment, n'aurait pu me causer une joie plus grande que cette arrivée. Je lui tendis la main et m'écriai :

« Vous êtes donc sain et sauf !... Et Élizabeth ? Et Ernest ? »

Mon père me calma en me donnant des nouvelles rassurantes. En s'étendant sur ces sujets chers à mon cœur, il s'efforça de relever mon courage abattu, mais il se rendit rapidement compte qu'une prison ne saurait être l'asile du bonheur.

« Mais quel endroit habitez-vous, mon fils ? » me dit-il, en regardant d'un air triste les barreaux des fenêtres et le misérable mobilier de la pièce. « Vous étiez parti pour chercher le bonheur mais la mauvaise fortune semble vous poursuivre. Et le pauvre Clerval... » Le nom de mon pauvre ami me causait trop d'émotion pour que je puisse le supporter dans mon état de faiblesse. J'éclatai en sanglots.

« Hélas, oui, mon père ! répondis-je ; une destinée des plus horribles est suspendue au-dessus de ma tête. Je dois vivre pour l'accomplir car sinon je serais mort sur le cercueil d'Henri. »

On ne nous permit point de nous entretenir longtemps. Ma santé chancelante réclamait toutes les précautions susceptibles de m'assurer le calme. M. Kirwin entra et insista pour que je m'abstienne d'épuiser mes forces dans des efforts trop grands. Mais les visites de mon père, semblables à celles du bon ange, eurent les plus heureux effets et peu à peu, je recouvrai la santé.

Mais alors que la maladie disparaissait, je fus envahi par une humeur noire et ténébreuse que rien ne pouvait dissiper. J'avais continuellement devant les yeux l'image de Clerval assassiné. Plus d'une fois, l'émotion que me causèrent ces réflexions fit craindre à mes amis une dangereuse rechute. Hélas ! Pourquoi tant d'efforts pour me conserver une vie si malheureuse et si détestée ? À coup sûr, c'était pour me permettre d'accomplir ma destinée qui approche maintenant de sa fin. Bientôt, oh ! bientôt, la mort mettra un terme à ces palpitations et me soulagera de cet écrasant fardeau de souffrances qui m'entraîne vers la tombe, et exécutant la sentence de la justice suprême, moi aussi, je descendrai dans le repos éternel. En dépit de mon désir constant, la mort paraissait alors lointaine et durant des heures, je demeurais assis, immobile et silencieux, souhaitant une catastrophe immense qui m'engloutirait dans ses ruines avec mon assassin.

L'ouverture des assises approchait. Il y avait déjà trois mois que je me trouvais en prison. J'étais encore bien faible et toujours exposé à une rechute, néanmoins je dus faire un déplacement de près de cent milles pour me rendre au chef-lieu de la province où le tribunal tenait ses séances. M. Kirwin prit lui-même le soin de convoquer les témoins et de pourvoir à ma défense. On m'épargna le déshonneur de paraître en public dans l'attitude d'un criminel, car mon affaire ne fut pas portée devant la haute cour pénale qui prononce la peine capitale. Le jury, devant la preuve que je me trouvais dans les Orcades au moment où fut découvert le cadavre de mon ami, rejeta l'accusation et m'acquitta. Quinze jours après mon départ, j'étais libéré.

Mon père fut ravi de me voir déchargé de l'horrible accusation de crime ; ce brave homme était heureux de me voir enfin respirer le grand air et surtout de me ramener en Suisse. Mais moi, je ne partageais pas ses sentiments ; tout m'était odieux, les murs d'une prison comme ceux d'un palais. Le breuvage de la vie m'était désormais un poison. Le soleil avait beau briller pour moi comme pour ceux dont le cœur est plein de joie et de bonheur, je ne voyais autour de moi qu'une obscurité épaisse et effrayante où ne pénétrait d'autre lumière que la lueur de deux yeux horribles qui me lançaient des regards furieux. Parfois, c'étaient aussi, voilés par la mort, les yeux expressifs d'Henri, les globes noirs mi-couverts par les paupières frangées de longs cils ; parfois encore, c'étaient les yeux larmoyants et nébuleux du monstre tels que je les vis pour la première fois à Ingolstadt.

Mon père s'efforça d'éveiller en moi des sentiments d'affection. Il me parla de Genève que je reverrais bientôt, d'Élizabeth et d'Ernest, mais ces paroles ne me tiraient que de profonds gémissements. Il est vrai que parfois, je ressentais un besoin de bonheur. Je songeais alors avec une joie mêlée de tristesse à ma cousine bien-aimée ou bien, rongé par le mal du pays, j'aspirais à revoir encore le lac bleu et le Rhône rapide que j'avais tant chéris dans ma première enfance. Mais je me trouvais le plus souvent dans un état d'hébétude et il m'était indifférent de me voir enfermé dans une prison ou occupé à contempler le paysage le plus magnifique du monde. Ma dépression n'était guère interrompue que par des accès aigus de souffrance et de désespoir. Je tentai alors de mettre fin à une existence qui m'était devenue odieuse ; une attention et une surveillance de tous les instants étaient indispensables pour m'empêcher de commettre un acte terrible.

Il me restait cependant à accomplir un devoir dont le souvenir finit par triompher de mon désespoir égoïste. Il était nécessaire de retourner immédiatement à Genève, pour y veiller sur l'existence de ceux qui m'étaient si chers. Il me fallait guetter l'assassin et si le hasard me révélait sa retraite ou s'il osait encore empoisonner mes jours par sa présence odieuse, je devais, par un coup infaillible, mettre fin à l'existence de l'image monstrueuse que j'avais douée d'une caricature d'âme plus monstrueuse encore. Mon père désirait encore retarder notre départ dans la crainte de me voir incapable de supporter les fatigues d'un long voyage. En effet, je n'étais qu'un pauvre détraqué, l'ombre d'un être humain. Ma force avait disparu et la fièvre, nuit et jour, rongeait mon corps émacié.

Cependant, comme je le pressais avec inquiétude et impatience de quitter l'Irlande, mon père crut plus sage de céder. Nous nous embarquâmes sur un vaisseau qui faisait route vers le Havre-de-Grâce et par un vent favorable, nous quittâmes la côte irlandaise. Étendu sur le pont, je regardais les étoiles et écoutais le clapotis des vagues. Je saluais l'obscurité qui dérobait l'Irlande à ma vue et mon cœur battait avec une joie fébrile quand je songeais que j'allais bientôt revoir Genève. Le passé m'apparaissait comme un cauchemar effrayant. Pourtant, le vaisseau qui me portait, le vent qui m'éloignait des rivages détestés de l'Irlande et la mer qui m'entourait me prouvaient à l'évidence que je n'étais pas le jouet d'un songe et que Clerval, mon ami et mon compagnon le plus cher, était tombé, victime de moi-même et du monstre que j'avais créé. Devant mes yeux se déroulait ma vie entière : mon bonheur paisible lorsque je résidais à Genève au milieu des miens, la mort de ma mère et mon départ pour Ingolstadt. En tremblant, je me rappelais le fol enthousiasme qui m'avait poussé à créer mon hideux ennemi et, intérieurement, j'évoquais la nuit où pour la première fois, il avait ouvert les yeux à la vie. Il me fut impossible de continuer à m'étendre sur mes souvenirs, mille sentiments m'oppressaient et je pleurais amèrement.

Depuis ma guérison, j'avais pris l'habitude d'absorber chaque jour une petite quantité de laudanum ; seule cette drogue me procurait le sommeil nécessaire à ma vie. Oppressé par le souvenir de tous mes malheurs, ce soir-là, je bus le double de la dose ordinaire et je m'endormis profondément. Mais le sommeil ne me délivra pas de mes pensées lugubres et de mes tourments ; j'eus des cauchemars effrayants. Vers le matin, je fus la proie d'un rêve épouvantable. Je sentais sur mon cou la griffe du démon et ne pouvais m'en dégager, des gémissements et des cris résonnaient à mes oreilles. Mon père qui veillait sur moi, témoin de mon agitation, m'éveilla ; des vagues nous entouraient, au-dessus de nos têtes s'étendait un ciel nuageux, le démon n'était pas là. Je ressentis une impression de sécurité. Je m'imaginai qu'une trêve s'était établie entre l'heure présente et l'avenir inévitable et tragique. J'éprouvais ce sentiment d'oubli paisible auquel l'âme humaine est particulièrement prédisposée de par sa nature.

CHAPITRE XXII

La traversée prit fin. Nous débarquâmes et nous nous dirigeâmes vers Paris. Je dus bientôt constater que j'avais surestimé mes forces et qu'il fallait me reposer avant de continuer mon voyage. Mon père me prodiguait les soins les plus vigilants et les attentions les plus dévouées, mais ignorant la cause de mes tourments, il employait des méthodes qui ne pouvaient pas remédier à mon mal incurable. Il aurait aimé me voir rechercher des distractions mondaines. L'homme m'était odieux. Hélas ! non, pas odieux, car c'était mon frère, mon semblable et les plus repoussants des êtres humains m'attiraient comme des créatures d'une essence angélique et l'œuvre d'un ouvrier divin. J'avais l'impression que je n'avais pas le droit de jouir de leur société. J'avais déchaîné parmi eux un ennemi dont le bonheur consistait à verser le sang et à se réjouir de leurs larmes. Comment le plus misérable d'entre eux ne m'eût pas exécré et chassé du monde s'il avait connu mes agissements sinistres et les crimes dont j'étais responsable ?

À la longue, mon père céda devant mon désir de fuir la société et s'efforça, à l'aide de raisonnements, de faire disparaître mon désespoir. Il s'imaginait parfois que mon accablement avait pour cause l'humiliation d'avoir dû répondre d'une accusation d'assassinat et le brave homme cherchait à me démontrer la vanité de l'orgueil.

« Hélas ! mon père, comme vous me connaissez mal ! Quel avilissement pour les hommes, leurs sentiments et leurs passions si un misérable tel que moi pouvait éprouver de la fierté ! Justine, la pauvre et misérable Justine, était aussi innocente que moi et elle a été soupçonnée du même crime. Bien plus, elle a été exécutée. C'est moi qui suis la cause de cette accusation infâme... C'est moi qui l'ai tuée. William, Henri et Justine, tous sont morts à cause de moi. »

Durant mon emprisonnement, mon père m'avait souvent entendu affirmer la même chose. Lorsque je m'accusais ainsi, il paraissait parfois sur le point de demander une explication ; par contre, il semblait y voir parfois une manifestation du délire, comme si une idée fixe née dans mon imagination pendant ma maladie continuait à obséder mon cerveau pendant ma convalescence. J'évitais toute explication et tenais toujours secrète l'existence du monstre que j'avais créé. J'étais persuadé que l'on me tiendrait pour un fou et cette idée suffisait à me clore les lèvres. D'autre part, je ne pouvais me résoudre à révéler un secret qui désolerait mon auditeur et lui causerait une terreur et une horreur monstrueuses. Je refoulai donc mon besoin ardent de sympathie et me tus alors que j'aurais volontiers donné le monde et ses richesses pour pouvoir confier ce secret fatal. Malgré tout, il m'échappait des paroles comme celles que je viens de rapporter. Je ne pouvais en donner aucune explication mais la vérité qu'elles renfermaient contribuait à alléger quelque peu le fardeau de mon mal mystérieux.

À cette occasion, mon père me dit avec un air d'étonnement sans bornes :

« Mon bien cher Victor, qu'imaginez-vous donc là ? Je vous en conjure, mon cher fils, ne me parlez plus jamais de choses pareilles. »

« Je ne suis pas fou, m'écriai-je d'un ton énergique ; le soleil et les cieux témoins de mon travail peuvent proclamer la sincérité de mes paroles. Je suis l'assassin de ces pauvres et innocentes victimes ; si elles sont mortes, c'est par suite de mes machinations ! J'aurais préféré, mon père, répandre mille fois mon sang goutte à goutte pour leur sauver ainsi la vie, mais je ne pouvais pas, non je ne pouvais pas sacrifier la race humaine ! »

Ces derniers mots persuadèrent mon père que je souffrais d'un dérangement cérébral. Il changea aussitôt le sujet de notre conversation et s'efforça de donner un autre cours à mes pensées. Il désirait autant que possible faire disparaître le souvenir des événements qui avaient eu lieu en Irlande, aussi se gardait-il de la moindre allusion et ne me permettait-il jamais de parler de mes malheurs.

Le temps aidant, je retrouvai quelque calme. Mon cœur était toujours plein d'angoisse, mais j'avais cessé de parler de mes malheurs avec incohérence. Il me suffisait d'en avoir conscience. C'est en ayant recours à tout mon courage que j'étouffais la voix impérieuse de ma douleur qui aurait parfois voulu se faire entendre du monde entier. Au bout du compte, je manifestai plus de calme et de maîtrise de moi-même que je ne l'avais fait depuis mon voyage à la mer de glace. Peu de jours avant notre départ de Paris, je reçus d'Élizabeth la lettre suivante :

Genève, le 18 mai 17..

« Mon cher ami,

C'est avec le plus grand plaisir que j'ai pris connaissance d'une lettre de mon oncle datée de Paris. Vous voici enfin à une distance moins considérable et j'espère vous revoir avant une quinzaine. Mon pauvre cousin, comme vous avez dû souffrir ! Je m'attends à vous trouver plus mauvaise mine encore qu'avant votre départ de Genève. Mon hiver s'est passé de façon lamentable, tant l'incertitude et l'angoisse me torturaient. J'espère néanmoins vous voir beaucoup moins nerveux et constater que votre cœur connaît le calme et ne refuse pas la consolation.

Malgré tout, je crains de retrouver les mêmes sentiments qui, l'année dernière, vous rendaient si malheureux ; bien plus, j'appréhende même que le temps ne les ait augmentés. Au moment où tant de malheurs vous accablent, je ne voudrais pas venir vous troubler. Mais avant le départ de mon oncle, j'ai eu un entretien avec lui et il en résulte qu'une explication s'impose tout de suite entre nous.

« Une explication ! allez-vous vous écrier. Que peut donc m'expliquer Élizabeth ? » Si ce sont là vos paroles, mes questions sont sans fondement et mes doutes éclaircis. Mais vous vous trouvez loin de moi et il est possible que tout en craignant cette explication, vous soyez heureux de l'avoir. Il y a beaucoup de chances que ce soit votre cas, aussi je n'ose plus attendre davantage pour vous écrire ce que, depuis votre départ, j'ai si souvent voulu vous faire savoir, sans avoir jamais eu le courage de commencer.

Vous savez bien, Victor, que depuis notre enfance, nos parents avaient fait le rêve de nous marier l'un à l'autre. Ils nous le disaient quand nous étions petits et nous ont appris à considérer cette éventualité comme une certitude qui se produirait fatalement. Enfants, nous nous aimions comme compagnons de jeu, et avec le temps nous sommes devenus des amis chers et estimés. Mais, puisqu'un frère et une sœur ont souvent l'un pour l'autre une affection vive sans pour cela désirer d'union plus intime, pourquoi n'en serait-il pas ainsi entre nous ? Dites-le-moi franchement, mon cher Victor. Je vous en conjure, pour notre bonheur à tous deux, répondez-moi en toute simplicité et sincérité : n'aimez-vous pas une autre jeune fille ?

Vous avez voyagé. À Ingolstadt, vous avez passé plusieurs années de votre existence et je vais vous l'avouer franchement : l'automne dernier, en vous voyant chercher la solitude, fuir la société de vos semblables, je n'ai pu m'empêcher de supposer que vous regrettiez votre engagement et que vous vous croyiez obligé par l'honneur à réaliser les vœux de vos parents malgré la répugnance de votre cœur.

C'est une façon peu sensée de raisonner. Je vous avoue simplement que je vous aime et que dans mes rêves, vous apparaissez toujours comme le compagnon de ma vie. Mais je cherche votre bonheur autant que

le mien. Aussi, je vous le déclare, si, pour vous, notre
mariage était imposé et non librement voulu, j'en serais
malheureuse éternellement. Accablé comme vous l'êtes
sous le poids de terribles malheurs, si vous devez encore
être étouffé par le mot « honneur », c'est une pensée,
mon cher Victor, que je ne peux supporter sans pleurer amèrement. De tout cœur, je vous souhaite de rencontrer cet amour et ce bonheur qui seuls vous rendront
à vous-même. Ne supposez pas que moi dont l'affection pour vous est si désintéressée, j'aille accroître
encore vos souffrances en me dressant comme un
obstacle à la réalisation de vos désirs. Ah ! Victor,
soyez bien assuré que votre cousine et compagne de jeu
vous aime trop sincèrement pour que cette supposition
ne la fasse pas souffrir. Soyez heureux, mon ami et si
vous obéissez à la seule requête que je vous présente,
soyez certain que rien sur terre ne pourra troubler ma
paix.

Que cette lettre ne vous cause aucune inquiétude !
Ne vous énervez pas ! Ne me répondez ni demain, ni
après-demain, ni même avant votre retour, si cela vous
dérange. Mon oncle m'enverra des nouvelles de votre
santé. Si à votre retour, j'aperçois sur vos lèvres un seul
sourire provoqué soit par ma lettre ou par toute autre
initiative, je n'aurai pas besoin d'un autre bonheur.

Élizabeth Lavenza.

Cette lettre me rappela la menace oubliée du démon :
« *Vous me retrouverez le soir de vos noces !* » Telle
était ma condamnation. Ce soir-là, le démon mettrait
tout son art à me tuer et à m'arracher ainsi le rayon
de bonheur qui promettait de me consoler partiellement
de mes souffrances. Il avait décidé, ce soir-là, de cou-
ronner son œuvre néfaste en m'infligeant la mort. Eh
bien ! Qu'il en soit ainsi ! J'engagerai une lutte déci-
sive : ou bien j'y laisserai la vie et tout sera terminé,
ou bien il sera vaincu et je serai un homme libre. Mais
hélas, quelle liberté ! Celle dont jouit le paysan lorsque

sa famille a été massacrée, sa chaumière brûlée, ses champs dévastés et qu'il se retrouve abandonné, sans toit, sans argent, seul mais libre. Ce serait donc là ma liberté, sauf qu'en mon Élizabeth, je posséderais encore un trésor, chèrement payé, hélas ! par d'horribles remords et le sentiment de ma culpabilité, qui me poursuivront jusqu'à la mort.

Douce et bien-aimée Élizabeth ! Je lus et relus sa lettre. Dans mon cœur se glissèrent de tendres sentiments. J'osai faire des rêves paradisiaques d'amour et de bonheur, mais la pomme était déjà mangée et l'ange levait le bras pour m'interdire toute espérance. J'aurais voulu mourir pour rendre ma cousine heureuse. Si le monstre mettait sa menace à exécution, ma mort était inévitable. Je me demandais néanmoins si mon mariage hâterait mon destin. Mais si mon bourreau me soupçonnait de retarder mon union par crainte de ses menaces, il n'y a pas de doute, il trouverait d'autres moyens de vengeance, peut-être encore plus terribles. Il l'avait juré : *Je le retrouverais le soir de mes noces.* Ce qui ne l'empêchait nullement d'estimer que cette menace n'impliquait point, de sa part, l'obligation de rester en paix dans l'intervalle. En effet, pour me montrer qu'il n'était pas encore rassasié de sang, à peine avait-il proféré sa menace qu'il assassinait Clerval. Mes réflexions me conduisirent à la conclusion suivante : si mon mariage avec ma cousine avait pour résultat soit son bonheur, soit celui de mon père, mon ennemi avait beau menacer d'attenter à ma vie, cette circonstance ne devait pas le retarder d'une seule heure.

C'est dans cet état d'esprit que j'écrivis à Élizabeth. Ma lettre était calme et affectueuse : « Je crains, ma chérie, lui disais-je, que nous ne trouvions plus grand bonheur sur cette terre, et pourtant vous êtes la seule joie qui me reste. Chassez donc vos craintes sans fondement. Vous êtes l'unique personne à qui je consacre ma vie et vers qui convergent toutes mes aspirations. J'ai un secret, Élizabeth, un secret épouvantable ! Lorsque je vous le révélerai, il vous glacera d'horreur ;

alors, loin d'être surprise de ma misère, vous vous demanderez comment j'ai pu survivre à tant de tortures. Je vous ferai ce récit douloureux et horrifiant le lendemain de notre mariage, car, chère et tendre cousine, la confiance doit être parfaite entre nous. Mais jusqu'alors, je vous en supplie, n'en parlez jamais, n'y faites jamais allusion. Je vous le demande instamment et je sais que vous y consentirez. »

Une semaine après avoir reçu la lettre d'Élizabeth, j'arrivai à Genève. Ma délicieuse fiancée me reçut avec un cœur débordant d'affection. Néanmoins, lorsqu'elle vit mon corps amaigri et mes joues brûlantes de fièvre, ses yeux s'embuèrent de larmes. Elle aussi avait beaucoup changé. Elle était plus mince et avait beaucoup perdu de cette divine vivacité qui me charmait autrefois, mais sa douceur et ses doux regards de pitié la rendaient encore plus apte à accomplir sa tâche de compagne de la pauvre et lamentable épave que j'étais devenu.

La paix dont je jouissais alors ne dura pas longtemps. Le souvenir du passé me rendait fou. Lorsque je songeais aux ruines que j'avais accumulées, j'avais de véritables accès de folie : tantôt je me sentais pris d'une fureur et d'une rage brûlantes, tantôt j'étais prostré dans une langueur morbide. Alors, je ne parlais à personne, ne regardais personne mais demeurais silencieux dans mon coin, accablé, oppressé, écrasé sous le poids de mon malheur.

Seule, Élizabeth avait le pouvoir de m'arracher à ces accès. Quand la colère me transportait, sa douce voix avait le don de m'apaiser ; quand j'étais plongé dans la torpeur, elle relevait mon courage. La bonne fille pleurait avec moi et sur moi. Lorsque la raison me revenait, elle me reprochait affectueusement mon manque d'énergie et s'efforçait de m'inspirer la résignation. Ah ! Les malheureux peuvent se résigner mais il n'est point de paix pour les coupables ! Les tortures du remords empoisonnent la volupté que l'on rencontre parfois en s'abandonnant à l'excès de chagrin.

Peu après mon arrivée, mon père parla de mon prochain mariage avec Élizabeth. Je ne répondis pas.

« Êtes-vous par hasard fiancé avec une autre jeune fille ? »

« Pas du tout. J'aime Élizabeth de l'amour le plus profond et le plus sincère, et j'attends avec joie notre mariage. Fixez-en donc la date, pour que je puisse le plus tôt possible me consacrer dans la vie ou dans la mort au bonheur de ma cousine. »

« Mon cher Victor, ne parlez pas ainsi. Nous avons subi de grands malheurs, mais ils doivent nous inciter à nous attacher davantage aux amis qui nous restent. Donnons à ceux qui vivent encore l'amour que nous portions à ceux que nous avons perdus. Notre famille est réduite et notre cercle plus étroit, mais que nos souffrances communes nous fassent resserrer nos liens d'affection. Lorsque le temps aura adouci notre désespoir, nous aurons de nouveaux êtres à aimer, qui remplaceront ceux dont nous avons été si cruellement séparés. »

Telles étaient les leçons de mon père. Mais le souvenir de la menace obsédait mon cerveau. Vous ne vous étonnerez pas que devant la toute-puissance dont le démon avait fait preuve dans ses crimes, j'en étais arrivé à le considérer comme invincible. Aussi, lorsqu'il prononça ces paroles : « *Vous me retrouverez le soir de vos noces* », la menace m'apparut-elle comme devant être suivie d'une exécution inévitable. Si le bonheur d'Élizabeth en dépendait, la mort n'était pas un mal pour moi. L'air satisfait et même joyeux, je convins avec mon père que si ma cousine y consentait, la cérémonie aurait lieu dans les dix jours. Je m'imaginais ainsi fixer la date de ma mort.

Grand Dieu ! Si j'avais pu deviner un seul instant l'intention infernale de mon adversaire diabolique, je me serais plutôt exilé à jamais de mon pays natal et j'aurais préféré errer sur la terre comme un misérable banni plutôt que de consentir à ce mariage catastrophique. Mais comme s'il avait possédé un pouvoir magique, le monstre m'avait aveuglé sur ses intentions réelles. Au moment où je croyais avoir préparé ma propre mort, je hâtais celle d'une victime bien plus chère.

À l'approche de la date fixée pour notre mariage, soit par lâcheté, soit sous l'action d'un pressentiment prophétique, je sentais mon courage disparaître. Je dissimulais avec soin mes pensées sous un masque de gaieté qui faisait naître des sourires et de la joie sur la figure de mon père mais qui trompait peu le regard vigilant et pénétrant d'Élizabeth. C'est avec une satisfaction calme, certes, mais mêlée d'une certaine crainte résultant de nos malheurs passés, qu'elle voyait arriver la date de notre mariage. Elle craignait que ce bonheur sûr et tangible en apparence ne se dissipât bientôt comme un rêve vain et ne laissât d'autre trace qu'un regret profond et durable.

On fit tous les préparatifs nécessaires pour célébrer dignement cet événement. Nous reçûmes des visites de félicitations et tout présageait une fête joyeuse et animée. Je dissimulais de mon mieux l'anxiété qui me rongeait le cœur et paraissais porter un intérêt sérieux aux projets de mon père qui ne feraient probablement que donner des décors à *ma* tragédie. Par suite de démarches incessantes, mon père avait réussi à amener le Gouvernement autrichien à restituer à Élizabeth une partie de son patrimoine. Ma cousine possédait un petit domaine sur les bords du lac de Côme. On avait décidé que sitôt le mariage célébré, nous partirions pour la *Villa Lavenza* et que nous y passerions nos premiers jours de bonheur.

Entre-temps, je prenais toutes mes précautions pour me défendre dans le cas où le démon m'attaquerait ouvertement. Je portais constamment sur moi une paire de pistolets et un poignard, et me tenais à chaque instant sur mes gardes pour prévenir toute surprise. Ces moyens de défense me procuraient une tranquillité plus grande. Il faut vous le dire, à mesure que le jour approchait, cette menace m'apparaissait comme une illusion indigne de troubler ma paix, et le bonheur que j'attendais de mon mariage revêtait un plus grand caractère de certitude. De plus, le fait que j'entendais parler de cette cérémonie comme d'un événement que rien ne pourrait empêcher fortifiait ma conviction.

Élizabeth semblait heureuse. Mon attitude calme contribuait beaucoup à la tranquilliser. Mais le jour où mes désirs allaient enfin se réaliser et ma destinée s'accomplir, elle devint mélancolique et se sentit envahie par un triste pressentiment. Songeait-elle peut-être au secret terrible que j'avais promis de lui révéler le lendemain ? Mon père exultait de joie et ne voyait, dans la mélancolie de sa bru, que les émotions d'une jeune épouse.

La cérémonie terminée, de nombreux invités se réunirent dans la maison de mon père. Il avait été décidé qu'Élizabeth et moi commencerions notre voyage par bateau et passerions la nuit à Évian d'où nous repartirions le lendemain. La journée était belle, le vent favorable, tout semblait sourire à notre nouvelle vie.

Ce furent les dernières heures de ma vie où j'éprouvai le sentiment du bonheur. Le bateau favorisé par un vent arrière glissait rapidement sur les flots. Le soleil était chaud, mais nous étions abrités sous une espèce de dais et nos yeux se réjouissaient de la beauté du spectacle. Nos regards se portaient sur le Salève, les bords enchanteurs de Montalègre et, dans le lointain, sur le merveilleux Mont-Blanc et le groupe de montagnes qui s'efforcent en vain de rivaliser avec lui. Sur la rive opposée du lac, nous voyions l'énorme Jura opposer ses flancs sombres à l'ambitieux qui voudrait quitter son pays natal et une barrière presque insurmontable à l'envahisseur qui aurait voulu le réduire en esclavage.

Je pris la main d'Élizabeth. « Vous êtes triste, mon amour. Ah ! Si vous connaissiez mes souffrances passées et celles que peut-être je subirai encore, vous feriez tout pour me permettre de goûter en ce jour le bonheur calme né de la disparition de mes tortures. »

« Soyez donc heureux, mon cher Victor, répondit

Élizabeth ; rien à mon avis ne pourra plus vous attrister. Soyez certain que si mon visage ne reflète pas une joie vive, mon cœur, du moins, déborde de bonheur. Un pressentiment secret me met en garde contre un excès de confiance mais je ne veux pas écouter cette voix sinistre. Voyez comme le bateau glisse rapidement sur les flots et comme les nuages qui tantôt obscurcissent et tantôt couronnent le sommet du Mont-Blanc, rendent ce paysage plus magnifique encore. Regardez aussi ces poissons innombrables qui nagent dans l'eau limpide où nous pouvons distinguer chaque caillou tapissant le fond du lac. Quelle journée merveilleuse ! Comme toute la nature paraît heureuse et sereine ! »

Élizabeth s'efforçait ainsi de chasser de sa pensée et de la mienne toute réflexion mélancolique. Mais, ce jour-là, son humeur était instable. Durant quelques instants, la joie brillait dans ses yeux mais cédait continuellement la place à la distraction et à la rêverie.

Le soleil baissait à l'horizon. Nous passâmes devant la Drance et contemplâmes sa course à travers les trouées des grandes montagnes et les vallons des plus petites. Les Alpes enserraient le lac de plus près et nous approchions de l'amphithéâtre de montagnes qui en forme la limite orientale. La flèche d'Évian brillait au-dessus des forêts qui entourent la ville et au bas des chaînes des montagnes qui la dominent.

Le vent qui jusqu'alors nous avait poussés avec une rapidité étonnante, se transforma vers le crépuscule en une brise légère. Son souffle était à peine suffisant pour rider l'eau et agiter doucement les feuilles des arbres. Nous approchions du rivage d'où nous parvenaient des senteurs embaumées de fleurs et de foins séchés. Au moment de l'accostage, le soleil disparut à l'horizon. Lorsque je posai le pied sur la terre ferme, je sentis revivre en moi les craintes et les appréhensions qui allaient m'étreindre et me torturer pour toujours.

CHAPITRE XXIII

Huit heures sonnaient lorsque nous débarquâmes. Après nous être promenés quelque temps sur la rive pour jouir des dernières lueurs du soleil couchant, nous pénétrâmes dans l'auberge d'où nous contemplâmes le paysage magnifique du lac, des bois et des montagnes progressivement envahis par l'ombre et dont les contours noirs laissaient deviner la forme.

Le vent qui s'était calmé au sud, soufflait maintenant de l'ouest avec violence. La lune avait atteint son apogée et commençait à descendre. Les nuages plus rapides que le vol du vautour venaient obscurcir un instant son disque d'or tandis que le lac reflétait le spectacle d'un ciel tourmenté, rendu encore plus agité par les vagues tumultueuses qui commençaient à s'élever.

Pendant tout le jour, j'avais été d'un calme étonnant, mais dès que la nuit obscurcit les formes des choses, mille appréhensions surgirent en mon esprit. L'anxiété et la vigilance m'envahirent et ma main serrait un pistolet que j'avais caché sur ma poitrine. Chaque bruit me faisait sursauter et me causait un sentiment d'effroi mais j'étais résolu cette fois à vendre chèrement ma peau ; la lutte ne cesserait que par ma mort ou celle de mon adversaire.

Élizabeth, timide et craintive, observa mon agitation pendant un certain temps ; dans mon regard et ma contenance, il y avait quelque chose qui lui communiqua ma terreur, et ma femme me dit en tremblant : « Pourquoi êtes-vous donc aussi énervé, Victor ? Que craignez-vous donc ? »

« Oh, soyez tranquille, mon amour, répondis-je. Je

vous demande une nuit de patience, et, demain, nous serons sauvés ; mais cette nuit sera terrible, épouvantable. »

Une heure se passa de la sorte. Mais tout à coup, je réfléchis au spectacle horrible que serait pour ma femme le combat que j'attendais d'un moment à l'autre. Je la priai donc instamment de se coucher et décidai de ne pas la rejoindre avant de m'être rendu compte de la situation de mon ennemi.

Élizabeth me quitta et je me mis à explorer les corridors de la maison, à visiter tous les coins et recoins qui pouvaient servir de cachette à mon adversaire. Je ne découvrais rien et commençais à supposer qu'il y avait des chances que le démon ne mît pas sa menace à exécution, quand tout à coup un cri perçant et terrible se fit entendre. Il provenait de la chambre d'Élizabeth. La vérité se fit jour dans mon esprit, mes bras tombèrent, ballants, tous mes muscles, toutes mes fibres furent frappés d'immobilité. Je sentis le sang passer goutte à goutte dans mes veines et picoter les extrémités de mes membres. Cette paralysie ne dura qu'un instant ; le cri s'éleva de nouveau et je me précipitai dans la chambre.

Grand Dieu ! Pourquoi la mort ne me frappa-t-elle pas alors ? Pourquoi puis-je vous raconter ici la destruction de ma plus belle espérance et la mort de la créature la plus pure qui fût sur terre ? Elle gisait là, inerte et sans vie, jetée en travers du lit, la tête pendante, le visage livide, les traits contractés, mi-couverts par ses cheveux. Partout où je me tourne, je revois la même image : ses bras exsangues et son jeune corps jeté par l'assassin sur son cercueil nuptial. Comment ai-je pu voir cette scène horrible et y survivre ? Hélas ! la vie est tenace, plus on la déteste, plus elle persiste. Pendant un instant, je perdis connaissance et tombai inanimé sur le sol.

Lorsque je revins à moi, j'étais entouré des gens de l'auberge ; leur visage exprimait une terreur haletante mais l'horreur des autres me paraissait une moquerie, la caricature des sentiments qui m'accablaient. Je me précipitai dans la chambre où reposait le corps d'Élizabeth, mon amour, ma femme, vivante il y a quelques minutes, si chère à mon cœur et si admirable. On l'avait placée dans une pose différente de celle où je l'avais trouvée en premier lieu. Telle qu'elle m'apparaissait, la tête appuyée sur son bras, le cou et la figure recouverts d'un mouchoir, j'aurais pu la croire endormie. Je courus vers elle et l'embrassai avec ferveur, mais la rigidité de ses membres et le froid mortel de sa peau me disaient que je ne tenais plus dans mes bras l'Élizabeth tant aimée et tant chérie. Son cou portait l'empreinte criminelle des doigts du démon et nul souffle de vie ne s'échappait de ses lèvres.

J'étais penché sur elle en proie au désespoir le plus profond lorsque par hasard, je levai les yeux. Les fenêtres de la chambre étaient auparavant assombries et j'eus un frisson de terreur en voyant la lumière jaunâtre de la lune éclairer la chambre. On avait replié les volets à l'extérieur ; mais tout à coup, avec une sensation d'horreur indescriptible, je vis à la fenêtre ouverte la plus hideuse et la plus exécrée des apparitions. Un ricanement sinistre enlaidissait encore la face hideuse du monstre. Ce démon paraissait insulter ma douleur et son index affreux pointait vers le cadavre de ma femme. Je me précipitai à la fenêtre et tirant le revolver de ma poitrine, je fis feu, mais le bandit s'échappa, sauta de la fenêtre et, avec la vitesse de l'éclair, plongea dans le lac.

Le bruit du coup de pistolet amena dans la chambre une foule de gens. Je désignai l'endroit où le misérable avait disparu et nous suivîmes ses traces en bateau. On jeta des filets mais sans résultat. Au bout de plusieurs heures, nous revînmes, sans conserver le moindre espoir. La plupart de mes compagnons croyaient qu'il s'agissait d'un fantôme né de mon imagination malade. Mais après avoir débarqué, les gens de l'auberge du village se séparèrent en groupes et se mirent à fouiller méthodiquement la région, les bois et les vignes.

J'essayai de les accompagner et m'éloignai de la maison, mais la tête me tourna, mes pas étaient ceux d'un homme ivre et je finis par tomber dans un état d'épuisement total, un brouillard flottait devant mes yeux et la fièvre me desséchait la peau. Me rendant à peine compte de ce qui m'arrivait, je fus ramené à l'auberge et déposé dans mon lit. Mes regards erraient dans la pièce en quête de quelque chose que j'avais perdu.

Au bout d'un certain temps, mû par une impulsion instinctive, je me levai et me traînai dans la chambre où reposait le corps de ma bien-aimée. Des femmes pleuraient autour du cadavre ; je me penchai sur mon Élizabeth et joignis mes larmes à celles des pleureuses. Pendant de longues heures, je restai immobile, hébété, plongé dans le désespoir le plus profond. Aucune idée précise ne naissait dans mon esprit ; mes pensées voguaient d'un sujet à l'aure, j'examinais mes malheurs et leurs causes. J'étais noyé, perdu, enveloppé d'un nuage de stupéfaction et d'horreur : la mort de William, l'exécution de Justine, l'assassinat de Clerval et enfin celui de ma femme. À ce moment même, je ne pouvais dire avec certitude si mon père et mon frère étaient à l'abri de la malignité du démon. Mon père se débattait peut-être sous son étreinte et Ernest gisait peut-être assassiné à ses pieds. Cette idée me fit frissonner et me rappela à l'action. Je sursautai et résolus de partir pour Genève le plus rapidement possible.

Je ne pus me procurer des chevaux et dus rentrer par le lac ; mais j'avais le vent debout et pour comble de malheur, la pluie tombait à torrents. Cependant, l'aube se levait à peine et je pouvais espérer arriver vers le soir. Je louai des rameurs et pris moi-même un aviron car, pendant mes souffrances morales, l'exercice physique m'avait toujours soulagé. Mais cette fois, j'éprouvais des tortures par trop terribles et mes nerfs étaient trop épuisés pour que je fusse capable d'un effort quelconque. Je jetai l'aviron et, la tête dans les mains, je m'abandonnai à toutes les idées sombres qui se présentèrent. Si je levais les yeux, j'apercevais des paysages familiers qui me rappelaient le temps de mon bonheur ; hier encore, je les avais contemplés auprès de celle qui n'était plus aujourd'hui qu'une ombre et qu'un souvenir. Mes yeux s'embuèrent de larmes. La pluie avait cessé depuis un instant et je voyais s'ébattre dans l'eau les mêmes poissons qu'Élizabeth avait regardés quelques heures auparavant. Rien n'est si terrible à l'âme humaine qu'un grand et soudain changement. Le soleil avait beau briller ou les nuages s'épaissir, rien ne pouvait se présenter à mes yeux sous l'aspect de la veille. Un démon m'avait enlevé à jamais tout espoir de bonheur. Personne au monde ne connut une misère égale à la mienne.

Une aventure aussi épouvantable est unique dans l'histoire de l'humanité.

Mais à quoi bon m'étendre sur les incidents qui suivirent cette dernière et accablante calamité ? Mon récit n'est qu'une longue suite d'horreurs. J'en suis arrivé à la plus épouvantable et ce que je vais maintenant vous narrer vous sera fastidieux. L'un après l'autre, tous les miens me furent ravis et pour finir, je me trouvai seul au monde. Je suis à bout de forces et dois vous dire en peu de mots le reste de mon hideuse histoire.

J'arrivai donc à Genève. Mon père et Ernest vivaient encore mais le pauvre homme tomba sous la nouvelle que j'apportai. Je le vois encore, ce vieillard excellent et vénérable ! Ses yeux erraient dans le vague, il avait perdu celle qui lui causait tant de plaisir et qu'il se réjouissait tant de contempler : Élizabeth, plus chère encore que sa fille. Il lui avait voué l'affection que ressent, au déclin de la vie, un homme qui n'a pas beaucoup d'êtres à aimer et qui chérit davantage ceux qui lui restent. Maudit soit le démon qui porta le malheur à cette pauvre tête blanche et condamna ce vieillard à mourir de chagrin ! Mon père ne put survivre aux horreurs accumulées autour de lui ; sa vitalité l'abandonna. Il fut incapable de se lever de son lit et peu de jours après, il mourut dans mes bras.

Quelle fut alors ma destinée ? Je n'en sais rien. Je

perdis la tête. Des chaînes et des ténèbres furent les seuls
objets dont j'ai gardé une vague notion. Parfois, il est
vrai, je rêvais que je me promenais en compagnie de
mes amis d'enfance dans des prairies couvertes de fleurs
et dans des vallons délicieux ; puis je m'éveillais et me
retrouvais en prison. Ensuite je devins meurasthénique,
puis peu à peu je revins à une perception claire de mes
malheurs et de ma position ; enfin on me remit en
liberté. On m'avait déclaré fou, et plusieurs fois, paraît-
il, une cellule solitaire avait été mon logement.

La liberté, cependant, m'eût été un don inutile, si
en même temps que la raison, ne m'était revenu le désir
de me venger. En me souvenant de mes malheurs, je
me mis à réfléchir à leur cause, au monstre que j'avais
créé, au démon misérable que j'avais déchaîné dans le
monde pour me détruire. Chaque fois que je songeais
à lui, une rage folle me possédait ; je désirais et priais
ardemment qu'il me tombât entre les mains pour que
je puisse enfin assouvir sur sa tête maudite une écla-
tante vengeance.

Ma haine ne se confina pas longtemps dans des sou-
haits inutiles. Je réfléchis aux moyens les plus sûrs de
m'emparer de lui. Dans ce but, un mois après ma libération, j'allai trouver un juge de la Cour criminelle et
lui déclarai que je venais faire une déposition : je
connaissais l'assassin de ma famille et demandais que
la force publique le mît en état d'arrestation.

Le magistrat m'écouta avec une bienveillante attention. « Soyez assuré, monsieur, dit-il, que je n'épar-
gnerai aucune peine ni aucun effort pour découvrir le
criminel. »

« Je vous remercie, répondis-je. Écoutez, je vous en
prie, la déposition que j'ai à faire. C'est un récit tellement étrange que je craindrais de rencontrer votre incrédulité, s'il n'y avait dans la vérité même la plus étrange
quelque chose qui entraîne votre conviction. Ces événements sont bien trop logiques pour ressembler à un
rêve et aucun motif ne me force à mentir. »

En prononçant ces mots, mon attitude était grave

mais calme. J'étais décidé, irrévocablement décidé à poursuivre jusqu'à la mort celui qui chercherait à me tuer.

Cette résolution calma mon désespoir et me rendit pour un temps le goût de l'existence. Alors, je fis le récit de tout ce qui s'était passé. Je fus bref mais ferme et précis, j'indiquai les dates avec exactitude et ne me laissai jamais aller à des invectives ou à des exclamations.

Tout d'abord le magistrat parut parfaitement incrédule mais au fur et à mesure que je continuais, il devint plus attentif et son intérêt augmenta. Je le vis parfois frissonner avec horreur. À d'autres moments, une vive surprise, sans la moindre apparence d'incrédulité, se peignit sur ses traits.

Lorsque j'eus terminé mon récit, je lui déclarai : « Tel est l'être que j'accuse et que je vous demande d'arrêter et de châtier. C'est votre devoir de magistrat. Je crois et j'espère que vos sentiments d'homme ne seront pas révoltés lorsque vous exercerez vos fonctions vis-à-vis d'un pareil démon. »

Ces dernières paroles amenèrent un changement considérable dans l'attitude de mon auditeur. Il avait écouté mon récit avec cette sorte de demi-croyance que l'on accorde à un conte de fantômes et d'événements surnaturels, mais lorsque je lui demandai d'agir officiellement, son incrédulité première l'envahit à nouveau. Cependant, il me répondit avec douceur :

« Ce serait avec plaisir que je vous apporterais toute mon aide dans cette tâche, mais la créature dont vous parlez me paraît avoir une force qui défierait tous mes efforts. Qui de nous est capable de poursuivre un animal qui traverse la mer de glace et habite des grottes et des tanières où pas un homme n'oserait se risquer ? D'ailleurs plusieurs mois se sont passés depuis les derniers crimes et personne ne peut imaginer où se trouve la retraite actuelle du monstre.

Je ne doute nullement qu'il ne se terre dans les environs de ma maison. Et puis, s'il s'est réfugié dans les

Alpes, on peut le traquer comme un chamois et l'abattre comme une bête sauvage. Mais je vois clairement ce que vous pensez ; vous ne croyez pas en la vérité de mon récit et vous n'avez pas l'intention d'infliger à mon ennemi la punition de ses crimes. »

Tout en parlant, la rage étincelait dans mes yeux. Le magistrat en fut intimidé.

« Vous vous trompez, dit-il, je ferai tous mes efforts pour cela. S'il est en mon pouvoir de m'emparer du monstre, soyez-en certain, il subira le châtiment mérité par ses crimes. Mais d'après la puissance que vous lui prêtez, je crains qu'il ne nous soit impossible de l'arrêter. Toutes les mesures nécessaires seront prises, mais il serait plus sage de vous résigner d'avance à un échec. »

« Cela m'est impossible, mais tout ce que je pourrai dire ne servira à rien. Ma vengeance ne vous intéresse nullement. Je reconnais en elle un sentiment mauvais ; et j'avoue qu'elle est l'unique et dévorante passion de mon âme. Quand je songe que cet assassin que j'ai déchaîné sur la société est encore en vie, je ressens une rage inexprimable. Vous rejetez ma requête, il ne me reste plus qu'une ressource : je vais, au risque de ma vie, me consacrer à la destruction de ce criminel. »

Mon énervement était si grand que je tremblais en disant ces mots. Dans mon attitude, on remarquait cette frénésie et, je n'en doute pas, cette ténacité hautaine qu'on attribue aux martyrs des temps anciens. Mais aux yeux du magistrat genevois dont l'esprit avait des préoccupations tout autres que celles de dévouement et d'héroïsme, cette noblesse d'âme revêtait l'apparence de la folie. Comme une nourrice le fait d'un enfant, il essaya de me calmer et fit à nouveau allusion à mon récit comme si celui-ci était l'effet du délire.

« Homme ! m'écriai-je, malgré l'orgueil de ta science, tu n'es qu'un ignorant !... Assez !... Tu ne sais pas ce que tu dis. »

Irrité et inquiet, je me retirai de la maison du magistrat et rentrai chez moi pour réfléchir à d'autres modes d'action.

CHAPITRE XXIV

Mon état d'âme était tel qu'en dehors de cette volonté de vengeance, rien au monde n'existait pour moi. La fureur m'emportait, seule la vengeance me donnait la force de vivre. C'est elle qui régissait tous mes sentiments et me permettait de méditer et de réfléchir calmement. Sans elle j'aurais été en proie au délire ou, peut-être même, victime de la mort.

En premier lieu, je décidai de quitter Genève pour toujours. Ma patrie, qui m'était chère au temps de mon bonheur, me devint odieuse dans l'adversité. Pourvu d'une somme d'argent et de quelques bijoux qui avaient appartenu à ma mère, je partis sans espoir de retour.

C'est ainsi que commencèrent ces voyages qui ne finiront qu'avec ma mort. J'ai traversé une grande partie de la terre et enduré toutes les tribulations qui sont le lot des explorateurs des déserts et des contrées sauvages. Comment ai-je pu survivre à des épreuves pareilles ? Je le comprends à peine. Que de fois, vaincu par la fatigue, n'ai-je étendu mes membres harassés sur les sables du désert et appelé la mort ! Mais l'esprit de vengeance venait relever mon courage défaillant, je ne voulais pas, je n'osais pas mourir et laisser mon ennemi vivant.

Lorsque je quittai Genève, je cherchai en premier lieu le meilleur moyen de trouver la trace de mon ennemi diabolique. Je n'avais aucun plan bien arrêté et errai pendant de longues heures autour de la ville sans savoir quel chemin prendre. Comme la nuit approchait, je me trouvai à l'entrée du cimetière où reposaient William, Élizabeth et mon père. J'entrai et m'approchai de leur tombe. À part le bruissement des feuilles que le vent agitait doucement, aucun bruit ne se faisait entendre ; l'obscurité était presque complète. Le spectacle aurait paru solennel et touchant, même à un indifférent. Les âmes des défunts semblaient voltiger tout alentour et jeter une ombre sensible mais invisible sur la tête de celui qui pleurait.

Le profond chagrin que j'éprouvai d'abord à la vue de cette tombe fit rapidement place à la fureur et au désespoir. Les miens étaient morts et moi je vivais ; leur assassin vivait également et pour le tuer, je devais encore supporter une vie fastidieuse. Je m'agenouillai sur l'herbe, baisai la terre et m'écriai, les lèvres tremblantes : « Par le sol sacré, sur lequel je suis agenouillé, par les ombres, qui errent autour de moi, par la douleur profonde et éternelle que je ressens, par toi, ô Nuit, et les esprits qui règnent sur toi, je jure de poursuivre le démon, cause de cette souffrance, jusqu'à ce que lui ou moi périssions dans un combat mortel. Pour ce motif, je veux vivre ; pour exécuter cette chère vengeance, je contemplerai encore le soleil et foulerai l'herbe verte qui autrement disparaîtrait pour toujours à ma vue. Je demande votre aide, esprits de la mort, et la vôtre, esprits vagabonds de la vengeance ; guidez-moi dans cette tâche ! Puisse ce monstre maudit, vomi par l'enfer, boire à longs traits le calice de la souffrance ! Puisse-t-il connaître un jour les tourments que j'endure aujourd'hui ! »

J'avais commencé mon imprécation avec une emphase solennelle et respectueuse qui m'assurait presque l'approbation des ombres des miens, mais au moment de la terminer, les Furies me possédaient et la rage étouffait mes paroles.

Tout à coup, au milieu du silence de la nuit, un rire démoniaque éclata. C'était la réponse de mon ennemi. Ce ricanement résonna longtemps et péniblement à mes oreilles. Les montagnes m'en renvoyèrent l'écho et j'eus l'impression d'être entouré de l'ironie et du rire même de l'enfer. Si mon serment n'avait pas été prononcé, si la vengeance ne m'avait pas été assignée, je serais

alors devenu la proie d'une folie furieuse et j'en aurais
fini avec ma misérable existence. Le rire cessa brusquement mais une voix connue et haïe, apparemment toute
proche, me murmura distinctement : « Je suis satisfait ! »

Je courus vers l'endroit d'où venait la voix, mais le
démon m'échappa. Tout à coup, le large disque de la
lune s'éleva et éclaira une silhouette effrayante et difforme qui fuyait avec une vitesse surhumaine.

Je poursuivis le meurtrier de ma famille, l'assassin
de mon bonheur. Depuis des mois, je ne fais rien
d'autre. Me fiant à un vague renseignement, je descendis, mais en vain, le Rhône au cours tourmenté et
sinueux. La Méditerranée bleue m'apparut. Par un
hasard étrange, je vis, un soir, le monstre pénétrer et
se cacher dans un navire en partance pour la mer Noire.
Je m'y embarquai également mais le sinistre gredin
m'échappa, je ne sais comment.

Je l'ai poursuivi dans les steppes tartares et russes,
mais il a toujours réussi à m'échapper. Je n'ai jamais
perdu courage et n'ai cessé de suivre sa trace. Parfois,
les paysans, horrifiés par l'horrible apparition, m'indi-
quaient sa piste, parfois ce fut lui-même qui par crainte
de me voir mourir, désespéré de ne pouvoir l'atteindre, laissait une marque apparente de son passage. La
neige tombait et je voyais sur la plaine blanche l'empreinte de son pied gigantesque.

Vous qui commencez à peine à entrer dans la vie,
vous pour qui les soucis sont chose nouvelle et la souffrance inconnue, comment pourrez-vous comprendre
ce que j'ai ressenti et ce que je ressens encore ? Le froid,
les privations et la fatigue étaient les moindres des maux
qu'il me fallait endurer. Un esprit malin m'avait maudit et j'avais en moi mon enfer éternel. Pourtant, un
bon génie ne m'avait pas abandonné et dirigeait mes
pas ; au moment même où, découragé, j'allais délaisser la tâche et trahir mon serment, il résolvait pour moi
des problèmes apparemment inextricables. Parfois,
lorsque abattu par la faim je me traînais, prêt à mourir,

un repas préparé pour moi dans le désert ranimait mon corps et mon âme. Sans doute, c'étaient des aliments grossiers comme ceux dont se nourrissent les paysans de la région mais j'étais persuadé que ces vivres avaient été déposés là par les esprits dont j'avais imploré l'aide. Souvent, lorsque la sécheresse avait tari les sources et les rivières, que le soleil dardait ses rayons de feu et que la soif desséchait ma gorge, un nuage léger venait obscurcir le ciel, laissait tomber quelques gouttes d'eau qui me rendaient la vie, et disparaissait ensuite.

Je suivais autant que possible le cours des rivières, mais le démon les évitait soigneusement ; en effet, c'était là que s'agglomérait la population. Lorsque les hommes étaient rares et ne pouvaient me fournir les maigres aliments dont j'avais besoin, je devais me nourrir de la chair des animaux sauvages rencontrés sur ma route.

Cette vie m'était sans doute odieuse. La seule joie que je connaissais, je ne la rencontrais que dans mon sommeil. Ô sommeil béni ! Au plus profond de mon malheur, il m'arrivait souvent, exténué de fatigue, de goûter au repos, et alors j'avais des rêves qui me remplissaient de bonheur et d'extase : je revoyais les traits bienveillants de mon père, j'entendais la voix argentine d'Élizabeth et j'apercevais Clerval, resplendissant de joie et de santé. Souvent, lorsqu'une marche harassante m'accablait de fatigue, je me persuadais que mon malheur, mes chagrins, cette vie vagabonde n'étaient qu'un mauvais cauchemar et que je m'éveillerais bientôt au milieu de mes êtres chers. Combien était grand l'amour que je ressentais pour eux. Comme je m'accrochais à leur forme chérie ! Ils me hantaient même dans l'état de veille et je finissais par croire qu'ils vivaient encore. Dans ces moments, la vengeance dont j'étais embrasé s'éteignait dans mon cœur. Je continuais ma poursuite du démon comme si le Ciel me l'avait imposée, comme si une puissance inconnue m'y poussait et non pour satisfaire le désir ardent de mon cœur.

Quelles étaient les réactions du monstre que je poursuivais ? Impossible de le dire. Parfois, il lui arrivait de laisser des inscriptions sur les arbres ou de tailler des signes dans la pierre. Ceux-ci me servaient de guide et ravivaient ma fureur. Je me souviens d'un de ses messages.

« Mon règne n'est pas encore terminé. Vous vivez, ma puissance est donc intacte. Suivez-moi. Je vais vers les glaces éternelles du nord, où vous subirez les tortures du froid et de la gelée auxquelles je suis insensible. Si vous me suivez assez rapidement, vous trouverez un lièvre mort, mangez-le donc et reprenez des forces. Allons, mon ennemi ! Il faut nous livrer un combat mortel mais avant que n'arrive ce jour il vous reste à supporter des heures longues, dures et pénibles. »

Tu railles, ô démon ! À nouveau, je jure de me venger. À nouveau, je te voue à la torture et à la mort. Jamais, tu m'entends, ô démon misérable, je n'abandonnerai ma poursuite avant que l'un de nous deux n'ait succombé. Alors, avec quelle extase suprême ne retrouverai-je pas mon Élizabeth et mes chers disparus ! Ils me préparent dès maintenant la récompense de mon dur labeur et de mon horrible pèlerinage.

Je continuai mon voyage vers le nord. Les neiges s'épaississaient, et le froid augmentait et devenait presque impossible à supporter. Les paysans se confinaient dans leurs chaumières. Seuls, quelques-uns, les plus courageux, osaient sortir pour capturer des animaux que la faim chassait de leurs tanières. Les rivières étaient prises par la glace et se procurer du poisson était une impossibilité. Je fus privé de ma principale nourriture.

L'insolence de mon ennemi croissait avec les difficultés de la poursuite. Il laissa derrière lui une inscription rédigée en ces termes : « Préparez-vous ! Vos peines ne font que débuter. Enveloppez-vous de fourrures, faites des provisions de nourriture. Nous allons entreprendre un voyage où vos souffrances vont enfin assouvir ma haine éternelle. »

Ce défi ironique ranima mon courage et me confirma

dans ma résolution. Je suppliai le Ciel de me soutenir et avec une ardeur infatigable, je traversai des déserts immenses jusqu'au moment où l'Océan m'apparut au loin et dressa une ultime barrière à l'horizon. Il était bien différent des mers bleues du Midi ! Des glaces le recouvraient. Son aspect plus désolé et ses contours plus anguleux le distinguaient de la terre. Les Grecs, apercevant la Méditerranée du haut des montagnes de l'Asie, pleurèrent de joie et saluèrent avec extase la fin de leurs épreuves. Je ne versai point de larmes mais m'agenouillant, le cœur débordant de gratitude, je remerciai mon guide inconnu de m'avoir amené sain et sauf à l'endroit où malgré les railleries de mon ennemi, j'espérais le rencontrer et me mesurer avec lui.

Quelques semaines avant cette période, je m'étais procuré des chiens et un traîneau, et grâce à ce moyen je traversai les plaines neigeuses avec une vitesse incroyable. Je ne sais si le démon profitait des mêmes avantages, mais je constatai que loin de perdre du terrain comme auparavant, j'en gagnais désormais sur lui. Lorsque pour la première fois, j'aperçus l'océan, le monstre n'avait plus qu'un jour d'avance et j'espérais le rejoindre avant qu'il ne parvînt à la côte. Je poursuivais ma route avec un courage renouvelé. Deux jours plus tard, j'arrivai à un misérable hameau situé sur le rivage. M'informant du démon auprès des habitants, ils me donnèrent des renseignements précis. Un monstre à taille de géant était arrivé la veille au soir. Armé d'un fusil et de plusieurs pistolets, il avait mis en fuite les habitants d'une chaumière isolée. Il leur avait enlevé leur provision de nourriture pour l'hiver et en avait chargé un traîneau ; puis s'emparant d'une meute de chiens, il les avait attelés, et le soir même, à la grande joie des paysans horrifiés et terrorisés, il avait poursuivi son voyage à travers la mer dans une direction qui ne menait à aucune terre. Ces pauvres gens supposèrent qu'il allait sans doute périr rapidement soit par le dégel soudain de la mer ou dans le froid des glaces éternelles.

Tout d'abord, ces renseignements me causèrent un accès de désespoir. Le gredin m'avait échappé ! Pour le rejoindre, je devais entreprendre un voyage mortel, presque sans fin, au milieu des icebergs et d'un froid que même peu de naturels pourraient supporter impunément. Mais à l'idée que le démon vivrait et triompherait, je fus envahi d'une rage telle que mon désir de vengeance domina tous mes autres sentiments. Après un court sommeil où les esprits de mes morts bien-aimés m'incitèrent à poursuivre mes efforts et ma vengeance, je me décidai à partir.

Je changeai mon traîneau de terre contre un autre, adapté aux inégalités de l'océan de glace et après avoir acheté une grande quantité de provisions, je quittai la terre.

Je ne saurais dire le nombre de jours qui se sont écoulés depuis cette date mais j'ai enduré des tourments que seul le sentiment de ma juste vengeance m'a permis de supporter. Souvent, le passage m'était barré par d'énormes montagnes de glaces se dressant à pic ; souvent aussi, je percevais le tonnerre de la mer souterraine qui menaçait de m'engloutir.

D'après l'état de mes provisions, je constatai, un beau jour, que mon voyage avait duré près de trois semaines et je voyais toujours différé le moment de ma vengeance. Des larmes de découragement me montaient aux yeux. Le désespoir m'avait presque vaincu et je prévoyais le triomphe de mon ennemi. Un jour où après un effort sans précédent, les pauvres bêtes qui me traînaient étaient parvenues au sommet d'un iceberg en pente, l'une d'elles, exténuée, succomba à la fatigue. Désolé, désespéré, l'âme en proie au découragement le plus profond, je contemplais avec amertume l'immensité qui se déroulait devant moi, lorsque soudain mon regard découvrit sur la sombre plaine une tache sombre. Je m'efforçai de distinguer ce que cela pouvait être et je poussai un cri de triomphe lorsque je reconnus un traîneau et, à l'intérieur, la silhouette bien connue d'un être hideux. Oh ! Comme mon cœur fut envahi par un flot brûlant d'espoir ! De chaudes larmes de joie emplirent mes yeux. Je me hâtai de les essuyer pour ne pas perdre de vue le démon, mais les gouttes brûlantes continuaient à obscurcir mon regard, et je finis par céder à l'émotion qui m'accablait.

Ce n'était pas le moment de perdre du temps. Je débarrassai les chiens de leur compagnon mort, leur donnai une abondante ration, et après une heure de repos, absolument nécessaire bien qu'elle me parût mortellement longue, je continuai ma route. Le traîneau était encore visible et je ne le perdais point de vue sauf lorsqu'un bloc de glace me le cachait entre ses aspérités. Bien plus, je gagnai quelque distance sur lui. Lorsque deux jours plus tard, j'aperçus mon ennemi à un mille de moi, mon cœur bondit dans ma poitrine.

Je n'avais plus qu'à étendre la main pour m'emparer du monstre mais voilà qu'un bruit de tonnerre se fit entendre, une houle soudaine gonfla et enfla la glace. Je me hâtai mais en vain. Le vent se leva et avec le grondement et les secousses d'un tremblement de terre, la glace se fendit et craqua avec un bruit terrifiant et accablant. Cela se passa avec une rapidité incroyable. En quelques minutes, une mer tumultueuse se précipita entre moi et mon ennemi et je voguai à la dérive sur un bloc de glace isolé qui, à chaque instant, diminuait et me préparait une mort affreuse.

Je passai des heures épouvantables. Plusieurs de mes chiens moururent et j'allais moi-même succomber sous le poids de mon désespoir lorsque j'aperçus votre navire à l'ancre. C'était mon seul espoir de salut. Je n'aurais jamais cru qu'un navire osât s'aventurer si loin vers le nord. Cette vue me stupéfia. Je brisai rapidement une partie du traîneau pour en fabriquer des rames et ainsi, au prix de fatigues surhumaines, je fis avancer mon radeau de glace dans la direction de votre navire. Si vous vous étiez dirigé vers le sud, j'étais décidé de me livrer à la merci des flots plutôt que de renoncer à mes projets. Je vous aurais demandé de me prêter un canot pour poursuivre mon ennemi, mais vous alliez vers le nord. Vous me prîtes à bord au moment où j'étais à bout de force, et où, épuisé par les privations, j'aurais succombé, chose que je redoute, car ma tâche n'est pas encore accomplie.

Quand donc le guide invisible qui m'a conduit près de vous, me permettra-t-il le repos que je désire tant ? S'il en est ainsi, jurez-moi, Walton, que ce monstre n'échappera pas à son châtiment ; jurez-moi que vous le poursuivrez, sa mort sera ma vengeance. Mais oserais-je vous demander d'entreprendre ce pèlerinage, d'endurer les privations que j'ai subies ? Non, je ne suis pas aussi égoïste. Et pourtant, si après ma mort, les ministres de la Vengeance le conduisaient vers vous, jurez-moi qu'il ne triomphera pas grâce à mon excès de malheur, jurez-moi qu'il ne survivra pas pour encore augmenter la liste de ses crimes sinistres. Il a la parole facile et sait persuader. Un jour, son verbe exerça son pouvoir sur mon cœur ; mais, je vous en prie, ne lui accordez aucune confiance ! Son âme est aussi infernale que son visage ; elle est pleine de traîtrise et de malice démoniaque. Ne l'écoutez point. Rappelez-vous les noms de William, de Justine, d'Élizabeth, de Clerval et du pauvre Victor ; plongez votre épée dans son cœur. Mon ombre sera près de vous pour guider l'acier. »

Vous avez lu ce récit étrange et terrible, Marguerite[1]. Ne sentez-vous pas votre sang se glacer de la même horreur qui, en ce moment, glace le mien ? Parfois, le pauvre Frankenstein, pris d'une souffrance atroce et soudaine, ne pouvait continuer son histoire ; parfois, d'une voix brisée mais claire, il prononçait avec peine des paroles si lourdes de douleur. Ses yeux nobles et charmants exprimaient la désolation la plus amère. Parfois, avec une maîtrise étonnante de ses nerfs et de sa voix, il racontait calmement les incidents les plus terribles et supprimait toute manifestation d'indignation, parfois comme un volcan qui éclate et épanche sa lave, son visage exprimait la rage la plus effrénée et le malheureux lançait les imprécations les plus violentes à son adversaire.

Son récit est logique et il le raconte avec un accent de vérité, mais je dois vous avouer que les lettres de Félix et de Safie et l'apparition du monstre ont bien plus emporté ma conviction que ses protestations, si énergiques et si logiques qu'elles aient été. Il est donc vrai qu'un pareil monstre existe ! Je ne puis en douter et pourtant je suis éperdu de surprise et d'admiration. Bien souvent, j'ai essayé d'obtenir de Frankenstein des détails concernant sa découverte, mais sur ce point, il demeura impénétrable.

« Êtes-vous fou, mon ami ? me disait-il, ou à quoi donc vous pousse votre curiosité déraisonnable ? Voudriez-vous donc aussi créer un ennemi démoniaque ?

---

1. Walton reprend la parole *(N.d.T.)*.

Soyez calme ! Prenez connaissance de mes malheurs et ne cherchez pas à accroître les vôtres. »

Frankenstein s'aperçut que j'avais pris des notes sur son récit. Il a demandé à les voir et les a lui-même corrigées et augmentées. Ce qu'il a surtout cherché, c'est de donner la vie à ses entretiens avec son ennemi et à faire comprendre la mentalité du monstre qu'il avait créé. « Puisque vous avez pris note de mon récit, je ne voudrais pas qu'il passât à la postérité mutilé et incomplet. »

C'est ainsi que j'employai une semaine à écouter le récit le plus étrange que jamais imagination humaine ne conçut. L'intérêt que je portais à mon hôte, ses manières douces et distinguées donnèrent un nouveau tour à mes pensées et à mes réactions. Je voudrais tant rendre le calme à mon ami Frankenstein et pourtant, en toute conscience, puis-je conseiller de vivre à un homme aussi malheureux, aussi privé de toute consolation ? Non, cela m'est impossible ! La seule joie que cette âme martyrisée éprouvera encore, ce sera de jouir de la paix de la mort. Cependant, une consolation lui reste encore ; la solitude et le délire la lui procurent. Au cours de ses rêves, il croit s'entretenir avec les siens et trouve en ces conversations une consolation à ses souffrances ou un encouragement à poursuivre sa vengeance. Ce ne sont pas là des créations de son imagination détraquée, ce sont les siens qui viennent le visiter du fond d'un autre monde. Cette foi revêt ses songes d'une solennité qui leur imprime un cachet de vérité.

Nos entretiens ne se bornent pas toujours au récit de sa propre histoire et de ses malheurs. En matière littéraire, il témoigne de connaissances illimitées et d'une intelligence rapide et pénétrante. Sa parole est persuasive, son éloquence vigoureuse. Lorsqu'il raconte une scène touchante, lorsqu'il essaye d'émouvoir la pitié ou l'amour, je ne peux l'entendre sans verser des larmes. Combien, aux jours de sa prospérité, il a dû être merveilleux celui qui, ruiné, abattu, malade, revêt

encore un caractère si noble, si divin ! Il paraît avoir
conscience de sa valeur et de la grandeur de sa ruine.

« Lorsque j'étais plus jeune, me dit-il, je me croyais
destiné à accomplir une noble tâche. Ma sensibilité est
grande, mais mon jugement était si sûr qu'il me dési-
gnait pour des travaux illustres. Ce sentiment de ma
valeur personnelle m'a soutenu dans des circonstances
où d'autres se seraient laissé abattre. J'ai toujours considéré comme un crime de gaspiller en chagrin inutile
des talents qui auraient pu rendre de grands services
à l'humanité. Lorsque je songeais à l'œuvre que j'avais
accomplie : la création d'un animal sensible et raisonnable, je ne pouvais me considérer comme l'égal des
inventeurs vulgaires. Cette idée qui me soutenait au
début de ma carrière me plonge aujourd'hui plus sûrement dans la poussière. Mes grandes espérances, mes
hypothèses scientifiques ne sont plus rien, et semblable à l'Archange qui voulait la toute-puissance, je me
trouve enchaîné dans un enfer éternel. Mon imagination était vive et ma puissance d'analyse et de travail
intense ; c'est par l'union de ces deux qualités que j'ai
conçu l'idée de créer un homme et que j'ai pu la mettre à exécution. Aujourd'hui encore, il m'est impossible de me rappeler sans enthousiasme mes réflexions
alors que mon œuvre était en élaboration. Je parcourais les cieux en pensée, tantôt le cœur gonflé de joie
et d'orgueil, tantôt l'âme ardente en songeant au résultat. Dès mon enfance, j'avais caressé les espérances les
plus ambitieuses. Hélas, comme j'en suis revenu ! Ah !
mon ami, si vous m'aviez connu tel que j'étais jadis,
vous ne me reconnaîtriez pas dans ce pauvre être
dégradé et détraqué. Elles étaient rares, mes heures de
découragmeent ! Je voguais toujours parmi les hautes
cimes, jusqu'au jour où je tombai pour ne jamais,
jamais me relever. »

Devrais-je donc perdre cet homme admirable ? J'ai
tant désiré un ami, j'ai tant cherché un être qui m'aime-
rait et partagerait mes idées. Je l'ai trouvé sur ces mers
désertes, mais je crains de ne l'avoir trouvé que pour

le perdre, après en avoir connu la valeur. J'aurais voulu lui rendre le goût de la vie, mais il en repousse l'idée.

« Je vous remercie, Walton, de vos aimables intentions à l'égard d'un pauvre misérable tel que moi, mais lorsque vous me parlez de liens et d'affections nouvelles, croyez-vous que rien puisse remplacer ceux qui ont disparu ? Y a-t-il un homme qui puisse tenir près de moi la place de Clerval ? Y a-t-il une femme qui pourrait me faire oublier Élizabeth ? Les affections ont beau rester sur un plan inférieur, nos amis d'enfance ont toujours sur nos âmes un ascendant auquel nos compagnons de l'âge mûr ne peuvent guère prétendre. Ils connaissent, eux, notre caractère primitif, qui, malgré toutes les modifications possibles, finit par revenir à la surface ; ils peuvent, eux, juger nos actes sans crainte de se tromper, car ils en savent les motifs. Jamais un frère ou une sœur ne se tromperont sur les raisons qui les font agir, alors qu'en dépit d'une affection profonde, ils regarderont un autre être avec méfiance. Ce n'était pas seulement par l'effet de l'habitude et d'une longue cohabitation que les miens m'étaient chers, mais parce qu'ils étaient des gens d'une haute valeur. Là où je me trouverai, j'entendrai toujours résonner à mes oreilles la voix consolante de mon Élizabeth et les paroles amicales de Clerval. Le monstre me les a tués ! Je suis seul au monde, plus rien ne peut me rattacher à la vie. Si j'étais engagé dans quelque grand projet, si j'étais occupé dans une entreprise susceptible de rendre un immense service à l'humanité, j'aurais la force de vivre pour mener ma tâche à bien. Mais telle n'est pas ma destinée. Je dois poursuivre et anéantir l'être à qui j'ai donné la vie, alors j'aurai accompli mon rôle sur la terre et je pourrai mourir. »

2 septembre.

Ma sœur bien-aimée,

Je vous écris au milieu des dangers, et sans savoir si je reverrai jamais l'Angleterre et ceux qui me sont encore plus chers. Autour de moi, des montagnes de glace se dressent de tous côtés et ne me permettent aucune issue. Les braves garçons que j'ai persuadés de me suivre attendent mon aide, mais je n'en ai aucune à leur donner. Notre situation présente un caractère quasi désespéré, mais ni le courage ni l'espoir ne m'abandonnent. La pensée que la vie de ces hommes est en danger à cause de moi m'est un reproche terrible. Quant à vous, ma chère Marguerite, quel sera donc l'état de votre âme ? Vous ignorerez tout de ma disparition et attendrez anxieusement mon retour. Les années s'écouleront une à une, vous serez en proie au désespoir et connaîtrez les tortures du doute. Ah ! ma sœur bien-aimée, la douloureuse déception qui suivra une attente si fidèle est pour moi une perspective encore plus cruelle que ma propre mort ! Heureusement, vous avez un mari et des enfants charmants ; vous pouvez être heureuse. Que le Ciel vous bénisse et vous prenne sous Sa sauvegarde.

Mon malheureux hôte me témoigne la compassion la plus tendre. Il s'efforce de faire miroiter l'espoir à mes yeux et parle comme si la vie était un bien qu'il estimait. Il me rappelle que ces accidents ne sont pas rares dans les mers boréales. Ses paroles m'encouragent malgré moi. Les matelots eux-mêmes subissent l'envoûtement de son éloquence. Lorsqu'il leur parle, ils cessent de désespérer et leur courage se réveille. Les énormes et gigantesques montagnes de glace qui les entourent ne paraissent plus à leurs yeux que des taupinières destinées à disparaître devant la volonté de l'homme. Mais ces sentiments sont passagers ; chaque jour de désillusion augmente la peur de mes hommes et je crains presque une mutinerie provoquée par le désespoir.

5 septembre.

Il vient de se passer une scène palpitante. Je sais qu'il est peu probable que ces notes vous parviennent jamais, mais je ne peux m'empêcher de la narrer. Les montagnes de glace nous entourent toujours ; à chaque instant, nous courons le danger d'être écrasés sous leur pression. Le froid est intense, beaucoup de mes compagnons ont déjà trouvé la mort dans ce paysage de désolation. La santé de Frankenstein décline de jour en jour. On voit encore dans son regard luire l'éclat de la fièvre, mais le pauvre garçon est vraiment épuisé. Il arrive qu'une excitation soudaine provoque de sa part un effort, mais aussitôt, il retombe dans sa léthargie coutumière. Dans ma dernière lettre, je vous ai dit que je craignais une mutinerie. Ce matin, alors que j'observais le visage blême de mon ami — ses yeux mi-clos et ses bras pendants et inertes —, je fus dérangé par une demi-douzaine de matelots qui avaient exigé d'être reçus dans ma cabine. Ils entrèrent donc et le chef de la délégation parla. Il me déclara que ses compagnons l'avaient choisi comme délégué pour me faire une requête qu'en toute justice, je ne pouvais refuser. La glace nous emmurait et il était probable que nous ne réussirions jamais à nous dégager, mais l'équipage craignait que si la glace disparaissait et si le navire pouvait se frayer un passage, j'aurais la témérité de continuer mon voyage et leur ferais courir de nouveaux dangers. Ils voulaient m'entendre prendre l'engagement formel de faire route vers le sud sitôt que le navire serait dégagé.

Ces paroles me troublèrent. Je n'avais pas encore désespéré, ni envisagé l'idée de renoncer à mon projet si la mer devenait libre. Avais-je, en toute justice, le droit de ne tenir aucun compte de leur existence ? Et même aurais-je la possibilité matérielle de le faire ? J'hésitais avant de répondre. Mais Frankenstein, qui était demeuré silencieux et semblait à peine avoir la force d'écouter, se redressa. Ses yeux lançaient des éclairs et ses joues se rosissaient sous l'action d'une vigueur passagère. Se tournant vers les hommes, il leur dit :

« Qu'est-ce que vous voulez ? Que réclamez-vous à votre capitaine ? Renoncez-vous donc aussi facilement à vos desseins ? N'appeliez-vous pas votre entreprise une glorieuse expédition ? Ce n'est pas parce que la route était facile et calme comme dans les mers du sud, mais parce qu'elle était pleine de dangers et de terreur, parce qu'à chaque incident nouveau, il vous fallait faire appel à votre courage, parce que cette entreprise était dangereuse et que vous risquiez d'y rencontrer la mort, voilà pourquoi c'était une expédition glorieuse ! Plus tard, on vous aurait appelés les bienfaiteurs de l'humanité ; votre nom aurait été inscrit sur la liste des braves qui ont affronté la mort pour l'honneur et le service de l'humanité. Et devant le premier danger imaginé, ou si vous voulez, devant la première grande et terrible épreuve imposée à votre courage, vous vous retirez et vous serez contents de passer pour des hommes incapables de supporter le froid et les dangers. Pauvres hommes, vous êtes frileux ? Retournez donc au coin du feu ! Mais alors, pourquoi vous êtes vous engagés dans cette expédition ? Pourquoi êtes-vous venus si loin ? Pourquoi déshonorez-vous votre capitaine ? Allons, soyez des hommes et même plus que des hommes. Soyez obstinés et tenaces dans l'accomplissement de vos projets. Montrez-vous fermes comme le roc. Cette glace n'est pas faite de la même substance que votre cœur, vous le savez, elle peut changer et ne saurait vous résister si votre volonté et votre courage sont plus forts qu'elle. Ne retournez pas dans vos familles avec le stigmate du déshonneur au front. Retournez comme des héros qui ont lutté et vaincu. Retournez comme des hommes qui ignorent la fuite devant l'ennemi. »

Il parlait avec une voix tellement harmonisée avec les sentiments exprimés dans son discours, son regard reflétait si bien son courage et son héroïsme que les matelots, vous en étonnerez-vous, furent émus. Ils se regardèrent les uns les autres et ne purent répondre. À mon tour, je pris la parole ; je leur ordonnai de se retirer et de réfléchir à ce que mon hôte leur avait dit et les assurai que je ne les mènerais pas plus au nord s'ils désiraient sérieusement abandonner, mais que j'espérais les voir réfléchir et voir renaître leur courage.

Les matelots se retirèrent et je me tournai vers mon ami mais je le vis accablé de langueur et presque sans vie.

Comment tout cela se terminera-t-il ? Je n'en sais rien. Mais je préfère mourir que de retourner chez moi avec un insuccès. Je crois pourtant que ce sera mon sort : mon équipage, que ne soutient aucune idée de gloire et d'honneur, ne pourra jamais supporter des souffrances plus grandes que celles d'aujourd'hui.

Le 7 septembre.

Les dés sont jetés. Si nous ne périssons pas écrasés par la glace, j'ai consenti à rentrer. Mes espérances sont réduites à néant par la lâcheté et l'indécision. Je reviens ignorant et déçu. Je n'ai pas assez de philosophie pour supporter cette injustice avec patience.

Le 12 septembre.

Tout est fini. Je retourne en Angleterre. J'ai perdu l'espoir d'être utile et illustre. J'avais un ami, il est mort. Je vais m'efforcer, ma chère sœur, de vous raconter en détail ces tristes événements. Tant que mon navire fait voile vers l'Angleterre et vers vous, je ne serai pas abattu.

Le 9 septembre, la glace entra en mouvement. Le grondement du tonnerre se fit entendre au loin et les blocs de glace se fendaient et craquaient de toutes parts. Le danger était des plus menaçants mais nous devions nous borner à être les spectateurs passifs de cette scène

grandiose. Mon attention se portait surtout sur mon
hôte dont l'état de santé avait tellement empiré que le
pauvre garçon ne pouvait plus quitter le lit. La glace
continuait à craquer derrière nous et le courant nous
dérivait avec force vers le nord. Mais tout à coup une
brise se leva à l'ouest et le onze, la route du sud était
entièrement libre. Lorsque les matelots s'en aperçurent
et constatèrent que le retour au pays était assuré, un
cri prolongé de joie tumultueuse s'éleva de leur poitrine.
Frankenstein qui sommeillait s'éveilla et demanda la
cause de ce bruit.

« Ils crient, répondis-je, parce qu'ils rentreront bientôt en Angleterre. »

« Alors, vous y retournez vraiment ? »

« Hélas ! oui. Il m'est impossible de résister à leurs
exigences. Comment pourrais-je les mener de force au
danger ? Je suis contraint de repartir. »

« Faites-le si vous le voulez, mais moi, je ne vous
suivrai pas. Il vous est loisible d'abandonner votre
entreprise, mais ma tâche m'a été imposée par le Ciel.
Je ne puis désobéir. Je suis faible, exténué, à bout de
force, mais les esprits qui favorisent ma vengeance me
donneront à coup sûr la force nécessaire. »

Tout en prononçant ces paroles, il essaya de sortir
du lit mais cet effort fut trop grand pour lui ; il retomba
et perdit connaissance.

Son évanouissement dura longtemps et je crus plusieurs fois que la vie avait disparu. Enfin, ses yeux
s'ouvrirent. Le pauvre homme respirait à peine et ne
pouvait parler. Le chirurgien lui fit absorber un cal-
mant et nous ordonna de le laisser tranquille. Dans
l'intervalle, il me glissa à l'oreille que mon ami n'avait
plus beaucoup d'heures à vivre.

Le verdict était prononcé. Je n'avais plus qu'à souffrir et attendre. J'étais assis à son chevet et l'observais.
Il avait clos les yeux et je croyais qu'il dormait ; mais
peu après, d'une voix faible, il m'appela et me pria de
me pencher.

« Hélas ! me dit-il, la force dont j'avais besoin a

disparu. Je le sens, je vais mourir, et dire que lui, mon
ennemi et mon bourreau, existe peut-être encore ! Ne
croyez pas, Walton, qu'à mes derniers instants,
j'éprouve encore cette haine dévorante et cette soif de
vengeance que je vous ai jadis exprimées, mais j'estime
encore justifié mon désir de le voir mourir. Ces derniers jours, je les ai passés à faire mon examen de
conscience et je ne trouve point que ma conduite soit
blâmable. Poussé par un accès de folie et d'enthousiasme, j'ai créé un être doué de raison et j'avais envers
lui l'obligation de lui assurer son bonheur et son bien-
être. C'était mon devoir. Mais j'avais aussi un autre
devoir, et bien supérieur. Les êtres de ma propre espèce,
les hommes revendiquaient le droit de jouir en paix des
richesses que Dieu avait créées pour eux sur cette terre.
C'est pourquoi j'ai refusé — et j'ai bien fait — de créer
une compagne à ce premier être. Dans ses crimes, il a
témoigné d'une cruauté et d'un égoïsme sans exemple ;
il a tué ma famille, il a voué à la mort des êtres d'une
sensibilité exquise qui vivaient d'une vie sage et heureuse, et j'ignore jusqu'où peut le mener cette soif de
vengeance. Malheureux lui-même, seule sa mort peut
sauver la vie d'autres êtres. C'est à moi qu'incombait
le devoir de le faire disparaître, mais je n'ai pu l'accomplir. Poussé par la haine et l'égoïsme, je vous ai
demandé de reprendre ma tâche inachevée ; maintenant
je vous le demande au nom de la raison et de la vertu.

« Pour mener à bien cette entreprise, je ne peux vous
demander de renoncer à votre patrie et aux vôtres.
Désormais, puisque vous rentrez en Angleterre, vous
n'avez guère de chance de le rencontrer. Mais je vous
laisse juger de l'excellence de mes arguments et abandonne à votre libre choix le soin de décider si mon
ennemi doit être anéanti. Je n'ose vous demander de
faire ce que je crois juste, car peut-être suis-je encore
sous l'influence de la passion.

« Mais la pensée que ce satanique personnage vit
pour être l'instrument du crime me trouble et me cause
des appréhensions. Néanmoins, l'heure présente, qui va

m'apporter ma libération est depuis des années la première où je me sens heureux. Les fantômes de mes
morts bien-aimés passent devant moi et je me hâte vers
leurs bras. Adieu, Walton ! Cherchez le bonheur dans
le calme et fuyez l'ambition, même si ce n'est que celle
de vous distinguer par la science et les inventions. Et
pourtant, pourquoi parler ainsi ? Si mes espérances ne
m'ont apporté que la ruine, un autre pourrait peut-être
les réaliser. »

Sa voix faiblissait à mesure qu'il parlait. Enfin, exténué par l'effort, il se tut. Une demi-heure après environ, il essaya de me parler encore, ce fut en vain. Il
me pressa faiblement la main et ses yeux se fermèrent
pour toujours pendant que l'irradiation d'un doux sourire disparaissait de ses lèvres. Marguerite, je ne puis
rien dire de plus sur la fin prématurée de cette âme
d'élite. Comment m'exprimer pour vous faire comprendre la profondeur de mon chagrin ? les mots que j'uti-
liserais seraient insuffisants et inadéquats. Je pleure ;
mon esprit est enveloppé d'un nuage de désenchante-
ment. Mais mon navire fait voile vers l'Angleterre ; j'y
trouverai peut-être une consolation.

Je suis interrompu. Que veut dire ce bruit ? Il est
minuit. Nous avons un vent arrière. L'homme de quart
bouge à peine. Voici à nouveau le son d'une voix
humaine mais comme elle est rauque ! Elle provient de
la cabine où reposent les restes de Frankenstein. Je dois
me lever et me rendre compte de ce qui se passe. Bon-
soir, chère sœur !

Grand Dieu ! À quelle scène ai-je donc assisté ? Y
penser me donne encore le vertige. Je me demande si
j'aurai la force de vous la décrire en détail. Pourtant,
l'histoire que je viens de raconter serait incomplète sans
cette catastrophe finale et stupéfiante.

Je pénétrai dans la cabine où reposaient les restes de
mon ami. Au-dessus de son cadavre se penchait une
silhouette bizarre. Je ne trouve pas de mots appropriés
pour vous la dépeindre. C'était un être de taille gigantesque aux proportions étranges et difformes. Son

visage était caché par de longues mèches de cheveux embroussaillés. Il tendait une main énorme dont la couleur et la contexture rappelaient celles d'une momie. Au bruit de mes pas, il cessa ses exclamations d'horreur et de douleur et se précipita vers la fenêtre. Jamais je n'ai vu quelque chose de plus affreux que son visage, à la fois hideux et terrifiant. Malgré moi, je fermai les yeux et m'efforçant de me rappeler mes devoirs à l'égard de ce criminel, je lui ordonnai de s'arrêter.

Il obéit et me regarda avec étonnement. Puis se tournant vers le corps inerte de son créateur, il parut oublier ma présence. Sa physionomie, ses gestes, son attitude, tout en lui paraissait dicté par la rage la plus folle, par la passion la plus irrésistible.

« Voilà encore une de mes victimes ! s'écria-t-il. Cette mort est la consommation de mes crimes. Elle clôt la longue liste de meurtres que le destin m'avait imposés. Ah ! Frankenstein, être bon et généreux ! À quoi bon maintenant te demander pardon ?... Moi qui en tuant les tiens suis cause de ta mort dans ce désert de glace... Hélas ! Il est froid et ne peut me répondre. »

La créature hideuse prononça ces paroles d'une voix haletante. Mon premier mouvement fut d'obéir à la dernière demande de mon ami et de tuer son ennemi, mais un sentiment bizarre où se mêlaient la curiosité et la compassion arrêta mon geste. Je m'approchai de ce monstre mais n'osai lever à nouveau les yeux sur son visage, tant sa laideur était effrayante et inhumaine. Je voulus parler mais les mots s'étranglèrent sur mes lèvres. Le monstre continuait à s'adresser des reproches forcenés et incohérents. Je réussis à rassembler la force nécessaire pour lui parler pendant une accalmie de sa passion tempétueuse.

« Votre repentir, lui dis-je, est désormais inutile. Si vous aviez écouté la voix de la confiance, si vous aviez obéi à l'aiguillon du remords, si vous n'aviez pas poussé à l'extrême votre vengeance diabolique, Frankenstein serait encore vivant. »

« Mais vous rêvez ! répondit le démon. Me croyez-

vous donc insensible à la souffrance et au remords ?
Lui, continua-t-il, en indiquant du doigt le cadavre, lui
n'a pas connu l'amère souffrance d'accomplir son
crime. Non, il n'a pas enduré la dix millième partie de
mes souffrances pendant que je les perpétrais. Le
remords empoisonnait mon cœur pendant qu'un effrayant égoïsme me poussait à agir. Croyez-vous donc
que les gémissements de Clerval étaient une musique
pour mes oreilles ? Mon cœur était fait pour ressentir
l'amour et donner de l'affection. Lorsque sous l'excès
de ma souffrance, je décidai de faire le mal et de haïr,
mon cœur ne supporta pas ce changement sans des tortures que vous ne pouvez imaginer.

« Après avoir assassiné Clerval, je retournai en Suisse
le cœur brisé et accablé. J'éprouvais une profonde pitié
pour Frankenstein ; ma pitié allait jusqu'à l'horreur
de moi-même ; je me dégoûtais. Mais lorsque j'appris
que lui, l'auteur de mon existence, lui, la cause de mes
tourments indicibles, osait espérer le bonheur — que
tout en accumulant le malheur et le désespoir sur ma
tête, il recherchait des consolations et le bonheur dans
des sentiments et des passions que je ne pourrais jamais
connaître — une envie impuissante et une indignation
amère m'emplirent du désir de la vengeance. Je me souvins de ma menace et résolus de l'exécuter. Je savais
que je me préparais une nouvelle torture mortelle mais
j'étais esclave d'une impulsion que j'exécrais. Cependant quand elle mourut !... non alors, je ne souffris
pas. J'avais chassé tout sentiment, étouffé toute torture, je voulais me rassasier de l'excès même de mon
désespoir. Désormais, le Mal devint mon Bien. Parvenu
à un tel degré de dépravation, il ne me restait plus qu'à
adapter mon caractère à mes nouvelles dispositions.
Accomplir mes desseins démoniaques devint ma passion dominante. Maintenant, tout est terminé, voilà ma
dernière victime. »

La vue de ses souffrances me toucha tout d'abord,
mais lorsque je me souvins de la mise en garde de Frankenstein contre l'éloquence persuasive du monstre,

lorsque mon regard tomba sur le corps inanimé de mon ami, je fus pris d'une passion véhémente.

« Misérable ! m'écriai-je ; comment osez-vous venir vous lamenter sur un meurtre dont vous êtes l'auteur ! Vous jetez une torche embrasée sur un groupe d'édifices et lorsqu'ils sont réduits en cendres, vous vous asseyez au milieu des ruines et vous gémissez sur leur chute. Vil hypocrite ! Si le malheureux dont vous pleurez la mort, vivait encore, il serait à nouveau la proie de votre vengeance maudite. Non, vous ne ressentez pas de la pitié ; vous vous lamentez uniquement parce que la victime de votre haine vous échappe. »

« Ce n'est pas vrai ! Non, ce n'est pas vrai ! interrompit-il ; cependant, je cromprends que c'est là l'impression que vous cause ma conduite. Jamais, il ne me sera donné d'éveiller la sympathie. Au début, lorsque je la recherchais, je voulais faire partager aux autres les sentiments de bonheur et d'affection dont mon cœur débordait. Mais aujourd'hui que la vertu n'est plus qu'un vague souvenir, que le bonheur et l'affection se sont transformés en un désespoir amer et hideux, quel sentiment pourrais-je faire partager ? Tant que dureront mes souffrances, il me suffira de souffrir dans la solitude ; lorsque je disparaîtrai de ce monde, l'horreur et l'opprobre pèseront sur ma mémoire. Jadis, mon imagination se complaisait dans des rêves de vertu, de gloire et de joie. Jadis, dans mon illusion, j'espérais rencontrer des êtres capables d'oublier ma hideur et de m'aimer pour les vertus dont je pouvais faire preuve. Je n'avais que des pensées d'honneur et de dévouement. Mais aujourd'hui, le crime m'a mis au rang de l'animal le plus bas. Il n'existe pas un crime, pas une haine, pas une cruauté, pas une misère que l'on puisse comparer aux miens. Lorsque je parcours la liste effrayante de mes crimes, je n'arrive pas à m'imaginer que c'était moi, la créature qui rêvait aux visions sublimes et transcendantes de la beauté et de la puissance majestueuse du bien. Mais c'est ainsi que se passent les choses : l'ange déchu devient un démon malfaisant ! Et Satan, l'ennemi de Dieu, malgré l'énormité de son crime, a des compagnons et des amis ; mais moi, je suis seul, tout seul !

« Vous qui appelez Frankenstein votre ami, vous paraissez au courant de mes crimes et de mes malheurs. Néanmoins, ce qu'il n'a pu vous apprendre, ce sont les heures, les semaines, les mois de souffrances que j'ai endurés pendant que me rongeaient des passions vainement refoulées. J'avais beau détruire ses espérances et réduire ses beaux rêves à néant, je ne satisfaisais point mes propres aspirations. Celles-ci ne cessèrent jamais d'être ardentes et douloureuses. Je n'arrêtais point de chercher l'amour et l'amitié, je ne rencontrais que la haine et le mépris. Allons, n'y avait-il pas une criante injustice ? Parce que l'humanité entière a péché contre moi, dois-je donc passer pour un criminel ? Pourquoi ne haïssez-vous pas Félix qui, en l'outrageant, chassa son ami de sa maison ? Vous n'y pensez pas, ces gens sont des êtres vertueux et immaculés ! Mais moi, le misérable et l'abandonné, je ne suis qu'un être avorté, digne de mépris, qu'on peut frapper et fouler aux pieds ! Au souvenir de cette injustice, je sens encore aujourd'hui le sang bouillonner dans mes veines.

« C'est vrai, je suis un criminel ! J'ai lâchement assassiné de pauvres créatures faibles et exquises. J'ai étouffé l'innocent dans son sommeil, étranglé un enfant qui n'avait fait aucun mal ni à moi ni à personne. J'ai voué à la souffrance et tué de misère et de chagrin mon créateur, qui avait toutes les vertus. Je l'ai poursuivi jusqu'à ce qu'il devînt cette dépouille lamentable. Il est là devant moi, livide et glacé. Vous me haïssez, mais votre dégoût ne saurait égaler celui que je ressens pour moi. Lorsque je considère ces mains qui ont exécuté le crime, je pense à ce cœur qui en a conçu l'image.

« Ne croyez pas que je vais continuer à être l'instrument du crime. Mon œuvre est presque achevée. Pour que ma destinée soit complète, il ne faut ni votre mort ni celle d'aucun autre, la mienne suffit. Soyez persuadé que je ne cherche nullement à retarder le moment du

sacrifice. Je vais quitter votre navire et retrouver le
radeau de glace qui m'y a conduit. Je ferai route vers
l'extrémité la plus septentrionale du globe. Là-bas j'édi-
fierai moi-même mon bûcher funéraire et réduirai en
cendres ce corps misérable. De la sorte, mes restes ne
pourront fournir aucune indication au malheureux qui
poussé par une curiosité maudite voudrait créer un
autre être semblable à moi. Je vais donc mourir. Finies
alors les tortures qui me rongent, finis mes désirs insa-
tisfaits et inextinguibles. Celui qui m'appela à la vie est
mort ; et quand je ne serai plus, notre souvenir se dis-
sipera rapidement. Mes yeux ne verront plus le soleil
et les étoiles, mes joues ne sentiront plus la caresse du
vent. La lumière, le toucher, la conscience passeront.
C'est dans cet anéantissement total que je trouverai le
bonheur. Il y a des années, lorsque devant mes yeux,
les images du monde se présentèrent pour la première
fois, lorsque je sentis la chaleur réconfortante de l'été,
lorsque j'entendis le murmure des feuilles et le gazouillis
des oiseaux, lorsque ces choses étaient tout pour moi,
j'aurais refusé de mourir, je tenais à la vie. Aujour-
d'hui, la mort est mon unique consolation, mon unique
refuge. Souillé par mes crimes, torturé par le remords
le plus amer, où trouverai-je donc le repos sinon dans
la mort ?

« Adieu ! Je vous quitte. Vous êtes le dernier des
hommes que mes yeux auront contemplé. Adieu, Frankenstein ! Si tu vivais encore et si tu caressais contre
moi un désir de vengeance, ma vie l'assouvirait mieux
que ma mort. Mais tu ne voulais me détruire que pour
m'empêcher de causer de plus grands maux. Et même,
si sous une forme qui m'est inconnue, tu n'as pas cessé
de penser et de sentir, tu ne cherchais pas contre moi
de vengeance plus terrible que mes tortures actuelles.
Tu as souffert, Frankenstein, mais tes tourments n'ont
jamais égalé les miens, car l'aiguillon cruel du remords
ne cessera d'envenimer mes blessures qu'à l'heure où
la mort les fermera pour toujours.

« Mais bientôt, s'écria-t-il avec une ardeur triste et

solennelle, la mort viendra me délivrer et mes souffrances prendront fin, bientôt ces ardentes tortures seront éteintes. Je monterai en triomphe sur mon bûcher funèbre, j'exulterai dans mon agonie et les flammes vengeresses effaceront la trace de mes crimes. Le vent balayera mes cendres jusque dans la mer. Mon esprit dormira en paix et, s'il pense encore, il ne connaîtra plus les pensées d'aujourd'hui... Adieu ! »

Sur ces mots, se glissant par le hublot de la cabine, il s'élança sur le radeau de glace qui flottait tout contre le navire. Les vagues l'emportèrent dans les ténèbres lointaines.

DOSSIER HISTORIQUE ET LITTÉRAIRE

REPÈRES BIOGRAPHIQUES

1797   Naissance de Mary (30 août), fille de l'écrivain William Godwin (1756-1836) et de Mary Wollstonecraft (1759-1797), écrivain elle aussi et auteur d'essais.

1801   William Godwin se remarie avec Mary Jane Clairmont, qui a déjà deux enfants, Charles et Claire.

1814   De retour d'Écosse, Mary fait la connaissance de Percy Bysshe Shelley (1792-1822), jeune poète admirateur de William Godwin. Séparé de sa femme, il séduit Mary qu'il entraîne en Europe, avec Claire Clairmont, la demi sœur de Mary. De retour en Angleterre, Mary et Percy s'installent ensemble.

1815   Naissance (prématurée) et mort de leur premier enfant, une fille.

1816   Naissance de William (24 janvier). Mary, Percy, Claire (enceinte du poète Byron) partent en Suisse. Installation près de Genève, non loin de la villa Diodati où Byron demeure avec le docteur Polidori. Le 14 juin, au cours d'une soirée chez Byron, tous les convives décident d'écrire chacun une histoire de fantôme. C'est ainsi que naît *Frankenstein*, dont la rédaction commence le 29 juillet, après une excursion à Chamonix et à la mer de Glace. De retour en Angleterre (11 octobre), Mary rédige son roman du 29 octobre au 13 décembre. La mort de l'épouse de Shelley lui permet le mariage le 30 décembre.

1817   Achèvement de la rédaction de *Frankenstein* (17 avril), corrigé et préfacé par Shelley. Naissance de Clara (2 septembre). Parution de *History of a Six Weeks Tour* (récit de voyage), le premier ouvrage de Mary.

1818   Parution (11 mars) de *Frankenstein or The Modern Prometheus* (anonyme, en 3 volumes). Départ pour l'Italie où Mary écrira deux pièces de théâtre (*Pro-*

serpine ; *Midas*) et deux romans (*Matilda* ; *Valperga*). Mort de Clara (22 septembre).

1819   Mort de William, le dernier enfant survivant (7 juin). Naissance de Percy Florence (12 novembre).

1821   Première traduction française de *Frankenstein*.

1822   Mort de Shelley, noyé au cours d'un naufrage.

1823   Retour de Mary à Londres. Première adaptation théâtrale du roman : *Presumption or the Fate of Frankenstein* (par Richard Brinsley Peake, le 28 juillet). Mary commence une carrière d'écrivain professionnel. Deuxième édition de *Frankenstein* (en 2 volumes).

1824   Publication, par les soins de Mary, des *Poèmes posthumes* de Shelley.

1826   *The Last Man*, roman d'anticipation.

1830   *The Fortunes of Perkin Warbeck*, roman historique.

1831   Nouvelle édition (qui fait autorité) du roman.

1832   Installation à Harrow.

1835   *Lodore*, roman.

1837   *Falkner*, roman.

1839   Installation à Putney. Publication des *Œuvres poétiques* de Shelley (4 volumes, annotés par Mary).

1840   Publication de deux volumes d'œuvres diverses de Shelley.

1841   Percy Florence est diplômé de Cambridge.

1843   Rencontre, à Paris, de Gatteschi, un réfugié politique italien. Éprise, Mary envoie des lettres qu'elle doit faire récupérer par la police française en 1845, après une tentative de chantage de Gatteschi.

1844   *Rambles in Italy and German*, en 2 volumes.

1846   Installation à Londres.

1848   Mariage de Percy Florence avec Jane Saint-John.

1850   Attaque de paralysie.

1851   Mort de Mary (1er février).

1891   Recueil des *Contes et Nouvelles* parus entre 1822 et 1839.

1959   Publication de *Matilda*, roman resté inédit.

LE MONDE DE MARY SHELLEY

1789-1802 La France est en guerre contre l'Angleterre.

1797 Au moment où naît Mary, Ann Radcliffe publie *L'Italien ou le Confessionnal des Pénitents noirs*, le plus célèbre des romans « noirs » et Coleridge, *Le Dit du vieux marin*.

1798 Wordsworth et Coleridge, *Ballades lyriques*.

1799 Napoléon devient premier consul.

1800 *Antonio*, pièce de William Godwin.

1801 Chateaubriand, *Atala*.

1802 Paix d'Amiens entre la France et l'Angleterre.

1803 Reprise de la guerre.

1804 Beethoven, *Symphonie héroïque*, Couronnement de Napoléon Iᵉʳ (2 décembre).

1805 La flotte française est vaincue par Nelson à Trafalgar. Victoire française d'Austerlitz.

1807 Abolition de l'esclavage en Angleterre.

1809 William Godwin, *Essay on Sepulchres*. Naissance de Darwin.

1812 Campagne de Russie. Byron, *Childe Harold*.

1813 Shelley, *Queen Mab*.

1814 Abdication de Napoléon.

1815 Retour de l'île d'Elbe. Défaite de Waterloo. Shelley, *Alastor*.

1816 Coleridge, *Kubla Khan*, E.T.A. Hoffmann, *Les Elixirs du diable*. Naissance de Charlotte Brontë. Jane Austen, *Emma*.

1817 Occupation de la France par les vainqueurs. Suppression en Angleterre de l'*Habeas Corpus*, violentes manifestations (10-17 mars). Émeutes dans le

Derbyshire. Byron, *Manfred*. Shelley, *The Revolt of Islam*.

1818   Rétablissement de l'*Habeas Corpus*. Les Alliés quittent la France.

1819   À Manchester la milice tue des manifestants lors d'un meeting. Vote des Six Acts par le Parlement anglais (renforcement des mesures de sécurité, censure, peines aggravées). Goethe, *Faust* ; Polidori, *The Vampyr*. Géricault, *Le Radeau de la Méduse*.

1820   Couronnement de George IV. Révolution au Portugal. Walter Scott, *Ivanohé* ; C.R. Mathurin, *Melmoth ou l'Homme errant* ; Shelley, *Ode to the West Wind*. Découverte par Ampère des lois de l'électrodynamisme.

1821   Troupes autrichiennes à Naples pour écraser les Carbonari et rétablir Ferdinand IV sur son trône. Mort de Napoléon. Naissance de Baudelaire et de Dostoïevski. Épidémie de choléra à Ispahan. Lois de Faraday. Thomas de Quincey, *Confessions of an English Opium Eater*.

1822   Massacre des chrétiens de Chio par les Turcs qui envahissent la Grèce. Émeutes de Dublin. Le choléra arrive en Russie. Champollion déchiffre les hiéroglyphes.

1823   La France déclare la guerre à l'Espagne. Victor Hugo, *Han d'Islande*.

1824   Victoire turque à Mytilène. Mort de Byron à Missolonghi. Byron, *Don Juan*.

1827   Les Turcs à Athènes. Mort de Beethoven et de William Blake. Invention de la photographie par Niepce. Poe, *Tamerlan*.

1828   Reconnaissance par les nations européennes de l'indépendance de la Grèce. Naissance de Tolstoï.

1829   Le traité d'Andrinople met fin à la guerre russo-turque et reconnaît la Grèce indépendante.

1830   Guillaume IV, roi d'Angleterre. Révolution de juillet en France. Hugo, *Hernani* ; Berlioz, *Symphonie fantastique*.

1831   Le choléra en Europe.

1832 Otto Iᵉʳ roi de Grèce. Mort de Goethe et de Walter Scott. Naissance de Lewis Carroll. George Sand, *Indiana*.

1833 Le Parlement anglais réglemente le travail des enfants. Michelet, *Histoire de France*.

1836 Télégraphe de Morse. Dickens, *Pickwick papers*.

1837 Victoria, reine d'Angleterre. Daguerréotype de Daguerre.

1838 Dickens, *Oliver Twist*.

1841 Wagner, *Le Vaisseau fantôme*.

1845 Famine en Irlande (jusqu'en 1847).

1846 Adoption du libre-échange.

1847 Charlotte Brontë, *Jane Eyre* ; Emily Brontë, *Les Hauts de Hurlevent*.

1849 Dickens, *David Copperfield*.

1851 Exposition de Londres. Adaptation théâtrale du *Vampire* de Polidori par Dumas.

LA VIE APRÈS LA MORT

L'idée qu'il pourrait exister une vie après la mort est fort ancienne, elle est au centre de diverses eschatologies dont la chrétienne. Les romanciers du XIXᵉ siècle ont souvent joué sur le thème — fantastique par excellence — de la survie. Il a paru intéressant de donner des extraits de deux nouvelles, tirées de la littérature française. La première provient d'une œuvre de jeunesse de Balzac, L'Élixir de longue vie *(1830)*. On remarquera qu'elle coïncide avec la seconde édition du roman de Mary Shelley, celle de 1831 que nous reproduisons ici et qui fait aujourd'hui autorité. Par ailleurs, elle entre dans le cycle inspiré par le personnage de Don Juan. Mais un Don Juan un peu inattendu.

La seconde a été écrite par un écrivain moins connu, Claude Vignon (1832-1888). Il s'agit en fait d'une femme, Noémie Cadiot, qui prit le pseudonyme d'un peintre du XVIIᵉ siècle. Elle fut d'abord artiste et critique d'art, puis, ayant épousé Éliphas Lévi, très attiré par l'occultisme, elle se lança dans la littérature. Les morts se vengent, *dont nous donnons de larges extraits,* a été publié dans un recueil, paru en 1856, Minuit ! Récits de la veillée.

• *Texte n° 1*

L'ULTIME AVENTURE DE DON JUAN

Dans un somptueux palais de Ferrare, par une soirée d'hiver, don Juan Belvidéro régalait un prince de la maison d'Este. À cette époque, une fête était un merveilleux spectacle que de royales richesses ou la puissance d'un seigneur pouvaient seules ordonner. Assises autour d'une table éclairée par des bougies parfumées, sept joyeuses femmes échangeaient de doux propos, parmi d'admirables chefs-d'œuvre dont les marbres blancs se détachaient sur des parois en stuc rouge et contrastaient avec de riches tapis de Turquie. Vêtues de satin, étincelantes d'or et chargées de pierreries qui brillaient moins que leurs yeux, toutes racontaient des passions énergiques, mais diverses comme l'étaient leurs beautés. Elles ne différaient ni par les mots ni par les idées ; l'air, un regard, quelques gestes ou l'accent servaient à leurs paroles de commentaires libertins, lascifs, mélancoliques ou goguenards.

L'une semblait dire : « Ma beauté sait réchauffer le cœur glacé des vieillards. »

L'autre : « J'aime à rester couchée sur des coussins, pour penser avec ivresse à ceux qui m'adorent. »

Une troisième, novice de ces fêtes, voulait rougir : « Au fond du cœur je sens un remords ! disait-elle. Je suis catholique, et j'ai peur de l'enfer. Mais je vous aime tant, oh ! tant et tant, que je puis vous sacrifier l'éternité. »

La quatrième, vidant une coupe de vin de Chio, s'écriait : « Vive la gaieté ! Je prends une existence nouvelle à chaque aurore ! Oublieuse du passé, ivre encore des assauts de la veille, tous les soirs j'épuise une vie de bonheur, une vie pleine d'amour ! »

La femme assise auprès de Belvidéro le regardait d'un œil enflammé. Elle était silencieuse. « Je ne m'en remettrais pas à des *bravi* pour tuer mon amant, s'il m'abandonnait ! » Puis elle avait ri ; mais sa main convulsive brisait un drageoir d'or miraculeusement sculpté.

— Quand seras-tu grand-duc ? demanda la sixième au prince avec une expression de joie meurtrière dans les dents, et du délire bachique dans les yeux.

— Et toi, quand ton père mourra-t-il ? dit la septième en riant, en jetant son bouquet à don Juan par un geste enivrant de folâtrerie. C'était une innocente jeune fille accoutumée à jouer avec toutes les choses sacrées.

— Ah ! ne m'en parlez pas, s'écria le jeune et beau don Juan Belvidéro, il n'y a qu'un père éternel dans le monde, et le malheur veut que je l'aie !

Les sept courtisanes de Ferrare, les amis de don Juan et le prince lui-même jetèrent un cri d'horreur. Deux cents ans après et sous Louis XV, les gens de bon goût eussent ri de cette saillie. Mais peut-être aussi, dans le commencement d'une orgie, les âmes avaient-elles encore trop de lucidité ? Malgré le feu des bougies, le cri des passions, l'aspect des vases d'or et d'argent, la fumée des vins, malgré la contemplation des femmes les plus ravissantes, peut-être y avait-il encore, au fond des cœurs, un peu de cette vergogne pour les choses humaines et divines qui lutte jusqu'à ce que l'orgie l'ait noyée dans les derniers flots d'un vin pétillant ? Déjà néanmoins les fleurs avaient été froissées, les yeux s'hébétaient, et l'ivresse gagnait, selon l'expression de Rabelais, jusqu'aux sandales. En ce moment de silence, une porte s'ouvrit ; et, comme au festin de Balthazar, Dieu se fit reconnaître, il apparut sous les traits d'un vieux domestique en cheveux blancs, à la démarche tremblante, aux sourcils contractés ; il entra d'un air triste, flétrit d'un regard les couronnes, les coupes de vermeil, les pyramides de fruits, l'éclat de la fête, la pourpre des visages étonnés et les couleurs des coussins foulés par le bras blanc des femmes ; enfin, il mit un crêpe à cette folie en disant ces sombres paroles d'une voix creuse : « Monsieur, votre père se meurt. »

Don Juan se leva en faisant à ses hôtes un geste qui peut se traduire par : « Excusez-moi, ceci n'arrive pas tous les jours. »

La mort d'un père ne surprend-elle pas souvent les jeunes gens au milieu des splendeurs de la vie, au sein des folles idées d'une orgie ? La mort est aussi soudaine dans ses caprices qu'une courtisane l'est dans ses dédains ; mais plus fidèle, elle n'a jamais trompé personne.

Quand don Juan eut fermé la porte de la salle et qu'il marcha dans une longue galerie froide autant qu'obscure, il s'efforça de prendre une contenance de théâtre ; car, en songeant à son rôle de fils, il avait jeté sa joie avec sa serviette. La nuit était noire. Le silencieux serviteur qui conduisait le jeune homme vers une chambre mortuaire éclairait assez mal son maître, en sorte que la *Mort*, aidée par le froid, le silence, l'obscurité, par une réaction d'ivresse, peut-être, put glisser quelques réflexions dans l'âme de ce dissipateur, il interrogea sa vie et devint pensif comme un homme en procès qui s'achemine au tribunal. [...]

Le père de don Juan, mourant, lui apprend l'existence d'un élixir qui lui permettra de ressusciter. Don Juan laisse son père mourir et garde l'élixir pour lui.

Don Juan Belvidéro passa pour un fils pieux. Il éleva un monument de marbre blanc sur la tombe de son père, et en confia l'exécution des figures aux plus célèbres artistes du temps. Il ne fut parfaitement tranquille que le jour où la statue paternelle, agenouillée devant la Religion, imposa son poids énorme sur cette fosse, au fond de laquelle il enterra le seul remords qui ait effleuré son cœur dans les moments de lassitude physique. En inventoriant les immenses richesses amassées par le vieil orientaliste, don Juan devint avare, n'avait-il pas deux vies humaines à pourvoir d'argent ? Son regard profondément scrutateur pénétra dans le principe de la vie sociale, et embrassa d'autant mieux le monde qu'il le voyait à travers un tombeau. Il analysa les hommes et les choses pour en finir d'une seule fois avec le Passé, représenté par l'Histoire ; avec le Présent, configuré par la Loi ; avec l'Avenir, dévoilé par les Religions. Il prit l'âme et la matière, les jeta dans un creuset, n'y trouva rien, et dès lors il devint *don Juan* !

Maître des illusions de la vie, il s'élança, jeune et beau, dans la vie, méprisant le monde, mais s'emparant du monde. [...] Lorsque don Juan Belvidéro atteignit l'âge de soixante ans, il vint se fixer en Espagne. Là, sur ses vieux jours, il épousa une jeune et ravissante Andalouse. Mais, par calcul, il ne fut ni bon père ni bon époux. Il avait observé que nous ne sommes jamais si tendrement aimés par les femmes auxquelles nous ne songeons guère. Dona Elvire, saintement élevée par une vieille tante au fond de l'Andalousie, dans un château, à quelques lieues de San Lucar, était tout dévouement et toute grâce. Don Juan devina que cette jeune fille serait femme à longtemps combattre une passion avant d'y céder, il espéra donc pouvoir la conserver vertueuse jusqu'à sa mort. Ce fut une plaisanterie sérieuse, une partie d'échecs qu'il voulut se réserver de jouer pendant ses vieux jours. Fort de toutes les fautes commises par son père Bartholoméo, don Juan résolut de faire servir les moindres actions de sa vieillesse à la réussite du drame qui devait s'accomplir sur son lit de mort. Ainsi la plus grande partie de ses richesses resta enfouie dans les caves de son palais de Ferrare, où il allait rarement. Quant à l'autre moitié de sa fortune, elle fut placée en viager, afin d'intéresser à la durée de sa vie et sa femme et ses enfants, espèce de rouerie que son père aurait dû pratiquer ; mais cette spéculation de machiavélisme ne lui fut pas très nécessaire. Le jeune Philippe Belvidéro, son fils, devint un Espagnol aussi consciencieusement religieux que son père était impie, en vertu peut-être du proverbe : *à père avare, enfant prodigue.* L'abbé de San Lucar fut choisi par don Juan pour diriger les consciences de la duchesse de Belvidéro et de Philippe. Cet ecclésiastique était un saint homme, de belle taille, admirablement bien proportionné, ayant de beaux yeux noirs, une tête à la Tibère, fatiguée par les jeûnes, blanche de macérations, et journellement tenté comme le sont tous les solitaires. Le vieux seigneur espérait peut-être pouvoir encore tuer un moine avant de finir son premier bail de vie. Mais, soit que l'abbé fût aussi fort que don Juan pouvait l'être lui-même, soit que dona Elvire eût plus de prudence ou de vertu que l'Espagne n'en accorde aux femmes, don Juan fut contraint de passer ses derniers jours comme un vieux curé de campagne, sans scandale chez lui. Parfois il prenait plaisir à trouver son fils ou sa femme en faute sur leurs devoirs de religion, et voulait impérieusement qu'ils exécutassent toutes les obligations imposées aux fidèles par la cour de Rome. Enfin il n'était jamais si heureux qu'en entendant le galant abbé de San Lucar, dona Elvire et Philippe occupés à discuter un cas de conscience. Cependant, malgré les soins prodigieux que le seigneur don Juan Belvidéro donnait à sa personne, les jours de la décrépitude arrivèrent ; avec cet âge de douleur, vinrent les cris de l'impuissance, cris d'autant plus déchirants, que plus riches étaient les souvenirs de sa bouillante jeunesse et de sa voluptueuse maturité. Cet homme, en qui le dernier degré de la raillerie était d'engager les autres à croire aux lois et aux principes dont il se moquait, s'endormait le soir sur un *peut-être* ! Ce modèle de bon ton, ce duc, vigoureux dans une orgie, superbe dans les cours, gracieux auprès des femmes dont les cœurs avaient été tordus par lui comme un paysan tord un lien d'osier, cet homme de génie avait une pituite opiniâtre, une sciatique importune, une goutte brutale. Il voyait ses dents le quittant comme à la fin d'une soirée, les dames les plus blanches, les mieux parées, s'en vont, une à une, laissant le salon désert et démeublé. Enfin ses mains hardies tremblèrent, ses jambes sveltes chancelèrent, et un soir l'apoplexie lui pressa le cou de ses mains crochues et glaciales. Depuis ce jour fatal, il devint morose et dur. Il accusait le dévouement de son fils et de sa femme, en prétendant parfois que leurs soins touchants et délicats ne lui étaient si tendrement prodigués que parce qu'il avait placé toute sa fortune en rentes viagères. Elvire et Philippe versaient alors des larmes amères et redoublaient de caresses auprès du malicieux vieillard, dont la voix cassée devenait affectueuse pour leur dire : « Mes amis, ma chère femme, vous me pardonnez, n'est-ce pas ? Je vous tourmente un peu. Hélas ! grand Dieu ! comment te sers-tu de moi pour éprouver ces deux célestes créatures ? Moi, qui devrais être leur joie, je suis leur fléau. » Ce fut ainsi qu'il les enchaîna au chevet de son lit, leur faisant oublier des mois entiers d'impatience et de cruauté par une heure où, pour eux, il déployait les trésors toujours nouveaux de sa grâce et d'une fausse tendresse. Système paternel qui lui réussit infiniment mieux que celui dont avait usé jadis son père envers lui. Enfin, il parvint à un tel degré de maladie que, pour le mettre au lit, il fallait le manœuvrer comme une felouque entrant dans un chenal dangereux. Puis le jour de la mort arriva. Ce brillant et sceptique personnage, dont l'entendement survivait seul à la plus affreuse de toutes les destructions, se vit entre un médecin et un confesseur, ses deux antipathies. Mais il fut jovial avec eux. N'y avait-il pas, pour lui, une lumière scintillante derrière le voile de l'avenir ? Sur cette toile, de plomb pour les autres et diaphane pour lui, les légères, les ravissantes délices de la jeunesse se jouaient comme des ombres.

Ce fut par une belle soirée d'été que don Juan sentit les approches de la mort. Le ciel de l'Espagne était d'une admirable pureté, les orangers parfumaient l'air, les étoiles distillaient de vives et fraîches lumières, la nature semblait lui donner des gages certains de sa résurrection, un fils pieux et obéissant le contemplait avec amour et respect. Vers onze heures, il voulut rester seul avec cet être candide.

— Philippe, lui dit-il d'une voix si tendre et si affectueuse que le jeune homme tressaillit et pleura de bonheur. Jamais ce père inflexible n'avait prononcé ainsi : Philippe ! — Écoute-moi, mon fils, reprit le moribond. Je suis un grand pécheur. Aussi ai-je pensé, pendant toute ma vie, à ma mort. Jadis je fus l'ami du grand pape Jules II. Cet illustre pontife craignit que l'excessive irritation de mes sens ne me fît commettre quelque péché mortel entre le moment où j'expirerais et celui où j'aurais reçu les saintes huiles ; il me fit présent d'une fiole dans laquelle existe l'eau sainte jaillie autrefois des rochers, dans le désert. J'ai gardé le secret sur cette dilapidation du trésor de l'Église, mais je suis autorisé à révéler ce mystère à mon fils, *in articulo mortis*. Vous trouverez cette fiole dans le tiroir de cette table gothique qui n'a jamais quitté le chevet de mon lit... Le précieux cristal pourra vous servir encore, mon bien-aimé Philippe. Jurez-moi, par votre salut éternel, d'exécuter ponctuellement mes ordres ?

Philippe regarda son père. Don Juan se connaissait trop à l'expression des sentiments humains pour ne pas mourir en paix sur la foi d'un tel regard, comme son père était mort avec désespoir sur la foi du sien.

— Tu méritais un autre père, reprit don Juan. J'ose t'avouer, mon enfant, qu'au moment où le respectable abbé de San Lucar m'administrait le viatique, je pensais à l'incompatibilité de deux puissances aussi étendues que celles du diable et de Dieu...

— Oh ! mon père !

— Et je me disais que, quand Satan fera sa paix, il devra, sous peine d'être un grand misérable, stipuler le pardon de ses adhérents. Cette pensée me poursuit. J'irais donc en enfer, mon fils, si tu n'accomplissais pas mes volontés.

— Oh ! dites-les-moi promptement, mon père !

— Aussitôt que j'aurai fermé les yeux, reprit don Juan, dans quelques minutes peut-être, tu prendras mon corps, tout chaud même, et tu l'étendras sur une table au milieu de cette chambre. Puis tu éteindras cette lampe ; la lueur des étoiles doit te suffire. Tu me dépouilleras de mes vêtements ; et pendant que tu réciteras des *Pater* et des *Ave* en élevant ton âme à Dieu, tu auras soin d'humecter, avec cette eau sainte, mes yeux, mes lèvres, toute la tête d'abord, puis successivement les membres et le corps ; mais, mon cher fils, la puissance de Dieu est si grande, qu'il ne faudra t'étonner de rien !

Ici, don Juan, qui sentit la mort venir, ajouta d'une voix terrible : « Tiens bien le flacon. » Puis il expira doucement dans les bras d'un fils dont les larmes abondantes coulèrent sur sa face ironique et blême.

Il était environ minuit quand don Philippe Belvidéro plaça le cadavre de son père sur la table. Après en avoir baisé le front menaçant et les cheveux gris, il éteignit la lampe. La lueur douce, produite par la clarté de la lune, dont les reflets bizarres illuminaient la campagne, permit au pieux Philippe d'entrevoir indistinctement le corps de son père, comme quelque chose de blanc au milieu de l'ombre. Le jeune homme imbiba un linge dans la liqueur, et, plongé dans la prière, il oignit fidèlement cette tête sacrée au milieu d'un profond silence. Il entendait bien des frémissements indescriptibles, mais il les attribuait aux jeux de la brise dans les cimes des

arbres. Quand il eut mouillé le bras droit, il se sentit fortement étreindre le cou par un bras jeune et vigoureux, le bras
de son père ! Il jeta un cri déchirant, et laissa tomber la fiole,
qui se cassa. La liqueur s'évapora. Les gens du château accoururent, armés de flambeaux. Ce cri les avait épouvantés et
surpris, comme si la trompette du jugement dernier eût
ébranlé l'univers. En un moment, la chambre fut pleine de
monde. La foule tremblante aperçut don Philippe évanoui,
mais retenu par le bras puissant de son père, qui lui serrait
le cou. Puis, chose surnaturelle, l'assistance vit la tête de don
Juan, aussi jeune, aussi belle que celle de l'Antinoüs ; une
tête aux cheveux noirs, aux yeux brillants, à la bouche ver-
meille et qui s'agitait effroyablement sans pouvoir remuer le
squelette auquel elle appartenait. Un vieux serviteur cria :
« Miracle ! » Et tous ces Espagnols répétèrent : « Miracle ! »
Trop pieuse pour admettre les mystères de la magie, dona
Elvire envoya chercher l'abbé de San Lucar. Lorsque le prieur
contempla de ses yeux le miracle, il résolut d'en profiter en
homme d'esprit et en abbé qui ne demandait pas mieux que
d'augmenter ses revenus. Déclarant aussitôt que le seigneur
don Juan serait infailliblement canonisé, il indiqua la cérémonie de l'apothéose dans son couvent, qui désormais
s'appellerait, dit-il, *San Juan de Lucar*. À ces mots, la tête
fit une grimace assez facétieuse.

Le goût des Espagnols pour ces sortes de solennités est si
connu qu'il ne doit pas être difficile de croire aux féeries reli-
gieuses par lesquelles l'abbaye de San Lucar célébra la trans-
lation du *bienheureux don Juan Belvidéro* dans son église.
Quelques jours après la mort de cet illustre seigneur, le miracle
de son imparfaite résurrection était si drûment conté de village en village, dans un rayon de plus de cinquante lieues
autour de Saint-Lucar, que ce fut déjà une comédie que de
voir les curieux par les chemins ; ils vinrent de tous côtés,
affriandés par un *Te Deum* chanté aux flambeaux. L'antique mosquée du couvent de San Lucar, merveilleux édifice
bâti par les Maures, et dont les voûtes entendaient depuis trois
siècles le nom de Jésus-Christ substitué à celui d'Allah, ne
put contenir la foule accourue pour voir la cérémonie. Pressés comme des fourmis, les hidalgos en manteaux de velours,
et armés de leurs bonnes épées, se tenaient debout autour des
piliers, sans trouver de place pour plier leurs genoux qui ne
se pliaient que là. De ravissantes paysannes, dont les basquines
dessinaient les formes amoureuses, donnaient le bras à des

vieillards en cheveux blancs. Des jeunes gens aux yeux de feu
se trouvaient à côté de vieilles femmes parées. Puis c'était
des couples frémissant d'aise, fiancées curieuses amenées par
leurs bien-aimés ; des mariés de la veille ; des enfants se tenant
craintifs par la main. Ce monde était là riche de couleurs,
brillant de contrastes, chargé de fleurs, émaillé, faisant un
doux tumulte dans le silence de la nuit. Les larges portes de
l'église s'ouvrirent. Ceux qui, venus trop tard, restèrent en
dehors, voyaient de loin, par les trois portails ouverts, une
scène dont les décorations vaporeuses de nos opéras modernes ne sauraient donner une faible idée. Des dévotes et des
pécheurs, pressés de gagner les bonnes grâces d'un nouveau
saint, allumèrent en son honneur des milliers de cierges dans
cette vaste église, lueurs intéressées qui donnèrent de magi-
ques aspects au monument. Les noires arcades, les colonnes
et leurs chapiteaux, les chapelles profondes et brillantes d'or
et d'argent, les galeries, les découpures sarrasines, les traits
les plus délicats de cette sculpture délicate, se dessinaient dans
cette lumière surabondante, comme des figures capricieuses
qui se forment dans un brasier rouge. C'était un océan de
feu, dominé, au fond de l'église, par le chœur doré où s'élevait le maître autel, dont la gloire eût rivalisé avec celle d'un
soleil levant. En effet, la splendeur des lampes d'or, des can-
délabres d'argent, des bannières, des glands, des saints et des
ex voto, pâlissait devant la châsse où se trouvait don Juan.
Le corps de l'impie étincelait de pierreries, de fleurs, de cris-
taux, de diamants, d'or, de plumes aussi blanches que les ailes
d'un séraphin, et remplaçait sur l'autel un tableau du Christ.
Autour de lui brillaient des cierges nombreux qui élançaient
dans les airs de flamboyantes ondes. Le bon abbé de San
Lucar, paré des habits pontificaux, ayant sa mitre enrichie
de pierres précieuses, son rochet, sa crosse d'or, siégeait, roi
du chœur, sur un fauteuil d'un luxe impérial, au milieu de
tout son clergé, composé d'impassibles vieillards en cheveux
argentés, revêtus d'aubes fines, et qui l'entouraient, semblables aux saints confesseurs que les peintres groupent autour
de l'Éternel. Le grand-chantre et les dignitaires du chapitre,
décorés des brillants insignes de leurs vanités ecclésiastiques,
allaient et venaient au sein des nuages formés par l'encens,
pareils aux astres qui roulent sur le firmament. Quand l'heure
du triomphe fut venue, les cloches réveillèrent les échos de
la campagne, et cette immense assemblée jeta vers Dieu le
premier cri de louanges par lequel commence le *Te Deum*.

Cri sublime ! C'était des voix pures et légères, des voix de
femmes en extase, mêlées aux voix graves et fortes des hommes, des milliers de voix si puissantes, que l'orgue n'en
domina pas l'ensemble, malgré le mugissement de ses tuyaux.
Seulement les notes perçantes de la jeune voix des enfants
de chœur et les larges accents de quelques basses-tailles suscitèrent des idées gracieuses, peignirent l'enfance et la force,
dans ce ravissant concert de voix humaines confondues en
sentiment d'amour.

— *Te Deum laudamus !*

Du sein de cette cathédrale noire de femmes et d'hommes
agenouillés, ce chant partit semblable à une lumière qui scin-
tille tout à coup dans la nuit, et le silence fut rompu comme
par un coup de tonnerre. Les voix montèrent avec les nuages
d'encens qui jetaient alors des voiles diaphanes et bleuâtres
sur les fantastiques merveilles de l'architecture. Tout était
richesse, parfum, lumière et mélodie. Au moment où cette
musique d'amour et de reconnaissance s'élança vers l'autel,
don Juan, trop poli pour ne pas remercier, trop spirituel pour
ne pas entendre raillerie, répondit par un rire effrayant et se
prélassa dans sa châsse. Mais le diable l'ayant fait penser à
la chance qu'il courait d'être pris pour un homme ordinaire,
pour un saint, un Boniface, un Pantaléon, il troubla cette
mélodie d'amour par un hurlement auquel se joignirent les
mille voix de l'enfer. La terre bénissait, le ciel maudissait.
L'église en trembla sur ses fondements antiques.

— *Te Deum laudamus !* disait l'assemblée.

— Allez à tous les diables, bêtes brutes que vous êtes !
Dieu, Dieu ! *Carajos demonios,* animaux, êtes vous stupides avec votre Dieu-vieillard !

Et un torrent d'imprécations se déroula comme un ruisseau de laves brûlantes par une irruption du Vésuve.

— *Deus sabaoth, sabaoth !* crièrent les chrétiens.

— Vous insultez la majesté de l'enfer ! répondit don Juan
dont la bouche grinçait des dents.

Bientôt le bras vivant put passer par-dessus la châsse, et
menaça l'assemblée par des gestes empreints de désespoir et
d'ironie.

— Le saint nous bénit, dirent les vieilles femmes, les enfants
et les fiancés, gens crédules.

Voilà comment nous sommes souvent trompés dans nos

adorations. L'homme supérieur se moque de ceux qui le complimentent, et complimente quelquefois ceux dont il se moque au fond du cœur.

Au moment où l'abbé, prosterné devant l'autel, chantait : *Sancte Johannes, ora pro nobis !* il entendit assez distinctement : *O coglione !*

— Que se passe-t-il donc là-haut ? s'écria le sous-prieur en voyant la châsse remuer.

— Le saint fait le diable, répondit l'abbé.

Alors cette tête vivante se détacha violemment du corps qui ne vivait plus et tomba sur le crâne jaune de l'officiant.

— Souviens-toi de dona Elvire ! cria la tête en dévorant celle de l'abbé.

Ce dernier jeta un cri affreux qui troubla la cérémonie. Tous les prêtres accoururent et entourèrent leur souverain.

— Imbécile, dis donc qu'il y a un Dieu ? cria la voix au moment où l'abbé, mordu dans sa cervelle, allait expirer.

Honoré de Balzac, *L'Élixir de longue vie*, 1830.

• *Texte n° 2*

LAISSONS LES MORTS TRANQUILLES !

Au cours d'une soirée, le docteur Maynaud raconte une sombre histoire.

— Je suis vieux, mes amis, car en 1806 j'avais vingt ans et j'étais étudiant en médecine près la Faculté de Montpellier.

Or, le jour de la Toussaint de cette année-là, le temps était magnifique pour une journée de l'extrême automne. Un dernier soleil dorait les feuilles qui restaient aux branches des arbres, et revêtait d'un manteau joyeux les murailles les plus grises de Montpellier. Nous étions en vacances, car naturellement on ne faisait point de cours aux fêtes carillonnées ; c'est pourquoi je partis avec trois de mes amis, — trois étudiants qui aimaient comme moi le grand air et la liberté, — pour aller explorer les environs.

Vers le soir, après avoir passé notre journée en courses à travers la campagne, nous nous rapprochâmes de la ville pour trouver dans l'un des faubourgs un petit cabaret apprécié des étudiants. Nous y reconnûmes quelques-uns des nôtres, la conversation s'engagea, et un copieux souper fut commandé à l'hôte.

Le vin était bon, les liqueurs exquises ; nous causions de cette vive causerie que la verve soutient, que la discussion fouette, et qui jette l'esprit surexcité dans un monde d'idées un peu incohérentes, parce que l'on a tour à tour effleuré tous les sujets, creusé toutes les questions et soutenu toutes les thèses. Moitié vin, moitié causerie peut-être, vers onze heures du soir, quand nous voulûmes nous lever pour regagner nos logis, nous trébuchions et battions les murailles. Les uns étaient ivres, les autres étaient gris.

Ceux qui étaient ivres restèrent au cabaret sur leurs bancs ou sous la table. Ceux qui n'étaient que gris, et j'étais de ceux-là, s'assurèrent tant bien que mal sur leurs jambes et rentrèrent en groupe dans Montpellier.

La route fut faite en commun d'abord, et la conversation continua, semée de propos ininterrompus. Mais de distance en distance il y eut des défections ; quelques-uns reconnurent leur chemin et rentrèrent chez eux ; quelques autres restèrent en arrière, s'appuyant aux murs et interrogeant les passants attardés.

Moi, je n'étais ni de ceux qui à travers les fumées de l'ivresse gardaient assez leur raison pour se conduire, ni de ceux qui l'avaient entièrement perdue. Bientôt je me trouvai seul au milieu de la ville, et fort incertain de la route que je devais suivre.

J'allai d'abord devant moi, sans plus m'inquiéter de mon but ; il faisait beau et j'avais comme un moulin dans la tête. Mais peu à peu la turbulence de mes pensées se calma, et j'essayai de reconnaître les rues et les places.

Ce n'était pas chose facile, car la lune ne paraissait encore point, et la ville de Montpellier ne soupçonnait guère, alors, qu'elle serait un jour éclairée au gaz. Les réverbères eux-mêmes étaient aussi inconnus partout ailleurs que devant la mairie, la préfecture et les écoles.

Je marchais donc à tâtons, essayant de percer à la fois les ténèbres de l'ivresse et celles de la nuit.

Enfin, je crus reconnaître un quartier que je fréquentais ordinairement. Je m'orientai, et l'esprit flottant entre la veille et le rêve, j'enfilai une petite rue tortueuse que j'avais l'habitude de prendre souvent.

Machinalement, je tâtai toutes les portes de cette rue, car il me semblait que j'allais enfin trouver la mienne, et découvrir la serrure dans laquelle j'avais le droit d'engager mon passe-partout. Et plus je cherchais, plus je traversais de fois la rue de droite à gauche, plus l'idée que j'étais vraiment dans le voisinage de ma maison s'enracinait dans mon esprit.

Je heurtai une porte bien connue cette fois, et, sans remarquer le drapeau qui flottait au-dessus pour désigner un établissement public, je mis ma clef dans la serrure. Le passe-partout tourna difficilement d'abord, mais, quelques secousses aidant, la porte finit par s'ouvrir.

J'entrai, en avançant comme les aveugles, les mains devant moi, et je fis quelques pas en divers sens pour trouver l'escalier. Au bout d'un instant, je sentis une porte intérieure qui cédait sous la simple pression de ma main. Je la poussai, et à peine l'avais-je franchie, qu'elle retomba lourdement en frappant la muraille.

Mon premier mouvement fut de regarder autour de moi, mais l'obscurité m'empêchait de rien distinguer. Je sentais seulement que je n'étais pas dans ma chambre. Une impression de froid me faisait penser que ce lieu n'était point habité, et au bruit sonore de mes pas sur les dalles je comprenais que l'enceinte était vaste et peu meublée.

Un instant, je me crus dans une église ; mais dans les églises brûle nuit et jour la lampe du sanctuaire, et rien n'éclairait ce lieu silencieux et glacé.

Je voulus sortir et je retournai sur mes pas dans la direction de la porte. Mais, soit que l'ivresse rendît encore mes démarches incertaines, soit que la porte n'eût point en dedans d'apparences sensibles, je ne pus la retrouver.

Alors je voulus définitivement savoir dans quel lieu je m'étais égaré, et comme, à travers l'ombre, je distinguais à l'extrémité de la salle un grand vitrage couvert d'un rideau, je m'avançai de ce côté pour me donner quelque clarté.

À peine avais-je fait une dizaine de pas, que je me heurtai violemment à l'angle d'un meuble ou d'une corniche. Je me détournai un peu et poursuivis mon chemin avec plus de précautions, mais je ne tardai pas à être arrêté par un second choc.

J'étendis les mains et sentis du marbre ; puis à un second mouvement que je fis, un autre froid plus intense, plus pénétrant, plus répulsif à ma chair, me glaça le sang dans les veines. Celui-là je le reconnus, moi, étudiant en médecine et en chirurgie : c'était le froid de la mort !

Soudain les fumées de l'ivresse s'envolèrent, et toute ma présence d'esprit me revint. J'étais dans l'amphithéâtre, où l'on déposait sur des tables de marbre les morts de l'hospice, pour être livrés à l'étude et disséqués.

J'avais pourtant bien l'habitude de me trouver dans ce lieu sinistre ; je n'étais point un débutant que la vue d'un cadavre effraie. Mais la surprise, l'obscurité, l'époque de l'année, peut-être, car j'entendais sonner le glas des morts, tout contribua à me causer un sentiment d'invincible effroi.

Je me reculai avec horreur et cherchai une seconde fois la porte, sans réussir à la trouver, puisque l'amphithéâtre était circulaire et que la porte, à contrepoids comme celles des églises, rentrait dans la muraille.

La peur me prit à la gorge et agita mes membres d'un tremblement convulsif. Je tournais autour de ces murs inflexibles comme un prisonnier autour de son cachot ; j'appuyais mes mains sur chaque panneau, espérant enfin trouver la porte, et la faire céder sous ma pression. Mais tous mes efforts étaient vains. Les lambris semblaient me repousser. Peut-être la peur m'avait-elle rendu impuissant, même à soulever une porte.

Les cloches tintaient toujours, lentes et inexorables. Mes dents claquaient ; une sueur froide me perlait au front. La lune qui se levait, tamisait sa lumière pâle à travers le rideau rouge de la fenêtre. Peu à peu les objets commençaient à sortir de l'ombre. Je distinguais les instruments de chirurgie, qui allongeaient sur les murs leurs ombres bizarres ; puis, les tables de marbre noir, dont les arêtes retenaient un rayon de lumière ; puis, les scalpels dispersés ; puis, les cadavres...

Ils étaient deux — deux seulement.

L'un, celui d'un vieillard déjà *travaillé* par nos mains — je le reconnaissais ; — l'autre, celui d'une jeune fille morte la veille et tout frais encore.

Le vieillard sanglant, dépecé, les membres à moitié détachés du corps, était horrible à voir.

La jeune fille, belle de cette beauté fascinatrice de la mort que la pulmonie laisse à ses victimes, attirait invinciblement mes regards.

Minuit sonnait, et chaque coup mêlait son timbre solennel au chant funèbre des cloches. Le jour des morts commençait.

Ma terreur devint plus intense encore. Il me semblait que ces cadavres allaient me demander compte de ma profanation, car le deux novembre, dans toutes les facultés de médecine, l'amphithéâtre est fermé ; on respecte les morts, comme si, ce jour-là, leurs âmes veillaient autour de leurs corps.

Immobile, glacé, je restais accroupi au pied du mur d'enceinte, sans pouvoir détourner mes yeux du cadavre de la jeune fille.

Tout à coup, je tressaillis. Il me sembla entendre un gémissement étouffé.

J'écoutai, l'oreille tendue avec cette terreur qui fait acquérir aux sens une finesse inouïe ; un bruit plus prolongé troubla le silence.

Je regardai autour de moi, et je crus voir la tête du vieillard se remuer lentement sur son chevet de marbre.

J'eus peur d'être fou, le sang me monta à la tête et me fouetta violemment les tempes.

À tout prix, je voulais m'enfuir, mais mes efforts insensés n'aboutissaient toujours qu'à me faire tourner dans le même cercle.

Les cloches, d'abord lentes comme les plaintes d'un malade, se mirent à sonner à toute volée, scandant leurs coups pressés, comme des hoquets d'agonie. Les vitres ébranlées répétaient leur son avec des notes lamentables. Par moments, on eût dit que les morts pleuraient en demandant grâce et pitié ; par moments, qu'ils s'éveillaient, qu'ils se levaient en cohortes épaisses, qu'ils emplissaient l'air d'un hurrah guerrier.

Je tombai à genoux sans force ni raison, l'œil troublé, la tête perdue.

Pour cette fois, j'avais bien entendu un soupir près de moi, pour cette fois j'avais bien vu les cadavres s'agiter !

Et, tandis que je me sentais mourir, le vieillard poussait des cris lugubres, car il ne pouvait réussir à remuer sa tête découronnée de son crâne, à mouvoir ses membres lacérés par le scalpel, ou tranchés par la scie.

Il faisait des efforts inouïs pour se soulever sur son marbre, et chaque mouvement ébranlait sa cervelle sanglante. Enfin, il parvint à s'asseoir, et ses yeux, à moitié chassés de leurs orbites, interrogèrent les ténèbres.

— C'est aujourd'hui le jour des morts, dit-il d'une voix qui retentit jusque dans mes entrailles ; les morts s'éveillent et se vengent !

« Qui est là, avec moi, dans cet horrible charnier ?... Une jeune fille ! — Enfant, lève-toi !

« Lève-toi, car tu as tes membres encore, et tu reposes dans l'ignorance du supplice qui t'attend.

« C'est aujourd'hui le jour des morts !... les morts s'éveillent et se vengent ! »

Lentement, à son tour, la jeune fille se leva en ouvrant ses yeux fixes.

— Pauvre fille ! Ah ! tu expires à peine, et tu ne penses pas aux tortures que nous réservent les odieux vivants !... les morts, disent-ils, qu'est cela ?... — de la chair inerte dont la terre va faire du fumier ! — une matière insensible bonne pour l'expérience du scalpel !

« Et pourtant, cette chair glacée qu'aucun frisson ne fait tressaillir, elle souffre, elle sent... jusqu'à l'heure de sa complète dissolution... Quand l'outil tranchant fend la peau, nous en sentons la pointe aiguë et cuisante ; quand nos entrailles se répandent hors de notre ventre, nous voudrions pouvoir les retenir malgré le sacrilège qui les vole ; quand notre cerveau crie sous le trépan, quand notre cœur saigne sous le bistouri, les douleurs les plus intenses nous déchirent : des douleurs dont les bourreaux n'ont pas l'idée, eux qui peuvent encore mourir !

« Ah ! mon crâne est ouvert ! je souffre horriblement ! — Que cherchent-ils dans ma tête ?... la pensée peut-être ?...

« C'est au nom de la science que les barbares nous hachent, nous dépècent et nous fouillent !...

« Ha ! ha ! mais ils seront des morts à leur tour ! ajouta-t-il, avec un ricanement qui fit résonner l'écho.

« C'est aujourd'hui le jour des morts... les morts s'éveillent et se vengent !

« Allons ! quitte ta couche de marbre et viens près de la mienne... c'est cela ! — Approche-toi, puisque tu peux marcher... bien ! — Assieds-toi maintenant, et regarde autour de nous les instruments de torture...

« Pauvre enfant ! Morte à peine, tu crois dormir, n'est-ce pas ? Eh bien ! ils viendront... Ils vont venir... Ils ouvriront ta poitrine pour y chercher la phtisie qui t'a tuée... Ils écarteront tes os et tu ne pourras pas crier... Ils fouilleront ton cœur, et ton cœur sentira la lancette acérée se replonger mille fois au bruit de leurs rires. — Car ils rient, les misérables, en nous déchirant !... ils parlent de leurs orgies !... ils parlent de leurs maîtresses !

« Et puis, quand tout sera fini, quand une partie de ton être aura été jetée à la voirie, quand tes mains ou tes pieds, si jolis maintenant, auront été coupés et emportés par eux pour s'en faire des jouets, on roulera tes restes dans un drap grossier, — le drap de l'aumône ! — on les mettra dans une boîte, aux ais à peine joints, et on les jettera dans une fosse ignoble... au hasard ! — sur moi, sur les morts d'hier, sous ceux de demain, entre un vieux mendiant et quelques débris de honte ou de crime !

« Tu sentiras tout cela : et la terre lourde, et la pression d'un autre cercueil sur le tien, et le froid de la neige, et l'humidité de la pluie...

« Puis tes souffrances dureront longtemps... longtemps... jusqu'à ce que les vers aient rongé tes os ; jusqu'à ce que le sable aride ait bu le suc de ta chair, pour en faire de l'herbe et des fleurs...

« Voilà ce que souffrent les trépassés, sous la tyrannie des vivants qui règnent sur la terre... — Mais, c'est aujourd'hui le jour des morts... les morts s'éveillent et se vengent !... »

Et le cadavre, fier de sa royauté d'une heure, se redressa, terrible, en promenant autour de lui un regard fixe.

— ... Mais que vois-je ?... — Regarde !... — Qui se cache là-bas sous l'ombre d'une table ?... Un mort serait avec nous... Comme ces deux yeux brillent !... C'est un vivant, peut-être ?...

« Un vivant ?... un bourreau ?... — Oui ! oui ! c'est un vivant !... Vois comme il se replie sur lui-même... comme il semble demander un refuge aux murailles... Écoute dans sa gorge le râle de la peur... Ha ! ha ! c'est notre tour ! — Va, jeune fille ! va ! Je te le donne en proie !

« Mets ta main sur son cœur, tu sentiras s'il bat... — Bat-il ?... — Oh ! alors, venge-toi, trépassée !... »

....

Le docteur chancela et ses lèvres devinrent blanches ; la parole expira dans sa gorge.

On s'empressa autour de lui ; on lui fit respirer des sels ; mais sa défaillance ne dura que quelques secondes. Ses yeux se rouvrirent, la parole lui revint, et il ajouta d'une voix étouffée :

— Alors je sentis les deux mains de la morte m'étreindre le cou d'un cercle glacé... et, à la joue... — là où vous voyez cette cicatrice... où vous m'avez embrassé, Pauline... j'éprouvai une douleur si aiguë, que la pensée ne peut la concevoir.

Ce fut d'abord une morsure, faite avec des dents qui semblaient des diamants de glace ; puis une succion horrible, qui
aspirait ma vie...

Je perdis connaissance.

Quand j'ouvris les yeux il faisait jour, et j'étais dans mon
lit avec une fièvre ardente. Autour de moi se pressaient mes
camarades et mes amis.

— Eh bien ! me dirent-ils, en riant, que diable vas-tu donc
faire la nuit à l'amphithéâtre avec les *sujets* ? — Prends-tu
les mortes pour des grisettes, quand tu as bu ?

— C'est aujourd'hui le jour des morts, répétai-je machinalement... — Les morts s'éveillent et se vengent !

— Allons donc ! — Es-tu devenu fou ? — Nous allons
faire sur ton crâne quelques applications d'eau froide...

Je racontai l'horrible histoire ; mais les étudiants ne virent
dans mon récit que l'écho d'une heure de délire.

— Vision ! dirent-ils. — Fumées d'ivresse, mêlées aux souvenirs des contes de nourrice !...

Puis ils s'efforcèrent de me démontrer, au nom de la raison, l'impossibilité des faits. Ils me racontèrent toutes les histoires d'hallucinations, depuis l'antiquité la plus reculée ; et
je fus un moment prêt à croire que j'avais eu un épouvantable cauchemar enfanté par le vin et la peur.

Comme j'hésitais entre leurs raisonnements et ma mémoire,
quelque chose dérangea un appareil que j'avais sur la tête,
et je sentis une vive cuisson à la joue.

Toutes mes terreurs me revinrent ; je demandai une glace,
en jetant loin de moi les compresses et la charpie. À ma joue
saignait une plaie béante où dix dents étaient marquées.

— Et ceci ? m'écriai-je, est-ce un rêve aussi ? Si ma tête
en délire a entendu parler les morts, si la puissance de mon
imagination surexcitée m'a seule montré ce drame funèbre,
me suis-je aussi mordu moi même ?

Il n'y avait rien à répondre à cette preuve terrible. Mes amis
doutèrent et se turent.

On me soigna. Je guéris. Mais depuis cette époque je ne
suis jamais entré dans un amphithéâtre, et j'ai défendu tous
mes morts contre l'autopsie. Les jeunes filles aussi, quand
elles sont pâles et grandes comme Pauline, me font un effet
étrange.

Vous comprenez maintenant ce que le baiser imprévu de
cette chère enfant m'a fait éprouver hier, à une date et à une
heure, où, depuis trente ans, je n'ai jamais pu m'affranchir

de mes terreurs. Elle m'a fait illusion une seconde... — Pauline, je n'en reviendrai pas !...

Madame de M*** et ses amis s'empressèrent autour du docteur Maynaud pour le rassurer. Mille protestations de sympathie lui arrivèrent de toutes parts. On parla de guérison, d'oubli, d'avenir...

Mais l'année suivante, la veillée de la Toussaint se passa tristement au château de madame de M***. À la réunion ordinaire des amis et des voisins, le docteur manquait, et l'on ne pouvait se défendre d'un serrement de cœur à son souvenir.

Claude Vignon, *Les morts se vengent*, 1856.

DÉMIURGES
OU SAVANTS FOUS ?

Le roman de Mary Shelley, on l'oublie trop souvent, est sous-titré Le moderne Prométhée. *Mais ce renvoi est lui-même équivoque puisqu'il fait allusion aux deux aspects sous lesquels on connaît Prométhée, le bienfaiteur de l'humanité et aussi, dans des légendes postérieures, son créateur. La littérature du siècle de* Frankenstein *est pleine de ces démiurges dont le génie confine parfois à la folie. Stevenson et Verne, pour ne citer qu'eux, ont écrit des classiques sur le thème. Nous avons pourtant préféré donner des extraits de trois œuvres qui nous semblent particulièrement intéressantes pour notre sujet.*

L'une, La Machine à parler *(1892), est une nouvelle de Marcel Schwob, que nous donnons en entier. L'auteur (1867-1905), admirateur de Stevenson et de Poe, a laissé un recueil de nouvelles fantastiques,* Le Roi au masque d'or. *Ici, sous le couvert de la métaphysique, se fait jour la folie.*

L'autre extrait est très largement tiré de L'Ève future, *le chef-d'œuvre de Villiers de l'Isle-Adam (1839-1889). L'auteur des* Contes cruels *(1883) a déjà mis en scène, dans* Claire Lenoir *(1867), le personnage d'un savant fier de sa science,* Tribulat Bonhomet. *Dans* L'Ève future *(1886), la créature du savant Edison apparaît bien comme le pendant féminin du monstre de* Frankenstein. *Mais un pendant plein de grâce, d'intelligence et de beauté.*

Le dernier des extraits, plus récent, fait allusion à la célèbre légende du Golem, créature mythique d'un cabbaliste du ghetto juif de Prague. Dans Le Golem *(1915), Gustav Meyrink (1868-1932) allie inextricablement la métaphysique et le fantastique dans la figure monstrueuse qui rôde dans Prague.*

• *Texte n° 3*

AU COMMENCEMENT FUT LE VERBE

L'homme qui entra, tenant un journal à la main, avait les traits mobiles et le regard fixe ; je me souviens qu'il était pâle et ridé, que je ne le vis pas une fois sourire, et que sa manière de poser un doigt sur sa bouche était pleine de mystère. Mais ce qui arrêtait d'abord l'attention, c'était le son étouffé et précipité de sa voix. Lorsque sa parole était lente et basse, on entendait les tons graves de cette voix, avec de soudains silences de vibrations, comme s'il y avait des harmoniques lointaines frissonnant à l'unisson ; mais presque toujours les mots se pressaient sur ses lèvres, et jaillissaient sourds, entrecoupés, discordants, semblables à des bruits de fêlure. Il paraissait y avoir en lui sans cesse des cordes qui cassaient. Et de cette voix toutes les intonations avaient disparu ; on n'y sentait pas de nuances comme si elle eût été prodigieusement vieille et usée.

Cependant le visiteur, que jamais je n'avais vu, s'avança et dit : « Vous avez écrit ces lignes, n'est-il pas vrai ? »

Et il lut : « La voix qui est le signe aérien de la pensée, par là de l'âme, qui instruit, prêche, exhorte, prie, loue, aime, par qui se manifeste l'être dans la vie, presque palpable pour les aveugles, impossible à décrire parce qu'elle est trop ondoyante et diverse, trop vivante justement et incarnée en trop de formes sonores, la voix que Théophile Gautier renonçait à dire dans des mots parce qu'elle n'est ni douce, ni sèche, ni chaude, ni froide, ni incolore, ni colorée, mais quelque chose de tout cela dans un autre domaine, cette voix qu'on ne peut pas toucher, qu'on ne peut pas voir, la plus immatérielle des choses terrestres, celle qui ressemble le plus à un esprit, la science la pique au passage avec un stylet et l'enfouit dans des petits trous sur un cylindre qui tourne. »

Lorsqu'il eut achevé, sa parole tumultueuse n'apportant à mes oreilles qu'un son emmitouflé, cet homme dansa sur une jambe, puis sur l'autre, et sans ouvrir les lèvres eut un ricanement sec qui craqua.

— La science, dit-il, la voix... Plus loin encore vous avez écrit : « Un grand poète a enseigné que la parole ne pouvait se perdre, étant du mouvement, qu'elle était puissante et créatrice, et que peut-être, aux limites du monde, ses vibrations faisaient naître d'autres univers, des étoiles aqueuses ou volcaniques, de nouveaux soleils en combustion. » Et nous savons tous deux, n'est-ce pas, que Platon avait prédit, bien avant Poe, la puissance de la parole : Οὐχἁπλῶς πληγὴ ἀέρος 'ἐστιυ ἡ φωυὴ. « La voix n'est pas qu'un frappement sur l'air : car le doigt, en s'agitant, peut frapper l'air et ne pourra jamais faire de la voix. » Et nous savons aussi qu'un jour du mois de décembre 1890, le jour anniversaire de la mort de Robert Browning, on entendit sortir à Edison-House du cercueil d'un phonographe la voix vivante du poète, et que les ondes sonores de l'air peuvent ressusciter à tout jamais.

« Vous êtes des savants et des poètes ; vous savez imaginer, conserver, ressusciter même : la création vous est inconnue. »

Je regardai l'homme avec pitié. Une ride profonde traversait son front de la pointe des cheveux à la racine du nez. La folie semblait hérisser ses poils et illuminer les globes de ses yeux. L'aspect du visage était triomphant, comme chez ceux qui se croient empereur, pape ou Dieu, et méprisent les ignorants de leur grandeur.

— Oui, continua cet homme — et sa voix s'étouffait à mesure qu'elle voulait devenir plus forte —, vous avez écrit tout ce que savent les autres et la plupart des choses qu'ils peuvent rêver ; mais je suis plus grand. Je peux, si Poe le veut, créer des mondes en rotation et des sphères enflammées et hurlantes, avec le son d'une matière qui ne possède pas d'âme ; et j'ai surpassé Lucifer en ceci que je puis forcer les choses inorganisées à des blasphèmes. Jour et nuit, à ma volonté, des peaux qui furent vivantes et des métaux qui ne le sont peut-être pas encore, profèrent des paroles inanimées ; et s'il est vrai que la voix crée des univers dans l'espace, ceux que je lui fais créer sont des mondes morts avant d'avoir vécu. Dans ma maison gît un Béhémoth qui beugle à l'indication de ma main : *j'ai inventé une machine à parler.*

Je suivis l'homme qui se dirigeait vers la porte. Nous passâmes par des voies fréquentées, des rues turbulentes ; puis nous parvînmes aux faubourgs de la ville, tandis que les becs de gaz s'allumaient un à un derrière nous. Devant la poterne basse d'un mur noirci, l'homme s'arrêta, et tira un verrou. Nous pénétrâmes dans une cour obscure et silencieuse. Et là mon cœur fut plein d'angoisse : car j'entendais des gémissements, des cris grinçants et des paroles syllabisées, qui sem-

blaient mugies par un gosier béant. Et ces paroles n'avaient
aucune nuance, ainsi que la voix de mon guide, si bien que,
dans cet agrandissement démesuré des sonorités vocales, je
ne reconnaissais rien d'humain.

L'homme me fit entrer dans une salle que je ne pus regarder tant elle me parut terrible par le monstre qui s'y dressait.
Car il avait à son centre, élevée jusqu'au plafond, une gorge
géante, distendue et grivelée, avec des replis de peau noire
qui pendaient, se gonflaient, un souffle de tempête souterraine, et deux lèvres énormes qui tremblaient au-dessus. Et
parmi des grincements de roues, et des cris de fil en métal,
on voyait frémir ces monceaux de cuir, et les lèvres gigantesques bâillaient avec hésitation ; puis, au fond rouge du
gouffre qui s'ouvrait, un immense lobe charnu s'agitait, se
relevait, se dandinait, se tendait en haut, en bas, à droite,
à gauche ; une rafale de vent bouffant éclatait dans la
machine, et des paroles articulées jaillissaient, poussées par
une voix extrahumaine. Les explosions des consonnes étaient
terrifiantes ; car le P et le B, semblables au V, s'échappaient
directement au ras des bords labiaux enflés et noirs ; ils paraissaient naître sous nos yeux ; le D et le T s'élançaient sous
la masse hargneuse supérieure du cuir qui se rebroussait ; et
l'R, longuement préparé, avait un sinistre roulement. Les
voyelles, brusquement modifiées, giclaient de la gueule béante
comme des jets de trompe. Le bégaiement de l'S et du CH
dépassait en horreur des mutilations prodigieuses.

— Voici, dit l'homme en posant sa main sur l'épaule d'une
petite femme maigre, contrefaite et nerveuse, l'âme qui fait
mouvoir le clavier de ma machine. Elle exécute sur mon piano
des morceaux de parole humaine. Je l'ai dressée à l'admiration de ma volonté : ses notes sont des bégaiements, ses
gammes et exercices, le BA BE BI BO BU de l'école, ses études,
les fables de ma composition, ses fugues, mes pièces lyriques
et mes poésies, ses symphonies, ma philosophie blasphéma-
toire. Vous voyez les touches qui portent dans leur alphabet
syllabique, sur leur triple rangée, tous les misérables signes
de la pensée humaine. Je produis concurremment, et sans que
la damnation intervienne, la thèse et l'antithèse des vérités
de l'homme et de son Dieu.

Il plaça la petite femme au clavier, derrière la machine.
« Écoutez », dit-il de sa voix étouffée.

Et la soufflerie se mit en mouvement sous les pédales ; les
plis pendant à la gorge se gonflèrent ; les lèvres monstrueuses

tressaillirent et bâillèrent ; la langue travailla, et le mugissement de la parole articulée fit explosion :

AU COM-MEN-CE-MENT FUT LE VER-BE

hurla la machine.

— Ceci est un mensonge, fit l'homme. C'est le mensonge
des livres qu'on dit sacrés. J'ai étudié des années et des
années ; j'ai ouvert des gorges dans les salles de dissection ;
j'ai entendu les voix, les cris, les pleurs, les sanglots et les
prêches ; je les ai méthodiquement mesurés ; je les ai retirés
de moi-même et des autres ; j'ai brisé ma propre voix dans
mes efforts ; et, tant j'ai habité avec ma machine, je parle
sans nuances comme elle ; car la nuance appartient à l'âme,
et je l'ai supprimée. Voici la vérité et la nouvelle parole. Et
il cria, au plus haut de sa voix — mais la phrase retentit
comme un murmure rauque :

J'AI CRÉÉ LE VERBE

Et la soufflerie se mit en mouvement sous les pédales ; les
plis pendant à la gorge se gonflèrent ; les lèvres monstrueuses tressaillirent et bâillèrent ; la langue travailla, et la parole
fit explosion dans un monstrueux bégaiement :

VER-BE VER-BE VER-BE

Il y eut un déchirement extraordinaire, un craquement de
rouages, un affaissement de la gorge, un flétrissement universel des cuirs, une fusée d'air qui emporta les touches sylla-
biques en débris ; et je ne pus savoir si la machine s'était
refusée au blasphème, ou si l'exécutante de paroles avait intro-
duit dans le mécanisme un principe de destruction : car la
petite femme contrefaite avait disparu, et l'homme, dont les
rides sillonnaient la figure totalement tendue, agitait les doigts
avec fureur devant sa bouche muette, ayant définitivement
perdu la voix.

Marcel Schwob,
La Machine à parler, 1892.

• *Texte n° 4*

ANGE OU MONSTRE ?

Un savant, Edison, propose à Lord Ewald désespérément amoureux de Miss Clary une « transsubtantiation » de cette dernière avec un être mystérieux.

Livre deuxième

LE PACTE

II

MESURES DE SÛRETÉ

Je n'y suis pour personne ! *Entendez-vous ? Pour* personne.

La Comédie humaine.

Edison marcha vers la grande fenêtre et la ferma, déplia les volets intérieurs et les fixa : les lourdes franges des rideaux se joignirent. Allant ensuite à la porte du laboratoire, il en poussa les verrous.

Cela fait, il enfonça dans le ressort le bouton d'un phare de signal, d'une flamme d'un rouge intense, installé au-dessus du pavillon et qui indiquait au loin un danger pour qui s'en approcherait, attendu qu'une expérience redoutable y était essayée.

Une pression sur le pas de vis de l'isolateur central rendit instantanément sourds et muets tous les inducteurs micro-téléphoniques, à l'exception du timbre qui correspondait avec New York.

« Nous voici séparés quelque peu du monde des vivants ! » dit Edison, qui s'était remis à son télégraphe et qui, tout en ajustant divers fils de la main gauche, écrivait énigmatiquement force tirets et points de la main droite, en remuant les lèvres.

« N'avez-vous pas sur vous une photographie de Miss Clary ? demanda-t-il tout en écrivant.

— C'est vrai ! Je l'oubliais ! dit Lord Ewald en tirant un carnet de sa poche. La voici, — dans tout son marbre pur ! Voyez, et jugez si j'ai dépassé le réel dans mes paroles. »

Edison prit la carte, l'examina d'un coup d'œil :

« Prodigieux !... C'est, en effet, la fameuse VÉNUS du sculpteur inconnu ! s'écria-t-il ; — c'est plus que prodigieux... c'est stupéfiant, en vérité ! — Je l'avoue ! »

Se détournant, il toucha le régulateur d'une batterie voisine.

L'étincelle, sollicitée, parut entre le vis-à-vis des pointes d'une double tige de platine ; elle hésita deux secondes, comme cherchant de tous côtés par où s'enfuir, et criant son chant bizarre.

Un fil bleu — comme tout sellé pour l'Incommensurable —, s'approcha d'elle ; l'autre extrémité de ce fil se perdait sous terre.

À peine la courrière haletante eut-elle senti son elfe de métal qu'elle sauta sur lui et disparut.

L'instant d'après, un bruit sombre se fit entendre sous les pieds des deux hommes. Il roulait comme du fond de la terre, du fond d'un abîme, vers eux : c'était lourd et c'était enchaîné. On eût dit qu'un sépulcre, arraché aux ténèbres par des génies, s'exhumait et montait à la surface terrestre.

Edison, gardant toujours la carte photographique à la main — et les yeux fixés sur un point de la muraille, en face de lui, à l'autre bout du laboratoire —, semblait anxieux et attendait.

Le bruit cessa.

La main de l'électricien s'appuya sur un objet que Lord Ewald ne distingua pas bien...

« Hadaly ! » appela-t-il enfin à haute voix.

III

APPARITION

Qui se cache derrière ce voile ?...

Das verschleierte Bild zu Saïs.

À ce nom mystérieux, une section de la muraille, à l'extrémité sud du laboratoire, tourna sur des gonds secrets, en silence, démasquant un étroit retrait creusé entre les pierres.

Tout l'éclat des lumières porta brusquement sur l'intérieur de ce lieu.

Là, contre les parois concaves et demi-circulaires, des flots de moire noire, tombant fastueusement d'un cintre de jade jusque sur le marbre blanc du sol, agrafaient leurs larges plis à des phalènes d'or piquées çà et là aux profonds de l'étoffe.

Debout en ce dais, une sorte d'*Être*, dont l'aspect dégageait une impression d'*inconnu*, apparaissait.

La vision semblait avoir un visage de ténèbres : un lacis de perles serrait, à la hauteur de son front, les enroulements d'un tissu de deuil dont l'obscurité lui cachait toute la tête.

Une féminine armure, en feuilles d'argent brûlé, d'un blanc radieux et mat, accusait, moulée avec mille nuances parfaites, de sveltes et virginales formes.

Les pans du voile s'entrecroisaient sous le col autour du gorgerin de métal ; puis, rejetés sur les épaules, nouaient derrière elles leurs prolongements légers. Ceux-ci tombaient ensuite sur la taille de l'apparition, pareils à une chevelure, et, de là, jusqu'à terre, mêlés à l'ombre de sa présence.

Une écharpe de batiste noire lui enveloppait les flancs et, nouée devant elle comme un pagne, laissait flotter, entre sa démarche, des franges noires où semblait courir un semis de brillants.

Entre les plis de cette ceinture était passé l'éclair d'une arme nue de forme oblique : la vision appuyait sa main droite sur la poignée de cette lame ; de sa main gauche pendante, elle tenait une immortelle d'or. À tous les doigts de ses mains étincelaient plusieurs bagues, de pierreries différentes — et qui paraissaient fixées à ses fins gantelets.

Après un instant d'immobilité, cet être mystérieux descendit l'unique marche de son seuil et s'avança, dans son inquiétante beauté, vers les deux spectateurs.

Bien que sa démarche semblât légère, ses pas sonnaient sous les lampes dont les puissantes lueurs jouaient sur son armure.

À trois pas d'Edison et de Lord Ewald, l'apparition s'arrêta ; puis, d'une voix délicieusement grave :

« Eh bien ! mon cher Edison, me voici ! » dit-elle.

Lord Ewald, ne sachant que penser de ce qu'il voyait, la regardait en silence.

« L'heure est venue de vivre, si vous voulez, Miss Hadaly, répondit Edison.

— Oh ! je ne tiens pas à vivre ! murmura doucement la voix à travers le voile étouffant.

— Ce jeune homme vient de l'accepter pour toi ! » continua l'électricien en jetant dans un récepteur la carte photographique de Miss Alicia.

« Qu'il en soit donc selon sa volonté ! » dit, après un instant et après un léger salut vers Lord Ewald, Hadaly.

Edison, à ce mot, le regarda ; puis, réglant de l'ongle un interrupteur, envoya s'enflammer une forte éponge de magnésium à l'autre bout du laboratoire.

Un puissant pinceau de lumière éblouissante partit, dirigé par un réflecteur et se répercuta sur un objectif disposé en face de la carte photographique de Miss Alicia Clary. Au-dessous de cette carte, un autre réflecteur multipliait sur elle la réfraction de ses pénétrants rayons.

Un carré de verre se teinta, presque instantanément, à son centre, dans l'objectif ; puis le verre sortit de lui-même de sa rainure et entra dans une manière de cellule métallique, trouée de deux jours circulaires.

Le rais incandescent traversa le centre impressionné du verre par l'ouverture qui lui faisait face, ressortit, coloré, par l'autre jour qu'entourait le cône évasé d'un projectif —, et, dans un vaste cadre, sur une toile de soie blanche, tendue sur la muraille, apparut alors, en grandeur naturelle, la lumineuse et transparente image d'une jeune femme —, statue charnelle de la *Venus victrix*, en effet, s'il en palpita jamais une sur cette terre d'illusions.

« Vraiment, murmura Lord Ewald, je rêve, il me semble !

— Voici la forme où tu seras incarnée », dit Edison, en se tournant vers Hadaly.

Celle-ci fit un pas vers l'image radieuse qu'elle parut contempler un instant sous la nuit de son voile.

« Oh !... si belle !... Et me forcer de vivre ! » dit-elle à voix basse et comme à elle-même.

Puis, inclinant la tête sur sa poitrine, avec un profond soupir :

« Soit ! » ajouta-t-elle.

Le magnésium s'éteignit ; la vision du cadre disparut.

Edison étendit la main à la hauteur du front de Hadaly.

Celle-ci tressaillit un peu, tendit, sans une parole, la symbolique fleur d'or à Lord Ewald, qui l'accepta, non sans un vague frémissement ; puis, se détournant, reprit, de sa même démarche somnambulique, le chemin de l'endroit merveilleux d'où elle était venue.

Arrivée au seuil, elle se retourna ; puis, élevant ses deux mains vers le voile noir de son visage, elle envoya, d'un geste tout baigné d'une grâce d'adolescente, un lointain baiser à ceux qui l'avaient évoquée.

Elle rentra, souleva le pan d'une des draperies de deuil et disparut.

La muraille se referma.

Le même bruit sombre, mais cette fois s'enfonçant et s'évanouissant dans les profondeurs de la terre, se fit entendre, puis s'éteignit.

Les deux hommes se retrouvaient seuls sous les lampes.

« Qu'est-ce que cet être étrange ? demanda Lord Ewald, en fixant à sa boutonnière la fleur emblématique de Miss Hadaly.

— *Ce n'est pas un être vivant* », répondit tranquillement Edison, les yeux sur les yeux de Lord Ewald.

IV

PRÉLIMINAIRES D'UN PRODIGE

Sans phosphore, point de pensée.

Moleschott.

Lord Ewald, à cette révélation, considérant aussi l'effrayant physicien dans les yeux, parut se demander s'il avait bien entendu.

« Je vous affirme, reprit Edison, que ce métal qui marche, parle, répond et obéit, ne revêt *personne*, dans le sens ordinaire du mot. »

Et, comme Lord Ewald continuait de le regarder en silence :

« Non, *personne*, reprit-il. Miss Hadaly n'est encore, *extérieurement*, qu'une entité magnéto-électrique. C'est un Être de limbes, une possibilité. Tout à l'heure, si vous le désirez, je vous dévoilerai les arcanes de sa magique nature. Mais, continua-t-il, en priant d'un geste Lord Ewald de le suivre, voici quelque chose qui pourra mieux vous éclairer sur le sens des paroles que vous venez d'entendre. »

Et, guidant le jeune homme à travers le labyrinthe, il l'amena vers la table d'ébène, où le rayon de lune avait brillé avant la visite de Lord Ewald.

« Voulez-vous me dire quelle impression produit sur vous ce spectacle-ci ? », demanda-t-il en montrant le pâle et sanglant bras féminin posé sur le coussin de soie violâtre.

Lord Ewald contempla, non sans un nouvel étonnement, l'inattendue relique humaine, qu'éclairaient, en ce moment, les lampes merveilleuses.

« Qu'est-ce donc ? dit-il.

— Regardez bien. »

Le jeune homme souleva d'abord la main.

« Que signifie cela ? continua-t-il. Comment ! cette main...
mais elle est tiède, encore !

— Ne trouvez-vous donc rien de plus *extraordinaire* dans
ce bras ? »

Après un instant d'examen, Lord Ewald jeta une exclamation, tout à coup.

« Oh ! murmura-t-il, ceci, je l'avoue, est une aussi surprenante merveille que l'*autre*, et faite pour troubler les plus
assurés ! Sans la blessure, je ne me fusse pas aperçu du chef-
d'œuvre ! »

L'Anglais semblait comme fasciné ; il avait pris le bras et
comparait avec sa propre main la main féminine.

« La lourdeur ! le modelé ! la carnation même !... conti-
nuait-il avec une vague stupeur. — N'est-ce pas, en vérité,
de la chair que je touche en ce moment ? La mienne en a
tressailli, sur ma parole !

— Oh ! c'est mieux ! — dit simplement Edison. La chair
se fane et vieillit : ceci est un composé de substances exquises, élaborées par la chimie, de manière à confondre la suffi-
sance de la ''Nature''. — (Et, entre nous, la Nature est une
grande dame à laquelle je voudrais bien être présenté, car tout
le monde en parle et personne ne l'a jamais vue !) — Cette
copie, disons-nous, de la Nature — pour me servir de ce mot
empirique —, enterrera l'original sans cesser de paraître
vivante et jeune. Cela périra par un coup de tonnerre avant
de vieillir. C'est de la *chair artificielle*, et je puis vous expliquer comment on la produit ; du reste, lisez Berthelot.

— Hein ? vous dites ?

— Je dis : c'est de la chair artificielle, — et je crois être
le seul qui puisse en fabriquer d'aussi perfectionnée ! » répéta
l'électricien.

Lord Ewald, hors d'état d'exprimer le trouble où ces mots
avaient jeté ses réflexions, examina de nouveau le bras irréel.

« Mais, demanda-t-il enfin, cette nacre fluide, ce lourd éclat
charnel, cette *vie* intense !... Comment avez-vous réalisé le
prodige de cette inquiétante illusion ?

— Oh ! ce côté de la question n'est rien ! répondit Edison
en souriant. Tout simplement avec l'aide du Soleil.

— Du Soleil !... murmura Lord Ewald.

— Oui. Le Soleil nous a laissé surprendre, en partie, le
secret de ses vibrations !... dit Edison. Une fois la nuance
de la blancheur dermale bien saisie, voici comment je l'ai

reproduite, grâce à une disposition d'objectifs. Cette souple albumine solidifiée et dont l'élasticité est due à la pression hydraulique, je l'ai rendue sensible à une action photochromique très subtile. J'avais un admirable modèle. Quant au reste, l'humérus d'ivoire contient une moelle galvanique, en communion constante avec un réseau de fils d'induction enchevêtrés à la manière des nerfs et des veines, ce qui entretient le dégagement de calorique perpétuel qui vient de vous donner cette impression de tiédeur et de malléabilité. Si vous voulez savoir où sont disposés les éléments de ce réseau, comment ils s'alimentent pour ainsi dire d'eux-mêmes, et de quelle manière le fluide statique transforme sa commotion en chaleur presque animale, je puis vous en faire l'anatomie : ce n'est plus ici qu'une évidente question de main-d'œuvre. Ceci est le bras d'une Andréide de ma façon, mue pour la première fois par ce surprenant agent vital que nous appelons l'Électricité, qui lui donne, comme vous voyez, tout le fondu, tout le moelleux, toute l'*illusion* de la Vie !

— Une Andréide ?

— Une Imitation-Humaine, si vous voulez. [...]

V

STUPEUR

Je restai momifié d'étonnement.

Théophile Gautier.

À ces mots, Lord Ewald demeura comme hagard devant Edison. On eût dit *qu'il ne voulait pas* comprendre ce qui lui était proposé.

Après une minute de stupéfaction :

« Mais... une telle créature ne serait jamais qu'une poupée insensible et sans intelligence ! s'écria-t-il, pour dire quelque chose.

— Milord, répondit gravement Edison, je vous le jure : prenez garde qu'en la juxtaposant à son modèle et en les écoutant toutes deux, *ce ne soit la vivante qui vous semble la poupée.* »

Non encore bien revenu à lui-même, le jeune homme souriait amèrement, avec une sorte de politesse un peu gênée.

« Laissons cela, dit-il. La conception est accablante : l'œuvre sentira toujours la machine ! Allons ! vous ne procréerez pas une femme ! — Et je me demande, en vous écoutant, si le génie...

— Je fais serment que, tout d'abord, *vous ne les distinguerez pas l'une de l'autre* ! interrompit tranquillement l'électricien : et, pour la seconde fois, je vous le dis, je suis en mesure de le prouver à l'avance.

— IMPOSSIBLE, Edison.

— Je m'engage, une troisième fois, à vous fournir *tout à l'heure*, pour peu que vous le désiriez, la démonstration la plus positive, *point par point* et *d'avance*, non pas de la possibilité du fait, mais de sa mathématique *certitude*.

— Vous pouvez reproduire l'IDENTITÉ d'une femme ? Vous, né d'une femme ?

— Mille fois plus identique à elle-même... qu'elle-même ! Oui, certes ! puisque pas un jour ne s'envole sans modifier quelques lignes du corps humain, et que la science physiologique nous démontre qu'il renouvelle *entièrement* ses atomes tous les sept ans, environ. Est-ce que le corps existe à ce point ! Est-ce qu'on se ressemble jamais à soi-même ? Alors que cette femme, vous, et moi-même, nous avions d'âge une heure vingt, étions-nous ce que nous sommes ce soir ? Se ressembler ! Quel est ce préjugé des temps lacustres, ou troglodytes !

— Vous la reproduiriez avec sa beauté même ? sa chair ? sa voix ? sa démarche ? son aspect, enfin ?

— Avec l'Électromagnétisme et la Matière-radiante je tromperais le cœur d'une mère, à plus forte raison la passion d'un amant. — Tenez ! je la reproduirai d'une telle façon que, si, dans une douzaine d'années, il lui est donné de voir son double idéal demeuré immuable, elle ne pourra le regarder sans des pleurs d'*envie* — et d'épouvante ! »

Après un moment :

« Mais, entreprendre la création d'un tel être, murmura Lord Ewald, pensif, il me semble que ce serait tenter... *Dieu*.

— Aussi ne vous ai-je pas dit d'accepter ! répondit à voix basse, et très simplement, Edison.

— Lui insufflerez-vous une intelligence ?

— *Une* intelligence ? non : l'INTELLIGENCE, oui. » [...]

IX
PLAISANTERIES AMBIGUËS

Devine, ou je te dévore.

Le Sphinx.

« Il faut une mèche au flambeau, poursuivit l'électricien : quelque grossier que soit, en lui-même, ce procédé de la lumière, ne devient-il pas admirable quand la lumière se produit ? Celui qui, d'avance, à l'aspect de ce moyen du rayonnement, douterait de la possibilité de la lumière et, se scandalisant ainsi, n'essaierait même pas de la produire, serait-il digne de la voir ? Non, n'est-il pas vrai ? — Or, ce dont nous allons parler, n'est que la *machine humaine* de Hadaly, comme disent nos médecins. Si vous connaissiez déjà le charme de l'Andréide *venue au jour*, comme vous connaissez celui de son modèle, aucune explication ne vous empêcherait de le subir, — non plus que l'aspect, par exemple, de l'écorché de votre belle vivante ne vous empêcherait de l'aimer encore, si elle se représentait, ensuite, à vos yeux, *telle qu'elle est*.

« Le mécanisme électrique de Hadaly n'est pas plus *elle* — que l'ossature de votre amie n'est *sa personne*. Bref, ce n'est ni telle articulation, ni tel nerf, ni tel os, ni tel muscle que l'on aime en une femme, je crois ; mais l'ensemble seul de son être, pénétré de son fluide organique, alors que, nous regardant avec ses yeux, elle transfigure tout cet assemblage de minéraux, de métaux et de végétaux fusionnés et sublimés en son corps.

« L'unité, en un mot, qui enveloppe ces moyens de rayonnement est seule mystérieuse. N'oublions donc pas, mon cher lord, que nous allons parler d'un processus vital aussi dérisoire que le nôtre, et qui ne peut nous choquer que par sa... nouveauté.

— Bien, répondit Lord Ewald, avec un grave sourire. Je commence donc. — Tout d'abord, pourquoi cette armure ?

— L'armure ? dit Edison, — mais je vous l'ai donné à entendre : c'est l'appareil plastique sur lequel se superposera, pénétrante et pénétrée en l'unité du fluide électrique, la carnation totale de votre idéale amie. Il contient, fixé en lui, l'organisme intérieur commun à toutes les femmes.

« Nous l'étudierons dans quelques instants sur Hadaly elle-même, qui sera toute ravie et amusée, sans doute, de laisser entrevoir les mystères de sa lumineuse entité.

— L'Andréide parle-t-elle toujours avec la voix que j'ai entendue ? demanda Lord Ewald.

— Pouvez-vous donc m'adresser pareille question, mon cher lord ? dit Edison. Non, mille fois ! — Est-ce que, jadis, la voix de Miss Alicia n'a pas mué ? — La voix que vous avez entendue, en Hadaly, c'est sa voix d'enfant, toute spirituelle, somnambulique, non encore féminine ! Elle aura la voix de Miss Alicia Clary comme elle en aura tout le reste. Les chants et la parole de l'Andréide seront à jamais ceux que lui aura dictés, sans la voir, et inconsciemment, votre si belle amie, dont l'accent, le timbre et les intonations, à des millionièmes de vibrations près, seront inscrits sur les feuilles des deux phonographes d'or — perfectionnés à miracle, aujourd'hui, par moi, c'est-à-dire d'une fidélité de son de voix vraiment... *intellectuelle* ! —, et qui sont les poumons de Hadaly. Ces poumons, l'étincelle les met en mouvement comme l'étincelle de la Vie met en mouvement les nôtres. Je dois même vous avertir que ces chants inouïs, ces scènes tout à fait extraordinaires et ces paroles inconnues — proférées, d'abord par la virtuose vivante, plus clichées — et réfractées *sérieusement*, tout à coup, par son fantôme andréidien — sont, précisément, ce qui constitue le prodige et aussi l'occulte péril dont je vous ai prévenu. »

À ces mots, Lord Ewald tressaillit. Il n'avait pas songé à cette explication de *la Voix*, de cette voix virginale du beau fantôme ! Il avait douté. La simplicité de la solution lui éteignit le sourire. L'obscure possibilité — bien trouble encore, sans doute, mais, enfin, la *possibilité* — du miracle total lui apparut, pour la première fois, distinctement.

Résolu donc, plus que jamais, d'approfondir jusqu'où l'extraordinaire inventeur pourrait tenir, il reprit :

« Deux phonographes *d'or* ? dites-vous. — Au fait, ce doit être plus beau que des poumons réels. Vous avez préféré l'or ?

— L'or vierge, même ! — dit, en riant, Edison.

— Pourquoi ? demanda Lord Ewald.

— Parce que, doué d'une résonance plus fémininement sonore, plus sensible, plus exquise, surtout lorsqu'il est traité d'une certaine façon, l'or est le merveilleux métal qui ne s'oxyde pas. Il est à remarquer que je me suis vu contraint, pour composer une femme, de recourir aux substances les plus rares et les plus précieuses, ce qui fait l'éloge du sexe enchanteur, ajouta galamment l'électricien. — Toutefois, j'ai dû employer le fer dans les articulations.

— Ah ? dit Lord Ewald rêveur : — dans les articulations vous avez employé le fer ?

— Sans doute, reprit Edison : n'entre-t-il pas dans les éléments constitutifs de notre sang ? de notre corps ? — Les docteurs nous le prescrivent en maintes circonstances. Il était donc naturel qu'il ne fût pas omis, sans quoi Hadaly n'eût pas été tout à fait... humaine.

— Pourquoi plutôt dans les articulations ? demanda Lord Ewald.

— L'articulation se compose de ce qui emboîte et de ce qui s'emboîte ; or, ce qui emboîte, dans les membres de Hadaly, c'est l'aimant multiplié par l'électricité : et comme le métal que l'aimant domine et attire le mieux (mieux, enfin, que le nickel ou le cobalt) n'est autre que le fer, j'ai dû employer de l'acier-fer en ce qui est emboîté.

— Vraiment ? dit très tranquillement Lord Ewald : mais l'acier-fer s'oxyde : l'articulation se rouillera ?

— C'est bon pour les nôtres, cela ! dit Edison. — Voici, sur cette étagère, un lourd flacon d'huile de roses, très ambrée, bouché à l'émeri, et qui sera la synovie désirée.

— L'huile *de roses* ? demanda Lord Ewald.

— Oui : c'est la seule qui, ainsi préparée, ne s'évente pas, dit Edison. Puis, les parfums sont du domaine féminin. Tous les mois vous en glissez la valeur d'une petite cuiller entre les lèvres de Hadaly, pendant qu'elle semble ensommeillée (comme entre celles d'une malade intéressante). Vous voyez, c'est l'Humanité même. — Le baume subtil se répandra de là dans l'organisme magnéto-métallique de Hadaly. Ce flacon suffit pour un siècle et plus ; je ne pense donc pas, mon cher lord, qu'il y ait lieu d'en renouveler la provision ! acheva l'électricien avec une nuance de légèreté sinistre dans la plaisanterie.

— Vous dites qu'elle respire ?

— Toujours ; comme nous ; dit Edison ; mais sans brûler d'oxygène ! Nous comburons, nous, qui sommes un peu des machines à vapeur ; mais Hadaly aspire et respire l'air par le mouvement pneumatique et indifférent de son sein qui se soulève, — comme celui d'une femme idéale qui serait toujours bien portante. L'air, en passant entre ses lèvres, et en faisant palpiter ses narines, se parfume, tiédi par l'électricité, des effluves d'ambre et de roses dont l'électuaire oriental lui laisse le souvenir.

« L'attitude la plus naturelle de la future Alicia, — je parle de la *réelle*, non de la vivante, — sera d'être assise et accoudée, la joue contre la main, — ou d'être étendue sur quelque dormeuse — ou sur un lit, comme une femme.

« Elle demeurera là, sans autre mouvement que sa respiration.

« Pour l'éveiller à son énigmatique existence, il vous suffira de lui prendre la main, en faisant agir le fluide de l'une de ses bagues.

— L'une de ses bagues ? demanda Lord Ewald.

— Oui, dit Edison, celle de l'index ; c'est son anneau nuptial. »

Il indiqua la table d'ébène.

« Savez-vous pourquoi cette main surprenante a répondu à votre pression, tout à l'heure ? ajouta-t-il.

— Non, certes, répondit Lord Ewald.

— C'est parce qu'en la serrant, vous avez impressionné la bague, dit Edison. Or, Hadaly, si vous l'avez remarqué, a des bagues à tous les doigts et les diverses pierreries de leurs chatons sont toutes *sensibles*. En dehors de ces longues scènes extra-terrestres, — aux confidences, aux sensations vertigineuses, — scènes où vous n'aurez nullement à vous occuper d'elle puisqu'elle en portera les heures *complètes* inscrites en sa forme et constituant, pour ainsi dire, sa personnalité — il est des instants de silence où, sans évoquer en elle ces heures sublimes, vous voudrez lui demander, simplement, telle ou telle chose.

« Eh bien ! en ces instants, assise ou étendue, elle se lèvera doucement si, lui prenant la main droite, vous frôlez la sympathique améthyste de la bague de l'index, en lui disant : "Venez, Hadaly !" Elle viendra, mieux que la vivante. L'impression sur la bague doit être vague et *naturelle*, — comme lorsque vous pressez doucement et d'un peu de votre âme la main du modèle. Mais cette intention n'est nécessaire que dans l'intérêt de l'illusion.

« Hadaly marchera, devant elle et toute seule, sur la sollicitation du rubis placé au doigt médial de sa main droite, ou prenant le bras et s'y appuyant languissamment, elle suivra les mouvements d'un ami, non seulement comme une femme, mais *exactement* de la même manière que Miss Alicia Clary. La concession faite, en ces bagues, à sa *machine humaine* ne doit pas vous scandaliser. Songez à quelles autres *prières*, bien plus humiliantes, les amants accèdent, parfois, pour obtenir un pâle instant d'amour, — à quelles hypocrisies don Juan lui-même sait condescendre pour amener telle mauvaise grâce féminine à un semblant d'obéissance... Ce sont là les bagues des vivantes.

« Au persuasif émoi de la bague de l'annulaire, la turquoise, elle s'assoira. De plus, elle porte un collier dont toutes les perles ont chacune leur correspondance ! Un très explicite Manuscrit, — un grimoire très clair ! unique, en vérité, sous le ciel et dont elle vous fera présent, — vous indiquera les coutumes de son caractère. Avec un peu d'habitude — (ah ! vous savez ! il faut connaître une femme !) — tout vous deviendra *naturel*. »

[...]

— Enfin, ce n'est pas un *être*, cependant ! dit Lord Ewald tristement.

— Oh ! les plus puissants esprits se sont toujours demandé ce que c'est que l'idée de l'Être, prise en soi. Hegel, en son prodigieux processus antinomique, a démontré qu'en l'Idée pure de l'Être, la différence entre celui-ci et le pur Néant n'était qu'une simple *opinion* : Hadaly, seule, résoudra nettement, elle-même, la question *de son* ÊTRE, je vous le promets.

— Par des paroles ?

— Par des paroles.

— Mais, *sans âme*, en aura-t-elle conscience ? »

Edison regarda Lord Ewald avec étonnement.

« Pardon : *n'est-ce pas précisément ce que vous demandiez en vous écriant :* "QUI M'ÔTERA CETTE ÂME DE CE CORPS ?" Vous avez *appelé* un fantôme, identique à votre jeune amie, MOINS *la conscience dont celle-ci vous semblait affligée* : Hadaly est venue à votre appel : voilà tout. »

Les deux hommes descendent dans le laboratoire souterrain d'Edison.

Livre troisième

L'ÉDEN SOUS TERRE

I

FACILIS DESCENSUS AVERNI [1]

MÉPHISTOPHÉLÈS :
Descends, ou monte : c'est tout un !

Goethe, *Le Second Faust.*

Tous deux franchirent le seuil lumineux.

« Retenez-vous à cet appui-main », dit Edison en indiquant un anneau de métal à Lord Ewald, qui s'en saisit.

Serrant, ensuite, la poignée d'une torsade de fonte cachée dans les moires, l'ingénieur la tira d'une violente saccade.

La dalle blanche céda, doucement, sous leurs pieds : elle glissait, enchâssée dans le parallélogramme de ses quatre montants de fer ; c'était donc là cette pierre tombale artificielle dont l'ascension avait amené Hadaly.

Edison et Lord Ewald descendirent ainsi durant quelques moments ; la lueur d'en haut se rétrécissait. L'excavation était, en effet, profonde.

« Surprenante façon d'aller chercher l'Idéal ! » pensait Lord Ewald, debout auprès de son taciturne compagnon.

Leur socle continuait à s'enfoncer sous la terre.

Tous deux se trouvèrent bientôt dans la plus noire obscurité, en d'opaques et humides ténèbres, aux exhalaisons terreuses, où l'haleine se glaçait.

Le marbre mobile ne s'arrêtait pas. Et la lumière d'en haut n'était plus qu'une étoile ; ils devaient être assez loin, déjà, de ce dernier feu de l'Humanité.

L'étoile disparut : Lord Ewald se sentit dans un abîme.

Il s'abstint, cependant, de rompre le silence que gardait, à son côté, l'électricien.

À présent, la rapidité de la descente s'accélérait à ce point que leur support semblait se dérober sous eux, traversant l'ombre avec un bruit monotone.

Lord Ewald, tout à coup, devint attentif ; il croyait en-

---

1. En fait il faut lire : *Averno*. (« Descendre dans l'Averne est facile », dit Virgile, *Énéide*, VI, 126.)

tendre, autour de lui, une voix mélodieuse mêlée à des rires
et à d'autres voix.

La vitesse diminua, peu à peu, puis un choc léger...

Un porche lumineux tourna, silencieusement, en face des
deux voyageurs, comme si quelque « Sésame, ouvre-toi ! »
l'eût fait rouler sur des gonds enchantés. Une odeur de roses,
de kief et d'ambre flotta dans l'air.

Le jeune homme se trouvait devant un spacieux souterrain
pareil à ceux que, jadis, sous les palais de Bagdad, orna la
fantaisie des califes.

« Entrez, mon cher lord, vous êtes présenté », dit Edison,
qui agrafait très vite les anneaux du translateur à deux lourdes
griffes de fonte scellées dans le roc latéral.

II

ENCHANTEMENTS

L'air est si doux qu'il empêche de mourir.

Gustave Flaubert, *Salammbô*.

Lord Ewald s'avança sur les pelleteries fauves qui couvraient le sol et considéra ce séjour inconnu.

Un grand jour d'un bleu pâle en éclairait la circonférence
démesurée.

D'énormes piliers soutenaient, espacés, le circuit antérieur
du dôme de basalte, formant ainsi une galerie à droite et à
gauche de l'entrée jusqu'à l'hémicycle de la salle. Leur déco-
ration, où se rajeunissait le goût syrien, représentait, de la
base au sommet, de grandes gerbes et des liserons d'argent
élancés sur des fonds bleuâtres. Au centre de la voûte, à
l'extrémité d'une longue tige d'or, tombait une puissante
lampe, un astre, dont un globe azuré ennuageait les électriques rayons. Et la voûte concave, d'un noir uni, d'une hauteur
monstrueuse, surplombait, avec l'épaisseur du tombeau, la
clarté de cette étoile fixe : c'était l'image du Ciel tel qu'il apparaît, noir et sombre, au-delà de toute atmosphère planétaire.

Le demi-orbe qui formait le fond de la salle, en face du
seuil, était comblé par de fastueux versants pareils à des
jardins ; là, comme sous la caresse d'une brise imaginaire,
ondulaient des milliers de lianes et de roses d'Orient, de fleurs
des îles, aux pétales parsemés d'une rosée de senteur, aux
lumineux pistils, aux feuilles serties en de fluides étoffes. Le

prestige de ce Niagara de couleurs éblouissait. Un vol
d'oiseaux des Florides et des parages du sud de l'Union cha-
toyait sur toute cette flore artificielle, dont l'arc de cercle versi-
colore fluait, en cette partie de la salle, avec des étincellements
et des prismes, se précipitant, depuis la mi-hauteur apparente
des murs circulaires, jusqu'à la base d'une vasque d'albâtre,
centre de ces floraisons, et dans laquelle un svelte jet d'eau
retombait en pluie neigeuse.

À partir du seuil jusqu'au point où, des deux côtés, commençaient les pentes de fleurs, les cloisons de basalte des murs
(depuis le circuit de la voûte jusqu'aux pelleteries du sol)
étaient tendues d'un épais cuir de Cordoue brûlé de fins
dessins d'or.

Auprès d'un pilier, Hadaly, toujours long-voilée, se tenait
debout et accoudée au montant d'un noir piano moderne aux
bougies allumées.

Avec une grâce juvénile, elle adressa un léger mouvement
de bienvenue à Lord Ewald.

Sur son épaule, un oiseau de Paradis, d'une imitation non-
pareille, balançait son aigrette de pierreries. Avec la voix d'un
jeune page, cet oiseau semblait causer avec Hadaly dans un
idiome inconnu.

Une longue table, taillée en un dur porphyre, placée sous
la grande lampe de vermeil, en buvait les rayons ; à l'une de
ses extrémités était fixé un coussin de soie, pareil à celui qui
supportait, en haut, le bras radieux. Une trousse garnie d'instruments de cristal brillait tout ouverte, sur une tablette
d'ivoire qui se trouvait à proximité.

Dans un angle éloigné, un braséro de flammes artificielles,
réverbéré par des miroirs d'argent, chauffait ce séjour
splendide.

Aucun meuble, sinon une dormeuse de satin noir, un gué-
ridon entre deux sièges, — un grand cadre d'ébène tendu
d'étoffe blanche et surmonté d'une rose d'or, sur une des
parois du mur, à hauteur de la lampe.

III
CHANT DES OISEAUX

> *Ni le chant des oiseaux matineux, ni la*
> *nuit et son oiseau solennel...*
>
> Milton, Le Paradis perdu.

[...]

Lord Ewald regardait l'Andréide.

La paisible respiration de Hadaly soulevait le pâle argent de son sein. Le piano, tout à coup, préluda seul, en de riches harmonies : les touches s'abaissaient comme sous des doigts invisibles.

Et la voix douce de l'Andréide, ainsi accompagnée, se mit à chanter, sous le voile, avec des inflexions d'une féminité surnaturelle :

> *Salut, jeune homme insoucieux !*
> *L'Espérance pleure à ma porte :*
> *L'Amour me maudit dans les Cieux :*
> *Fuis-moi ! Va-t'en ! Ferme les yeux !*
> *Car je vaux moins qu'une fleur morte.* [...]

V
ÉLECTRICITÉ

> *Hail, holy light ! Heaven daughter ! first*
> *born !*
>
> Milton, Le Paradis perdu.

« Miss Hadaly, dit Edison en s'inclinant, nous venons, tout bonnement, de la Terre — et le voyage nous a donné soif ! »

Hadaly s'approcha de Lord Ewald :

« Milord, dit-elle, voulez-vous de l'ale ou du sherry ? »

Lord Ewald hésita un instant :

« S'il vous plaît, du sherry », dit-il.

L'Andréide s'éloigna, s'en alla prendre, sur une étagère, un plateau sur lequel brillaient trois verres de Venise peinturlurés d'une fumée d'opale, à côté d'un flacon de vin paillé et d'une odorante boîte de lourds cigares cubains.

Elle posa le plateau sur une crédence, versa de haut le

vieux vin espagnol, puis, prenant deux verres entre ses mains
étincelantes, vint les offrir à ses visiteurs.

Ensuite, s'en étant allée remplir le dernier verre, elle se
détourna, d'un mouvement charmant. S'appuyant à l'une des
colonnes du souterrain, elle éleva le bras, tout droit, au-dessus
de sa tête voilée, en disant de sa voix de mélancolie :

« Milord, à vos amours ! »

> Villiers de l'Isle-Adam,
> *L'Ève future*, 1886,
> livre deuxième, « Le Pacte », et
> livre troisième, « L'Eden sous terre »

• *Texte n° 5*

LA LÉGENDE DU GOLEM

[...]

— Prokop, vous parlez comme Pernath, qu'est-ce que vous
avez ? demanda Zwakh en regardant le musicien d'un air
méfiant.

— L'histoire du livre Ibbour que nous avons entendue il
y a un moment, quel dommage que vous soyez venu si tard,
vous l'avez manquée, c'est elle qui l'a incité à la méditation,
dit Vrieslander.

— L'histoire d'un livre ?

— En réalité de l'homme qui a apporté le livre et qui avait
une apparence étrange. Pernath ne sait ni comment il
s'appelle, ni où il habite, ni ce qu'il voulait et bien que son
aspect soit très frappant, il est impossible de le décrire avec
précision.

Zwakh dressa l'oreille.

— Très remarquable, dit-il après une pause. Est-ce que cet
étranger n'était pas imberbe, avec des yeux obliques ?

— Je crois, répondis-je, je... c'est-à-dire j'en suis sûr. Vous
le connaissez donc ?

Le montreur de marionnettes hocha la tête.

— Il me fait penser au Golem, c'est tout.

Le peintre Vrieslander laissa retomber son couteau.

— Le Golem ? J'en ai déjà tant entendu parler. Vous savez quelque chose sur lui, Zwakh ?

— Qui peut dire qu'il *sait* quelque chose sur le Golem ? répondit Zwakh en haussant les épaules. On le relègue dans le domaine des légendes jusqu'au jour où un événement survient dans les ruelles qui lui redonne brusquement vie. Alors pendant un certain temps tout le monde parle de lui, les rumeurs prennent des proportions monstrueuses et elles finissent par devenir si exagérées qu'elles sombrent du fait même de leur invraisemblance. L'origine de l'histoire remonte au XVIIᵉ siècle, dit-on. Un rabbi de cette époque aurait créé un homme d'après des formules aujourd'hui perdues de la Cabale pour lui servir de domestique, sonner les cloches de la synagogue et faire les gros travaux. Mais ce n'était pas un homme véritable et seule une vie végétative, à demi consciente l'animait. Elle ne subsistait même qu'au jour le jour, entretenue par la puissance d'un parchemin magique glissé derrière ses dents et qui attirait les forces sidérales libres de l'univers.

« Et lorsqu'un soir, avant la prière, le rabbi oublia de le retirer de la bouche du Golem, celui-ci fut pris d'un accès de folie furieuse et se mit à courir dans les ruelles en massacrant tout ce qui lui tombait sous la main. Jusqu'à ce que le rabbi se jette sur lui et détruise le parchemin. Alors la créature tomba sans vie. Il n'en resta que la figure de glaise que l'on montre aujourd'hui encore dans la vieille synagogue.

— Ce même rabbin aurait été convoqué par l'empereur dans son château pour évoquer les esprits des morts et les faire apparaître, interrompit Prokop. Des spécialistes modernes pensent qu'il s'est servi d'une lanterne magique.

— Bien sûr, il n'y a pas d'explication assez absurde pour ne pas trouver des partisans aujourd'hui, poursuivit Zwakh sans se troubler. Une lanterne magique ! Comme si l'empereur Rodolphe qui avait recherché et collectionné des objets de ce genre-là toute sa vie n'aurait pas démasqué du premier coup d'œil une supercherie aussi grossière !

« Évidemment, je ne sais sur quoi repose l'origine de l'histoire du Golem, mais je suis sûr qu'il y a dans ce quartier de la ville quelque chose qui ne peut pas mourir, qui hante les lieux et garde une sorte d'existence indépendante. Mes ancêtres ont habité ici depuis des générations et personne ne peut avoir accumulé plus de souvenirs que moi, vécus et hérités, sur les réapparitions périodiques du Golem !

Zwakh s'était soudain tu et l'on sentait que ses pensées erraient dans le temps passé.

Le voyant assis à table, la tête levée, le rouge des joues poupines contrastant de façon étrange avec le blanc des cheveux dans la lumière crue de la lampe, je comparai involontairement ses traits aux masques des marionnettes qu'il me montrait si souvent. Comme ce vieil homme leur ressemblait ! Même expression et même dessin du visage !

Je me dis que nombre de choses sur cette terre ne peuvent se dissocier et tandis que le destin tout simple de Zwakh se déroulait dans mon esprit, il me paraissait soudain insolite et monstrueux qu'un homme comme lui, beaucoup plus instruit que ses ancêtres, qui aurait dû devenir comédien, eût pu revenir à un misérable théâtre de marionnetes, et aller de marché en marché exhiber les mouvements maladroits et les aventures assommantes de ces mêmes poupées qui avaient procuré un moyen d'existence si précaire à ses ancêtres.

Il ne parvient pas à se séparer d'elles, je le comprends : elles vivent de sa vie et quand il s'est éloigné, elles se sont métamorphosées en idées logées dans son cerveau, le harcelant et le tracassant jusqu'à ce qu'il fût revenu chez lui. C'est pourquoi il les manipule maintenant avec tant d'amour et les habille fièrement de clinquant.

— Zwakh, racontez-nous donc encore quelque chose, demanda Prokop, puis, il nous regarda, Vrieslander et moi, pour voir si nous étions du même avis.

— Je ne sais pas par où commencer, dit le vieillard, hésitant. L'histoire du Golem n'est pas facile à saisir.

« Comme Pernath l'a dit tout à l'heure, il sait exactement l'aspect qu'avait l'inconnu et pourtant il ne peut pas le décrire. Il se reproduit à peu très tous les trente-trois ans dans nos ruelles un événement qui n'a rien de particulièrement bouleversant en lui-même et qui provoque pourtant une panique parce qu'on ne lui trouve ni explication ni justification. Chaque fois, un homme totalement inconnu, imberbe, le visage jaunâtre et de type mongol, se dirige à travers le quartier juif vers la rue de la Vieille-École d'un pas égal, curieusement trébuchant, comme s'il allait tomber en avant d'un instant à l'autre, puis soudain disparaît. En général, il tourne un angle de rue et se volatilise. Une autre fois, on dit qu'il a décrit un cercle pour revenir à son point de départ : une très vieille maison dans le voisinage de la synagogue.

« Quelques agités prétendent aussi l'avoir vu déboucher

d'une ruelle adjacente et venir à leur rencontre. Mais bien qu'il eût indiscutablement marché dans leur direction, il était devenu de plus en plus petit, comme quelqu'un dont la silhouette se perd dans le lointain, puis il avait brusquement disparu.

« Il y a soixante-dix ans, l'impression produite a dû être particulièrement profonde, car je me souviens — j'étais encore tout jeune à l'époque — qu'on a fouillé la maison dans la rue de la Vieille-École de la cave au grenier. On y a découvert une pièce avec une fenêtre grillagée, sans issue. On s'en est aperçu quand on a fait pendre du linge à toutes les fenêtres pour voir de la rue celles qui étaient accessibles. Comme on ne pouvait pas y pénétrer autrement, un homme est descendu du toit par une corde pour voir ce qu'il y avait dedans. Mais il était à peine arrivé près de la fenêtre que la corde a cassé et le malheureux s'est fracassé le crâne sur le pavé. Et quand par la suite on a voulu recommencer la tentative, les avis sur l'emplacement de la fenêtre ont été si différents qu'on a renoncé. Quant à moi, j'ai personnellement rencontré le Golem pour la première fois, il y a environ trente-trois ans. Il venait à ma rencontre dans un passage et nous avons failli nous heurter.

« Aujourd'hui encore je ne peux comprendre ce qui s'est passé en moi à ce moment-là. Car enfin on ne vit pas jour après jour dans l'attente d'une rencontre avec le Golem. Et pourtant, à ce moment précis, avant que j'aie pu le voir, quelque chose a crié en moi : le Golem ! Au même instant quelqu'un est sorti de l'ombre d'une porte cochère et l'inconnu est passé à côté de moi. Une seconde après, des visages blêmes, bouleversés se précipitaient en torrent vers moi pour me demander si je l'avais vu. Et tandis que je leur répondais, j'avais l'impression que ma langue se déliait, alors que je n'avais pas senti de contraction auparavant. J'étais stupéfait de pouvoir bouger et je me suis rendu compte seulement alors que j'avais dû me trouver — fût-ce le temps d'un battement de cœur — dans une sorte de tétanie.

« J'ai réfléchi bien souvent, bien longuement à ces choses et il me semble serrer la vérité d'aussi près que possible en disant ceci : dans le cours d'une vie, il y a toujours un moment où une épidémie spirituelle parcourt la ville juive avec la rapidité de l'éclair, atteint les âmes des vivants dans un dessein qui nous demeure caché, et fait apparaître à la manière d'un mirage la silhouette d'un être caractéristique qui a vécu là des siècles auparavant peut-être et désire avidement retrouver forme et substance.

« Il est peut-être constamment au milieu de nous, sans que nous nous en apercevions. Nous entendons bien la note du diapason avant qu'elle frappe le bois et le fasse vibrer à l'unisson.

« Peut-être y a-t-il là comme une œuvre d'art spirituelle, sans conscience d'elle-même, une œuvre d'art qui naît de l'informe, tel un cristal, selon des lois immuables. Qui sait ?

« De même que par les journées torrides la tension électrique monte jusqu'à devenir intolérable et finit par engendrer l'éclair, ne pourrait-il se faire que l'accumulation incessante de ces pensées jamais renouvelées qui empoisonnent ici l'air du ghetto produise une décharge subite, une explosion spirituelle qui d'un coup de fouet projette dans la lumière du jour notre conscience onirique ? D'un côté, dans la nature, l'éclair, de l'autre une apparition qui par son aspect, sa démarche et son comportement révélerait infailliblement le symbole de l'âme collective si l'on savait interpréter le langage secret des formes ?

« Et de même que maints signes annoncent l'éclatement de l'éclair, certains présages angoissants révèlent l'imminence d'un tel fantôme dans le domaine de la réalité. Le crépi qui s'écaille sur un vieux mur dessine une silhouette rappelant un homme en marche et dans les fleurs du givre, sur la fenêtre, les traits de visages figés apparaissent. Le sable du toit paraît tomber autrement qu'avant, faisant soupçonner à l'observateur irrité qu'un esprit invisible, fuyant la lumière, le jette en bas et s'exerce en secret à modeler toutes sortes de figures étranges — si notre œil s'arrête sur une dartre monochrome ou sur les inégalités de la peau, nous sommes accablés par le don pénible de voir partout des formes prémonitoires, chargées de sens, qui prennent dans nos rêves des proportions gigantesques. Et toujours, tel un fil rouge courant au travers de ces tentatives schématiques que fait la pensée collective pour percer les murailles du quotidien, la certitude douloureuse que le plus intime de notre être nous est arraché avec préméditation, contre notre volonté, simplement pour que le fantôme puisse prendre forme.

« Quand j'ai entendu Pernath dire il y a quelques instants qu'il avait rencontré un homme imberbe aux yeux obliques, le Golem m'est apparu tel que je l'avais vu autrefois. Comme s'il avait jailli du sol, il était là, devant moi.

« Et la crainte sourde d'être une fois encore à la veille d'un
événement inexplicable m'a traversé, l'espace d'un instant,
cette même angoisse que j'ai déjà éprouvée dans mes années
de jeunesse, quand les premières manifestations spectrales du
Golem projetaient leurs ombres.

« Il y a bien soixante-six ans de cela — c'était un soir où
le fiancé de ma sœur était venu en visite et où ma famille
devait fixer le jour du mariage. À l'époque, on versait du
plomb fondu dans l'eau froide, en manière d'amusement,
et je restais planté là, la bouche ouverte, sans comprendre
ce qu'il y avait à comprendre, dans mon esprit d'enfant
déconcerté, je rapprochais l'opération du Golem dont j'avais
souvent entendu mon grand-père raconter l'histoire et je me
figurais que d'un instant à l'autre la porte allait s'ouvrir pour
donner passage à l'inconnu. Ma sœur vida la cuillerée de
métal fondu dans l'écuelle pleine d'eau et me rit gaiement
au nez en voyant mon état de surexcitation. De ses mains flétries et tremblantes, mon grand-père sortit le morceau de
plomb brillant et l'éleva dans la lumière. Aussitôt l'agitation
s'empara de tous les assistants, les voix montèrent, s'entre-
croisèrent, je voulus m'approcher, mais on me repoussa.

« Beaucoup plus tard, mon père m'a raconté que le métal
en se solidifiant avait pris la forme très nette d'une petite tête
ronde, imberbe, comme coulée dans un moule, et qui ressemblait si étrangement à celle du Golem que tout le monde en
avait été épouvanté.

« J'en ai souvent parlé avec l'archiviste Schemajah Hillel
qui a la garde des objets du culte dans la vieille synagogue
ainsi que de la figurine en terre cuite du temps de l'empereur
Rodolphe. Il a étudié la Cabbale et il pense que cette motte
de glaise aux formes humaines pourrait bien être un présage
surgi à l'époque, tout comme dans mon cas, la tête en plomb.
Et l'inconnu rôdant dans les parages devait être la figure imaginaire que le rabbi du Moyen Âge avait d'abord *pensée* avant
de pouvoir l'habiller de matière et qui revenait désormais à
intervalles réguliers selon les configurations astrales sous lesquelles il l'avait créée, torturée par le désir d'une vie corpo-
relle.

« L'épouse défunte de Hillel avait vu le Golem face à face,
elle aussi, et senti comme moi que l'on se trouvait dans un
état de catalepsie tant que l'énigmatique créature restait proche. Elle disait croire dur comme fer que c'était sa propre
âme qui, sortie de son corps, s'était tenue un instant devant

elle et l'avait regardée les yeux dans les yeux, sous les traits d'une créature étrangère. Malgré une angoisse terrible, elle n'avait pas perdu une seconde la certitude que cet autre ne pouvait être qu'un fragment arraché au plus intime d'elle-même.

— Incroyable ! marmonna Prokop, perdu dans ses pensées.

[...]

Gustav Meyrink, *Le Golem*,
1915, chap. v,
trad. de Denise Meunier, Stock, 1969.

LE MYTHE REVISITÉ

Aujourd'hui, de modernes auteurs de science-fiction n'ont pas oublié de payer leur dette à un des romans que l'on considère (un peu vite ?) comme fondateurs du genre. Tim Powers, jeune américain, a pris l'habitude de mêler inextricablement le passé et l'avenir, en revivifiant d'anciens mythes. Dans Le Poids de son regard *(1989), dont nous donnons quelques extraits, il imagine la fuite éperdue de Michael Crawford, poursuivi par une furie vengeresse et qui va retrouver, dans le passé, Byron, Shelley et Keats, eux aussi traqués par des Muses implacables.*

Le Frankenstein délivré *(1973) de Brian W. Aldiss (né en 1925) se présente comme une réécriture du roman de Mary Shelley. L'action qui commence en 2020 aux États-Unis se poursuit en 1816, en Suisse. Le héros du roman, Joseph Bodenland, va rencontrer tour à tour Frankenstein, son monstre, Mary Shelley, dont il va tomber amoureux mais qui n'a pas encore terminé son roman. Le romancier intervient donc à trois niveaux : celui de la fiction « historique » (Frankenstein et son monstre), celui de la fiction romanesque (les aventures de Bodenland) et celui de l'histoire littéraire (Byron et les Shelley). Ainsi le héros participe des événements romanesques fictifs, dont il infléchit le cours.*

• *Texte n° 6*

UN MONSTRUEUX AGRESSEUR

PROLOGUE
1816

> Amenez aussi... une nouvelle *canne-
> épée...* (la dernière que j'avais est tombée
> dans ce lac).
>
> Lord Byron à John Cam Hobhouse,
> 23 juin 1816

Avant que le grain ne se lève, le lac Léman était si calme que les deux hommes qui parlaient à la proue du voilier avaient posé leurs verres sur les bancs de nage en toute quiétude.

De part et d'autre du bateau, le sillage traçait une ride sur un miroir ; à bâbord, il s'étirait dans le lointain, et à tribord, il dérivait lentement vers la grève et semblait, dans l'éclat de la fin du jour, escalader les vertes collines pour jouer tel un mirage sur la face escarpée, ponctuée de neige, de la Dent d'Oche.

Les marins, qui n'avaient pas eu à manœuvrer de plusieurs minutes, semblaient assoupis et quand la conversation des deux voyageurs languit, la brise venue du rivage apporta la mélodie ténue des clochettes des vaches.

L'homme dans l'angle de la proue fixait du regard la rive est du lac. Bien qu'il n'eût que vingt-huit ans, ses cheveux bouclés, d'un roux sombre, se piquaient déjà de gris et sa peau très pâle se creusait de rides d'ironie autour des yeux et aux commissures des lèvres.

— Ce château là-bas est Chillon, remarqua-t-il à l'adresse de son jeune compagnon. Les ducs de Savoie y enfermaient les détenus politiques dans des cachots, au-dessous du niveau de l'eau. Imaginez ! Se hisser en haut d'un mur pour voir *ceci* derrière les barreaux d'un soupirail !

Il embrassa du geste la blanche immensité des Alpes, au loin. Son ami passa ses doigts osseux dans le chaume de ses cheveux blonds et suivit son regard.

— Il est bâti sur une espèce de péninsule, n'est-ce pas ? Très avancée dans le lac ? J'imagine qu'ils devaient apprécier toute cette eau qui les entourait.

Lord Byron dévisagea Percy Shelley, de nouveau incertain de ce que le jeune homme sous-entendait. Il avait fait sa connaissance ici, en Suisse, moins d'un mois auparavant et, malgré leurs nombreux points communs, il n'était pas sûr de le comprendre.

Tous deux s'étaient expatriés d'Angleterre. Byron avait fui la banqueroute, un mariage raté et, bien qu'on le sût moins, le scandale d'avoir fait un enfant à sa demi-sœur. Quatre ans plus tôt, la publication de *Chevalier Harold*, un poème largement autobiographique, avait fait de lui le poète le plus célébré du pays, mais la société qui l'adulait hier le vilipendait aujourd'hui et les touristes anglais le montraient du doigt quand ils l'apercevaient dans la rue, tandis que les femmes s'évanouissaient avec un sens consommé du théâtre.

Shelley était moins connu, quoique ses attaques contre la propriété eussent parfois choqué même Byron. Âgé de vingt-quatre ans à peine, expulsé d'Oxford pour un pamphlet prônant l'athéisme, déshérité par son père, il avait abandonné sa femme et ses deux enfants pour partir avec la fille du philosophe radical William Godwin. Celui-ci n'avait pas été ravi de voir sa fille mettre en pratique les théories abstraites qu'il professait en faveur de l'amour libre.

Byron doutait que Shelley eût « apprécié toute cette eau qui les entourait ». Les murs de pierre devaient suinter et les hommes croupir dans la moisissure. Était-ce la naïveté qui dictait ces incongruités à Shelley, ou une sorte de détachement, comme la spiritualité qui pousse les saints à passer leur vie assis au milieu du désert ?

Condamnait-il réellement la religion et le mariage, ou était-ce le moyen, pour un lâche, d'en faire à sa guise sans admettre aucun reproche ? Il ne paraissait guère courageux, pour sûr.

Quatre nuits auparavant, Shelley et les deux jeunes femmes avec lesquelles il voyageait avaient rendu visite à Byron qui louait la Villa Diodati, une demeure à colonnades entourée de vignes, où Milton avait vécu deux siècles plus tôt. Si l'endroit semblait spacieux quand le temps clément permettait aux invités d'explorer les jardins en terrasses ou de se pencher sur la balustrade de la vaste véranda qui dominait le lac, cette nuit-là, un violent orage avait inondé le rez-de-chaussée, réduisant le confort de la villa à celui d'une cabane de pêcheur.

Byron s'était senti très gêné que Shelley eût amené avec lui non seulement Mary Godwin, mais sa demi-sœur Claire

Clairmont qui, par une fâcheuse coïncidence, se trouvait être la dernière maîtresse qu'il avait eue avant de fuir Londres, et semblait à présent enceinte de ses œuvres.

Avec l'orage qui tonnait derrière les vitres et la flamme des bougies qui vacillait dans les courants d'air erratiques, la conversation avait tourné sur les spectres et le surnaturel — par bonheur, car il apparut que Claire s'effrayait aisément de tels sujets et Byron put la tenir les yeux écarquillés et muette de terreur.

Shelley était au moins aussi crédule que Claire, mais les histoires de vampires et de fantômes le fascinaient ; et lorsque le médecin personnel de Byron, un jeune vaniteux appelé Polidori, eut raconté l'histoire d'une femme que l'on avait vue marcher avec un crâne en guise de tête, Shelley s'était penché en avant et, à voix basse, avait raconté aux autres les raisons pour lesquelles sa femme (qu'il avait abandonnée depuis lors) et lui avaient fui l'Écosse quatre ans plus tôt.

La narration était plutôt nuancée et atmosphérée que récit véritable, mais devant la conviction de Shelley — ses mains aux longs doigts tremblaient à la lueur des chandelles et ses grands yeux brillaient sous le halo désordonné de ses cheveux bouclés — même la raisonnable Mary Godwin jeta parfois un regard troublé vers les fenêtres rayées de pluie.

Il semblait qu'au moment même où les Shelley étaient arrivés en Écosse, une fille de ferme nommée Mary Jones eût été trouvée morte, découpée par ce que les autorités estimèrent être des ciseaux de tonte.

— Le coupable, chuchota Shelley, devait être un géant, et les gens du pays appelaient cet être « le Roi des Montagnes ».

— « Cet être » ? gémit Claire.

Byron lança un regard de gratitude à Shelley, pensant que le jeune homme effrayait lui aussi Claire pour écarter le sujet de sa grossesse ; mais Shelley, à ce moment-là, ne lui prêtait aucune attention. Byron s'aperçut qu'il *aimait* simplement faire peur aux gens.

Il n'en éprouvait pas moins de la reconnaissance envers lui.

— Ils ont donc capturé un homme, poursuivit Shelley — un certain Thomas Edwards —, l'ont accusé du crime, et pendu... mais je savais que ce n'était qu'un bouc émissaire. Nous...

Polidori se rencogna dans son fauteuil et, avec son agressivité habituelle, croassa :

— Comment le saviez-vous ?

Shelley fronça les sourcils et se mit à parler plus vite, comme si la conversation prenait une tournure trop personnelle.

— Eh bien, je... je le savais par mes recherches... J'avais été très malade, l'année précédente à Londres, avec des hallucinations, des douleurs terribles au flanc... euh, j'avais donc eu du temps pour étudier. L'électricité, la précession des équinoxes... et l'Ancien Testament, la Genèse... (Il secoua la tête, impatient, et Byron eut l'impression que, malgré l'irrationalité apparente de la réponse, la question lui avait arraché quelque vérité.) En tout état de cause, poursuivit-il, le 26 février — c'était un vendredi — j'ai su qu'il me fallait prendre une paire de pistolets avec moi dans mon lit.

Polidori rouvrit la bouche mais Byron le coupa d'un bref :

— Taisez-vous.

— Oui, Polidori, dit Mary, attendez que l'histoire soit finie.

Polidori s'affaissa contre son dossier en pinçant les lèvres.

— Nous n'étions pas couchés depuis une demi-heure, reprit Shelley, que j'entendis un bruit en bas. Je suis descendu et j'ai vu une silhouette quitter la maison par une fenêtre. Elle m'a attaqué, et j'ai pu l'atteindre... à l'épaule.

Ce tir médiocre fit grimacer Byron.

— La créature a reculé en titubant, s'est dressée de toute sa hauteur et m'a dit : « Tu veux *me* tirer dessus ? Par Dieu, je me vengerai. J'assassinerai ta femme. Je violerai ta sœur. » Puis elle s'est enfuie.

Il y avait une plume, un encrier et du papier sur une table près du fauteuil de Shelley. Il saisit la plume, la trempa dans l'encre et esquissa un portrait de la créature.

— Voici à quoi ressemblait mon agresseur, dit-il en tenant la feuille près de la bougie.

La première pensée de Byron fut qu'il ne dessinait pas mieux qu'un enfant. L'être ébauché était une monstruosité, une chose au torse plus bombé qu'un tonneau et aux jambes arquées, avec des mains comme des branches d'arbre et une tête de masque africain.

Claire ne le supporta pas, et même Polidori eut l'air gêné.

— Ce... cela n'a pas du tout figure humaine ! dit-il.

— Oh, je ne sais pas, Polidori, dit Byron en baissant les yeux sur le dessin. Je pense que c'est un prototype d'homme. Dieu a fait Adam avec de l'argile, non ? Ce bonhomme-là semble tiré d'une colline du Sussex.

[...]

Les rayons du soleil pénétraient en oblique par la fenêtre,

venus de l'ouest. Mary Godwin posa sa plume, s'étira sur sa chaise et contempla les façades, les jardins, et les chats qui arpentaient les clôtures le long d'Abbey Churchyard Lane.

Leur maisonnée peu banale — elle-même, Shelley, leur fils William, âgé de bientôt onze mois, et une Claire toujours plus visiblement enceinte — était de retour en Angleterre depuis un peu plus de trois mois ; et souvent, surtout en des moments comme celui-ci, quand elle venait de passer plusieurs heures à réécrire son roman, elle était surprise, lorsqu'elle levait les yeux, de voir à l'horizon, derrière le canal de Bristol, les collines galloises au lieu de la majesté enneigée des Alpes.

Shelley avait semblé nerveux durant la traversée du Havre à Londres, bien qu'aucun événement n'eût marqué le voyage — le seul ennui était advenu lorsque le douanier de Londres avait feuilleté tout le manuscrit de lord Byron, le troisième chant du *Chevalier Harold*, persuadé que Shelley essayait de passer de la dentelle en fraude entre les feuilles de papier. Byron lui avait confié le manuscrit pour qu'il le remette à son éditeur, et il ne tenait pas à ce qu'il lui arrive quoi que ce soit.

Elle agita une page de son propre manuscrit pour en sécher l'encre. Elle était apparemment la seule à avoir relevé le défi que Byron avait lancé par cette soirée pluvieuse, six mois plus tôt, quand Claire, Polidori, Shelley, Byron et elle étaient installés dans la grande salle du premier étage de la villa Diodati sur la rive du lac Léman, après que Shelley avait eu sa crise nerveuse et quitté la pièce en courant.

« Je crois que nous devrions chacun écrire une histoire de fantôme, avait dit Byron lorsque Shelley était revenu et que le moment de gêne était passé. Voyons si nous pouvons faire quelque chose de cette créature qui s'obstine à suivre Shelley. »

Peu de temps après, elle avait fait un cauchemar — une silhouette se tenait près de son lit, et elle avait d'abord cru qu'il s'agissait de Shelley car elle lui ressemblait beaucoup ; mais ce n'était pas lui. Quand elle s'était dressée, terrifiée, la silhouette avait disparu.

Cette vision avait été le point de départ d'un roman : l'histoire d'un étudiant en sciences naturelles qui fabriquait un homme à partir d'organes prélevés sur des cadavres et qui, par des moyens scientifiques, réussissait à investir cette chose d'une vie contre nature.

Shelley, fasciné par cette idée, l'avait poussée à la coucher par écrit et à utiliser à sa guise les incidents de sa propre vie pour la développer. Mary l'avait pris au mot, et le récit était presque devenu une biographie de Shelley, la chronique de son obsession : la peur d'être poursuivi par son double, une sorte de jumeau maudit destiné à tuer tous ceux qu'il aimait.

Shelley lui avait même suggéré le nom du protagoniste, un mot allemand qui signifiait plus ou moins *la pierre qui voyage franco de port*. Elle aurait voulu un nom plus anglais, mais cela semblait compter pour Shelley et elle avait accepté d'appeler le personnage Frankenstein.

L'histoire se déroulait dans la région de Suisse où Mary et lui avaient vécu, et le jeune frère du héros, tué par la créature, s'appelait William, comme le fils que Mary avait eu de Shelley. En outre, la transformation du monstre en un être animé faisait appel à des domaines de la science auxquels Shelley s'était intéressé à l'époque.

Elle écrivit une scène, basée sur la description par Shelley de l'intrus qu'il avait blessé dans sa maison d'Écosse, en 1813 : on voit le monstre épier son créateur, qui essaiera plus tard de l'abattre sans succès, par la fenêtre d'une auberge ; mais là, Shelley avait montré quelque hésitation, et demandé qu'elle omît certains détails. La description du monstre ne pouvait être celle de la chose sur laquelle Shelley avait tiré dans son salon — Mary se rappelait le dessin qu'il en avait fait de mémoire, cette nuit-là, en Suisse, et à quel point il avait bouleversé Claire et Polidori. [...]

Tim Powers, *Le Poids de son regard*, 1989,
trad. de P.-P. Durastanti,
éd. J'ai lu, n° 2874, 1990.

• *Texte n° 7*

JOSEPH ET MARY

Joseph Bodenland a été projeté dans le temps. Il se retrouve à Genève, le 23 mai 1816.

II

La barque de Frankenstein s'amarra au quai de Plainpalais, de l'autre côté d'une ville endormie. De mon temps, l'endroit faisait partie du centre de Genève. Ce n'était encore qu'un village, et quatre petits bateaux, les voiles molles, s'éloignèrent à force de rames d'une minuscule jetée en bois comme nous en approchions.

Ayant demandé au passeur de m'attendre, je suivis Frankenstein à distance. Pouvez-vous imaginer quels étaient mes sentiments ? Je présume que non, car déjà les sentiments que j'éprouvais à ce moment me sont à moi-même indéchiffrables, pénétré comme je l'étais d'une conscience clairvoyante des circonstances. Mon moi supérieur avait pris le contrôle — appelez-le résultat du choc temporel si vous voulez, mais je me sentais en présence d'un mythe et, par association, *m'acceptais moi-même comme mythique !* C'est une sensation d'une certaine puissance, permettez-moi de vous le dire ! L'esprit devient simple et la volonté forte.

Frankenstein, *le* Frankenstein, marchait d'un pas vif ; je le suivis donc d'un pas vif. Malgré le calme de la soirée, des éclairs embrasaient l'horizon. Horizon est peut-être un mot approprié au Texas, mais il ne fait pas justice au paysage qui s'étend derrière Plainpalais, car là l'horizon comprend le Mont-Blanc, le plus haut massif des Alpes, et aussi de l'Europe. Les éclairs en zébraient la cime, aux formes tourmentées, qui semblèrent s'animer lorsque les nuages s'élevèrent en spirale pour cacher la lune. Les éclairs furent d'abord silencieux, presque furtifs ; puis des grondements de tonnerre les accompagnèrent.

Le tonnerre se fit mon complice et m'aida à dissimuler le bruit de mes pas. Nous gravissions maintenant un flanc de montagne assez abrupt, et il me devenait impossible d'avancer sans faire de bruit ; cependant, je ne voulais pas perdre ma proie. L'homme fit une pause sur un escarpement rocheux et cria à haute voix, non peut-être sans une nuance de délectation dramatique, caractéristique de son âge : « William ! cher petit frère ! Près de cet endroit, tu as été assassiné et ta chère innocence accablée ! »

Il éleva les bras, tendant les mains vers le ciel. Et il dit, plus sobrement : « Et la faute en repose sur moi... » Puis il laissa retomber ses bras à ses côtés.

Je devrais être plus minutieux dans ma description de ce personnage singulier. Son visage, vu de profil, rappelait ceux que l'on voyait sur les pièces et les médailles, car ses traits étaient anguleux et nettement découpés. Et il faut avoir une certaine noblesse pour donner de la distinction à une médaille. Cette netteté, accentuée par sa jeunesse, lui conférait une certaine beauté, bien qu'il y eût, dans cette beauté même, quelque chose de la froideur d'une effigie. Ses traits étaient un peu trop figés. La mélancolie qui m'avait frappé de prime abord faisait partie intégrante de son caractère.

La pluie se mit à tomber à grosses gouttes, pesamment. D'après mes souvenirs, les orages naissent rapidement autour des lacs suisses, paraissant accourir de tous les horizons en même temps. Le tonnerre craqua violemment au-dessus de nous, puis les cieux nous déversèrent leur contenu sur la tête.

En direction du nord-ouest, la masse sombre du Jura était illuminée par intermittence. Le lac devint une langue de feu clignotante. Des remous intérieurs brassaient les lourds nuages qui s'étaient accumulés autour du sommet du Mont-Blanc. Le monde était plein de bruit, de lumière éblouissante, d'obscurité aveuglante, de pluie torrentielle.

Tout cela ne parut que donner plus d'ardeur à Frankenstein. Il marchait maintenant plus vivement, toujours grimpant, se dirigeant rapidement et sans précautions de façon à garder autant que possible son visage tourné vers la source de l'orage.

Il criait à haute voix. La plupart de ses paroles se perdirent dans le bruit, mais, à un certain moment, alors que nous gravissions un chemin escarpé et n'étions pas à plus de quatre mètres l'un de l'autre, je l'entendis crier à nouveau le nom de William. « William ! mon cher petit ange ! Ce sont tes funérailles, c'est ton hymne funèbre ! »

Braillant des lamentations similaires, il avança en titubant sur un sol plus égal. J'étais sur le point de quitter un roc, où je m'étais abrité, pour le suivre quand je le vis s'arrêter, l'air épouvanté, l'avant-bras replié devant son visage dans un geste involontaire de protection.

Dans cet endroit accidenté, des rocs et de grosses pierres roulées formaient un demi-cercle où croissaient des pins rabougris. Ma pensée immédiate fut que Frankenstein s'était trouvé nez à nez avec un ours et qu'il risquait à tout moment de faire volte-face, et ainsi de me découvrir. Je me glissai à l'aveuglette sur la gauche parmi les rochers, veillant à me dissimuler le plus possible derrière eux et à ne pas me faire voir. Puis, m'accroupissant, je scrutai à travers la pluie battante, et je vis un spectacle que je n'oublierai jamais.

Frankenstein reculait lentement, l'avant-bras toujours levé en un geste de protection. Sa mâchoire ouverte pendait, et il était suffisamment près pour que je pusse voir la pluie ruisseler sur son visage — lorsque les éclairs me le permettaient. Devant lui, une forme monstrueuse avait émergé d'un bouquet de pins desséchés.

Ce n'était pas un ours. Cette forme était essentiellement humaine, mais d'une stature gigantesque, et la façon dont cette chose s'avança soudain hors des arbres n'avait rien d'humain. Un éclair jaillit, accompagné d'un terrifiant coup de tonnerre. Je contemplais le monstre de Frankenstein !

Comme pour accentuer ma terreur, la guerre électrique, au-dessus de nous, s'interrompit un moment. Seul, au loin parmi les arbres, un clignotement enflammait encore le Jura distant. Nous étions plongés dans une obscurité impénétrable, sous la pluie torrentielle, avec cette créature diabolique en liberté !

Je m'affalai mollement sur les genoux, en proie à une terreur extrême, les yeux toujours fixés devant moi, sans oser les cligner malgré la pluie qui ruisselait sur mon front et dans mes pupilles écarquillées.

Un autre éclair zébra le ciel. Frankenstein s'était effondré contre le tronc d'un arbre, la tête ballante comme s'il était prêt à s'évanouir. Son monstre, l'être qu'il avait créé, s'avançait vers lui à grands pas. Puis, de nouveau, ce fut l'obscurité.

Puis un autre éclair. La silhouette gigantesque était passée à côté de Frankenstein comme si celui-ci n'existait pas. Mais elle venait vers moi. Je vis que ses bras ne se balançaient pas normalement quand elle marchait — mais, oh ! à quelle vitesse elle le faisait !

Un autre rugissement de tonnerre, puis d'autres éclairs. La créature abominable fit un bond gigantesque. Elle était au-dessus de moi sur les rochers, puis elle sauta dans l'obscurité derrière moi. J'entendis un moment ses pas, entre la marche et la course, puis plus rien. Je restai accroupi sous la pluie.

Au bout d'un moment, je me ressaisis et me levai. L'orage semblait s'éloigner un peu. Frankenstein était toujours appuyé contre l'arbre, semblant privé de vie.

À la faveur d'un éclair, je vis un refuge à quelque distance derrière moi. Je ne pouvais plus supporter la pluie. J'étais gelé, bien que les intempéries n'en fussent qu'à demi responsables. Alors que je me dirigeais vers l'abri, je jetai un regard vers le sud, où le large épaulement d'un massif — le mont Salève — se découpait sur le ciel tourmenté. Là, je vis de nouveau le monstre, escaladant la face tourmentée de la montagne. Il allait comme une araignée, grimpant presque à la verticale. Il était surhumain.

Je me jetai dans la cabane, haletant et frissonnant, et me dépouillai de ma veste, de ma chemise et de mon tricot de corps. Entre mes dents qui s'entrechoquaient, je me parlais tout seul.

Il y avait dans la cabane un lit en bois, un poêle, une table et une corde. Une couverture rugueuse était pliée proprement sur le lit. Je la saisis et m'en enveloppai, puis je m'assis, toujours tremblant.

Graduellement, la pluie cessa. Le vent se mit à souffler, et, à part lui et les gouttes qui tombaient du toit, tout, au-dehors, était silence. Les éclairs s'espacèrent. Mon tremblement s'atténua. Mon excitation précédente revint.

J'avais — *de mes propres yeux* — vu le monstre de Frankenstein ! Il n'y avait pas d'erreur possible. [...]

Après avoir constaté avec incrédulité que Frankenstein et son monstre existent, le narrateur va rencontrer Mary Shelley.

[...] Elle était petite. Elle était belle, un peu à la manière d'un oiseau, avec des yeux brillants et une petite bouche rêveuse. Comme Shelley, elle était irrésistible quand elle riait, car toute son expression s'illuminait — elle communiquait son plaisir. Mais elle était beaucoup plus calme que Shelley, et en général plus silencieuse, d'un silence qui exprimait une certaine tristesse. Je pouvais voir pourquoi Shelley l'aimait, et pourquoi Byron la taquinait.

Une chose chez elle me frappa immédiatement. Elle était étonnamment jeune. Plus tard, je constatai, grâce à une date dans un livre, qu'elle n'avait pas encore dix-neuf ans. Une pensée me traversa l'esprit, *elle ne peut pas m'aider !* Il devrait encore s'écouler deux années avant qu'elle n'écrive son chef-d'œuvre.

« M. Bodenland peut te raconter une histoire de petits enfants et de tombes », lui dit Shelley. « Elle te donnera la chair de poule ! »

— « Je ne pourrais la raconter de nouveau, même pour un motif aussi louable », lui dis-je. « J'ennuierais le reste de la compagnie encore plus que la première fois ! »

— « Si vous restez un certain temps, monsieur, il faudra que vous me la racontiez en privé », dit Mary, « car je veux établir ma réputation de connaisseuse d'histoires sépulcrales. »

— « M. Bodenland est un connaisseur des intempéries suisses », dit Byron. « Il croit que ce sont les canons de Waterloo qui ont causé une telle hémorragie dans les nuages ! »

Avant que je pusse protester contre cette fausse interprétation de mes propos, Mary dit : « Oh ! non, il n'en est rien ! c'est une remarque tout à fait contraire à l'esprit scientifique, si vous ne m'en voulez pas de parler ainsi, monsieur ! Le mauvais temps qui sévit dans tout l'hémisphère Nord cette année est entièrement dû à une phénoménale explosion volcanique dans l'hémisphère Sud l'an dernier ! N'est-ce pas intéressant ? Cela prouve que les vents se répartissent sur toute la surface du globe, et que la planète possède un système circulatoire comme... »

— « Mary, ma chère, vous contrariez *mon* système circulatoire quand vous faites étalage de ces idées que vous avez chipées à Percy », l'interrompit Byron. « Que le temps s'immisce où il veut, mais *pas* dans le bordeaux ni dans la conversation ! Alors, Shelley, dis-moi ce que tu lisais quand tu te cachais dans les bois aujourd'hui. »

Shelley porta dix longs doigts à sa poitrine, puis les agita vers le plafond. « Je n'étais pas dans les bois. Je n'étais pas sur la Terre. J'avais fui la planète complètement. J'étais avec Lucien de Samosate, explorant la Lune ! »

Ils se lancèrent dans une conversation sur les avantages de la vie lunaire ; Mary se tenait à côté de moi, écoutant d'un air résigné. Puis elle dit doucement, comme pour ne pas déranger la conversation : « Nous allons manger du mouton ce soir — du moins quant à Lord Byron et à Polidori, car Percy et moi évitons la viande. Restez avec nous, si vous le

voulez. Je vais voir si la cuisinière s'occupe des légumes. »
Là-dessus, elle se dirigea vers la cuisine. [...]

*La conversation tourne sur l'humanité future que chacun
envisage avec pessimisme.*

— « Alors, nous allons vers un monde plein de monstres
de Frankenstein, Mary ! » s'exclama Byron en se frappant
sur la cuisse. « Pour l'amour de Dieu ! buvons un autre verre,
ou abattons les chiens, ou faisons venir Claire pour qu'elle
danse le fandango, plutôt que de nous complaire dans cette
détresse ! Le passé de la race humaine n'est-il pas assez
sombre pour vous sans qu'il soit besoin de se délecter des
horreurs imaginaires de son futur ? »

L'allusion à Frankenstein m'arrêta entre deux pensées.
Alors... le roman était-il déjà écrit ? Par cette mince jeune
fille de dix-neuf ans ?

Mais la mince jeune fille de dix-neuf ans répondait à Lord
Byron.

— « Milton serait d'accord avec vous, Albé :

> *« Que nul homme ne demande*
> *Désormais qu'on lui prédise ce qu'il adviendra*
> *De lui ou de ses enfants... »*

« Mais mon opinion est différente, si je puis l'exprimer.
Elle correspond peut-être d'une certaine façon à celle de notre
nouvel ami, M. Bodenland. Notre génération doit entreprendre la tâche de penser au futur, d'assumer envers lui la responsabilité que nous assumons envers nos enfants. Il y a dans
le monde des changements qui ne peuvent nous laisser passifs, ou nous serons submergés par eux comme des enfants
par une maladie dont ils ne comprennent rien. Quand la
connaissance se trouve formulée par une science, elle acquiert
une vie propre, souvent étrangère à l'esprit humain qui l'a
conçue. »

— « Oh, oui ! » dis-je. « Et toujours la prétention que
l'esprit innovateur est si noble et si bon ! Alors que les caves
de la créativité sont souvent pleines de cadavres... »

— « Ne me parlez pas de cadavres ! » s'écria Shelley, se
mettant debout d'un bond. « Qui sait s'ils ne sont pas ali-
gnés derrière ce mur même, attendant de fondre sur nous ! »
Il pointait un doigt d'un air mélodramatique, balayant l'air

devant lui, scrutant de ses yeux brûlants comme s'il voyait effectivement une armée de morts, invisible au reste d'entre nous. « Je sais tout des cadavres ! Comme les cycles de l'air distribuent l'humidité de par la planète, les légions des morts marchent sous terre pour distribuer la vie ! Ai-je l'air si optimiste que je ne sois toujours conscient du peu de distance qui sépare les langes du linceul ? Mortalité — c'est toujours l'obstacle qui fait trébucher ! Votre Frankenstein avait raison dans son idée fondamentale, Mary, il cherchait d'abord à créer une race libérée des faiblesses humaines ordinaires ! Si j'avais été ainsi créé, comme je marcherais de par le monde ! »

Il poussa un cri perçant et se rua hors de la pièce. [...]

Joseph Bodenland apprend à Mary qui n'a pas encore terminé son roman qu'elle deviendra célèbre.

[...] « Comment avez-vous entendu parler de mon histoire, je n'en sais rien, car elle est là-haut, inachevée, bien que je l'aie commencée en mai. En fait, je ne la terminerai peut-être jamais, maintenant qu'il nous faut retourner en Angleterre pour y résoudre certaines difficultés. »

— « Vous la terminerez ! Vous le ferez ! Je le sais ! Car je viens d'une époque où votre roman est généralement reconnu comme un chef-d'œuvre de littérature et d'intuition prophétique, une époque où Frankenstein est un nom aussi familier aux lecteurs que Gulliver ou Robinson Crusoé le sont pour vous ! »

Ses yeux étincelèrent et ses joues rosirent.

« Mon histoire sera célèbre ? »

— « Elle est célèbre dans mon temps, et votre nom est honoré. »

Elle porta une main à son front.

« Monsieur Bodenland, Joe, allons marcher au bord de l'eau ! J'ai besoin d'une activité physique pour me prouver que je ne suis pas en train de rêver. »

Elle tremblait. Je lui pris le bras alors que nous franchissions la porte. Elle referma celle-ci et s'y adossa, levant les yeux vers moi dans une attitude inconsciemment provocante.

— « Peut-il en être réellement comme vous le dites, que la célébrité — cette vie déléguée dans le souffle d'un autre — puisse être mienne dans les années à venir ? Et celle de

Shelley ? Je suis sûre que *sa* célébrité ne pourra jamais s'éteindre ! »

— « La célébrité de Shelley n'a jamais été menacée, et son nom est lié à jamais à celui de Lord Byron. » Je vis que cela ne lui faisait pas particulièrement plaisir, et j'ajoutai : « Mais votre célébrité égale celle de Shelley. Il est considéré comme l'un des premiers poètes de la science, et vous comme la première romancière de la science. »

— « Vivrai-je pour écrire plus d'un roman, donc ? »

— « Oui. »

— « Et quand mourrai-je ? Et le cher Shelley ? Mourrons-nous jeunes ? »

— « Vous ne mourrez pas avant que vos noms ne soient connus. »

— « Et nous marierons-nous ? Vous savez qu'il poursuit d'autres femmes, dans sa quête incessante. » Elle tripotait inconsciemment les rubans de son corsage.

— « Vous vous marierez. Vous serez connue dans le futur sous le nom de Mary Shelley. » [...]

X

Voici ce qu'elle dit quand je lui demandai comment elle en était venue à écrire le roman.

« C'était d'abord une histoire d'épouvante à la manière de Mrs. Radcliffe. Un soir à Diodati, Polly — le docteur Polidori, que vous avez vu sous son plus mauvais jour hier soir — nous a rapporté une collection d'histoires de fantômes et nous en a lu à voix haute les passages les plus terrifiants. Il suffit de très peu de provocation pour lancer Shelley sur ce genre de sujet, comme Albé d'ailleurs — il aime particulièrement les histoires de vampires. Je n'arrive pas à savoir si Albé m'aime bien, ou s'il ne fait que me supporter à cause de Shelley...

« Polidori décida que nous devrions faire un concours, et écrire chacun un conte macabre. Les trois hommes commencèrent quelque chose, bien que Shelley eût peu de patience pour la prose. Moi seule ne pus commencer. Je suppose que j'étais trop timide.

« Ou peut-être étais-je trop ambitieuse. Je ne pouvais supporter d'inventer de *petites frayeurs*, comme Polidori. Ce que je désirais était une conception grandiose, qui s'adresserait aux peurs mystérieuses de notre nature. J'ai toujours souffert de cauchemars, et je pensai d'abord faire appel à l'un d'eux, croyant que les rêves parlent de quelque vérité intérieure et que, dans leur invraisemblance même, repose quelque chose qui est plus vraisemblable pour notre être intérieur que la plus prosaïque des vies quotidiennes.

« Mais je fus finalement inspirée par la conversation des deux poètes. Je suis certaine que vous connaissez et révérez le nom du docteur Erasmus Darwin, à votre époque. Sa *Zoonomie* doit toujours être chérie pour son charme poétique, autant que pour ses remarquables méditations sur les origines des choses. Shelley a toujours reconnu sa dette envers le défunt docteur. Lui et Byron discutaient des expériences de Darwin et de ses spéculations sur le futur, et sur la possibilité vraisemblable de ranimer les cadavres par le traitement de chocs électriques, à condition que la gangrène ne se soit pas encore établie. Byron disait qu'un certain nombre de petits appareils seraient utilisés pour mettre en route chaque organe au même moment ; un appareil pour le cerveau, un autre pour le cœur, un autre pour les reins, et ainsi de suite. Et Shelley disait qu'on pourrait utiliser un seul appareil, plus gros, avec des branchements de diverses capacités selon les besoins de chaque organe. Ils continuèrent à développer l'idée, et je me retirai dans mon lit, la tête pleine de ces notions.

« Je les avais écoutés, fascinée, exactement comme la fois où, petite fille, je m'étais cachée derrière le sofa de mon père et avais écouté Samuel Coleridge réciter sa *Ballade de l'Ancien Marinier*. Un cauchemar m'attendait, cette nuit-là !

« Je voyais comment l'idée de piller les charniers à la recherche des secrets de la vie avait toujours été présente dans les pensées de Shelley ; mais ces horrifiantes spéculations sur les machines étaient quelque chose de nouveau.

« Je dormis. Je rêvai. Et, dans ce rêve, Frankenstein est né. Je vis la puissante machine au travail, les fils qui la reliaient à la forme monstrueuse autour de laquelle le savant s'affairait avec une excitation nerveuse. Puis la silhouette s'assit, toujours enveloppée de bandages. Là-dessus, le savant qui avait joué à Dieu fut épouvanté par son œuvre, comme le fut Dieu par notre ancêtre commun, Adam, bien qu'avec moins de raison. Il s'éloigne, rejetant le pouvoir qu'il a assumé, espérant que la création va retomber en décomposition. Mais cette nuit-là, pendant qu'il dort, la créature pénètre dans sa chambre et arrache son rideau ; alors ? Alors, il se réveille avec un sursaut pour voir l'effroyable regard fixé sur lui, et la main tendue vers sa gorge !

« Je me réveillai, moi aussi, avec un sursaut, comme vous pouvez l'imaginer. Le jour suivant, je me mis à écrire mon rêve, comme Horace Walpole le fit de son rêve du *Château d'Otrante*. Quand je montrai les quelques pages à Shelley, il m'engagea à développer l'histoire, et à souligner plus fortement l'idée principale.

« C'est ce que j'ai fait, insufflant en même temps dans la narration certains des principes de conduite de mon illustre père. En fait, je crois que je dois beaucoup à son roman, les *Aventures de Caleb Williams*, que j'ai lu plusieurs fois avec toute l'attention d'une fille pour l'œuvre de son père. Ma pauvre créature, voyez-vous, n'est pas comme toutes les ombres macabres qui l'ont précédée. Elle a une vie intérieure, et l'affirmation la plus révélatrice de son malheur est contenue dans une expression godwinienne : *"Je suis mauvais parce que je suis malheureux."*

« Ce sont là certaines des causes qui m'ont poussée à écrire. Mais, plus forte qu'elles, une sorte d'impulsion me saisit, de sorte que, lorsque j'invente, je sais à peine ce que j'invente. L'histoire semble me posséder. Un tel pouvoir m'inquiète, et c'est pourquoi j'ai mis le manuscrit de côté depuis quelques jours. »

Elle s'allongea sur le dos et fixa le petit plafond décoloré, puis elle poursuivit : « C'est une étrange sensation, dont aucun auteur n'a jamais parlé à ma connaissance. Peut-être émane-t-elle de l'impression que je suis d'une certaine façon en train de prédire une horrible catastrophe, et pas seulement de raconter une histoire. Si vous venez du futur, alors vous devez me dire honnêtement, Joe, si une telle catastrophe va arriver. »

J'hésitai avant de répondre.

— « Vos pressentiments tragiques sont fondés, Mary. À cet égard, vous êtes en avance sur votre époque : je viens d'une civilisation depuis longtemps hypnotisée par l'idée de sa Némésis. Mais, pour répondre à votre question, le renom de votre roman — quand vous l'aurez terminé — repose en partie sur son pouvoir allégorique. Cette allégorie est complexe, mais semble surtout concernée par la façon dont Frankenstein, au nom de la science en général, désire remodeler le monde pour le rendre meilleur, et en fin de compte le laisse pire qu'il ne l'avait trouvé. L'homme a le pouvoir d'inventer,

mais pas de contrôler. À cet égard, le conte de votre Prométhée moderne est prophétique, mais pas d'une façon personnelle. Ce qui m'intrigue est ceci : savez-vous qu'il existe
un vrai Victor Frankenstein, fils d'un distingué syndic de
Genève ? »

Elle parut très effrayée, et se cramponna à moi.

— « Je vous en prie, n'essayez pas de me faire peur ! Vous
savez que mon histoire est inventée : je vous l'ai dit ! De plus,
j'ai situé mon récit au siècle dernier, et non de nos jours, parce
que c'est une convention appréciée des lecteurs. »

— « Savez-vous que vos personnages sont vivants à l'heure
actuelle, à quelques kilomètres d'ici seulement, à Genève ?
Vous devez le savoir, Mary ! Vous avez dû lire les journaux
et voir que la domestique, Justine, était jugée pour meurtre
— le meurtre d'un enfant dont elle avait la garde. »

[...]

Nous emmenâmes le petit William avec nous dans le jardin. Mary apporta un pique-nique confectionné à la hâte
qu'elle posa sur un carré de toile, et nous nous assîmes sous
les vieux pommiers dont les fruits mûrissants avaient une couleur déjà chaude. Les grandes marguerites répandaient leurs
pétales jaunes tout autour de nous ; de la menthe qui poussait dans l'herbe rendait l'air encore plus suave. Mais il fallait que je revienne au sujet de Frankenstein.

« Quelque chose nous est arrivé, Mary, qui nous rend capables de passer d'un monde à l'autre. Cela ne durera peut-être
pas, c'est pourquoi je dois partir. Car, tant que c'est en mon
pouvoir, je dois mettre fin au monstre de Frankenstein. Vous
m'avez dit que votre livre n'est pas terminé. Mais, pour dépis-
ter la créature, j'ai besoin de renseignements à l'avance. Dites-
moi ce qui se passe après le procès de Justine. »

Elle se mordit la lèvre. « Eh bien, c'est l'histoire du monde.
La créature veut naturellement une compagne de cœur. Frankenstein regrette un peu sa dureté et accepte de créer une
femme. »

— « Non, je ne me rappelle rien de tel dans le livre. En
êtes-vous sûre ? »

— « C'est ce que j'ai écrit. C'est là où j'en suis restée. »

— « Cette femelle est-elle créée ? Où ? À Genève ? »

Elle se concentra en fronçant les sourcils.

— « Frankenstein doit s'éloigner pour la créer. »

— « Où va-t-il ? »

— « Il doit faire un voyage, comme nous devons... »

— « Que voulez-vous dire par là ? Il y a un lien étroit entre lui et vous, n'est-ce pas ? »

— « Il n'est que mon personnage. Bien sûr, il y a une affinité… Mais je ne sais pas où il va, seulement quelles sont ses intentions. Et, bien sûr, sa créature le suit. » […]

XI

Genève, avec ses quais florissants, ses avenues imposantes, ses ruelles et la circulation affairée de ses voitures à chevaux, me sembla presque un endroit familier.

J'avais laissé mon automobile derrière la grange d'un fermier au-delà des murs de la ville, et me dirigeai vers la maison de Frankenstein. J'avais résolu de m'allier avec lui, de le persuader de ne pas créer la femelle et de l'aider à traquer et à exterminer la créature déjà lâchée dans le monde.

[…]

Il y eut un bruit au-dessus de moi, et je levai les yeux.

Un visage d'une beauté impressionnante me fixait d'en haut. L'espace d'un instant — puis la lucarne fut ouverte brutalement et l'Adam de Frankenstein bondit à l'intérieur, brisant comme fétu le bois de charpente qui l'entourait, et, dans un fracas étourdissant, s'immobilisa devant moi, plein de courroux !

Jusqu'à ce point pénible de mon récit, je pense avoir donné de moi-même une description assez fidèle. J'avais agi avec courage et endurance — et même avec intelligence, je l'espère — dans une situation que beaucoup d'hommes auraient jugée désespérée. Et pourtant j'étais là, pleurnichant à quatre pattes. Et tout ce que je pus faire, face à cette terrible intrusion, fut de me lever et de rester immobile et muet, les mains à mes côtés, les yeux fixés sur cet être terrifiant — que je voyais clairement pour la première fois.

Dans sa colère, il était beau. J'utilise le mot beau, le sachant inadéquat, sans savoir pourtant comment réfuter autrement le mythe qui a circulé depuis deux siècles, et selon lequel le visage du monstre de Frankenstein était un hideux conglomérat de traits empruntés çà et là.

Il n'en était rien. Peut-être le mensonge a-t-il tiré sa substance de l'avidité humaine pour ces frissons d'horreur qui sont des formes dépravées de crainte religieuse. Et je dois admettre que Mary Shelley a lancé la rumeur ; mais il lui fallait impressionner une audience non formée. Je peux seulement affirmer que le visage qui me faisait face était d'une terrible beauté.

Bien sûr, la terreur dominait. Ce visage était loin d'être humain. Il ressemblait plus à l'un des visages-casques peints sur les crânes de l'étagère, derrière moi. Frankenstein n'avait manifestement pas pu créer un visage qui lui plût. Mais il avait patiemment étudié la question, comme pour le reste de cette étrange anatomie ; et ce qu'il avait tenté de créer, je ne peux que l'appeler une abstraction du visage humain.

Les yeux étaient là, étincelants derrière les hautes pommettes protectrices comme à travers les fentes d'une visière. Les autres traits, la bouche, les oreilles, et surtout le nez, avaient été en quelque sorte estompés par le bistouri du chirurgien. La créature qui me fixait maintenant avait l'air d'une machine faite au tour.

Son crâne atteignait presque les poutres du plafond. Il se pencha, me saisit par le poignet et me tira vers lui comme si je n'étais qu'une poupée.

XX

« Il vous est interdit par mon Créateur d'entrer ici ! »

Ce furent les premières paroles que m'adressa le monstre sans nom. Elles furent prononcées calmement, d'une voix grave — « d'une voix sépulcrale », aurait-on dit d'après le ton. Malgré leur douceur, les paroles n'avaient rien de rassurant. Cet être puissant n'avait aucun effort à faire pour me subjuguer.

La main énorme qui me tenait était d'un bleu tacheté, sale et encroûtée. Depuis sa gorge, dont une écharpe nouée négligemment ne parvenait pas à dissimuler les profondes cicatrices, jusqu'aux pieds chaussés de bottes que j'imaginais reconnaître, le monstre était un monument de saleté. Il était incrusté de boue, de sang et d'excréments, de sorte que son pardessus était agglutiné contre son pantalon. De la neige en tombait sur le sol, où elle fondait. Il dégageait toujours une légère vapeur, tant il était imbibé d'eau. Cette indifférence à son état pitoyable augmentait encore mes craintes.

Me secouant légèrement — de sorte que mes dents s'entrechoquèrent — il dit : « Ceci n'est pas un endroit pour vous, qui que vous soyez ! »

— « Vous m'avez sauvé la vie quand j'étais mourant sur la colline. » Ce furent les premières paroles que je pus prononcer.

— « Mon rôle n'est pas d'épargner la vie mais de protéger la mienne. Qui suis-je, pour être compatissant ? Tous les hommes sont mes ennemis, et chaque main humaine est tournée contre moi. »

— « Vous m'avez sauvé la vie. Vous m'avez apporté un lièvre à manger quand je mourais de faim. »

Il me lâcha, et je parvins à rester debout en sa redoutable présence.

— « Vous... éprouvez... de... la... gratitude pour moi ? »

— « Vous avez épargné ma vie. Je suis reconnaissant de ce don, comme vous l'êtes peut-être. »

Il grommela. « Je n'ai pas de vie tant que tout le monde a la main tournée contre moi. De même que je suis dépourvu d'asile, je suis dépourvu de gratitude. Mon Créateur m'a donné la vie, et le bénéfice en est que je sais blasphémer ; il m'a donné des sentiments, et le bénéfice en est que je connais la souffrance ! Je suis Déchu ! Sans mon amour, sans son aide, je suis Déchu. » [...]

Brian W. Aldiss, *Frankenstein délivré*, 1973,
trad. de J. Polanis,
éd. Pocket, « Science-fiction », n° 5031, 1975.

BIBLIOGRAPHIE PRATIQUE

1 - L'œuvre de Mary Shelley :

Elle est pratiquement, à part *Frankenstein*, inaccessible en français, à l'exception de *Matilda*, trad. de M.-F. Desmeures, éd. des Femmes, 1983.

2 - Études sur Mary Shelley :

Mary Shelley a suscité de nombreuses études. Nous nous limiterons ici à celles qui sont accessibles en français.

La meilleure synthèse reste celle de Cathy Bernheim, *Mary Shelley. Qui êtes-vous ?* éd., La Manufacture, 1988. Mais on ne saurait se passer de la somme de Jean de Palacio, *Mary Shelley dans son œuvre*, éd. Klincksieck, 1970.

3 - Sur *Frankenstein* :

On ne saurait se dispenser de lire l'excellente étude de Jean-Jacques Lecercle, *Frankenstein : mythe et philosophie*, P.U.F., Philosophies, 17, 1988.

On trouvera aussi quelques bonnes pages dans Hubert Teyssandier, *Les Formes de la création romanesque à l'époque de Walter Scott et de Jane Austen, 1814-1820*, éd. Didier, 1977.

SCÉNOGRAPHIE

1823 *Presumption of the Fate of Frankenstein*, Richard Brinsley, Londres. La même année sont joués : *Frankenstein or the Demon of Switzerland* (Henry M. Milner) et *Frankenstein or the Danger of Presumption*.

1826 *Le Monstre et le magicien*, adaptation française de la pièce de Peake par Merle et Anthony. Qui inspire *The Man and the Monster or the Fate of Frankenstein* (1826, Henry H. Miler) ainsi que *The Monster and the Magician* (1826, J. Kerr).

1849 *Frankenstein or the Model Man*, W. Brough et R. Barnabas Brough.

1887 *Frankenstein*, R. Henry.

1927 *Frankenstein : an Adventure in the Macabre*, P. Webling.

1933 *Frankenstein*, G. Hastings-Walton.

1965 *Frankenstein*, J. Beck et The Living Theatre de New York.

1979 *Le Jour où Mary Shelley rencontra Charlotte Brontë*, E. Manet, Paris.

AUTRES EXPANSIONS DU MYTHE

Si le roman a connu plusieurs expansions, parodies, plagiats tant dans le domaine littéraire que cinématographique, il en a été de même dans d'autres domaines plus difficiles à cerner. Ainsi le monstre de Frankenstein a été vu en compagnie des stars du dessin animé : Mickey (*Mickey's Gala Premiere*, prod. Walt Disney, 1933), Betty Boop (*Betty Boop's Penthouse*, Dave Fleischer, 1933), Magoo (*Magoo Metts Frankenstein*, Gil Turner, 1970), etc.

Du côté de la radio, dès 1932, il existe un feuilleton en 12 épisodes. Même richesse du côté de la bande dessinée. Dès 1939, le film de Whale est adapté par les éditeurs de *Superman* et *Batman*. On verra le monstre affronter tour à tour Captain America (*The Curse of Frankenstein*, 1944), Batman (*The True Story of Frankenstein*, 1948), Superman (*Bizarro Meets Frankenstein*, 1961), etc.

FILMOGRAPHIE

Les adaptations cinématographiques du roman de Mary Shelley sont innombrables. Nous ne citerons ici que celles qui nous semblent mériter un quelconque intérêt. C'est le film de James Whale, comme on le verra plus loin, qui a suscité le plus d'analyses. Outre les extraits cités ci-dessous, on consultera : Jean-Pierre Bouyxou, *Frankenstein*, « Premier Plan », 51, Lyon Serdoc, 1969 et Jean-Pierre Putters, *Frankenstein, le monstre et le mythe*, dans « Mad Movies », 64, mars 1990, pp. 42-57.

1910 *Frankenstein*, J. Searle Dawley, EU.

1915 *Life Without a Soul*, Joseph W. Smiley, EU.

1920 *Il Mostro di Frankenstein*, Eugenio Testa, IT.

1931 *Frankenstein*, James Whale, EU. Le monstre : Boris Karloff ; le baron Frankenstein : Colin Clive. (Voir ci-dessous).

1935 *La Fiancée de Frankenstein*, James Whale, EU. Même distribution augmentée d'Elsa Lanchester (le monstre femelle).

1938 *Le Fils de Frankenstein*, Rowland Lee, EU. Boris Karloff interprète toujours le monstre mais son créateur est joué par Basil Rathbone.

1942 *Le Spectre de Frankenstein*, Erle C. Kenton, EU. Le monstre : Lon Chaney Jr.

1943 *Frankenstein rencontre le loup-garou*, Roy W. Neill, EU. Bela Lugosi est devenu le monstre tandis que Lon Chaney Jr interprète le loup-garou.

1944 *La Maison de Frankenstein*, Erle C. Kenton, EU. Gleen Strange interprète le monstre.

1945 *La Maison de Dracula*, Erle C. Kenton, EU. Le monstre : Glenn Strange.

1948 *Deux Nigauds contre Frankenstein*, Charles T. Barton, EU. Ils y sont tous : le monstre (Glenn Strange), Dracula (Bela Lugosi), le loup-garou (Lon Chaney Jr) !

1957 *Frankenstein s'est échappé*, Terence Fisher, GB. Première production d'une série de la Hammer. Le monstre : Christopher Lee ; son créateur : Peter Cushing.

1957 *La Légende du nouveau Frankenstein*, Herbert L. Strock, EU. Le monstre : Gary Conway.

1958 *Frankenstein 1970*, Howard W. Koch, EU. Le monstre : Mike Lane ; son créateur : Boris Karloff.
La Revanche de Frankenstein, Terence Fisher, GB. Le monstre : Michael Gwynn ; son créateur : Peter Cushing.

1964 *L'Empreinte de Frankenstein*, Freddie Francis, GB. Le monstre : Kiwi Kingston ; son créateur : Peter Cushing.

1966 *Frankenstein créa la femme*, Terence Fisher, GB. Les monstres : Robert Morris et Susan Denberg ; leur créateur : Peter Cushing.

1969 *Le Retour de Frankenstein*, Terence Fisher, GB. Le monstre : Freddie Johns ; son créateur : Peter Cushing.

1970 *Les Horreurs de Frankenstein*, Jimmy Sangster, GB. Le monstre : David Prowse.

1971 *Dracula prisonnier de Frankenstein*, Jesus Franco, FR.

1972 *Frankenstein et le monstre de l'enfer*, Terence Fisher, GB. Le monstre : David Prowse ; son créateur : Peter Cushing.

1974 *Frankenstein Junior*, Mel Brooks, EU. Parodie.

1975 *Chair pour Frankenstein*, Paul Morissey, IT/FR.

1984 *La Promise*, Franc Roddam, EU.

1984 *Frankenstein 90*, Alain Jessua, FR.

1989 *Frankenstein Unbound*, Roger Corman, EU.

1992 *Frankenstein*, David Wikes, GB.

1994 *Frankenstein*, Kenneth Branagh, EU. Le monstre : Robert De Niro ; son créateur : Kenneth Branagh.

TÉLÉVISION

1951 *Tales of Tomorrow*, EU. Le monstre : Lon Chaney Jr.

1957 *Frankenstein*, EU. Le monstre : Primo Carnera.

1958 *Tales of Frankenstein*, Curt Siodmak, EU. Premier film d'une série qui n'eut pas de suite.

1973 *Frankenstein*, Jack Smight, GB. Le monstre : Michael Sarrazin.

1974 *Frankenstein, une histoire d'amour*, Bob Thessault, FR.

1981 *The Monster Revenge*, Don Weiss, EU.

Par ailleurs Mary Shelley et son entourage sont les sujets des films suivants :

1985 *Gothic*, Ken Russel, GB.

1988 *The Haunted Summer*, Ivan Passer, EU.
Rowing in the Wind, Gonzalo Suarez, EU.

LE *FRANKENSTEIN*
DE JAMES WHALE (1931)

Après quelques essais malheureux, L'Universal confie, en juillet 1931, la première adaptation parlante de Frankenstein *à James Whale. Jean-Claude Michel raconte la suite dans* L'Écran fantastique, *n° 1, été 1977.*

Pour y puiser l'inspiration de *Frankenstein*, Whale se fit projeter *Caligari* et autres chefs-d'œuvre de l'école allemande. Mais il n'en gardera que peu de chose : *Frankenstein* ne ressemblera que très superficiellement aux prototypes du muet : quels que puissent être çà et là les emprunts faits à d'autres œuvres, le film de Whale dépassera toutes ses sources d'inspiration et proposera aux spectateurs de 1931 la plus hallucinante des expériences.
[...] Restait à découvrir l'interprète de la Créature de Frankenstein : Whale découvrit alors Boris Karloff, acteur depuis 1919 et ayant déjà paru, sans grand succès malgré quelques remarquables interprétations, dans quelque 70 films. Jack Pierce, qui depuis des semaines travaillait sans relâche à sa propre conception du Monstre, fut enthousiasmé par la

découverte de Whale et désormais les trois hommes se consacrèrent à l'élaboration difficile d'un maquillage, promis à un succès qu'aucun n'osait encore prévoir.

Au début du mois d'août, après quelques dernières retouches, le Monstre de Frankenstein surgit enfin de l'antre de Jack Pierce et fit ses premiers pas titubants devant les caméras. Un bout d'essai, encore un, fut tourné : il provoqua l'enthousiasme, cette fois, de Carl Laemmle, patron de la Universal — et le tournage commença.

Ce fut pour Boris Karloff le début « d'une longue agonie qui dura six semaines ».

Le plateau sur lequel se tournait *Frankenstein* était situé à l'écart, et gardé par un cordon de sécurité interdisant toute visite non autorisée. À quatre heures du matin, Karloff s'asseyait dans le fauteuil de torture, et Jack Pierce et son assistant commençaient le long travail de transformation d'un gentleman anglais en monstre.

À neuf heures débutait le tournage. Pour se rendre de la loge au studio, Karloff devait dissimuler ses traits, ou plutôt ceux de la Créature de Frankenstein, sous un voile épais. Carl Laemmle s'en expliquait par une boutade : « Certaines de nos gentilles petites secrétaires étant enceintes... »

Le tournage avait lieu dans la chaleur torride de l'été californien. Le costume du Monstre comportait plusieurs doublures et rembourrages destinés à donner à l'acteur la silhouette voulue. Les énormes projecteurs braqués sur Karloff faisaient fondre peu à peu le maquillage, nécessitant la présence constante du maquilleur ou de son assistant pour des retouches : paupière décollée, perruque déplacée lors d'une scène violente...

Le soir, alors que s'en allaient les autres comédiens, Karloff devait endurer deux heures abominables, ponctuées de jurons et de cris de douleur. Il garda longtemps après le tournage deux plaies au cou, qui finirent par se cicatriser : l'emplacement des boulons indiquant l'origine électrique de la vie animant la Créature...

Laemmle refusait de considérer ces heures de maquillage comme des heures de travail. Karloff, à qui de dures années de privations avaient appris à se battre, tint tête et porta l'affaire devant l'Academy of Motion Picture Arts & Sciences — qui lui donna gain de cause. Ce succès encouragea l'acteur, qui connut par la suite plusieurs démêlés avec la Universal, et qui contribua en juillet 1933 à fonder la Screen Actors Guild, dont il devint membre à vie.

En novembre, la première publique de *Frankenstein* eut lieu à Santa Barbara, Californie. Colin Clive et Mae Clarke étaient parmi les vedettes invitées. Boris Karloff, cet inconnu, n'était pas présent. Sans doute tournait-il quelque nouveau film pour assurer sa subsistance...

[...]

Le public fut enthousiasmé mais l'accueil houleux réservé à quelques scènes poussa la Universal à effectuer certains changements : un prologue, avec Edward Van Sloan, mit en garde les spectateurs émotifs ; à la conclusion originale (mort de Frankenstein des suites de sa chute du moulin, suivie de la mort du Monstre) un happy-end fut ajouté : un long plan nous montrant le jeune savant rétabli goûtant la douceur des baisers de sa fiancée. Il est possible qu'un autre réalisateur que Whale ait tourné cette scène, d'ailleurs courte et ne parvenant pas à détruire l'impact des images finales du moulin embrasé. Une phrase du Dr Frankenstein : « Maintenant je sais ce que c'est d'être Dieu » fut supprimée du dialogue, ainsi que les images l'accompagnant (mais quelques copies conserveront intact ce qui était considéré comme un blasphème par les censeurs américains de 1931). Enfin, la plus célèbre et la plus désastreuse des coupures mutila la plus belle scène du film, la noyade de la petite fille. Les spectateurs européens, plus chanceux, verront ces images, du moins lors de la première exploitation du film dans les années trente : les copies actuellement en circulation (pour la France, depuis 1958) correspondent malheureusement au négatif conservé par les chaînes de T.V. américaines.

En décembre, dans sa nouvelle version, le film fut présenté dans quelques villes des États-Unis et connut une distribution nationale en 1932. Quelques mois plus tard le monde entier frémissait devant le masque blême de Boris Karloff. Un nouveau mythe venait de naître.

Quarante-cinq ans après sa réalisation, quel peut être l'impact de *Frankenstein* sur le spectateur de 1977 ?

Il est sans doute difficile de se faire une idée exacte de ce que pouvait être cet impact en 1931. Chef-d'œuvre ayant suscité d'innombrables imitations dont le pouvoir de choc a bénéficié des licences d'une société permissive, *Frankenstein* considéré en tant que « film d'horreur » fera sans doute sourire les familiers de ce genre cinématographique qui repousse sans cesse ses propres limites. Il en sera de même, n'en doutons pas, de *La Nuit des morts vivants* devant laquelle souriront nos descendants, qui s'étonneront peut-être de notre naïveté. Inutile de vouloir prétendre au malentendu, et invoquer l'imagination de goût douteux de quelques publicistes : il est incontestable qu'en son temps, *Frankenstein* a voulu faire peur ; il est non moins certain qu'il y soit parvenu.

Pourtant, il serait dommage que cet aspect du film — prototype du cinéma de « terreur » américain — soit le seul qui nous retienne à présent. S'il en était ainsi, *Frankenstein* ne résisterait pas à la seconde vision : la peur n'est pas un héritage, nous n'avons hérité d'aucune de celles du Moyen Âge — nous en avons créé d'autres à notre usage. Whale lui-même était conscient de ce problème au point d'avoir renoncé, au grand dam de ses producteurs, à tout compromis de ce genre dans *La Fiancée de Frankenstein*, entrepris quatre ans plus tard.

Au début du film, le générique remplace par un point d'interrogation le nom de l'interprète du Monstre. De nos jours, certains croient bon de s'esclaffer devant cette « naïveté ». Il est vrai que l'amateur, pour la plupart du temps n'ayant même pas vu les films de James Whale, est surfamiliarisé avec le personnage : d'innombrables photographies ont popularisé le maquillage créé par Jack Pierce, des masques, des bandes dessinées, des vêtements, des puzzles, ont reproduit à l'outrance ce visage surgi à l'origine d'un cauchemar, le banalisant à tel point que ses traits trop familiers n'engendrent plus qu'une vague complicité — clin d'œil lancé à nos souvenirs. Le spectateur de 1977 identifie Boris Karloff derrière ce visage blême, encore un appel à d'autres films, à d'autres souvenirs.

En 1931, le spectateur voyait surgir devant lui, pour la première fois, ce singulier et terrible masque de démon, dont la perfection ne permettait pas de déceler l'élaboration savante ; nulle interférence ne venait se glisser entre le contemplateur et le contemplé : le spectacle était neuf, brutal, insoutenable. Certains n'y résistèrent pas. Il y eut plusieurs évanouissements lors des premières sorties du film.

Paradoxalement, c'est donc l'effrayante vérité de ce visage qui, le popularisant, le banalisa et lui ôta peu à peu tout caractère. Il convient de préciser cependant que ce furent les *adaptations* de ce maquillage qui furent commercialisées au-delà de toute mesure : en particulier, le masque de Glenn Strange, qui reprit le rôle en 1944, 1945 et 1948, et dont l'aspect caricatural se prêtait à merveille à l'exploitation qui en était faite. La distribution des films s'en mêlant, ce fut cet aspect du Monstre de Frankenstein, n'ayant plus qu'un air de famille avec l'original, qui se substitua peu à peu au souvenir de Karloff. Et je me souviens encore du choc que me causa, en 1958, la reprise parisienne du film de James Whale, lorsque je fus confronté, pour la première fois, avec le Monstre original, ce mort-vivant dont les yeux reflétaient encore la froide horreur des tombeaux.

Car si *Frankenstein*, par son refus de l'effet sanglant (inconcevable d'ailleurs à l'époque de sa réalisation), ne s'inscrit pas dans ce qu'il est convenu d'appeler de nos jours le film d'horreur, s'il ne fait point davantage appel à l'effet de choc (le rejetant au contraire, comme dans l'inoubliable séquence de l'arrivée du Monstre), il n'en dégage pas moins une espèce de sourde oppression — une peur beaucoup plus efficace que le simple sursaut obtenu à grand-peine aujourd'hui par le plus sanglant des « blood and gore movies ».

Au-delà de son aspect macabre et de sa nouveauté, de sa perfection photogénique, le Monstre de Frankenstein sut toucher le cœur des foules par sa profonde humanité.

En lui se reconnurent tous les incompris, les persécutés de la Terre. Et les enfants.

Sous ses oripeaux de « film d'épouvante », *Frankenstein* est la bouleversante histoire d'un paria. Dotée par erreur du cerveau d'un fou criminel, la Créature risquait de n'être qu'une machine à tuer, comme ce sera le cas plus tard, dans presque tous les autres films. Prisonniers du scénario, Whale par sa mise en scène, Karloff par son jeu, en contredisent absolument les implications : le Monstre n'est pas un assassin, il ne tue que par peur (Fritz), pour défendre sa vie (Dr Waldman), par ignorance (Maria).

Cet homme nouveau est un enfant. Maladroit et muet, à peine capable de se déplacer, il subit en quelques jours l'éveil prodigieux de tous ses sens, son intelligence s'aiguise, son cerveau apprend à diriger ses mouvements : le hasard seul lui permet d'ouvrir une porte lorsqu'il s'enfuit de sa tour natale ; mais il sera, par la suite, capable de manœuvrer sans bruit une fenêtre. Plus tard, il parlera *(The Bride)* et fera preuve d'humour à l'occasion.

Pour l'instant, abandonné par Frankenstein qui n'éprouve

pour lui que de l'horreur, la Créature n'est qu'un enfant malheureux livré à un tortionnaire : Fritz, le minable Fritz, dont le corps contrefait abrite une âme plus tortueuse encore. À la fois pitoyable et odieux, Fritz martyrise cet être gigantesque, incapable encore de se défendre. Incapable, lui, de prendre parti, Frankenstein laisse faire, se bornant à des réprimandes dont Fritz ne tient évidemment aucun compte. Se laissant peu à peu persuader par le Dr Waldman (« Le cerveau que Fritz a volé chez moi était celui d'un fou. Vous devez détruire ce Monstre ! »), Frankenstein abandonne l'être qu'il a tiré du néant. Il porte l'entière responsabilité du premier meurtre (« Pauvre Fritz ! C'est de ma faute ! »), sinon de tous les autres.

N'ayant pas le courage de détruire son œuvre, Frankenstein confie cette sinistre besogne au Dr Waldman. Ici encore, le Monstre tue par nécessité. Incapable de supporter ces murs témoins de ses crimes, cette tour dont Frankenstein lui-même s'est enfui, la Créature disparaît dans la nuit.

Pendant ce temps, Frankenstein prépare son mariage. Le village est en fête...

C'est dans la lumière paisible d'une journée d'été qu'apparaît Maria. Dans l'eau du lac qui se ride doucement sous la caresse du vent, les montagnes se reflètent. Ce calme bucolique est en parfait contraste avec le déchaînement sauvage des éléments des journées précédentes. C'est pourtant sous ce ciel radieux que parcourent des nuages légers que se déroulera le plus atroce des meurtres.

Un meurtre qui n'est qu'un accident, comme il en arrive aux enfants laissés sans surveillance...

L'émotion indicible qui se dégage de cette scène, qui suffirait à elle seule à faire de ce film un chef-d'œuvre, ne se retrouve que dans *La Fiancée de Frankenstein* du même James Whale, lors de la séquence de l'ermite aveugle.

Proscrit, trois fois assassin, le Monstre n'est plus qu'une bête aux abois, dont la peur et la colère se déchaînent contre Frankenstein. Un instant, il s'en prend à Élizabeth mais l'innocence de cette dernière lui fait repousser l'idée d'un nouveau meurtre.

Pourchassé dans les montagnes, il retrouve Frankenstein et le frappe sauvagement. Mais, lorsqu'il voit à ses pieds son créateur inconscient, il l'entraîne avec lui dans le moulinrefuge. Comme si, les responsabilités étant partagées entre l'homme et son œuvre, tous deux devaient craindre désormais la fureur homicide des hommes.

Mais c'est le Monstre, et lui seul, qui devra répondre des meurtres — et de son existence. C'est à l'être différent, au proscrit, que s'applique le châtiment. Frankenstein, lui, pourra se marier en toute quiétude.

On sait que James Whale, dans le premier état du film, réunissait dans la mort le savant et sa créature. Ainsi Frankenstein, payant de sa vie ses erreurs, en sortait-il grandi.

Les rectifications apportées ne rendent que plus tragique la solitude de l'être qui cherchait désespérément l'amour et ne rencontrait que la haine. Le Monstre meurt seul dans le moulin en feu, sous les regards satisfaits et vengeurs des villageois, que ses cris d'agonie n'empêcheront point de dormir.

Ne se référant à aucun folklore précis, ne se rattachant à aucune époque donnée, *Frankenstein* tire en grande partie sa force de ce parfum d'intemporalité. Quel est donc ce pays, européen sans nul doute, dont les habitants s'habillent à la mode de 1930, connaissent la radio et l'électricité — mais s'éclairent aux flambeaux ? Les paysans y sont d'allure peu ou prou bavaroise, les noms de consonance allemande, mais le vieux Frankenstein a des allures de gentleman britannique. Quel est ce pays, dont les étudiants, à l'Université, connaissent les dernières découvertes de la science — mais dont les carrefours sont décorés de pendus ?

De ces questions, Whale se moque. La réponse est inscrite, évidente, sur la toile blanche où la lumière accroche nos rêves : Whale crée un monde. En un film, il vient de poser les règles d'un univers auquel de trop nombreux réalisateurs viendront ensuite puiser. Les surréalistes, enchantés, encenseront *Frankenstein* et la créature libérée par Whale servira d'enseigne à leur exposition. Mais Whale lui-même n'explorera plus qu'une unique fois cet univers précis, dans *La Fiancée* : reculant les règles de l'absurde, jouant avec le temps et l'espace, il situera le prologue de son film en 1816 et Mary Shelley y narrera à ses amis ce qui se *déroulera* en... 1935. Un roi, une reine, une sirène et un diable en bouteille côtoieront le Monstre... mais ceci est une autre histoire.

Les fabuleux décors d'Herman Rosse, à la fois outrageusement artificiels et convaincants, contribuent à la puissance du mythe. Impossible d'imaginer la chasse à l'homme autrement que dans ces montagnes dépourvues de végétation, que

sous ce ciel charbonneux qui semble vouloir écraser les pro-
tagonistes du drame. Le tournage en studio accentue le pouvoir hallucinatoire de *Frankenstein*, contribue à fondre en
une totale symbiose les personnages et leur univers. L'apparition soudaine de Karloff, tapi derrière un rocher et se dressant devant son créateur sous d'oppressants nuages, est un
inoubliable moment de terreur.

Le pouvoir d'un tel film tient à la simplicité même du thème
et du scénario qui ne comporte aucun des rebondissements
spectaculaires et gratuits qui ne font qu'abâtardir les mythes.
Si le personnage de Dracula est devenu risible de nos jours,
c'est qu'il tend à remplacer Rocambole ou James Bond au
détriment de sa propre mythologie.

Cette simplicité, dans cette première exploration du mythe,
va jusqu'à refuser les enjolivements communément admis dès
cette époque. Ainsi, l'absence de musique qui ne fait que servir
le film en augmentant le pouvoir de dépaysement de ses images et leur étrangeté. Si musique il y a, ce ne sera qu'en situation, lors de la fête villageoise. Pour le reste, la remarquable
bande sonore fait appel au fracas des éclairs, au clapotis de
la pluie, aux cris des villageois, à l'aboiement obsédant des
chiens, et aux mystérieuses sonorités des appareils de Frankenstein. Une pelletée de terre sur un cercueil, pour James
Whale, c'est aussi de la musique.

Bien qu'adaptation d'un roman (et d'une pièce), *Frankenstein* est avant tout une œuvre cinématographique dont la
signification se dégage de la vision, sans référence à une quelconque autre source.

Contrairement à *Dracula* qui se perd, après deux promet-
teuses bobines, en de filandreux bavardages, *Frankenstein*
s'exprime avant tout par l'image. Le film débute dans les ténèbres et se termine, dans sa version première, sur un brasier.
Le feu, depuis l'allumette grattée par le fossoyeur jusqu'au
terrifiant incendie final, est sans cesse présent sur l'écran ;
c'est le feu qui donne la vie à la Créature de Frankenstein
— et qui la lui reprend. *Frankenstein* joue sans cesse sur
l'opposition entre la vie et la mort, la lumière et les ténèbres.
Contrairement aux films fantastiques modernes dont l'image
coloriée, trop bien éclairée, ne propose plus le moindre
mystère, le film de James Whale conserve de nombreuses
zones d'ombres d'où surgissent à tout instant des formes
inquiétantes. La caméra, étonnamment mobile pour un film
de cette époque, ne feint de dévoiler un coin du décor que

pour mieux en dissimuler un autre. Les obstacles matériels n'existent pas pour cet œil collectif prêté au public : les murs les plus épais sont traversés par l'objectif, tandis que de longs travellings parcourent les rues du village, bousculant les danseurs, escortant un paysan tenant dans ses bras le cadavre de son enfant.

[...]

James Whale introduisit non seulement l'humour, mais le burlesque dans ses deux *Frankenstein* — et particulièrement le second, mais le premier n'en est point exempt pour autant.

Le miracle est que cet humour soit toujours en situation, et débouche toujours sur le tragique. Ou vice versa ; exemples : Fritz tient dans ses mains un bocal contenant un cerveau humain. Un coup de tonnerre le fait tressaillir, il lâche le bocal qui se brise. De cet intermède « amusant » naîtra la tragique erreur qui donnera au Monstre le cerveau d'un assassin. Plus tard, Fritz, dans un moment dramatique, prend le temps de remonter sa chaussette. Rires. Mais une autre allusion à une chaussette descendue sur la cheville, beaucoup plus tard dans le film, ne fait plus rire personne et met le cœur au bord des lèvres (scène de Ludwig remontant les rues du village avec le cadavre de sa fille).

C'est d'ailleurs dans cette scène, cet interminable travelling, que se retrouve tout James Whale : l'insoutenable vision de ce corps d'enfant maculé de vase, ponctuée par la musique joyeuse et les rires des danseurs.

Cet humour derrière lequel s'abritait James Whale, ce rire sarcastique masquant à grand-peine une sensibilité hors du commun, a valu à ses films de parvenir intacts jusqu'à nous.

TABLE DES MATIÈRES

"Un passé mal enterré"

La part des ténèbres
Stephen King

Pendant douze ans, Thad Beaumont a écrit sous un pseudonyme de sombres et angoissants thrillers qui ont fait son succès. Mais un beau jour, il décide d'en finir avec son passé et tue symboliquement George Stark, son nom d'emprunt. Il dévoile ainsi au grand public sa véritable identité et pose pour un magazine devant une fausse tombe, censée représenter la mort de son double littéraire. Mais il semblerait que cette décision ne lui appartienne pas. Car peu de temps après, une série de meurtres qui s'inspire de ses thrillers ensanglante la région...

(Pocket n°12210)

Il y a toujours un Pocket à découvrir

"Le baiser qui fait défaillir"

Dracula
Bram Stoker

En route pour les Carpates, le jeune Jonathan Harker doit rencontrer le comte Dracula pour lui rendre compte du domaine qu'il vient d'acheter pour lui en Angleterre. Toutefois, lorsqu'il arrive au château, l'inquiétude la gagne. On l'avait mis en garde contre le comte. Des mots comme « loup-garou » et « vampires » revenaient souvent dans les conversations. Harker n'y voyait alors que de ridicules superstitions locales. Mais qu'elle n'est pas sa surprise, lors de son exploration du château, de découvrir, au fond d'un cercueil, Dracula…

(Pocket n°4669)

Il y a toujours un Pocket à découvrir

Imprimé en France par

à Saint-Amand-Montrond (Cher)
en avril 2010

POCKET - 12, avenue d'Italie - 75627 Paris Cedex 13

N° d'impression : 100447
Dépôt légal : janvier 1995
Suite du premier tirage : avril 2010
S 19677/03